FRANÇOISE MALLET-JORIS

Marie Mancini

Le premier amour de Louis XIV

PYGMALION/GERARD WATELET

Rédiger une biographie, pour romancée soit-elle, me paraissait une entreprise étrange et décevante, lorsque je commençai à m'occuper de Marie. Une vie toute faite, sans rien à imaginer, une vie donnée, dont le terme m'aurait déjà été connu au moment même où j'en aurais retracé les débuts, une vie déjà finie, dont les erreurs ne pouvaient plus être réparées, les peines consolées, dont l'ardente recherche ne pouvait plus aboutir ici-bas, la suivre pas à pas en sachant déjà, *sans les découvertes et l'imprévu que réserve un personnage de roman, tout cela m'empêchait de m'attarder sur une figure qui pourtant, à travers les documents parcourus, avait su me retenir et m'attirer.*

Un séjour non loin de Brouage devait rappeler Marie à mon souvenir. Brouage, ses remparts en ruine, ce paysage d'eau et de lande, la brume, le gris et roux des herbages pourris par les pluies, la monotonie même de cette étendue plate, recelait un charme, un mystère attachant. Dans ce lieu stérile et beau où Marie avait passé à peine quelques semaines (mais quelles fiévreuses semaines !), l'énigme d'une vie en apparence aussi déterminée, aussi voulue, qu'un paraphe, et cependant mue par une sorte de fatalité. Et le regard jeté du haut des remparts sur cette ample étendue, offerte à mes yeux, lisible comme une page d'écriture dans le moindre détour de ses sentiers, présentait, me semblait-il tout à coup, beaucoup d'analogie avec cet autre « regard » que je jetais sur cette vie, ses méandres, ses haltes prévues, contrastant avec la promenade pleine d'imprévu du roman. Sans doute savais-je, devant la vie de Marie, étalée à mes yeux, à quel instant précis elle s'était arrêtée, vers quel lieu elle se dirigeait, quel chemin de traverse allait la détourner, ou la sauver peut-être. Ce que je ne savais pas, ni elle, c'était la part de vouloir, de hasard, de destin, qui avait fini par gouverner sa marche. Ainsi, à chaque détour du chemin tout tracé, s'ouvrait l'échappée des possibles. Et je m'apercevais qu'aucune vie n'était jamais donnée, *toute finie qu'elle fût. Certaines constantes mystérieuses apparaissaient, que Marie, ignorante des psychanalyses futures, appelait fatalités. Elle interrogeait les astres, et méditait sur la liberté de l'homme. Ainsi, à travers le portrait de cour que nous offre l'histoire, nous percevons toujours l'inquiétude qui palpite dans son regard. Trompeuse immobilité de ce que nous croyons le passé, les moments écoulés ne sont qu'endormis, et si un mot les ravive, ils se remettent à poser des questions.*

Mais interrogeant le passé et les astres, voilà que déjà nous nous engageons sur les pas de Marie.

I

Né à Rome de parents romains (son père était de Palerme, mais s'établit jeune à Rome), le cardinal Mazarin avait eu un frère et quatre sœurs. Deux de celles-ci s'étaient fort bien mariées, et c'étaient celles-là, Mme Martinozzi et la baronne Mancini, que leur auguste frère devait faire venir en France, avec leurs enfants, pour s'y créer une famille, et par là, comme les ministres et les favoris l'avaient toujours fait, établir un système d'alliances avantageuses[1].

De cette circonstance fort simple devait découler toute la vie de Marie, qui fut l'une, et la plus remarquable, de cet escadron de nièces charmantes du grand cardinal, qu'on appela les Mazarinettes, nom frivole qui va bien mal à notre austère héroïne.

L'origine des Mazarin est médiocre, pour ne pas dire humble. Les fonctions de Pietro Mazarini, le père de Giulio, le grand-père donc de Marie, auprès du prince Colonna par lequel il était employé, étaient mal définies. Le prince le chargeait « du gouvernement de plusieurs de ses propriétés ». Simple intendant, régisseur, homme de confiance, on ne sait ; toujours est-il que Pietro Mazarini s'était peu à peu, nous dit Benedetti, « affermi dans les bonnes grâces

1. Maréchale de Villeroy : « Voilà de petites filles qui présentement ne sont point riches, mais qui auront bientôt de beaux châteaux, de bonnes rentes, de belle vaisselle d'argent, et peut-être de grandes dignités. »

de son maître, et était parvenu à mettre de côté un joli monceau d'écus ». Le connétable Colonna, ayant donné à Pietro Mazarini non seulement sa confiance, mais encore son affection, lui fit épouser une de ses filleules, Hortense Bufalini, belle, riche suffisamment, et authentiquement noble. Le père en avait fait assez. C'était au tour du fils à s'élever, et il n'y manqua point, comme on sait. Son frère cadet, Michel, ne devait pas mal réussir non plus : il fut archevêque d'Aix, cardinal, enfin vice-roi de Catalogne. Les Mazarin semblaient posséder en héritage le don de la réussite. Mais cet héritage, Marie n'en profita point, ou dédaigna d'en profiter.

« Rome m'a vue naître, dit-elle, d'une famille assez illustre pour se faire considérer par son propre éclat, et quand la fortune de M. le cardinal Mazarin ne l'aurait point rehaussée, elle n'aurait point laissé de tenir un assez beau rang dans cette première ville du monde. »

On l'a vu, du côté Mazarin, l'illustration est fort modeste. Du côté Mancini, Marie pouvait, sans doute, se targuer d'une origine noble encore que sans éclat. Mais la mort prématurée de son père, Laurent, devait laisser la famille dans une situation plutôt embarrassée. Marie, ses trois frères et ses quatre sœurs dépendront alors entièrement de l'oncle tout-puissant.

Mais nous n'en sommes encore qu'à la petite fille que l'on baptise le 1er août 1639 (on ignore la date exacte de sa naissance) à Rome, en l'église Santa Maria in Via Lata, et qui inspire déjà des inquiétudes à son père, Michel Laurent Mancini, féru d'astrologie : l'horoscope de l'enfant est fâcheux, et présage toutes sortes de traverses pour elle, et pour les siens à cause d'elle. Est-ce cet horoscope, le caractère singulier de l'enfant, ou toute autre considération, on ne sait, mais, seconde malédiction, dès le plus jeune âge, elle sent, elle sait, qu'elle n'est pas aimée. « Dès l'âge de sept ans, ma mère, ne trouvant pas en moi cette beauté qu'elle voyait en ma sœur Hortense, me persuada d'entrer dans le Campo Marzio, qui est un couvent de l'ordre de Saint-Benoît. » C'est quarante ans plus tard que Marie entreprendra le récit de sa vie, et pourtant, on sent la plaie encore vive. A travers l'extrême dignité du ton passe et repasse ce soupir douloureux, cet intolérable sentiment d'injustice : elle n'a pas été aimée. « Ma mère, qui véritablement ne m'aimait pas avec cette tendresse qu'elle aimait ma sœur Hortense... »

Cette première blessure explique déjà la sensibilité exacerbée de Marie ; mais sa réaction, à un âge aussi tendre, est l'indice aussi de cette fierté qui ne fléchira jamais. Puisqu'on ne l'aime pas, elle dédaignera de forcer l'affection, l'attention. C'est une enfant maigre, laide et dédaigneuse, qu'accueille le couvent de Campo Marzio, où elle est reçue par une de ses tantes. Tout commence ainsi. Presque tout de suite, le double faix de la fatalité (sa mère lui en rebattra-t-elle assez les oreilles, de cet horoscope !) et du manque d'amour. Peut-être est-ce le secret de la précocité de cette enfant silencieuse.

Solitude et silence, doubles miroirs devant lesquels Marie se tient bien raide, dans sa robe grise et blanche, comme pour un portrait de cour. Bien raide, bien droite, ah ! ne pas plier, surtout ne jamais plier ; c'est ce qu'elle sait le mieux faire, ce jour déjà de ses neuf ans où sa mère, dans le petit parloir sévère, murs blancs, rideaux de serge verte (les cellules sont plus gaies) : « Ma chérie (premier signe de tendresse depuis combien d'années), n'est-ce pas que tu aimerais rester avec ta tante ? Ici, longtemps, toujours ? »

Non, non ; tout de suite, la voilà raidie, révoltée ; on la frustre, on la vole, elle qui déjà, depuis la lettre de son oncle les appelant en France, vogue sur la mer, imagine galères, bateaux, corsaires, et la cour, et les dames, et de fantastiques palais tout dorés par son imagination d'enfant. *Non*, au petit couvent tranquille qui chauffe son gros dos rond au soleil de Rome. *Non*, aux nonnes mondaines ou ingénues qui cultivent des fleurs, grignotent des sucreries, chantent, s'accompagnant sur la guitare, de pieuses niaiseries. *Non*, au désir secret de Mme Mancini, qui dorlote ce gros bébé d'Hortense, et se passerait fort bien de l'enfant maigre, brune et sans tendresse. *Non*, au visage étrange qu'elle voit dans le miroir, trop mince, trop irrégulier, expressif et dur, qui fait soupirer fort distinctement à ces dames : « Quel dommage ! »

« Non, non, je ne resterai pas ici ! Mon oncle m'a nommée dans sa lettre, n'est-ce pas ? J'ai le droit... D'ailleurs en France aussi il y a des couvents. »

Grosse femme morose, craignant tout, n'aimant rien que ses aises, et l'argent, et ses maladies qu'elle mignote comme de petits chiens, Mme Mancini paraîtrait quelconque à n'importe qui, sauf à l'enfant qu'elle déteste. Enfin, un sentiment un peu vif dans ses yeux bovins, un frisson un peu sec dans cette molle chair femelle... Qui sait si ce n'est pas par goût de son tyrannique plaisir qu'elle renonce à laisser Marie à Rome ? Qui sait ? En tout cas, il est sûr qu'elle ne l'aime pas. Comme elle va la persécuter, comme elle saura tendre les pièges où se prendra à chaque pas l'incompréhensible enfant, qu'elle seule, par des ruses que connaît la bêtise, sait provoquer, surprendre, briser !

Dès l'instant où Marie arrive à Paris, encore enfant, avec sa mère, ses frères Alphonse, Paul, Philippe, ses sœurs Victoire, Olympe (ses aînées) et les plus jeunes, Hortense et Marianne, l'hostilité latente qui couvait entre sa mère et elle éclate. L'enfant, qui sort bien mal dégrossie de son couvent italien, n'a-t-elle pas tout de suite fait mauvaise impression sur son oncle Mazarin ? Elle n'a pas d'esprit, dit-on, rien de cette spontanéité délicieuse d'Hortense et de Marianne, à qui il suffit de paraître pour séduire. Elle est laide, elle baragouine à peine quelques mots de français, avec un accent que l'on juge affreux ; et pour comble, elle mange trop, et malproprement. Ses frères Paul et Philippe sont charmants, et tout de suite deviennent les compagnons favoris du roi. Ses sœurs sont belles et amusantes. Mais Marie... « Quel dommage ! » Et sans prendre la peine de cacher son soulagement, Mme Mancini expédie l'embarrassante fillette dans un nouveau couvent.

Pour Marie, la lutte commence. Au couvent de la Visitation, sous la direction de sœur Marie-Elisabeth de Lamoignon, sœur du premier président, elle va mettre toute son ardeur, tout son désir de revanche, appliquer toute son inflexible volonté à une nouvelle passion : la culture. Elle lit, étudie le français, vainc ses difficultés de prononciation, étend ses connaissances déjà surprenantes, mais y ajoute un vernis mondain qui lui manquait totalement. Pas un instant de relâchement, tout lui est étude. Danse, musique, rien ne lui est agrément, ce sont des armes qu'elle fourbit, et non des plaisirs qu'elle se donne. Pas un attachement, une amitié : elle n'en a pas le temps. Un jour, se dit-elle déjà, on reconnaîtra ce qu'elle vaut, on reviendra sur cet injuste mépris qui la ronge. « On m'admirera. » Pense-t-elle parfois : « On m'aimera » ? Sans doute, car elle est sensible. Mais peut-être rougit-elle de le penser, car elle est déjà assez fière pour ne pas solliciter ce qu'on ne lui accorde pas d'emblée.

« Caractère singulier », dit déjà sa mère avec mépris, et le cardinal avec ennui. Mais voit-on pourquoi, pensant à Marie, on pense aussi à Brouage ? Déjà, autour d'elle, cette aridité, cette étendue sans grâce, non dépourvue pourtant d'une certaine beauté. A Brouage, son regard parcourra la lande, les marais, elle se plaira dans cette contemplation douloureuse, et pour la première fois, contrainte à une halte, du même regard elle parcourra son bref passé éblouissant, et il lui semblera qu'elle est revenue aux jours désolés de l'enfance, que ce paysage en est l'image, et qu'elle le reverra à chaque déception, à chaque échec de sa vie. Première halte, premiers doutes, première apparition fugitive de cette angoisse qu'elle passera sa vie à repousser sans pouvoir la vaincre *(Etait-ce la fatalité ? Y avait-il quelque chose à faire ? Est-on maître de sa vie ?)* et elle interrogera les étoiles, les astres, les vieux livres mystérieux, un astrologue arabe. Mais l'angoisse, elle ne la connaît pas encore quand enfin elle sort de la Visitation pour revenir chez sa mère, au Palais-Royal ; elle ne connaît encore qu'une passion froide, le mépris.

Marie à la cour, à seize ans. Déjà des souvenirs.

« Quoi, ma mère me haïr ? Et pourquoi non ? Suis-je incapable de supporter la haine ? Quoi, ma sœur me railler ? Et pourquoi non, serais-je atteinte par une raillerie ? Quoi toujours la pitié, pire, l'indifférence, pire, la bonté ? Ah ! devenir à moi-même mon seul bien. » Elle est encore laide. La métamorphose sera tardive, mais soudaine. En attendant, son lot c'est le rire discret, le regard froid, les chuchotements, le couvent français après le couvent romain (« Non, vraiment, il est trop tôt pour la montrer », avait dit l'oncle devant elle comme devant un animal qui ne peut pas comprendre, et de ce jour, elle l'a méprisé de n'avoir su pressentir la force qui couvait dans cette petite noiraude baragouinante). Son lot, c'est Olympe triomphante, la fausse indulgence de Mme Mancini (devant les dames de la cour : « Marie ? elle n'aime qu'à lire, qu'à rester chez elle » et le premier mot du roi, ce foudroiement de bonheur : « Mais elle se prépare ainsi bien des richesses, madame »). Elle supporte tout grâce au mépris. Oui, tout : Olympe dans sa belle robe (« Nous allons danser un ballet divin ! »), Mme Mancini dressée dans la savante haine maternelle (« Je vous permets de retourner à vos livres »), elle les domine cependant d'un regard.

On la tient à l'écart. Sa chambre est obscure. On s'extasie sur la douceur de Victoire, l'esprit d'Olympe, la beauté d'Hortense, sa cadette. Marianne elle-même, toujours dans les jupes de la reine, est un enfant prodige dont on s'amuse... « Marie, restez chez vous. Non, pas Marie. » Elle éclate parfois en véhéments reproches, plus souvent elle se tait. « Je ne leur demande pas de m'aimer. Est-ce que je les aime ? mais un peu de justice... J'ai le droit... » Réfugiée dans sa chambre, la plus obscure, la moins agréable de l'appartement, elle se rejette avec une avidité désespérée sur ses livres. Elle aime l'apaisement amer de la lecture. Elle en ressort plus calme, elle arrive à regarder les autres comme des personnages, odieux mais sans pouvoir, et c'est ce regard froid, cet évident mépris qui provoquent de nouvelles injustices. Le sait-elle ?

Elle lit, elle fait de la musique, elle lit encore. Seule, la plupart du temps. A quoi bon vivre à la cour ? « Quel dommage ! » disaient les dames du petit couvent romain en regardant le mince corps aux membres grêles, le visage aux traits trop fins, trop accusés. Elle a décidé que l'on ne dirait plus : quel dommage ! Elle lit, elle dessine, elle joue de la guitare, elle a réussi à perdre l'accent qui avait fait rire d'elle, à son arrivée en France. Bon pour Hortense, avec son frais visage d'ange, de baragouiner à la Mazarin. On trouve cela charmant. Mais Marie, non. Elle veut parler impeccablement, être savante, exceller en tout. Et pourtant... On dit encore : « Quel dommage ! »

Le fils du maréchal de La Meilleraye (un parti médiocre cependant), auquel on la propose en mariage, la refuse (oui, refusée, elle, Marie ! Elle qui juge ce pâle garçon efflanqué si indigne d'elle qu'elle aurait pu en rire !), parce qu'il s'est pris de belle passion pour l'enfant Hortense. « Son Eminence est très mécontente de ce refus », dit Mme Mancini. Marie contient mal sa colère. « Très mécontente », comme si elle était coupable de quelque chose, alors qu'on l'a aussi gravement offensée. Dans les yeux de Mme Mancini brille une lueur de triomphe. Elle a le projet de remettre Marie au couvent et cette fois pour de bon. Elle s'appuie sur le fâcheux horoscope, et le refus de La Meilleraye lui apparaît comme un décret du Ciel, venu bien à propos à son aide. Marie se révolte à la seule idée du couvent. Que serait-ce si elle prévoyait le nombre d'années qu'elle y passera plus tard ! En attendant, elle est toujours tenue à l'écart de la cour, soumise à mille vexations. Mme Mancini espère réduire sa fille par l'ennui.

Hortense embellit, très fière à douze ans d'avoir son amoureux attitré, La Meilleraye, dévot niais, qui soupire parce que l'oncle Mazarin, qui le jugeait juste assez bon pour servir d'époux à Marie la disgraciée, espère pour la belle Hortense une alliance plus brillante. Olympe brille à la cour ; Victoire, l'aînée de toutes, est mariée depuis longtemps et duchesse de Mercœur ; Marianne, la plus jeune, est la grande favorite. Mariée la cousine Anne-Marie Martinozzi, devenue princesse de Conti. Mariée la cousine Laure, princesse de Modène. Marie seule — « quel dommage ! » — détonne dans ce bouquet de grâces, dans ces pions dociles que l'oncle manie avec art sur le bel échiquier des alliances. Elle ronge son frein avec impatience, étudie toujours, déclame, seule dans sa chambre, de beaux vers, d'une belle voix...

Et la cour danse, la cour s'en va à Fontainebleau, revient. Le roi, dit-on, a nourri pour Mlle de la Motte d'Argencourt un sentiment fort tendre, mais... l'oncle souverain a fait cloîtrer aussitôt l'ingénue, trop fidèle écho de son ambitieuse famille. Les échos de cette instructive aventure arrivent jusqu'à Marie, qui s'étonne. Comment le roi a-t-il laissé faire ? Mais sans doute n'aimait-il pas vraiment la jeune fille, car ne dit-on pas qu'Olympe, la morose et sarcastique Olympe, plairait au roi ? Du moins l'amuse-t-elle et est-elle fort en faveur. Mme Mancini aurait bien du bonheur avec ses filles, s'il n'y avait Marie. Cette injustice soutenue avec tant de constance affligera Marie d'un sentiment de frustration qui ne disparaîtra plus. Rêve-t-elle de revanche ? Elle n'en montre rien en tout cas. Se demande-t-elle jusqu'à quel point, de l'animosité ingénieuse que lui montrent sa mère et Olympe, elle n'est pas responsable ? Sûrement pas. Dans cette cour jeune, qui respire enfin après l'écrasement de la Fronde, où renaissent peu à peu les fêtes, les ballets, les bals, comment Marie pourrait-elle n'être pas tout entière révoltée d'être tenue à l'écart de cette source de lumière, de faveurs, de joie ? Elle se sent maintenant plus sûre d'elle ; son application a porté ses fruits, elle est désormais tout à fait capable de figurer honorablement à la cour.

L'obstination de Mme Mancini à l'en écarter est impossible à vaincre. Tente-t-elle à vrai dire de la vaincre ? Elle ne daigne pas un geste de conciliation, un mot de complaisance. Et Mme Mancini, blessée dans son amour-propre de médiocre, morose, grosse femme ennuyée, se venge par la plus mesquine cruauté de ce dédain superbe. Déjà, Marie combat loin au-dessus de la tête de son adversaire. Elle se plaît à imaginer que sa mère la hait : elle ne fait que la détester. Elle se croit persécutée, elle n'est que taquinée. Avec, il faut le dire, une ingénieuse méchanceté. Olympe, qui partage l'aversion de sa mère pour Marie, fait de chaque ragot de cour une épine qu'elle enfonce au cœur de Marie. Toutes ces splendeurs auxquelles elle n'est pas conviée... Et toujours ce refrain moqueur : « Vous qui vous destinez au cloître... » La menace plane sur Marie. Comble de malheur, elle n'a pas su (ou pas voulu ?) plaire au grand cardinal.

Celui-ci, à vrai dire, était mal disposé déjà par Mme Mancini, et ses plaintes continuelles quant au « mauvais esprit » de Marie. L'attitude de la jeune fille, dépourvue de toute servilité, à un point presque provocant, n'avait rien arrangé. Le cardinal tenait à son bataillon de jolies nièces dociles ; mais Marie, qui n'était pas jolie (encore qu'elle se fût un peu arrangée) et montrait évidemment qu'elle n'entendait pas être docile, lui apparaissait, pour le moment, comme un être morose et surtout inutilisable. Cela voulait tout dire pour le cardinal.

Dans ces années 1655 et 1656, après les derniers sursauts de la Fronde, le cardinal voyait aboutir enfin ses calculs et ses prudentes manœuvres. Le sacre du roi, en 1654, avait marqué déjà une étape. Il ne s'agissait plus, sur le plan intérieur, que d'apaiser, de manœuvrer, de gagner les uns, de bannir les irréductibles, et Mazarin s'y employait avec sa finesse habituelle. Au-dehors, déjà, la seule solution qui paraissait devoir assurer la paix était le mariage du jeune roi avec l'infante Marie-Thérèse, et le cardinal, ainsi que la reine mère Anne d'Autriche, sœur d'ailleurs du roi Philippe IV, avaient déjà les yeux fixés sur cette alliance, difficile à réaliser. Tous les rouages qui broieront le jeune amour éblouissant de Marie sont déjà en place, à l'instant même où elle est encore obscure et méprisée.

Cependant, on n'a pu éviter de la présenter à la cour. Elle figure parfois dans certaines cérémonies, est admise au jeu de la reine, approche le roi, dans ces réunions qui ont encore un peu du laisser-aller, de la simplicité de la cour de Louis XIII. Taciturne et négligée, dans ces occasions, Marie ne laisse pas d'observer les façons de la cour, d'enregistrer les traits d'esprit qui plaisent, le ton d'une conversation qui savait être élégante en demeurant familière. Elle-même pourtant ne faisait nul effort pour montrer son savoir, ses dons. On eût dit qu'elle attendait qu'on lui offrît sa place, la première, pour tout à coup se dévoiler telle qu'elle était. Calculait-elle ? Non. Elle se fiait à son étoile, cette étoile pourtant dont on lui répétait à satiété la prédiction : qu'elle serait « cause des plus grands maux ».

Cette auréole de malédiction ne lui était peut-être pas, d'ailleurs, entièrement désagréable. L'orgueil de cette Marie de seize ans ne pouvait qu'être flatté de l'idée d'être un être à part, différent des autres, et même « maudit ». L'idée de cette fatalité qui pèse sur elle la poursuivra toute sa vie, et elle y attachera une importance démesurée. Et pourtant, en cette année 1656, c'est le hasard, ce sont les « astres », qui vont tout à coup la servir. Elle est plus que jamais négligée. Hélas, soupirera-t-elle dans ses Mémoires, « l'éducation, après l'être, est le plus riche présent, mais il est de très grande importance qu'elle soit accompagnée de quelque douceur... ».

Nulle douceur autour d'elle, ni en elle. Ses brèves apparitions à la cour n'ont pas été des succès. Fait d'autant plus remarquable que ses cadettes, Hortense et Marianne, en sont la coqueluche. Hortense a douze ans, et est éclatante de beauté et de joie de vivre ; Marianne, sept ans, ravit la reine et le cardinal par sa spontanéité et son esprit. Elle fait des vers, elle sert de prétexte à mille amusements à la fois naïfs et grossiers. Elle plaît comme un petit chien savant, et on s'en amuse parfois de façon étrange. Le cardinal et la reine n'imaginent-ils pas de faire croire à la petite, très fière des égards que lui marquent certains courtisans, ses « galants », qu'elle est enceinte. Marianne se dépite, se fâche tout rouge, à la joie de tous. Et la farce se poursuit. Chaque jour en secret on rétrécit les vêtements de la petite fille, et sa fureur en voyant qu'elle n'y peut plus tenir est le thème de plaisanteries plus ou moins douteuses. Enfin, un beau matin, tandis que Marianne dort encore, l'on fait déposer dans son lit un petit bébé, sur lequel tout le petit cercle de la reine vient s'extasier. Rassérénée par les cadeaux qu'elle reçoit à cette occasion, Marianne finit par entrer dans le jeu et en rire. « Il n'y a qu'à moi et à la Sainte Vierge que cela est arrivé ! » déclarera-t-elle fièrement.

Le roi rit aussi de bon cœur, avec la piquante Olympe, qui est sa platonique favorite du moment. Suivant l'exemple du cardinal, chacun contribue à la plaisanterie en venant complimenter Marianne qui soutient son rôle avec aplomb. Comme toujours, Marie est à l'écart, un peu gênée peut-être par cet amusement, cette gaieté épaisse ; silencieuse, discrète, qui se douterait que, quelques mois plus tard, elle sera une étincelante jeune fille, centre de tous les plaisirs de la cour ? La métamorphose paraît presque incroyable, et pourtant...

Laurent Mancini, féru d'astrologie, ne s'était pas borné à cette prédiction. Entre autres oracles, il avait prédit à la pusillanime Mme Mancini qu'elle mourrait dans sa quarante-deuxième année. En 1656, Mme Mancini atteignait justement cet âge. D'une superstition outrée, ce fut avec terreur qu'elle accueillit donc une fièvre qui sembla d'abord bénigne. Elle s'alita. Les visites ne lui manquèrent pas. La sœur du puissant ministre était sûre de ne pas être négligée. Et parmi ces visites, le roi.

Marie n'était pas admise dans la chambre de sa mère pendant ces visites. Elle se tenait parfois dans une antichambre assez obscure qui précédait cette chambre. Le roi finira par l'y croiser, lui adresser quelques mots. Ces brefs entretiens sont le point de départ de la faveur de Marie.

Sa Majesté l'honorait (Mme Mancini) tous les soirs de sa présence, et découvrant en moi quelque esprit et quelque brillant, il me disait toujours, en passant, quelque chose d'agréable ; ce qui n'aidait pas peu à soulager les maux que je souffrais de l'étrange humeur de ma mère[1]...

Dans cette antichambre du Palais-Royal, le destin de Marie commence à s'épanouir, amorce l'une de ces montées éclatantes comme la vie lui en réservera tant, et suivies d'échecs plus éclatants encore. Mais est-ce seulement le destin ? N'y a-t-elle aucune part ? Et le hasard seul est-il responsable de ces entrevues ?

C'est bien elle qui le veut, ce bref entretien qui peu à peu s'allonge ; c'est bien elle qui se place là, sans se donner la peine de feindre un hasard, mais comme s'il s'agissait d'un rite établi, d'un droit. Et bientôt, c'en est un. Voyez-la, la jeune fille mince dans sa robe grise, un livre à la main !

« N'aimez-vous pas les beaux vers, sire ? Celui-ci contient des pensées assez conformes à ce que vous me disiez l'autre jour... »

Elle a le même visage ardent, les mêmes yeux rayonnants qu'à neuf ans, quand elle s'écriait : « J'irai en France ! *C'est mon droit !* » Elle n'est pas coquette comme d'autres, elle n'est ni trop respectueuse, ni trop familière. Loyale sujette, jeune page qui se range à côté du seigneur, mais fière toujours, consciente toujours que, dans le royaume de l'esprit, elle est l'égale, l'amie. « Que vous êtes savante, Marie ! » De ce banal compliment, elle est heureuse si visiblement que le roi est ému. Emu de pitié, ému de générosité. Epris, non de cette jeune fille au visage trop mince, fiévreux, tourmenté, qui l'attend dans l'antichambre à odeur de pharmacie, mais épris de

1. *Mémoires* de Marie.

sa propre générosité, de sa propre puissance. Rien que pour voir la métamorphose de ce visage, illuminé dès qu'il apparaît, il s'arrête de plus en plus souvent, de plus en plus longtemps, avant d'aller prendre des nouvelles de Mme Mancini.

« Que vous êtes savante, Marie ! Toujours un livre à la main !

— La lecture est une sûre consolatrice, sire. Ne faut-il pas que je m'y habitue, s'il me faut un jour vivre en recluse ?

— En recluse, vous ?

— Ma mère me destine au couvent.

— Y avez-vous de l'inclination ? »

Quel vif, tendre et chaud sourire ! Elle en est toute transfigurée.

« Non, certes. »

Lui, sans y attacher tant d'importance :

« L'on ne vous forcera point, je m'y engage. J'en parlerai à Son Eminence, je...

— Merci, sire. Oui, merci. Vous me rendez la vie. »

Quels yeux sérieux, soudain, et ces larmes de reconnaissance prêtes à jaillir... Quelle flatterie que cette totale confiance. Pour elle, il est le roi. Un roi généreux, et absolu, car sa confiance est absolue. Elle a disparu, qu'il reste encore un instant nimbé de cette lumière. Quoi qu'il advienne par la suite, elle est, elle restera toujours la première qui l'ait regardé ainsi, en souverain, en maître. « Je ferai quelque chose pour cette jeune fille. Un roi doit lutter contre l'injustice. Un roi[1]... »

Quelque temps après cette rencontre, quelqu'un dit devant le jeune roi que Mlle de Mancini n'égalait

1. « Mes petites affaires étaient dans cet état quand ma mère tomba malade ; au commencement son mal ne fut pas dangereux, cependant le roi lui faisait l'honneur de la venir visiter tous les soirs et comme Sa Majesté remarquait en moi beaucoup de feu, de vivacité et d'enjouement, il me disait tous les jours quelque chose en passant, ce qui n'était pas un petit soulagement aux maux que ma mère me faisait souffrir, mais qui augmentait étrangement les siens, ne voulant point que j'entrasse dans la chambre quand il y avait du monde. » (*Mémoires* de Marie.)

point en beauté ses sœurs Victoire, Olympe ni même la petite Hortense. Le roi rétorqua, assez gauchement à vrai dire : « Pour moi, je la trouve charmante. » Cela surprit tout le monde, mais fit passer aussitôt cette mode, qui était de dénigrer Marie. Peu après, elle parut davantage à la cour.

Voilà le point de départ, et l'une des clés de l'attachement pour Marie du jeune Louis XIV. Ce jeune roi dont le trône a chancelé, qui a vu dès le plus jeune âge se rebeller contre lui les plus grands noms de France, qui a assisté aux marchandages, aux revirements, aux trahisons de toute espèce, des courtisans changeant de parti comme on change d'habit, selon le vent, le hasard d'une victoire ou d'une simple rumeur de victoire, ce roi adolescent d'une France intérieurement déchirée, extérieurement menacée, ce roi tenu en bride encore par le cardinal qu'il estimait, mais dont il eût voulu pourtant se libérer, ce roi enfin qui est encore très loin du monarque absolu, du Roi-Soleil des estampes, se découvre absolu tout au moins dans les yeux, et bientôt dans le cœur, d'une jeune amazone. Pour Marie, il est déjà le Roi-Soleil. Peut-il n'être pas fasciné par ce mirage ? Sans imaginer encore une idylle, c'est déjà une amitié qu'il ébauche avec la jeune fille mal aimée.

Le début de cette amitié coïncidait avec l'époque où, son état de santé s'aggravant, et sentant par ailleurs la nécessité d'initier le roi aux affaires publiques, le cardinal laissait peu à peu plus de liberté à son royal élève. Il sentait aussi la nécessité de créer au roi des occupations agréables, qui permissent à cette prise de pouvoir de rester progressive, et à Son Eminence d'en régler à son gré la progression. Malgré sa proverbiale avarice, ces années 1655 et 1656, le cardinal déliait donc les cordons de sa bourse, ou de celle de l'Etat, ce qui revenait au même puisqu'il les gouvernait absolument, et la vie de cour s'organisait à nouveau, dans la paix retrouvée (toute précaire qu'elle fût encore). Marie, forte de cet embryon de faveur royale, fut autorisée à y participer. Le cardinal lui ouvrait même un modeste crédit pour qu'elle pût se parer, et la cour découvrait, surprise, certains charmes à la jeune Marie, tant décriée quelques mois auparavant. Le plus vif de ces charmes était d'ailleurs son ardeur à vivre. Conviée aux chasses royales, excellente écuyère, elle les suivait avec passion. Toujours elle aima les spectacles, les fêtes grandioses et éphémères, les grandes flambées de luxe et de splendeur qui s'éteignent aussi vite ; les ballets, les mascarades, les jeux de bagues, les défilés symboliques où l'esprit trouve pâture aussi bien que les yeux ; mais jamais elle n'en fut si naïvement charmée que pendant ces quelques mois où elle les découvrit pour la première fois. Et, ravie, elle oubliait toute sa raideur apprise, se jetait corps et âme dans la danse, les exercices du corps et de l'esprit. Ses lectures enfin portaient leurs fruits. Dégagée de son obsession de déplaire, elle se découvre une grande facilité de parole, et on la découvre. Quoi, cette Marie tant décriée sait le latin, le grec, a lu Dante et saint Augustin, Ovide, Sénèque et *Le Grand Cyrus* ! Parlant de tout cela, son visage s'éclaire, ses yeux noirs sont admirables de feu, et elle en devient presque belle. Le « caractère singulier » qu'on lui reprocha tant cesse d'être une difformité pour devenir une originalité ; bientôt, ce sera un charme que cette ardeur qui la rend éloquente.

Cependant, Mme Mancini va de plus en plus mal. La prédiction de son mari la ronge autant que la fièvre. Tantôt elle refuse de s'alimenter, tantôt, prise de terreur à la pensée de s'affaiblir, elle réclame des nourritures trop lourdes qui aggravent son état. Saignée, purgée à la mode du temps, sœur du cardinal, elle est d'autant « mieux » soignée et a d'autant moins de chance d'en réchapper. Ainsi, un demi-siècle plus tard, verra-t-on périr le dauphin de la rougeole, tandis que son frère cadet, personnage moins considérable, aura, comme le remarquera la Palatine, la chance de n'être pas soigné et donc de vivre. Mme Mancini n'a pas cette chance ; sa superstition, et la vigoureuse action des médecins du temps la condamnent. Bientôt, elle est mourante.

Et cette mourante est obsédée par un désir. Elle exige qu'on fasse venir sa fille à son chevet. Sa fille Marie, qu'elle a toujours écartée et bannie, elle l'appelle, elle supplie et ordonne tour à tour qu'elle vienne. Elle vient enfin, non sans une répulsion mêlée de crainte et de pitié.

Qu'a-t-elle à craindre pourtant de cette grosse femme en sueur, dans ce lit de malade aux draps froissés, dans cette chambre hermétiquement close, étouffante ? Et pourtant l'angoisse la tenaille, comme elle s'assied, écarte les rideaux du lit, respire cette odeur de sueur et de pharmacie, voit étendue, abattue, son ennemie de toujours.

Et l'angoisse se justifie. Car ce que demande Mme Mancini, suppliante, invoquant pêle-mêle les dieux et les astres, agitée pêle-mêle de haine, de crainte, et peut-être d'une trouble pitié, c'est que consente à entrer au couvent l'indomptable jeune fille. Quoi, jusqu'au bout, alors que la mort la guette ? Jusqu'au dernier souffle, cette persécution, alors que depuis quelques mois à peine on la laissait respirer un peu, sortir du sombre cachot où elle se sentait prisonnière ? « Jamais, dit Marie. Jamais. »

Que craint-on pour elle ? Que craint-on d'elle ? Jamais. Dût-elle souffrir mille morts, elle ne consentira jamais à s'enterrer vivante. Et pourtant, pour la première fois, elle pourrait deviner que ce n'est pas la haine seule qui agite cette mourante, mais un obscur pressentiment aussi du long chemin que parcourra Marie, des multiples obstacles auxquels elle se heurtera sans savoir les éviter, des multiples blessures qui atteindront ce cœur absolu... Peut-être Mme Mancini, suppliant Marie, est-elle mère pour la première fois ?

Marie est assise, raidie, refusant, refusant de toutes ses forces, refusant même un pieux mensonge qui apaiserait la mourante. Jamais. Jamais. Des larmes poissent le visage enfiévré ; la voix autoritaire est réduite à la douceur, le geste se fait enveloppant, tout l'être ploie déjà sous la rude poigne qui l'attire vers le gouffre.

« Promets-moi, Marie, promets-moi ! »

Marie, à ce chevet, assise ; il y a des pleurs aussi sur son visage que l'adolescence adoucit à peine ; elle pleure, oui, mais ne promet rien, ne promet rien à sa mère mourante qui tord les bras, agite cette tête redevenue belle, parce que la mort lui rend le feu des jeunes années. Imaginez cette scène mélodramatique, le grand corps mythologique de Mme Mancini, déesse un peu trop en chair, ses beaux bras qui sortent des draps, ses cheveux qui s'épandent, cette tête aux traits un peu trop grands, si bien fardée par la mort, lilas sous les yeux noirs, structure retrouvée des pommettes, lèvres qui ne feignent plus, voix que toute retenue abandonne, belle voix d'entrailles, et tout ceci dans la pénombre de la chambre, dans l'odeur du lit, sueur, parfum ; Marie voit cette femme qui l'a enfantée, enfantée à son tour par la mort, et balbutiante et angoissée, folle enfin de cette folie Mancini, de cette violence Mancini, dont Marie connaît le visage secret : c'est dans la mort qu'elle reconnaîtra pour la première fois leur parenté, à elle et à cette femme.

Et Marie dit pourtant non.

« Je te supplie, je t'ordonne... »

Marie dit non, comme à neuf ans.

Elle ne peut pas feindre. Elle ne sait pas feindre. Elle ne veut pas feindre. Elle pleure, car elle souffre. Elle souffre de pitié, et elle méprise sa pitié. Elle ne cédera pas. Mme Mancini meurt, ayant du moins une promesse à serrer dans cette main crispée sur le bord du lit : celle de son frère le cardinal qui s'engage (mais bien sûr, pourquoi non ?) à mettre sa nièce Marie au couvent. Pourquoi refuser la paix aux pauvres morts ? Le cardinal aime la paix d'un amour sincère. Quant à aimer Marie, il ne l'aime pas, non, mais s'il se confirme qu'elle plaît au roi, qu'à cela ne tienne, il l'aimera. Qu'elle y mette un peu de bonne volonté seulement... il ne sait pas encore que Marie ne met de bonne volonté à rien.

Mme Mancini est morte. Le soir même, au Louvre, on danse le ballet de l'Amour Malade, dans la grande salle[1]. Tout est-il fini ? Sera-ce à nouveau le couvent de la Visitation, les instances appuyées de l'oncle pour lui faire prononcer ses vœux ? Ou... Non. C'est la cohabitation avec Olympe, qui va se marier bientôt. Un coup de foudre : la mort en couches de l'aînée, la douce Victoire, duchesse de Mercœur. Au service, entre deux ballets, deux cérémonies, deux espoirs, Marie pleure avec fureur. Et puis, un regard la console. C'est désormais chez Olympe, mariée au comte de Soissons, que Marie rencontre le roi. On dit que le roi visite surtout Olympe, et sans doute, fine, rusée, sarcastique, une vraie bête de cour, Olympe amuse le roi adolescent.

Mais Marie sent venir son heure, elle l'appelle, elle l'attend, un espoir fou l'emplit, l'embellit et l'on dit : « Comme elle devient jolie, cette petite Marie ! » et c'est fait, elle est maintenant entrée dans le tourbillon, elle est de toutes les fêtes. L'oncle lui sourit quelquefois et délie plus volontiers les cordons de sa bourse. C'est une folie de toilettes, de plaisirs, de grand air, de festins. Un soir, au cercle de la reine, on lui demande, à elle, Marie, la disgraciée, de lire quelque tragédie, et sa voix, sa belle voix cachée, tout à coup lui échappe, elle-même en rougit, puis n'en rougit plus, elle suit cette belle voix ample et chaude, cette voix de femme qu'elle ne connaissait pas, elle lit, elle n'a même pas besoin de lire, car elle sait par cœur tous ses vers favoris.

Le roi :

« On devrait faire plus souvent de ces lectures au lieu de tant de sottes conversations... »

Quels mots enivrants, quelles folles journées ! Elle apprend tout, quelque chose la porte, elle saura danser, chanter, monter à cheval comme personne, une grande force l'habite, et elle est de plus en plus belle.

1. Le cardinal avait déclaré à cette occasion qu'il fallait suivre l'exemple de David, qui pleura pendant la maladie de son fils et joua de la harpe après sa mort.

Bientôt, elle, Marie, que Mme Mancini faisait sortir de sa chambre, elle reçoit, et sortant de l'hôtel de Rambouillet, M. Somaize vient lui servir de secrétaire, et dans son *Dictionnaire des Précieuses*, elle figurera sous le nom de Maximiliane. Quelle ascension, Marie[1] !

Et quoi de plus simple que la destinée que voit pour vous l'oncle tout-puissant, content après tout de compter une puissance de plus parmi l'essaim des jeunes et jolies nièces qui font pour lui partie de ses biens terrestres. « Une seule chose, dit-il un jour, peut me consoler de la dispersion de ma bibliothèque (vendue par les Frondeurs pendant son exil), c'est ce joli bouquet de Mazarinettes. » Il leur donnait ce nom par plaisanterie, car il avait eu vent de plus d'un pamphlet où, au milieu d'épithètes bien moins aimables, on leur donnait ce surnom.

Voyant la faveur accrue si soudainement de Marie, le cardinal l'observe donc avec une attention qu'il ne lui avait jamais accordée jusque-là (du serment fait à sa sœur, par complaisance, il ne se souvient même pas ; la mémoire lui reviendra comme par miracle, lorsqu'il aura besoin de menacer sa nièce). Pendant qu'elle discute avec Somaize, réunit des gens de lettres pour le divertissement du roi, silencieux mais attentif, et qui admirait son feu, sa passion pour les

1. Antoine Baudeau, sieur de Somaize, né vers 1630, devait suivre en Italie Marie Mancini, comme secrétaire, après le mariage de Marie avec le connétable Colonna. Au moment où il fit la connaissance de Marie, il était l'un des habitués de l'hôtel de Rambouillet. Dans son *Dictionnaire des Précieuses*, il parle de Marie en ces termes : « C'est la personne du monde la plus spirituelle, elle n'ignore rien, elle a lu tous les bons livres, elle écrit avec une facilité qui ne se peut imaginer. » On voit combien Marie avait su s'imposer parmi les beaux esprits. D'ailleurs, bien des Mémoires du temps s'occupent de Marie. Il faut noter l'opinion de Mme de La Fayette (mais il s'agit des débuts de Marie à la cour) : « Hardie, emportée, avec infiniment d'esprit, mais rude, et éloignée de toute civilité et politesse. » Mme de Motteville est aussi de cet avis. Mais Saint-Simon, si dur pourtant pour tout ce qui était Mazarin, dira d'elle plus justement : « C'était la meilleure et la plus folle des Mazarinettes. »

grands hommes et les grands rois (dont il fait partie), pendant qu'elle se grise des chasses, des ballets et de la comédie dont elle avait été si longtemps sevrée, c'est alors qu'elle devrait se dire qu'elle joue son destin. Il est tout entier contenu dans ce regard impartial qui la jauge[1].

Marie y songerait-elle, qu'elle mépriserait encore toute prudence. La faveur du roi ne suffit-elle pas à la protéger ? Elle le croit, et il le croit lui-même. Leurs conversations se prolongent, sous l'œil de Mme de Venel, gouvernante et espionne que le cardinal a donnée à ses trois nièces encore à marier, Marie, Hortense et Marianne. De cet espionnage, Marie va bientôt s'apercevoir.

Au roi qui parle un soir de la Fronde, de ses belles héroïnes :

« Sans doute, c'était insensé, criminel, abominable, mais si c'eût été pour le roi, que de traits admirables ! Le croiriez-vous ? J'envie cette folle duchesse de Longueville, tenant salon au milieu de l'Hôtel de Ville, dans l'odeur de la poudre, commandant à ces manants par le seul ascendant de sa beauté, se faisant offrir en même temps trophées de guerre et petits vers galants... Et sa sortie, malgré les ordres de son père, qui sauve Paris ? Ah ! quelle beauté, si tout cela eût été accompli au service du roi ! »

Il souriait de la voir si pleine d'ardeur. Le cardinal ne souriait pas.

1. Mme de La Fayette : « Mazarin crut que l'amour du roi pour sa nièce ne pouvait être que conforme à ses intérêts. Comme il vit dans la suite que sa nièce ne lui rendait aucun compte de ses conversations avec le roi et qu'elle prenait sur son esprit tout le crédit qui était possible, il commença à craindre qu'elle n'en prît trop et voulut apporter quelque diminution à cet attachement. Il vit bientôt qu'il s'en était avisé trop tard ; le roi était entièrement abandonné à sa passion. »

Ce texte ainsi que les lettres de Mazarin citées plus loin expliquent pourquoi, dans les pages qui suivent, on ne s'est pas extasié sur le désintéressement du cardinal comme certains l'ont fait. L'intérêt du cardinal n'était en aucun cas de voir le jeune et influençable Louis XIV épouser une fille du caractère de Marie, qui ne se cachait pas de le détester avant même sa faveur.

« Marie, il m'est revenu aux oreilles que vous auriez fait au roi l'éloge de la Fronde. Cela est-il possible ? Est-il imaginable que les plus grands ennemis du royaume aient trouvé en vous une alliée ? Est-ce que Monsieur...

— Mais non, Votre Eminence se trompe, ou plutôt ses espions l'ont trompée, dit Marie avec impertinence (et elle lui en veut de ne pas même relever son impertinence). J'ai dit seulement...

— Bien, bien, dit le cardinal. Et qu'a répondu le roi ? »

Son sourire plein d'indifférence bienveillante la révolte. Un sourire de policier, prêt à la libérer avec mille compliments, ou à la mettre à la question, sans y prendre plaisir ni peine.

« Mais le roi a fort bien compris que... »

Elle s'arrête.

« Que... ? »

La scène se passe dans l'ancienne bibliothèque de l'hôtel Mazarin ; cette bibliothèque que justement les Frondeurs avaient pillée et mise à sac, et vendue aux enchères. La reine a laissé faire, ce qui a outré Son Eminence. La bibliothèque est reconstituée tant bien que mal, elle a bon air avec ses rayonnages couverts de reliures, mais chaque volume dépareillé fait deuil au cardinal. Les fenêtres sont hautes, les rideaux verts projettent des reflets un peu tristes sur les beaux marbres. Chaudes boiseries, admirables parquets, tapis de la Savonnerie. Marie aurait aimé cette pièce, si l'oncle ne l'y convoquait aussi souvent pour des conversations qui finissent mal. Aujourd'hui, encore, ce « Que... ? » présage une scène pénible, une de ces scènes d'où l'un et l'autre sortent mal à l'aise, mécontents, incertains. Immobilisons un instant cette image. Si un astrologue la scrutait, y lirait-il le destin de Marie ?

« Que... ?

— Je ne puis rapporter cette conversation sans l'assentiment du roi, Votre Eminence. »

Cette raideur affectée, ces grands airs ! Petite sotte ! Ne sait-elle pas qu'elle n'est rien que par lui ?

« C'est pour le bien du royaume, Marie, qu'il me faut tout savoir. »

Cette voix patiente, cette douceur, exaspéraient Marie plus qu'une menace. Elles *étaient* une menace, comme l'avaient été les accès de tendresse de Mme Mancini. Ils voulaient la désarmer, s'insinuer en elle d'une trouble façon, lui imposer leur douteux compagnonnage, leur complicité tiède. Elle s'en riait, lorsqu'il s'agissait de sa mère ou d'Olympe (Olympe qui ne se gênait pas pour rapporter à l'oncle le moindre mot du roi, ravie de son importance). Quand il s'agissait de lui, elle avait un peu peur, et n'en était que plus violente.

« Si c'est pour le bien du royaume, que n'interrogez-vous le roi lui-même ?

— On ignore parfois son propre bien. Vous-même...

— Il n'y a d'autre bien pour moi que de plaire au roi ! » Et non à vous, sous-entendait-elle. Elle eût tout donné pour le voir éclater de colère, mais non.

« Si vous aimez le roi, vous devez vouloir son bien, n'est-ce pas ? »

De mauvais gré :

« Sans doute.

— Donc...

— Le bien du roi veut-il que je l'épie, que je l'espionne, que...

— Quand une mère surveille son enfant, crainte qu'il n'avale quelque poison ou ne choie par la fenêtre, lui donnerez-vous ce vilain mot d'espionne ?

— Le roi n'est pas un enfant.

— Qui de nous ne l'est pas un peu, ma chère Marie ? Moi-même, quand je me lamente sur ma bibliothèque, vous, quand vous vous laissez aller à la griserie de la cour, on me dit que vous avez perdu encore cent pistoles au jeu de la reine ? et en oubliant la promesse faite à votre mère...

— Je n'ai rien promis ! Et quant au jeu... »

Malgré elle, elle se sentait rougir, s'emportait contre sa rougeur. Elle sentait comme une insulte, comme un viol, cette douceur patiente d'horloger qui cherche, rouage après rouage, celui qui fera jouer tous les autres. La peur, la cupidité, l'ambition ? Peut-être la vengeance ?

« Allons, je n'insiste pas. Ne saurais-je pas de toute façon ce qui s'est dit hier ? Je paierai même vos dettes de jeu pour vous montrer que je ne vous en veux pas, Marie. Mais j'ai lieu d'être plus content de votre sœur, la comtesse de Soissons. Elle se montre autrement reconnaissante de l'établissement que je lui ai procuré, que vous, qui pourtant aurez peut-être encore davantage à vous louer de moi.

— Me croyez-vous capable de m'abaisser par simple intérêt ? a-t-elle presque crié.

— Vous appelez intérêt ce que j'appelle honnête reconnaissance, repartait sèchement le cardinal. Dites-moi de nous deux qui a l'âme basse ? »

Il la congédiait, content tout de même de l'avoir poussée à cet éclat. « Gagnée par Monsieur ou l'une ou l'autre faction, elle dissimulerait mieux. » A moins qu'elle fût, follement, si sûre d'elle... Il ne l'avait, malgré tout, point percée à jour, et cela le contrariait, car il aimait connaître les cartes qu'il avait en main. Quant à Marie, après de telles scènes, elle restait soucieuse quelques jours, car elle voyait avec raison dans tant de douceur une grande force d'âme, et elle n'arrivait pas, tout en le souhaitant beaucoup, à mépriser son oncle tout à fait.

Puis elle oubliait la menace pour ne plus penser qu'au roi. Et lui s'approchait d'elle de plus en plus souvent, de plus en plus longtemps, toujours plus attiré par l'involontaire et puissante flatterie de ce visage illuminé, auquel lui seul conférait la beauté.

« Alors, Marie ? Quel est l'objet de cette grave rêverie ? »

Il l'attirait à l'écart. La voix d'Olympe, qui restait au jeu, devenait perçante, criarde. Cela aussi flattait le jeune roi. Belles jalousies féminines, prêtes à mordre, belles colères d'enfants qu'il ne retrouverait plus, car elles s'adressaient autant à l'homme jeune et beau qu'au roi, et il le sentait bien. Mais plus encore l'émouvait la beauté de Marie, fleur d'ombre, soudain épanouie.

« Savez-vous que Cessac est convaincu d'avoir triché ? On a retrouvé sur lui des cartes biseautées, et le cartier a avoué en avoir vendu à plusieurs.

— Est-ce possible ? Un gentilhomme ! »

Elle rougissait d'indignation et de colère.

« Cette fraude est si mesquine !

— Vous préférez les Frondeurs.

— Sire, c'est tout autre chose. Un autre cercle de l'enfer, eût dit Dante. J'ai pour les Frondeurs de la colère, de la haine ! Mais pour ce gentilhomme, eh bien, j'ai du mépris. Quoi, risquer son honneur, son nom, pour un bénéfice d'argent !

— Vous écririez là-dessus une belle tragédie, la plaisantait-il. *La grandeur dans le crime en est la seule excuse...* Le vers est-il bon ?

— Excellent, sire. Mais le thème est dangereux.

— Il conviendrait à votre Corneille.

— Sire, comme à toutes les tragédies. N'est-ce pas le mobile de notre intérêt pour elles, que ce besoin de voir, même criminelles, des passions plus grandes que les nôtres ?

— Mais alors, ne croyez-vous pas que l'on puisse appeler tout bon auteur de bonne tragédie un danger contre l'Etat ? »

Ils riaient.

« Mais non, sire. A voir ainsi les passions dans un miroir grossissant, l'on en tire plus aisément les conséquences, et l'on s'empresse de les étouffer dès leur naissance.

— Ainsi, si vous étiez mon prédicateur, vous professeriez que l'on fait son salut à la comédie ?

— Et pourquoi non, sire ? C'est ce que pensaient les Anciens, qui tenaient leurs spectacles pour fort moraux. »

Le soir, au cercle de la reine, il poursuivait la plaisanterie.

« Savez-vous qu'on m'a vanté un nouveau prédicateur à la mode ? Il tient qu'on ne saurait faire son salut mieux qu'à la comédie. Je le veux à la cour, cela fera du bruit. »

La reine s'exclamait, et les dames :

« Comment ? C'est inouï ! Quel est son nom ? »

Et le roi, s'étouffant de rire, avec Monsieur, mis dans la confidence :

« Il a nom Marie de Mancini. Allons, mon père, enchaînait-il, prêchez-nous le nouveau credo. »

Et elle, nullement embarrassée, au milieu de ces dames qui s'étonnaient, riaient, se scandalisaient.

« Je vais surtout prêcher d'exemple. Quoi de plus moral que ces vers... »

Elle déclamait. L'on faisait silence. Qu'elle était loin, l'enfant maigre et trop brune que nul ne regardait !

Le lendemain, le roi au cardinal :

« Dieu, que votre nièce a d'esprit !

— J'ai plusieurs nièces, sire.

— J'entends Marie, bien entendu. »

Bien entendu ! Voyant pâlir l'étoile d'Olympe, le cardinal se félicitait d'avoir autant de nièces.

*
* *

Quelques mois passent ainsi. Marie, à la cour, est encore un personnage secondaire.

De temps en temps, l'œil du cardinal se pose sur elle. « Il faut voir. » Maintenant, il lui accorde autant d'importance qu'à Marianne. Tant mieux. Il n'aura jamais trop de nièces, ni d'alliances dans son jeu. Une Marie mise au couvent aurait été du gaspillage. Voici Marie, à dix-sept ans, à l'aube de la faveur. Elle la pressent sans se l'avouer depuis ce jour où « l'on ne vous forcera point, Marie ».

« Que le roi est bon ! dit-elle à cette dame que le cardinal vient de placer auprès d'elle, Mme de Venel.

— Sans doute, madame, sans doute », dit Mme de Venel avec componction.

C'est une jeune blonde un peu grasse que l'on dit charmante, au regard un peu trop dur, un peu trop doux. Marie, elle, hésite encore au seuil de la beauté. Elle a plus de feu que ne le veut l'étiquette. Son visage mat manque de douceur, mais non d'éclat, et sa voix grave, harmonieuse mais profonde, surprend.

« Allons, trêve de sottises, s'écrie parfois le roi en quittant son jeu, je vais me faire l'écolier de madame. »

Il s'avance vers elle et c'est chaque fois (alors qu'elle a conservé l'habitude de se tenir souvent à l'écart, le visage couvert d'un voile d'ennui, distraite au jeu, perdant et gagnant sans fièvre), c'est chaque fois cette rougeur, cette flambée subite et émouvante d'une beauté qui naît. Le roi s'attarde près de Marie.

Cet hiver 1657-1658, la cour le passe à Paris. La Grande Mademoiselle, rentrée en grâce, ajoute à l'animation des fêtes qui se succèdent. Dans les ballets de cet hiver, où le roi brille, Marie figure souvent à ses côtés. Olympe, comtesse de Soissons, commence à concevoir quelque jalousie des succès de sa sœur. Mais toujours Marie gagne du terrain. Et à Pâques 1658, lorsque pour les besoins de la guerre la cour suit le roi à Amiens, puis à Calais, il n'est pas question que Marie soit délaissée. Elle suit, comme les courtisans, et fait connaissance de cette étrange vie mi-guerrière, mi-mondaine, qui se crée à la lisière des champs de bataille. Elle fait partie de ce cortège hétéroclite qui suit le roi : courtisans, canons tirés par des chevaux, chariots encombrés de la vaisselle royale, des vêtements, des meubles, de la literie et des tentures même, du personnel enfin, qui contribueront à recréer où que l'on aille le cadre de la vie du souverain, étrange mélange de luxe et d'inconfort. Cette animation, cette vie si nouvelle distraient Marie et contribuent à lui faire oublier ses deuils : la perte de sa sœur aînée, la douce Victoire, duchesse de Mercœur, morte en couches, et celle du jeune Alphonse Mancini, qu'un accident a tué tout récemment de façon absurde : au collège de Clermont, en jouant avec des camarades, il a été projeté hors d'une couverture où on le bernait, sa tête a porté sur le pavé.

Ces deuils avaient pourtant assombri la jeune fille. L'on menait à Calais la même vie d'intrigues et de médisances qu'à Paris ; le peuple des campagnes, appauvri et affamé par le passage des armées, était venu assister à l'arrivée et à l'installation de la cour, et s'amassait pour profiter au moins du spectacle, les soirs de bals. Parfois l'on distribuait les restes des festins. Bientôt, la chaleur se fit excessive.

L'eau manquait. Sous l'apparence de l'habituelle vie de cour, le manque d'hygiène était effrayant. La garnison de Mardyck était de six cents chevaux et mille deux cents fantassins, plus quatre cents blessés ou malades ; le ravitaillement était difficile, et cependant le gaspillage ne cessait pas, la désorganisation était totale, admise. De l'année précédente, subsistaient dans les campagnes des cadavres décomposés, répandant des miasmes fétides. Au milieu de tout cela le roi allait et venait à cheval, en habit de guerre : justaucorps de velours noir et écharpe blanche. Le cardinal, à cheval aussi, l'escortait. Des festivités marquèrent la reddition de Mardyck, et la cour, à l'annonce de la victoire, s'était retirée à Compiègne, lorsqu'en quelques jours l'atmosphère de soulagement et de joie est transformée. La cour est plongée dans l'inquiétude et bientôt dans la consternation, par une soudaine nouvelle : le roi est indisposé, le roi est malade, le roi est entre la vie et la mort. Qu'on imagine l'effet de cette nouvelle, vite parvenue à Paris et dans toute la France. Des messagers galopent sur les routes, allant de Paris où est Colbert à Calais où le cardinal est au chevet du roi. La cour, à Compiègne, attend aussi les courriers avec impatience. Déjà, sous l'apparence de désolation qu'affecte chacun, des espoirs pointent, des intrigues se nouent. Le médecin habituel du roi a beau faire, l'état de Louis XIV s'aggrave au point de paraître par instants presque désespéré. Comment éviter qu'aussitôt, autour de Monsieur, des factions se regroupent ? Que des Frondeurs apparemment assagis relèvent la tête ? La tension, à Compiègne, est presque insoutenable[1]. Chacun épie, guette, calcule, s'ingénie à ne pas témoigner trop peu de tristesse, à n'en pas témoigner trop. La faveur de demain peut dépendre d'un mot, d'un geste, d'un soupir. Tout est en suspens, chacun n'est qu'attente et méfiance, chacun, sauf Marie.

Dans cet instant tragique, son caractère excessif et absolu se révèle pour la première fois. Avec la faveur du roi, elle avait retrouvé peu à peu une certaine confiance en la vie. Sans doute, elle s'était émue d'un tendre attachement pour le roi adolescent ; mais le roi est bien plus pour elle qu'un jeune homme aimé. La faveur et l'amitié de Louis XIV ont été pour Marie un véritable miracle, le miracle qu'elle attendait depuis l'enfance et auquel elle avait presque renoncé. L'enfant malheureuse, orgueilleuse et sensible a tant rêvé de ce jour où, enfin, on lui rendrait justice ! Elles ont été si longues, ces années d'obscurité, d'indifférence, où chaque jour apportait sa blessure. Les moqueries de sa sœur, l'hostilité de sa mère, le mépris tolérant du cardinal, et jusqu'à cette pitié qu'elle lisait dans certains regards, tout l'a repliée sur elle-même, sur cet espoir fou qu'un jour viendrait où, sans qu'elle eût à s'abaisser, on lui rendrait enfin une place digne d'elle. Ce jour était venu. Ce miracle s'était accompli. Sous le regard favorable de ce jeune homme qui était le roi, Marie s'était sentie délivrée de cette hostilité qui la paralysait. Elle avait montré son esprit, découvert sa beauté. Son cœur aussi s'éveillait, ce cœur longtemps engourdi et sans tendresse. Les élans refoulés renaissaient. A l'admiration, à la reconnaissance, s'était joint bientôt un sentiment plus tendre et plus violent. Ce sentiment, elle ne l'avait ni montré, ni, peut-être, reconnu, lorsque parvinrent à Compiègne les inquiétantes nouvelles.

1. Colbert à Mazarin (7 juillet 1658) : « Nous sommes ici dans la dernière inquiétude de la maladie du roi... Si les nouvelles sont bonnes, nous travaillerons à les rendre publiques. Si elles sont mauvaises, nous les tournerons comme il nous paraîtra plus avantageux pour le service du roi et de Votre Eminence. »

Et soudain, elle lut en elle-même, et son désespoir éclata.

Désespoir juvénile, absolu comme l'âme de Marie, qui ignora et méprisa toujours toute prudence. Louis XIV rayonnant, au faîte de la gloire, elle aurait su dissimuler son amour (elle le fera plus tard) sur le moindre soupçon d'intérêt. Le roi mourant, accablé, presque trahi (car Marie ne perdait rien des conciliabules et des intrigues qui allaient leur train), elle ne sut plus maîtriser sa douleur et d'ailleurs ne s'en soucia point. Le désespoir de Marie Mancini devint alors le sujet de toutes les conversations. Un tel mépris de toutes convenances, une telle indifférence à tout avenir, devaient frapper les imaginations, et les frappèrent. Il parut évident aux yeux de tous que Marie avait nourri pour le roi la passion la plus extrême. Elle-même le crut de ce jour.

On peut, si l'on considère la vie et le caractère de Marie tel qu'il apparaît par la suite, n'être pas tout à fait de cet avis. Sans doute, Marie aima le roi, d'un amour tout neuf d'adolescente. Mais jamais elle ne dissocia l'image du roi et celle de la royauté. Plus que l'amour, ce qu'elle aimait en lui, c'était une sorte de justice suprême qu'elle croyait lui être rendue. On la verra plus tard, alors qu'elle a connu, et avec quelle intensité, un amour partagé d'adulte, se tourner encore vers Louis XIV comme vers l'image d'une justice incarnée, mirage déchirant et puéril né d'une enfance torturée.

Mais Marie à Compiègne n'analyse pas, ne réfléchit pas. Avec Louis XIV il lui semble tout perdre : la faveur, l'estime, l'amitié, l'amour. Et elle se jette dans le désespoir avec cette frénésie qui lui est propre.

Mais l'on aurait tort de voir dans cet abandon de la faiblesse ou de la résignation. Il y entre plutôt un dédain pour la vie, l'événement, le sort, qui tient de la provocation. Marie a trop d'estime pour elle-même, elle a trop d'orgueil aussi, pour tenter de réagir contre le malheur. A ce trait de caractère se joint une violence qui trouve son emploi dans le désespoir. Le bonheur est toujours limité, seul le malheur est infini. Marie est attirée par l'échec comme par un abîme, par le malheur comme par une tentation. Et c'en est une, aux âmes éprises d'absolu, que ce désespoir qui permet enfin d'abdiquer la peine de lutter et de vivre. Enfin, à dix-sept ans, il est bien naturel que se joigne, à des mobiles complexes et profonds, un autre beaucoup plus simple : le goût du théâtral. Le chagrin de Marie avait fait d'elle le point de mire de la cour tout entière ; dans tout Compiègne, on ne parlait que d'elle. On peut admettre qu'elle ait trouvé là un léger adoucissement à une douleur absolument sincère.

Cependant, à Calais, M. Vallot, médecin du roi, désespérait, quand l'idée vint à quelqu'un de faire appel à un médecin local, du Saussois, d'Abbeville, dont on disait des merveilles. Du Saussois fut appelé, plus épouvanté que content de l'honneur qui lui était fait, et prescrivit un vin émétique. Après une nuit d'attente anxieuse de son entourage, le roi, après avoir transpiré abondamment, se sentit mieux, reprit quelque appétit. Quelques jours après, la fièvre tombée, il était sauvé. Nul n'en fut plus heureux que l'inquiet du Saussois. Le 22 juillet, le roi quittait Calais pour se diriger vers Compiègne. Le cardinal, rassuré, restait au côté de Turenne, sur la ligne Bergues-Cassel-Calais.

A Compiègne, le roi fut accueilli avec les apparences de la joie la plus folle. Personne du reste ne s'était avancé plus qu'il n'eût été prudent. Cependant, le roi recueillit force ragots et sentit fort bien, fait à ces fluctuations depuis l'enfance, que rares avaient été les chagrins sincères. Ce fut alors que la voix unanime lui rapporta les échos du désespoir (que certains avaient jugé excessif) de Marie Mancini. Il y fut d'autant plus sensible qu'Olympe, à laquelle il avait témoigné tant de bienveillance, ne s'était aucunement donné la peine de dissimuler son sentiment, qui était de la plus parfaite indifférence[1].

1. L'indifférence de la comtesse de Soissons avait été remarquée. « Elle ne montra point le regret qu'elle aurait dû, dit la

La « fatalité » a, cette fois, joué en faveur de Marie. Son attitude a tranché à tel point sur celle des autres dames de la cour ! Et cela sans qu'on puisse la soupçonner du moindre calcul. Comment le roi ne serait-il pas ému d'inspirer une telle passion à la singulière jeune fille, dont il sent confusément la supériorité ? Et tandis que la cour regagne Fontainebleau, le cœur du jeune Louis XIV achève de s'enflammer. Il ne quitte plus Marie, lui découvre toujours de nouveaux charmes. Cet automne achèvera la métamorphose de la jeune fille ; son teint mat s'est légèrement éclairci, ses formes un peu anguleuses s'adoucissent, sa nervosité d'enfant sensible et souvent froissée s'atténue. Finie la maladresse, disparu le mutisme gênant ; la cour s'aperçoit avec surprise de la radieuse beauté, soudain épanouie, de Marie.

*
* *

La manière familière avec laquelle je vivais avec le roi et son frère, écrira Marie, était quelque chose de si doux et de si affable, que cela me donnait lieu de dire sans peine tout ce que je pensais, et je ne le disais pas sans plaire quelquefois... Il arriva qu'ayant fait un voyage à Fontainebleau, je connus au retour que le roi ne me haïssait pas, ayant déjà assez de pénétration pour entendre cet éloquent langage qui persuade bien plus sans rien dire que les plus éloquentes paroles du monde...

Marie eut alors à la cour une des toutes premières places. Pensa-t-elle tout de suite à épouser le roi ? Peut-être, mais ce fut alors par cet orgueil mêlé de pureté, étrange assemblage dont on ne saurait dire s'il est vice ou vertu, et non par ambition. Cependant, le roi ne s'était pas encore formellement déclaré.

Grande Mademoiselle, vu l'amitié que le roi faisait paraître pour elle. »

Les assiduités de ce monarque, les magnifiques présents qu'il me faisait, et plus que tout cela, ses langueurs, ses soupirs et une complaisance générale qu'il avait pour tous mes désirs ne me laissèrent rien à douter là-dessus.

Vint un jour de promenade, où le roi et Monsieur, accompagnés d'une petite bande de jeunes courtisans et de quelques musiciens, s'en allèrent goûter dans un ermitage de la forêt de Fontainebleau, du côté des gorges de Franchard. L'atmosphère était détendue, le temps était clair et doux, et le cardinal absent. Turenne avait pris Furnes et Dixmude, Gravelines venait de se rendre, la guerre allait finir. Mais Son Eminence n'était pas encore de retour, et peut-être le roi avait-il le sentiment qu'il fallait mettre cette absence à profit ? Jamais il ne s'était montré plus tendre et plus galant ; Marie était éclatante de beauté et d'audace. Ils gravirent follement les rochers escarpés qui dominaient l'ermitage, suivis d'une bande joyeuse qui s'essoufflait à les suivre, et des violons qui, pour la première fois, jouaient juchés sur les rochers. Olympe, grosse d'un second enfant, attendait dans le jardin de l'ermitage, morose. En quelques mois, les rôles avaient changé. Olympe en souffrait d'autant plus qu'incapable de comprendre le « caractère singulier » de cette sœur si longtemps méconnue, elle lui prêtait ses propres calculs, ses propres pensées, et la croyait tout occupée à se venger en lui nuisant.

Il était bien question d'Olympe ! De l'ermitage de Franchard, Marie revient radieuse, émouvante de joie sereine et de confiance. Le roi lui a déclaré son amour ; elle a eu à peine besoin de lui révéler le sien. Les quelques mois qui vont suivre seront peut-être les plus heureux de sa vie.

*
* *

Il faut bien noter qu'elle n'est jamais heureuse que de *l'idée* du bonheur, et non du bonheur lui-même. C'est pourquoi elle l'est si pleinement dans cet état indécis, indéterminé, abstrait, de l'amour adolescent. Elle ne vit pas, elle rêve, et, comme dans les rêves, rien ne la heurte ni ne la blesse, alors que, dès qu'elle sera réveillée, dès qu'elle essaiera de vivre dans le réel, auquel elle est tragiquement inadaptée, partout elle se heurtera, se blessera, souffrira et se fera souffrir. Mais pour l'instant ce sont les dernières fêtes à Fontainebleau, les concerts nocturnes, les feux d'artifice tirés sur la pièce d'eau, les courses enivrantes en forêt. Puis le retour à Paris. Désormais elle est au vu et au su de tous la favorite. Elle danse sa vie comme un spectacle devant un public toujours présent, et cela ne la gêne pas. Prise dans la lumière de ces regards, elle ne quitte plus le Louvre, sans cesse aux côtés du roi et de Monsieur, avec lequel elle noue une amitié bizarre et sincère. (Et il est curieux de noter que du Roi-Soleil et du falot petit frère, maquillé et monté sur ses hauts talons, que du souverain tout-puissant, de l'amant passionné, ou du frivole et médisant inverti, ce sera le second le plus fidèle.) Marie danse en face du roi, presque chaque soir. Marie participe à une loterie de bijoux, et gagne, bien sûr, des rubis magnifiques. Les machineries élèvent vers le ciel des nuages en carton : Marie, la mal-aimée, la malgracieuse, l'étrange et singulière enfant qu'il fallait reléguer dans un couvent, la jeune fille morose au front buté que refusait La Meilleraye, figure Vénus dans l'Olympe de pacotille que le bal suscite pour un soir. Elle figurera l'Eté, le Siècle d'or, une Etoile, Mme Fée, une Déesse, et tout le monde trouvera cela parfaitement naturel. Elle est transportée dans un monde incroyable où, tout à coup, elle règne. Mais ce monde, *elle y a toujours cru*. Elle se trouve à l'aise dans cette vie de cour au cérémonial compliqué, où des mots d'amour lui sont chuchotés par un roi travesti en berger. Elle est tout entière à l'instant présent. Elle ne songe pas à s'emparer de son bonheur, à le saisir, à le retenir. Elle se borne à le contempler. Elle se *sait* aimée du roi. Elle se croit digne de cet amour. Cette connaissance lui suffit. Si un vague émoi sensuel lui vient parfois, elle n'a pas de peine à le réprimer. Oui, l'étrange fille en vérité que celle à qui l'amour d'un roi inspire comme première pensée le désir de s'en montrer digne.

Et c'est ainsi qu'elle le conquiert. Car là où une ambitieuse calculerait, louvoierait, hésiterait, la fière candeur de Marie, qui jamais n'hésite, parce qu'elle n'imagine pas encore qu'on puisse perdre l'amour après l'avoir obtenu, la transparente et dure pureté de Marie arrache au jeune roi, ému par son éblouissante apparition, un soir, en habit de cour :

« Comme vous voilà belle, *ma reine* ! »

Ces mots, elle les recevra dans son cœur, comme un sacre. Et plus tard, à Brouage exilée, plus tard encore, dans son dernier exil, à Madrid, elle réentendra ces paroles, les pèsera, les repèsera et se demandera toujours si un instant, un instant si court soit-il, elle a été totalement aimée, si un instant, dans leur esprit à tous deux, elle a été vraiment reine de France ?

Et elle revivra sans cesse, l'analysant dans ses moindres détails, son souvenir le plus cher, celui du voyage à Lyon.

Car ce voyage de quelques semaines a été pour elle toute une vie. Le cardinal, toujours désireux d'obtenir pour son pupille la main de l'infante d'Espagne, et de conclure ainsi cette paix tant désirée, voyait cependant l'affaire traîner en longueur, les objections se succéder, les pourparlers s'éterniser. Il se décida à une feinte, qui, d'ailleurs, ne l'était qu'à demi. Il fit sonder la princesse Christine de Savoie au sujet de sa fille Marguerite, sœur du duc héritier, Charles-Emmanuel. On arrangea une rencontre. Elle aurait lieu à Lyon. Le roi feindrait d'aller visiter ses provinces, d'assister aux états généraux de Dijon, et si la princesse Marguerite lui plaisait...

Le roi accepta le voyage, sinon la princesse. Il était bien décidé pourtant à la refuser, à refuser l'Infante, à refuser qui que ce soit au monde sinon Marie. Mais chevaucher sur les grand-routes avec Marie, dans une liberté plus grande qu'au Louvre, le tentait. Et le cardinal sut lui présenter les choses sous le jour le plus séduisant.

On partit le 26 octobre 1658, par beau temps, dit la chronique. Ebranlement lourd, et lent, et somptueux, des chariots, des carrosses, des chevaux montés d'officiers étincelants ; les têtes curieuses aux fenêtres, le grincement des roues, la lenteur désespérante du cortège enserré dans les ruelles, et puis, tout à coup, la grand-route d'Auxerre. L'air pur, froid et sec qu'on buvait à longs traits. Botte à botte, Marie et le roi se souriaient. Les champs, les arbres rougeoyants, le monde s'ouvrait. Derrière eux, les cris des officiers de la Maison du roi, le nuage de poussière qui entourait les carrosses, les incidents de toutes sortes (roue embourbée, essieu brisé, et les chariots qui transportaient les meubles suivaient toujours malaisément parce que trop chargés). Mais devant eux, la route, les arbres, l'avenir clair et pur comme ce beau jour d'automne.

« Laissez-nous donc, messieurs ! »

Les officiers ralentirent, les dames étaient loin derrière, entourant le carrosse de la reine où Olympe avait jugé politique de monter. Peu de dames étaient à cheval d'ailleurs, à cause du froid, et de la poussière, que l'obligation qui leur était faite de rester dans le gros du cortège rendait insupportable. On avait fait collation avant de partir, de perdreaux froids et de confitures. Bien des dames s'étaient abstenues de toute boisson, car une fois en carrosse, Dieu seul savait quand l'on s'arrêterait. C'était au bon plaisir du roi, et le roi n'était pas près de s'arrêter. Un instant seulement, au sortir des puantes ruelles, des premiers et misérables champs parsemés de cahutes, l'enceinte passée dans le tumulte des badauds venus acclamer le roi, le cortège avait fait halte. Les maraîchers, avec leurs grands chapeaux de cuir, accourus au bruit, avaient tenu à acclamer aussi le souverain, et ç'avait été (Marie souriante et impassible, mais les doigts crispés d'impatience dans les gants de peau, sur les rênes) la remise de quelques denrées, les odeurs, les cris, les visages.

Terrible Paris, grouillant et fascinant ! Tout à coup, devant ce tumulte, ces hommes aux traits rudes sortis de partout comme des champignons, ces enfants barbouillés posés sur l'épaule de leurs mères comme d'étranges excroissances piaillantes, les chapeaux agités dans le vent, l'odeur de ces légumes dans les corbeilles et de cette sueur, cette soudaine fermentation de la ville sur leur passage — devant tout cela, elle avait compris ce qu'avaient pu être la Fronde, et aussi les triomphes, les joyeuses « entrées », le sacre, le règne. Et elle avait été sûre, elle avait su, qu'en ce moment, aux côtés du roi, elle était reine.

Leurs regards s'étaient rencontrés. Ils étaient séparés par leurs gardes qui fendaient le cortège, s'efforçaient de rétablir un peu d'ordre, et elle avait su que ce peuple serait le sien, qu'il le lui offrait, déferlant à leurs pieds comme une vague, soumise et dangereuse cependant, support et naufrage à la fois, sur laquelle ils navigueraient ensemble à jamais.

Et maintenant, le tumulte avait cessé. Ils arrivaient en pleine campagne, la route bien empierrée s'étendait devant eux ; l'air était froid, limpide ; un geste du roi avait fait se ranger à l'arrière l'escorte. Ils pouvaient presque s'imaginer seuls.

« Laissez-nous donc, messieurs ! »

On était parti.

C'était le couronnement, c'était la gloire, c'était l'amour, c'était tout ce qu'elle avait rêvé, rêvé seulement dans l'appartement sombre et mal chauffé où Mme Mancini la confinait, et qui s'était petit à petit réalisé, sans qu'elle fît rien pour cela, comme si elle avait possédé un talisman. Autour d'elle, en secret, l'on s'émerveillait, l'on comparait l'enfant brune, malgracieuse, taciturne, ses toilettes mal coupées, désuètes, à la radieuse et triomphante Marie, belle, bien vêtue et bien disante, chevauchant aux côtés du roi. Mais elle, tout en jouissant de l'instant, de ce parfait et fragile bonheur, pensait qu'il lui était dû, et que, fût-elle restée toujours mal aimée et malmenée, elle eût toujours su, dans son cœur indomptable, qu'elle était reine.

Ils chevauchaient en silence. La route était déserte entre les champs roussis, les collines douces, les arbres encore feuillus (l'automne avait été doux) mais d'où s'envolaient de temps en temps les feuilles mordorées. C'était comme un cortège de conte de fées cette éclatante cavalcade qui cheminait lentement à travers la campagne ; les chevaux bien nourris en tête, quelques officiers en avant, le reste de la troupe en arrière ; et comme sur les livres d'images, le prince et la princesse isolés entre ces deux groupes, lui dans un habit de velours prune rehaussé d'argent, les grandes bottes fauves déjà couvertes de poussière, mais souriant, le teint animé par l'air frais, la taille droite et bien prise, elle dans son bel habit d'un bleu sourd, avec des agréments feu, aussi droite que lui, aussi fière, un peu plus petite seulement et plus frêle, avec ses boucles noires, le mince visage hâlé d'un page plus que d'une dame. Et derrière, loin, le carrosse de la reine et ses quatre chevaux, et la reine avec ses eaux de senteur, ses mouchoirs, ses pâtes de fruits qu'elle croque (puis elle veut se laver les mains, et Olympe, sans se retenir de soupirer, cherche les mouchoirs, et Mme de Motteville croit qu'on les a oubliés, mais non, on les a, et il faut se pencher à la glace et recevoir toute la poussière au visage pour demander où est le roi, et il est loin devant avec Mlle de Mancini, répond l'officier qui ne se prive pas de sourire).

« Naturellement ! » dit Olympe qui est toujours jalouse de tout.

Et Mme de Motteville sourit parce qu'elle hait le cardinal et tout ce qui s'en approche, et la reine soupire, sourit, puis se désintéresse de la chose (il faut bien que le roi s'amuse) et demande de son eau de senteur. La recherche recommence !

Et plus loin encore le carrosse de Son Eminence qui soupire avec mélancolie en songeant au temps où lui-même était un si beau cavalier, et écarte cette pensée par une autre combien obsédante : « Pimentel viendra-t-il ? »

Car Pimentel, son émissaire auprès du roi d'Espagne, doit l'informer des possibilités du mariage avec Marie-Thérèse, infante d'Espagne, et le présent voyage à Lyon, où l'on doit rencontrer Christine de Savoie dite Madame Royale et Marguerite sa fille, n'est qu'un trompe-l'œil et une feinte destinée à attirer l'Espagnol. Simulacre, mais qui peut devenir réalité, se dit Son Eminence, qui croit au hasard, à la chance, aux étoiles, autant que sa nièce Marie, et qui ne décide rien à priori. Même en ce qui concerne Marie qui, loin devant le cortège, vient-on lui rapporter, chevauche botte à botte avec le roi.

Cette amourette qui se confirme peut être utile, ou ne pas l'être. C'est un pion sur l'échiquier et tout dépend de l'endroit où il se placera. Le cardinal est bon joueur. Entre les coups il se détend admirablement, laisse faire les êtres, le temps, la nature, attend. S'il souffrait moins de la goutte, ce lent voyage balancé ne lui serait pas désagréable. Pimentel est en route, Madame Royale aussi. La reine fera ce que l'on veut, Marie et le roi s'aiment. Attendre et voir ce qui sortira de ces données, en les orientant au bon moment, bien sûr. Un moment fugitif, il pense à Marie. Elle est maîtresse de son sort, après tout.

Le balancement doux du carrosse apaise sa douleur, et la nécessité de l'attente berce ses préoccupations. Dans son carrosse capitonné, Son Eminence est en paix avec le monde. Un moment, il se plaît à regarder les champs qui défilent, ces pans de terre irréguliers qui s'ajustent, fraîchement labourés, comme les pièces d'un vêtement et forment une colline, une plaine. Ainsi, les êtres et les événements s'ajustent-ils pour faire l'histoire. Et dans l'histoire aussi il y a des moments où tout est labouré, et où il ne reste qu'à attendre. Dans l'histoire il y a aussi des hivers, pense le cardinal Mazarin dans le roulement monotone du carrosse. Et il va s'endormir, attendant la moisson.

Chevauchant sans parler, au comble, au sommet du bonheur (et l'on peut dire vraiment au sommet, car il semblait à Marie qu'elle contemplait, du sommet d'une montagne, les vallées sombres devant elle, où il faudrait bien redescendre), seuls l'atteignaient encore les souvenirs heureux, les heures ensoleillées de son livre d'images : l'antichambre, un bal où elle avait bien dansé pour la première fois, l'excursion de Fontainebleau, cet ermitage de Franchard où l'après-midi s'était déroulé, tiède et doré, avec ses couples juvéniles et ses musiciens, avec la perfection mesurée d'une estampe, et la visite, peu après, de la reine Christine de Suède, l'étrange femme qui était apparue comme un personnage de théâtre, au bon moment, avec toutes prêtes les paroles qu'il fallait : « Un roi ne saurait mieux faire que d'épouser une personne qu'il aime... »

Elle revivait l'enchantement vertigineux qui l'avait emportée depuis la première journée, les premières paroles, jusqu'à cette belle matinée d'octobre, chevauchant aux côtés du roi, au vu et au su de toute la cour, celle avec laquelle il préférait être, celle qu'il épouserait, puisqu'il l'avait promis. De cette promesse, Marie ne devait pas douter un seul instant, jusqu'au jour de son exil pour La Rochelle, un an après la merveilleuse chevauchée. Elle ne se demandait pas si cette promesse se réaliserait, si elle était réalisable. Elle était dans cette promesse comme dans cette belle journée d'automne, sans y penser, en jouissant de tout son être. Et plus tard, quand elle reviendrait à ce souvenir comme à son seul recours contre le désespoir, sa souffrance viendrait moins, beaucoup moins de l'échec, que de l'atroce soupçon d'une impureté ternissant ce beau jour, et le beau visage du cavalier à son côté, qu'elle aimait de toute sa loyauté.

Ils chevauchent. Le roi à son côté lui sourit. Il la voit belle, animée, heureuse, il la revoit gauche, malheureuse, mal aimée, et c'est lui qui a fait ce miracle. Comment ne l'aimerait-il pas, son amie ? Quand elle parle, avec cette charmante et toute neuve assurance, n'est-ce pas l'approbation du roi, qui rougit ses joues et lui permet d'extérioriser ce feu qu'elle cachait à tous ? Quand elle s'avance pour danser, et que chacun (Loret, le gazetier de la cour, en est l'écho discret) s'étonne de la transformation de l'enfant brune et sans attrait, n'est-ce pas son goût à lui, sa sagacité à lui, que l'on admire, lui qui sut tirer de l'ombre le charme de ce teint mat, de ces dents éclatantes, de ce visage moins régulier que celui de la petite Hortense, mais si vivant, si plein de flamme, si prêt à s'animer pour toutes les fêtes de l'esprit et des sens ? Elle danse avec feu, monte à cheval avec une inimitable grâce un peu garçonnière, est toujours prête à tous les divertissements, mais s'enflamme aussi bien pour un beau livre, un fait d'armes, une action noble. Elle-même est toute droiture, toute noblesse. Il l'en admire et n'en est pas encore gêné.

Et cette matinée d'octobre est radieuse aussi pour lui, le jeune Louis XIV dont on ne sait encore quel roi il sera, car la Fronde n'est pas si loin et le cardinal est tout proche, malgré la goutte et la gravelle, tout proche de son élève et prêt à lui rappeler ses devoirs. Ce jeune Louis XIV dont Marie Mancini est sûre qu'il sera le plus grand roi du monde, de ces rois dignes de Tacite et de Sénèque et pourquoi non ? aussi du *Grand Cyrus* et de *L'Astrée*. Un roi héroïque et galant, stoïque et érudit, bon cavalier, bon danseur et grand politique, bel idéal de jeune fille naïvement savante, instruite et ignorante, touchante dans son bel orgueil intact.

La matinée d'octobre, et le lourd charroi derrière eux, et la poussière, et les réceptions qui les attendent, et les riches campagnes parées d'automne, l'air sec respiré à pleins poumons, et l'arrêt dans une aimable clairière, les officiers de bouche s'empressant, les dames un peu chiffonnées s'échappant des carrosses, la collation dévorée rapidement (leur bel appétit à tous deux, le vin un peu tiédi par le voyage coulant dans la gorge renversée en arrière de Marie), et l'on repart, et cette fois, un peu grisé, on galope, on prend de l'avance, on distance les pesants carrosses, et l'on se retrouve à des lieues, avec une toute petite escorte, et riant à gorge déployée (Marie, ses boucles défaites, ses belles lèvres épaisses et douces, comme elle rit bien), mais que diraient Son Eminence, et la reine, si l'on entrait sans eux dans Auxerre ! Aussi l'on se cache dans un petit bois, avec des rires étouffés, avant l'entrée dans la ville, et quelle joie de voir arriver le cortège tout en désordre, et la reine à la portière du carrosse qui fait appeler le capitaine et s'inquiète, et jusqu'à un garde de Son Eminence qui désorganise tout en remontant le cortège pour s'enquérir du roi, et on se prépare, dans le bois, à fondre sur les arrivants (un, deux, trois, en avant !) comme une escouade de bandits, et les boucles de Marie flottent au vent, son cheval franchit d'un bond le talus et elle reste droite en selle, sa longue main ferme posée sur le pommeau, et toute la petite bande suit, et les femmes qui n'ont pas reconnu le roi et son escorte poussent des cris aigus, et puis c'est la reconnaissance, chacun rit bon gré mal gré, sauf la reine, qui a des vapeurs, et Olympe, qui n'aime que les plaisanteries dont elle est l'instigatrice. Et le secrétaire de Son Eminence qui attend que son auguste maître, que l'on informe de la farce, sourie, pour sourire à son tour. On ne sait jamais. Mais Son Eminence a souri aussi, avec complaisance : il est bon que les rois s'amusent. Et le sourire de Son Eminence fait autour de lui s'étendre un sourire général.

Enfin le cortège se regroupe. L'on va entrer à Auxerre. Les voilà de nouveau séparés, pour quelques heures. L'un et l'autre pensent : « Un jour, c'est ensemble que nous entrerons dans les villes. »

Oui, l'un et l'autre le pensent. Mais cette royauté que Louis offre à Marie, dans son esprit, est-elle cet engagement sérieux et profond qui se prend devant les autels, ou la somptueuse mais frivole royauté mythologique que les peintres figureront aux plafonds de Versailles ? Les voilà séparés pour l'entrée à Auxerre. Cette journée libre et triomphale a-t-elle eu le même poids, le même sens pour tous deux ? Cela, Marie se le demandera toute sa vie, et toute sa vie souffrira de ce doute.

Du moins, ce soir elle ne souffre pas, ne doute pas ; le voyage n'est qu'un moyen de vivre plus près l'un de l'autre, plus librement. Pas un instant elle ne s'inquiète du mariage projeté avec Marguerite de Savoie. Puisque le roi lui a promis qu'il l'épousera, cette parole lui suffit. En vain, Olympe, cruelle, Hortense, sagace et naïve, s'efforceront-elles de l'incliner, l'une qui veut lui nuire, au soupçon, l'autre qui veut la servir, à la prudence ; Marie se jugerait indigne si elle soupçonnait, pitoyable si elle prenait la moindre précaution.

Ainsi, ce soir-là, à Auxerre, ne se précipite-t-elle pas vers le logis de Son Eminence pour prendre de ses nouvelles, comme Olympe. Elle ne le verra que le lendemain à la messe de la Toussaint, car l'on passe la journée à Auxerre.

Son Eminence lui marquera quelque froideur : il aime à être entouré des égards de sa famille. Le roi l'a remarqué.

Après l'interminable messe, et le défilé des notables :

« Vous lui avez déplu », lui chuchote-t-il comme elle arrive avec ses sœurs au dîner de la reine.

Avec cette intrépidité que certains qualifient de brutale, mais qui est bien la marque de ce cœur pur et tranchant comme une lame, elle lui répondra :

« Que m'importe de déplaire au monde entier si je plais à mon roi ? »

Regard d'adoration, parole qui pourrait être de carmélite : clé de l'attachement de Louis pour Marie. S'il est le premier à l'avoir vue belle, spirituelle, aimée, elle est la première à l'avoir reconnu comme roi. Sa brutale confiance l'oblige à la justifier. Et la crainte qu'il éprouve encore pour le maître qu'il estime, mais s'agace d'estimer, cette crainte et ce doute qu'il a de lui-même, ces souvenirs cuisants d'enfant à demi détrôné qui a vu les courtisans trahir et renaître à la loyauté selon les hasards d'une bataille, Marie les ignore avec tant de superbe inconscience qu'à ses côtés lui aussi les oublie, et que naît en lui, déjà, le beau tyran inaccessible qui séduira l'histoire au détriment de tant de rois plus justes et plus obscurs, le Roi-Soleil, le roi de Marie.

Mais déjà l'on repart, vers Dijon. L'on repart éternellement, dans l'histoire de Marie ; ils repartent insouciants, à cheval toujours, toujours acclamés, jeunes, dispos, affamés souvent, avec des haltes imprévues dans des clairières, dans des villages, avec des contretemps (un coffre se détache et répand sur le chemin les trésors d'une dame, dont les toilettes s'en vont au vent), des poulets carbonisés, de petits vins bien frais, des réceptions inattendues qui tout à coup paralysent le cortège pour une heure ou deux, et tout engoncés de poussière, serrés dans les bottes échauffées, ou ankylosés, ceux qui sont venus en carrosse, il faut écouter quelque discours patoisé tant bien que mal par un gros homme suant d'émotion, et sous leur affectation cérémonieuse, les deux amants cachent mal ce merveilleux fou rire de la jeunesse, sans cause, sans excuse, et d'autant meilleur.

Qu'importe le but ? On avance, et Marie n'aime rien tant que le voyage, et ce voyage sera le plus beau de sa vie. Son corps plein de sève ne se lasse pas des bons départs à l'aube, de l'air frais, des bavardages essoufflés et sans suite, et ce soir, à l'étape de Dijon, à peine descendue de cheval, dans l'appartement mal commode, sous les yeux de Mme de Venel, la gouvernante, scandalisée, d'Olympe moqueuse, d'Hortense riante, dans un grand baquet d'eau à peine chaude, la voilà qui s'étrille, plus souple et plus vive qu'au matin, qui s'essuie vigoureusement, qui réclame ses coffres et s'apprête pour la collation et le bal, oui, le bal, après huit heures de cheval, où elle paraît d'une étonnante fraîcheur sous les grappes de sa sombre chevelure, et décolletée, et les épaules nues malgré l'humidité de la salle à odeur de moisi de l'hôtel de ville, où l'on n'a allumé de feu que deux heures avant. Mais qu'importe ? Elle est prête, elle danse avec le roi, ils rient des musiciens qui ne vont pas en cadence, et les dames que le voyage a brisées soupirent : « Ils ont le diable au corps », avec un sourire de commande.

Il y aurait beaucoup à dire sur cette chevauchée, et ces bals de Dijon où Marie et le roi démontrent leur belle santé et leur joie de vivre, à une cour qui ne demande qu'à oublier, dans les fêtes et le jeu, les troubles qui ont précédé et à se protéger de tous les soucis dans la petite zone lumineuse qui entoure le roi. Il y a là des jeunes gens amoureux, des intrigantes avides d'or et de bonnes places, mais aussi des hommes graves, qui savent les campagnes désolées par le passage encore récent des armées, les villes encore agitées sous leur apparence de respect et d'évidente soumission. Mais ces hommes graves aussi ont besoin d'oublier, devant un symbole évident de paix et de prospérité, les hésitations et les doutes. Et Son Eminence, à laquelle on a rapporté tout de suite que le roi et Mlle de Mancini dansent à l'hôtel de ville, n'en marque nul mécontentement. Il est bon que les peuples voient que leur roi ne craint plus rien. La jeunesse et la beauté, les violons et les mascarades, sont aussi rassurants que de bonnes finances, et Dieu sait que les finances ne sont pas bonnes !

Un peu de poudre aux yeux ne peut nuire. Que le cortège du roi traverse les provinces encore ébranlées par la Fronde comme une lumineuse comète, insouciante et semant derrière elle sa poussière d'étoiles, le cardinal le croit de bonne politique. Et puis, pourquoi ne pas lâcher la bride à Marie ? Il ne conviendrait pas à Son Eminence que le roi allât s'éprendre de Marguerite de Savoie (même s'il faut finir en désespoir de cause par conclure avec elle) qui, sans être belle, n'est dépourvue ni d'agréments ni d'esprit. L'empressement de Marie, à peine descendue de cheval, à se précipiter au bal, cette soif de plaisirs et de fêtes ne déplaît non plus au cardinal. Il croit y voir une faiblesse, et qu'elle lui rend Marie accessible. Il a tort. Certes elle paraît toute livrée au plaisir, la belle amazone aux cheveux défaits qui dévale en riant follement la colline pour assaillir le cortège royal, la jeune fille impétueuse qui, sans souci de confort, de repos, de convenance même, se jette nue dans un baquet, qui sans sentir le froid ni l'incommodité triomphe, avec ses épaules de jeune déesse, des autres dames empaquetées de châles et d'écharpes, la danseuse aux lèvres entrouvertes, à la tête haute pour qui la fatigue elle-même est un breuvage enivrant. Elle apparaît à tous, cette jeune fille-là, comme quelque charmante *folie* de carnaval, une belle création de poète qui disparaît au petit jour ; mais ce que le cardinal oublie, c'est que cette jeune folle qui sait si bien goûter le bonheur sans que rien le ternisse, a su aussi subir et porter dès l'enfance le malheur et la disgrâce, sans jamais plier ni fléchir. Il reste aux âmes trempées par cette épreuve, la plus dangereuse de toutes, un malheur d'enfant, une dureté qu'elles ne perdront plus.

Prudence, ménagements, intrigues, sont bien étrangers à l'âme de Marie. Mais Son Eminence, qui croit qu'il s'agit là d'une banale griserie, a tort de s'y fier. A onze heures le roi danse, vient-on lui dire. A minuit le roi danse. A une heure le roi danse encore avec Mlle de Mancini. Et le cardinal sourit sans acrimonie. Pour un peu, il s'offrirait le luxe d'un peu de mélancolie, dédiée à sa nièce. Lui aussi, il a dansé, aimé, et ne se souvient pas sans sourire de ses lointaines folies d'Espagne[1]. « Vivez si m'en croyez, n'attendez à demain... » Certes, Marie n'attend pas, elle vit, de toute son âme, de tout son corps, de toute son ardeur que la danse exprime et domine. Mais point de griserie dont on se repent le lendemain, point de tête lourde et de cœur gros ; si Marie s'enivre de danses, de chevauchées, de longs regards, de tendres paroles, d'héroïques exaltations, c'est délibérément, c'est avec la fougue de qui sait (de ce savoir de chair que l'on tient de l'enfance) que demain peut être le gouffre où tout se brise et se

1. Il faillit y épouser, dans sa prime jeunesse, la fille d'un notaire et seule l'énergique intervention du prince Colonna l'en empêcha.

perd. Son orgueil méprise ce savoir, et tiendrait à grande honte de chercher à éviter le gouffre par un pas, un seul, en arrière. Folle et fougueuse et imprudente, Marie est tout cela, mais elle l'est de parti pris, elle y met son orgueil, elle y voit son honneur, le grand mot est dit et c'est ce que le cardinal, encore qu'il ait ses côtés de grandeur, ne comprendra jamais.

C'est que tout l'orgueil du cardinal, l'honneur du cardinal sont intéressés à la réussite. Cette réussite peut être médiocre ou sublime, elle peut aller de la mesquinerie à la réelle grandeur, en passant par la simple convoitise (du désir d'une belle bibliothèque au goût du jeu et des petits profits ; et il saura s'élever jusqu'au sacrifice pour l'œuvre commencée — la paix, l'accord des Pyrénées, la belle combinaison des traités qui consolidera la France) ; mais il s'agit toujours de réussite. Le cardinal comprendrait fort bien que Marie ambitionnât de faire au moyen du roi une grande fortune, qu'elle recherchât un titre ou une influence politique ; qu'elle voulût simplement le plaisir, ce qu'elle appelle l'amour et qui n'est nullement incompréhensible au cardinal Mazarin. Il comprendrait même qu'elle voulût épouser le roi (bien qu'il ait cent raisons de combattre un tel projet), mais que l'énergie, la force de Marie et son intelligence réelle, ne soient pas tournées vers le succès, vers la réussite, qu'elle les juge, sinon négligeables, du moins secondaires (et même qu'il pressente déjà ce goût étrange de l'échec, qui ne se développera en elle que beaucoup plus tard, comme le goût des honneurs chez l'homme mûr, et en effet, elle considérera l'échec comme une sorte d'honneur, de décoration, de preuve qu'elle n'a jamais failli), cela est incompréhensible à Son Eminence, et plus qu'incompréhensible, suspect, et plus que suspect, outrageant.

Car le monde où Marie se place (et dont le cardinal n'a encore, à Lyon, qu'un soupçon presque imperceptible), l'échelle des valeurs de Marie, les démarches de Marie, se situent là où le cardinal n'a rien à voir, perd toute puissance et jusqu'à l'existence. Car l'existence du cardinal est tout entière basée sur la réussite, petite ou grande. Sans doute, cette réussite est purement temporelle. Mais fût-elle même spirituelle que Marie encore ne la comprendrait pas ; et si son oncle la méconnaît toujours, dans son indulgence d'aujourd'hui, comme plus tard, dans sa colère, elle le lui rendra, elle le lui rend bien. Elle aussi le méconnaît totalement.

Elle danse et elle repartira le lendemain, à l'aube s'il le faut, sans économiser ses forces, pas plus qu'elle n'économisera son cœur. Elle donne tout d'un coup. Elle donne sans rien demander en échange, sans rien attendre, et, pourrait-on presque dire, sans rien espérer. Et c'est pourquoi cette chevauchée de Lyon atteint une perfection, une plénitude inégalées : parce qu'elle n'a pas d'avenir.

Et ils repartent. Le temps se fait plus froid. Bientôt viendront les premières gelées. Ils chevauchent vers l'hiver, mais ils n'y pensent guère. Beaune et Chalon les arrêtent. Ils y dansent encore, ils y chuchotent dans les couloirs, au jeu, et jusque dans la chambre de la reine, et le roi promet toujours, jure toujours, à Mlle de Mancini qu'il n'épousera point Marguerite, que le mariage espagnol échouera et qu'elle sera reine. Malgré les grandes flambées qui les accueillent, les appartements sont froids ; on ne peut obtenir d'eau chaude, les vêtements que l'on tire des malles et qu'on y remet à la hâte sont fripés, humides. Olympe tousse avec affectation. Une petite pluie tombe, un jour, et il faut réintégrer les carrosses, où l'on est serré, cahoté, où l'odeur de cuir mouillé se fait étouffante, et l'on s'embourbe, et les acclamations se font rares, car quel enthousiasme résiste à la pluie de novembre ? Marie s'en soucie peu, du moment que l'on avance. A tout instant, la tête à la portière, elle rit de la piteuse mine des gardes, dont la livrée enorgueillit tant l'oncle, mouillés et déconfits sur les grands chevaux mélancoliques.

« Vous êtes bien pressée d'arriver, fait Mme de Venel, mi-sucre mi-vinaigre.

— Et pourquoi non, madame ? Moi aussi j'ai hâte de voir la princesse Marguerite. »

Elle ne craint rien. C'est son honneur de ne rien craindre. Rieuse, elle attend l'étape pour courir vers le roi.

« Comme vous voilà faite ! »

Il aime son intrépidité, son absence de coquetterie, car il est encore à l'âge où le temps qu'une femme met à sa toilette est plus un embarras qu'une flatterie, et toujours il appréciera par-dessus tout les femmes capables de soutenir le rythme de ses plaisirs.

« Nous partîmes trois mille, murmure-t-elle avec un regard vers le piteux cortège, et par un prompt renfort, nous nous vîmes trois cents en arrivant au port ! »

Le port, c'est un château un peu délabré où l'on s'empresse : la grande cour où l'on dételle les chevaux, le débarquement pénible de la reine et des dames, l'affolement des suivantes, des filles de chambre, le mélange des malles ; et l'on porte à Marie et Hortense, qui grelottent dans une « belle chambre » où les tentures effrangées paraissent avoir reçu la visite des rats, les malles de Mme de Navailles ; et les deux folles s'amusent un grand moment à revêtir les toilettes de l'austère dame et à en prendre les mines, jusqu'à l'intervention indignée de Mme de Venel. Et Marie tient à mettre chaque soir un habit différent ; alors que la fatigue et le froid paralysent les dames, elle est à l'aise dans ce voyage inconfortable, dans ces demeures chaque soir différentes, elle est hors du temps. Elle s'y trouve bien. Le roi aussi.

Il goûte avec elle cette errance à travers les campagnes balayées de vent et de pluie, le violent plaisir de la chevauchée et la petite ville qui apparaît au loin comme une sorte de miracle ; la fête qui aussitôt commence, somptueuse ou grotesque, mais au milieu de laquelle, avec ces absurdes vêtements de parade, ces précieux joyaux qui pourraient aussi bien être verroterie, parmi les discours et les révérences, on n'oublie pas la nuit qui entoure la ville, l'obscur silence des grands arbres mouillés, l'odeur des feuilles pourrissantes dans les clairières, tout l'irréel de ce voyage. Le roi s'y repose, s'y détend, boit à longs traits cette France de rêve qui ne lui demande plus rien que de passer, comme un songe lui aussi, avec sa caravane d'incroyables carrosses tout dorés, d'uniformes que la boue macule, mais dont compte seule la vive tache de couleur, sur la route morne qui serpente entre un champ gris et une haie nue, où quelques feuilles s'accrochent comme des haillons, par pudeur.

Les brouillards se lèvent maintenant pour rendre plus fantomatique encore le long cortège ; le grondement des roues, le piétinement des chevaux, attirent quelques figures effarées sur le seuil de chaumières isolées, et même Son Eminence (qui attend toujours en vain des nouvelles de Pimentel) a conscience de l'étrange qualité du silence que traverse le lourd convoi. C'est la traversée d'un échiquier, le lent déplacement d'un pion d'une case à l'autre, le moment où, la main encore suspendue au-dessus du vide, les calculs soudain s'affolent et puis se taisent, car au jeu le plus intelligent du monde participe tout de même cette obscure force sur laquelle s'interrogent les astrologues, cette force que le cardinal nomme la chance (et elle ne lui a jamais manqué), Marie, la fatalité, et devant laquelle tous deux savent qu'il faut faire silence. Seulement, le silence du cardinal est d'attente, de prudence, car sitôt le pion avancé, il s'empressera de le mettre dans son jeu ; et le silence de Marie est de mépris, car son âme absolue méprise la nature jusqu'à lui céder le terrain : elle ne s'abaissera pas à lui disputer ses conquêtes.

Comment donc se comprendraient-ils, le vieil homme qui luttera jusqu'au dernier moment, serrant entre ses genoux débiles la vie comme un cheval rétif, et l'enfant malheureuse qui, depuis l'âge le plus tendre, renonçait à tous les puérils plaisirs, et jusqu'à ceux du cœur (jamais le mot « tendre » ne fut plus mal appliqué qu'à cet âge farouche), sacrifiant tout à l'orgueil précoce de s'estimer ? Lui la jugera sotte, incompréhensiblement bornée de laisser échapper, fût-ce contre lui, l'occasion, le numéro gagnant, quittant la table de jeu au moment où s'amoncellent à sa place les masses d'or, et il ne comprendra jamais que cette sottise peut s'appeler grandeur. Elle le jugera lâche et mesquin, de ne jamais laisser passer aucune chance, aucune aspérité sans s'y accrocher aussitôt, comme l'alpiniste en escalade, et ne verra jamais que cette mesquinerie tenace peut aussi s'appeler courage.

Ainsi leurs routes ne se croiseront-elles jamais. Quand elle renoncera au roi et sera la plus grande, il la croira dupe. Quand il finira de conclure le mariage espagnol, peu avant de mourir, épuisant ses dernières forces à l'œuvre qu'il croit salutaire, elle le croira intéressé. D'êtres plus hermétiques, l'un à l'autre, il n'y en eut jamais.

Seul l'acharnement des Mazarin les lie ; des deux, qui paraîtra le plus fou : lui, irréductiblement attaché au destin temporel d'une patrie qui n'est pas la sienne, ou elle, que rien n'attacha jamais, surtout pas le bonheur, sinon une certaine idée qu'elle se faisait d'elle-même et dont elle sut ne pas déchoir ? Qui paraîtra le plus fou devant la mort, lui, tout encombré de sa bibliothèque, de ses statues, de ses richesses, du réseau de ses alliances, filet brodé de perles par ses patientes mains, mais que la mort rompra, et elle, ayant sacrifié toutes les ambitions, tous les plaisirs, toutes les tendresses et jusqu'aux plus légitimes, à la creuse idole devant laquelle la vieillesse la laisse les mains vides, vieille folle persécutée à la tête couverte de rubans de couleur, avec la seule consolation de n'avoir jamais cédé ? Quel abîme entre le vieillard en litière, qui lutte encore pour sourire de ses dents qu'il soigne à la pâte de guimauve, vieillard épuisé avant l'âge par toute la force qu'il a infusée à la royauté hésitante, et qui pourtant ce soir reprendra un peu de couleur, et comme un ressouvenir du galant cavalier d'autrefois, devant cent écus gagnés au jeu, quel abîme entre ce vieillard si vivant et l'amazone aux joues roses qui chevauche en tête du cortège sans une pensée pour l'avenir, sans une pensée pour le passé, brûlant du seul présent et orgueilleusement sacrifiée à l'absurde instant, le seul dont elle veuille tenir compte... Alors, le cardinal, trompé par tant d'ardeur, a pour elle un moment d'indulgence et d'aveuglement, en se disant que, comme lui, Marie aime la vie. Ils seraient donc du même bord. Or, il se trompe, et Marie n'aime que la mort. Mais elle-même ne le saura que plus tard.

Et le roi ? Est-il gagné par son vertige, ou ne fait-il qu'en profiter ? Qui sait, et le sait-il lui-même ? La pensée en lui se ralentit, comme se ralentit, semble-t-il, le voyage. Ils sont seuls dans ce brouillard, leurs voix ouatées même, et la nuit tombe avant l'étape. Le grand galop des officiers les précède ; ils s'enfoncent dans la nuit jusqu'au château, somptueux celui-ci, et n'est-il pas incroyable que les y attendent un hôte jeune et charmant, des violons, une collation exquise et recherchée ? Un jour, ne chemineront-ils pas à nouveau ensemble ainsi, de mirage en mirage, et la nuit ne les séparera pas, mais les protégera de sa solitude pleine d'animaux, d'arbres gigantesques, de craquements inquiétants. Ils s'endorment dans ce château de féerie sans sortir de leurs rêves, et le brouillard est si fort au matin que le château semble entouré d'une mer de nuages.

Cependant, à travers ces brouillards avance aussi, très loin encore sur l'échiquier, le cortège de Madame Royale, Christine, fille d'Henri IV, veuve de Victor-Amédée, premier duc de Savoie, avec ses mulets aux magnifiques couvertures de velours noir et cramoisi portant ses armes en broderies d'or et d'argent. Le cortège avance lentement, comme à regret, et à regret avance Marguerite, brune princesse au cœur fier et délicat, qu'on emmène ainsi en grand arroi pour y être montrée au roi, comme un perroquet des îles ou une curiosité du Levant, et les douze pages vêtus de noir qui précèdent la litière de Christine paraissent à Marguerite porter le deuil de quelque chose en elle qui vient d'être blessé. Le cortège avance cependant, Christine songeant, à sa manière ferme et réfléchie, aux avances de l'Espagne, à celles du cardinal, à Milan menacé, Marguerite soupirant des servitudes des mariages royaux et priant, à sa tendre et sage façon, pour trouver le calme de l'esprit, et subir avec la même acceptation le mariage et le rebut. Ainsi, mère et fille, unies dans une même sagesse — « Puisqu'il le faut », dit Christine en pensant à Milan, « Puisqu'il le faut », dit Marguerite en pensant à Dieu —, sont sensibles elles aussi, pendant le long voyage, à la qualité toute particulière de l'attente. Monotone balancement des carrosses, grondement des roues, odeur mouillée des chaufferettes qui parfois roussissent le bas d'une jupe ; l'humide douceur pourrie de l'air incite à la mélancolie. Ce voyage est un répit dans les préoccupations de Christine, une rupture dans les habitudes sages de Marguerite, mais cet inaccoutumé silence les trouble, rend l'une inquiète et l'autre songeuse. Aussi, tandis que l'on avance dans la petite pluie tiède et que s'ébrouent, d'un brusque mouvement de l'encolure, les mulets dont on a recouvert les trop brillants harnachements de housses plus modestes, elles prient, dans ce brouillard de fin du monde. Lyon est encore loin.

Si l'on pouvait arrêter les deux cortèges dans le brouillard et Pimentel qui, sur une route plus ensoleillée, vient de s'arrêter chez un maréchal-ferrant et sacre du retard qu'on lui apporte et réclame à boire, comme sur quelque estampe, mais point de jolies servantes, seulement un hargneux valet qui sent le cuir, si l'on pouvait voir tout cela du dessus, comme l'échiquier du cardinal Mazarin (et c'est ainsi qu'il voit les choses, et lui-même comme un pion, à la fois, et comme la main qui l'avance), on aimerait à se dire : voilà l'un de ces moments où le destin se scelle. Les deux cortèges s'avançant l'un vers l'autre, Pimentel qui peut tout faire échouer d'un mot, Marie qui a la parole du roi. Il est plaisant de s'imaginer par là-dessus une invisible main tenant quelque balance, où s'équilibrent les poids les plus divers : les intérêts de l'Etat, des Etats ; l'antipathie du cardinal pour les dames de Savoie ; la douceur de Marguerite, l'orgueil et l'amour de Marie, et pourquoi pas ? les bonnes ou mauvaises digestions du roi d'Espagne, qui eût peut-être préféré l'alliance autrichienne, malgré sa sœur la reine Anne, mais que, ce matin-là, son cuisinier français... Et pourtant, ce que le Destin décide après une pesée (cette étrange pesée où le savoir d'un cuisinier voisine avec la prière d'une princesse et peut être plus lourd), cela n'est-il pas pesé depuis longtemps ? Et lorsque Marie à Brouage déclarera « plutôt renoncer au roi que de s'abaisser », lorsque plus tard encore, dans Rome torride et désolée, le cœur pourtant tordu d'angoisse, elle dira « plutôt renoncer à l'amour que d'admettre... », n'est-ce pas que dès l'enfance, cette enfance aux replis mystérieux, elle avait rêvé d'un bien plus précieux que le roi, plus précieux que l'amour ? N'est-ce pas que, dès l'enfance, tout était déjà pesé ?

Cependant, Madame Royale n'est pas encore arrivée. Marguerite n'existe pas encore, perdue dans les brouillards et les récits confus. Et Pimentel ? Marie ne va pas songer à Pimentel. Elle a la parole du roi, qu'importe tout le reste ? Elle s'amuse de l'arrivée bruyante, de l'installation laborieuse, et enfin son logis place Bellecour lui plaît[1]. Le soir même, on joue chez la reine et le roi s'empresse de laisser son jeu à Hortense et à la petite Marianne pour s'isoler avec Marie, malgré les regards inquiets de Mme de Venel, dont l'office est compliqué par ces perpétuels déménagements, et qui meurt de peur de manquer à son devoir d'espionne. La chambre de Marie, place Bellecour, n'est-elle pas au rez-de-chaussée ? Quel risque, quelle angoisse pour Mme de Venel, à l'imagination prompte !

Et que deviendra-t-elle lorsque, à la fin de la soi-

1. C'est sur cette même place Bellecour qu'un siècle auparavant, déguisée en homme, la belle poétesse Louise Labbé avait participé à un tournoi.

rée, le roi reconduira Marie et ses sœurs, à pied (!), jusqu'à la proche place Bellecour ! Pauvre Mme de Venel, quelle nuit ! Non qu'elle soit dupe des grandes paroles du cardinal — « Vous êtes dépositaire de mon honneur, madame, songez-y ! » — car elle sait que de l'honneur de la sarcastique Olympe, qui lui est tout acquise, le cardinal est moins soucieux. Peut-être d'ailleurs le serait-il moins aussi de l'honneur de Marie, si... Mais Marie seule suffit à garder son honneur. C'est ce que comprend mal Mme de Venel. Rêveuse, elle qui a pris tant de peine pour s'introduire dans les faveurs du cardinal, elle suppute (car c'est sa façon à elle de rêver, elle rêve comme on fait des comptes) les chances de Marie, jauge à sa petite mesure les calculs qu'elle lui suppose. Rien ne permet de penser que Marie accorde au roi d'autres faveurs que les plus menues. Elle n'a pas tort pour l'instant, raisonne Mme de Venel, mais l'instant où la résistance d'une femme cesse d'être appeau pour devenir un lassant obstacle sonne vite pour les rois. Marie a déjà, au juger de Mme de Venel, laissé passer l'heure où une certaine animosité envers le cardinal était un atout. L'élève n'est pas toujours sans révolte pour le vieux maître, et partager sa révolte n'était pas un mauvais parti. Mais qu'il eût fallu doser cette révolte-là ! Un long moment, dans le grand lit, dans la grande chambre tendue de damas qu'elle partage avec Marianne et dont, avant de se coucher, elle a entrebâillé la porte, Mme de Venel s'imagine favorite du roi.

C'est une âme bizarre que celle de Mme de Venel, gouvernante des nièces de Son Eminence, avant d'être promue, plus tard, au rang de consolatrice de la reine Marie-Thérèse. Grossière et fine, prompte à s'émouvoir et aussi prompte à tirer parti de sa propre émotion, cette blonde appétissante et froide pourrait passer aisément pour un être médiocre. Le conseiller son mari pourtant ne s'y est pas trompé, qui n'a pu continuer sous ce regard son petit train minutieux, sa vie d'insecte économe et laborieux.

« Je connais mes limites », pense volontiers

Mme de Venel avec l'étrange orgueil secret de n'être pas une grande âme. « Je sais rester à ma place. » Mais cette place et ce rang, elle tire un certain plaisir à les choisir dans l'ombre, et bas : goût du pouvoir et de l'humiliation, goût de l'ombre et du secret, ce n'est pas par hasard si, dans toutes les situations où elle sera placée, il y aura comme un goût trouble de délation. Aussi se rêve-t-elle favorite alors même que Marie se voit reine.

Favorite, et même favorite discrète, tortueuse, creusant dans l'ombre ses galeries et riant sans bruit de l'effondrement des autres, taupinières crevées. Ainsi croit-elle voir s'effondrer les rêves de Marie, mais le plaisir qu'elle y prend est mitigé d'agacement, car que de biens perdus ! Quel gaspillage ! Mais de quelle attente anxieuse à la fois et amusée, se délecte Mme de Venel : l'arrivée de Marguerite, la confrontation de deux rivales, il y a là de quoi nourrir son âme carnassière qu'attire le goût fade du sang. Marie cependant lui donne peu de pâture. Point d'émouvantes confidences, et elle n'a pas même encore tenté de l'acheter. La croit-elle trop définitivement acquise au cardinal ? Mme de Venel se console mal de n'avoir su capter sa confiance, comme le lui a recommandé Son Eminence. Et ce regret n'est pas seulement de zèle professionnel, c'est l'un de ses seuls plaisirs que d'amener ainsi un être à se confier, de l'ouvrir comme un fruit, y décelant la meurtrissure, la tache, la tare. Elle n'use pas toujours de ce savoir. Il lui suffit de le posséder. Elle n'est pas sur ce point semblable au cardinal, expert lui aussi dans l'art de déceler un vice, une faiblesse, et de s'en servir à ses fins, rassuré quand il a démonté la puérile mécanique, car désormais il en détient la clé. Rassuré, oui. Il aime ces faibles, ces cupides, ces luxurieux, il communie avec eux dans ce qu'il croit être la vérité du monde, et s'il les manie et s'en sert, c'est avec l'espèce d'attachement de l'ouvrier à ses outils. Ne se manie-t-il pas ainsi lui-même, outil de gouvernement auquel il passe quelques vices, son goût de l'argent, du profit le plus minime, une sensualité autrefois exigeante mais qui sait maintenant s'assouvir dans le faste ? Mme de Venel n'a pas tant de tolérance, il lui manque de l'appétit. Ce qu'en Marie elle convoite, c'est une certitude, un aveu ; qu'un jour Marie rougisse devant elle, elle sera comblée. « Je le savais. » C'est son trouble plaisir de femme froide, que cette honte au cœur du fruit qui s'ouvre. Mais Marie l'impérieuse ne lui a pas accordé cette joie. Ses emportements ne la font point rougir ; d'emblée, royalement, elle a pris parti pour elle-même. Elle est entière, inentamée, et son assurance provoque Mme de Venel. « Il faudra voir si elle s'y maintient, devant l'infante Marguerite, à sa place... » Quel serait le bon réflexe, la bonne réaction ? Un rapprochement avec le cardinal ? Avec la reine que n'enchante pas ce projet et qui tient pour le mariage espagnol ? Ou, politique de désespoir, Marie cédera-t-elle au roi ces faveurs qui semblent si loin de sa pensée ? Un instant l'image de Marie doublement humiliée, par l'amour et par l'abandon, flatte le demi-sommeil de Mme de Venel. Un moment, elle est elle-même Marie se précipitant dans les douceurs de la défaite, et goûte le plaisir de se rêver une âme violente... Puis, soudain réveillée, par son corps rétif qui jamais ne suit l'esprit sur ces troubles sentiers, le rouge aux joues, demi-dressée sur son lit, elle croit entendre un bruit, son cœur bat, elle donne à son imagination un peu vive l'excuse du pressentiment, se jette hors de la tiédeur complice, traverse à tâtons la chambre, pour ne pas donner l'éveil, pieds nus, traverse l'antichambre et dans l'obscurité, entrouvre la porte de Marie. Ses mains s'avancent vers le lit, le lit obscur où peut-être des amants sommeillent, elle cherche avec prudence un visage, et sa main maladroite... Ah ! quel cri a retenti dans le paisible logis, quel branle-bas, que de lumières allumées soudain autour de Mme de Venel en chemise, et qui agite ses doigts, enfoncés par mégarde entre les lèvres de Marie, et que celle-ci mord cruellement ! Hortense et Marianne accourues, Marie en sursaut réveillée, et bien seule entre ses rideaux de damas, et qui ne comprend rien, puis qui comprend trop bien...

Comme toute la cour, le lendemain, rira de l'aventure de Mme de Venel !

Et sur cet impromptu comique, on frappe les trois coups, tout commence vraiment, et le cortège de Madame Royale arrive aux portes de Lyon, et s'arrête pour fourbir ses harnais, permettre aux dames de changer de robes et aux cavaliers de se dégourdir un peu les jambes. Il faut que l'entrée à Lyon se fasse avec tout l'éclat nécessaire, et Christine suppute, et Marguerite soupire. Et avec un sens du théâtral que l'on ne saurait trop louer, c'est ce jour-là que Pimentel, Antonio Pimentel, envoyé de Philippe IV (ce 28 novembre, date exécrée de Christine qui craint le nombre 28, toute sa féminité réfugiée dans quelques petites superstitions), approche lui aussi de Lyon, mais, arrêté par l'affluence, doit attendre le soir pour se présenter à l'archevêché où loge Son Eminence.

Allons, tout est en place, les carrosses à six chevaux de Christine s'ébranlent (Marie, au logis Bellecour, a fait une toilette modeste, elle se fait gloire d'aller à rebours de ce qu'une Mme de Venel appellerait le bon sens), les gardes en casaque noire à galons d'or et d'argent avancent en bon ordre, et les douze pages noirs aussi (Anne d'Autriche raillera ce noir et le peu d'apprêt de Madame Royale, dévote et virile à la fois, à la façon de certaines veuves qui ont dû remplir le rôle du défunt), et tout cela a tant l'aspect d'une aimable parade, d'une galante comédie, que le roi ne peut y tenir. Sa juvénile curiosité l'emporte, il presse son cheval au-devant du cortège et va saluer la princesse Marguerite, doux sourire étonné de tant d'égards. Il revient au galop, ayant joué son rôle et consent à prononcer, pour sa mère qui le presse, quelques paroles qu'enregistre l'invisible postérité :

Elle est plus petite que Madame de Villeroi, elle a la plus jolie taille du monde et le teint olivâtre (mais cela lui sied bien). Elle a de beaux yeux ; enfin elle me plaît, et je la trouve fort à ma fantaisie...

Elle lui plaît, car le jeune roi amateur de fêtes, de ballets à machineries, longtemps sevré de plaisirs, peut-il ne pas se plaire à cette parade de sultan, à laquelle on offre une femme, à ce défilé à surprise, à ce ballet chamarré d'or, où la conque du carrosse s'entrouvre pour lui offrir cette nymphe effarouchée ? Ce n'est qu'un divertissement, qu'un simulacre, car l'amour sombre et grave l'attend avec Marie (sans compter Pimentel, que le roi oublie, mais que Son Eminence n'oublie pas : pour le cardinal aussi, ce cortège, ces discours, ces galons d'or et d'argent, ne sont qu'un simulacre), mais le futur roi de Versailles peut-il ne pas s'éprendre un instant de ce gracieux semblant, quand il a le sourire de Marguerite ? Quoi de plus séduisant d'ailleurs que ces rencontres brillantes et mélancoliques, où la parade se fait poignante de ce qui pourrait être et ne sera jamais ? Et le jeune homme incertain qui tirait force et orgueil d'avoir vu s'épanouir dans l'ombre, sous son seul regard, le dur visage fermé d'une enfant malheureuse, peut-il résister au plaisir de cette floraison d'espoir sur un visage plus pâle et plus doux, de régner un instant sur cette ployante captive ?

Les deux cortèges se rencontrent ; rituelles, les cérémonies commencent. Les deux reines descendues de carrosse se jaugent du regard. Madame Royale trouve Anne bien parée, un peu grasse, et que de bijoux ! La reine doit se trouver, de son côté, plus de majesté et de charme qu'à Christine, qui fut belle mais ne l'est plus, et même ne se soucie plus de le paraître. Le peu de sympathie qu'elles éprouvent l'une pour l'autre accentue encore la raideur des salutations. On croirait des reines de théâtre, forçant un peu sur la dignité. Le ciel est très bleu, les valets et les pages s'affairent, les jupes des dames s'étalent, les cavaliers défroissent leurs rubans, leurs cravates de batiste, et la foule qui se presse pour assister à cet étalage de clinquant, de révérences, de grands embrassements distants, accentue encore l'impression de comédie que doit ressentir Marie, sous les regards ironiques qui s'apprêtent à la voir déconfite.

Cependant, l'on remonte en carrosse, et le roi, chevauchant à la portière de Marguerite, est bientôt charmé de son esprit, de cette calme douceur qu'elle déploie (si loin de l'héroïque et farouche silence de Marie offensée), de cette mélancolie relevée çà et là d'un trait élégant et désabusé, qui montre qu'elle a conscience de la fausseté de sa situation, et sait garder sa dignité de femme dans une circonstance aussi délicate. Le roi « charmé », oui : oublieux de Marie, de sa parole, certes non. Mais il joue, ne voit-elle pas qu'il joue ? Dangereusement, sans doute, mais sans que l'idée de trahison lui vienne. Il se plaît d'autant plus à l'idée de sa propre royauté qu'au fond de lui il en doute encore, et l'offrande officielle qu'on lui fait de la délicate princesse ne le séduit que parce qu'elle est une preuve de son pouvoir. Il n'oublie pas qu'il aime Marie. Un instant il se délivre d'une confiance, d'une admiration un peu pesante, mais qu'il compte bien retrouver fidèles. La délicate escrime du bavardage avec Marguerite lui fait sentir sa liberté, il est ce cavalier d'estampe, chevauchant auprès d'une princesse qu'il ne tient qu'à lui de choisir. On lui a trop fait sentir la royauté comme un fardeau, et, déjà, l'amour comme une obligation, un engagement sacré, pour qu'il ne se plaise pas un instant à jouer de cette apparente liberté. « Si pourtant, je disais : je le veux ? » Et il aime Marie, et il est sincère en lui jurant de l'épouser, mais n'empêche que, pendant quelques heures, sa liberté s'appelle Marguerite...

On descend au logement de la reine, place Bellecour, et c'est la réception solennelle, les discours, quelques rafraîchissements sont servis. La reine est distante. La visible fermeté de Madame Royale doit paraître assez ridicule, et la douceur de Marguerite, ses grands yeux résignés, lui déplaisent. Elle ne voit que ses défauts, cette disproportion légère dans la silhouette, dans la tête un peu massive, dans les hanches un peu lourdes, et cette modestie de ton et d'allure qui cachent, elle le sent d'instinct, une grande fermeté de caractère et de pensée. Ce ne sont pas là des qualités qu'apprécie la reine ; chez les femmes, cette supériorité lui paraît difformité. Elle était par avance décidée à ne pas accepter comme bru Marguerite de Savoie, mais même ce semblant d'égards et de galanterie que le roi se plaît à déployer l'agace. Déjà elle pense à Marie, se réserve de la mettre en avant au moment propice, bien que Marie lui plaise encore moins que Marguerite. Mais quoi ! On se sert de ce que l'on a, c'est un principe du cardinal. Et c'est boudeuse qu'elle s'apprête pour la visite de l'archevêché, où sont, paraît-il, des tapisseries bonnes à regarder. L'archevêché, ennobli par le mobilier de Son Eminence, qui l'a suivie, reçoit les deux reines, le cardinal, le roi et la princesse Marguerite. Une petite suite, où sont ces demoiselles Mancini, bien entendu. L'on admire dûment les tapisseries à l'antique. Pimentel attend-il déjà dans quelque antichambre d'être officiellement reçu ? Son Eminence en tout cas n'en témoigne rien. Il sera toujours temps.

Ecrirait-on un roman qu'il y aurait là une belle scène à faire. L'archevêché au parfum mystique et raffiné, les tapisseries à sujets qui se déroulent comme autant de symboles dans un cadre de fleurs, les personnages illustres aux beaux noms multiples, les brocarts et les dentelles complaisamment étalés, le légendaire cardinal, la reine encore belle et celle qui ne l'est plus, le Roi-Soleil à l'aube de son règne, les deux rivales, l'une pâle et douce, l'autre brune et fière, tout cela à Lyon, parmi les fêtes, les discours, les longs repas raides et cérémonieux où se glisse ici et là une grossièreté discordante, et toujours la chaleur des cheminées où l'on entretient un feu d'enfer, et la sueur qui coule dans le cou dessous les perruques, et les larges jupes étouffantes sous lesquelles les jambes tremblent de fatigue (pauvres femmes d'honneur toujours debout, toujours souriantes, mais le visage luisant, les traits tirés) et à travers tout cela, n'est-ce pas, le méchant cardinal rusant, la fière Marie dominant son chagrin, la douce Marguerite acceptant son humiliation, et le Roi-Soleil entre l'amour et le devoir (qui veille dans un coin du tableau sous l'apparence de don Antonio Pimentel), parfait Titus de la future Bérénice, quel tableau, quel ballet, quelle œuvre d'art ! Mais devant *Hercule aux pieds d'Omphale* et *Les Noces de Cana*, s'extasiant par devoir et échangeant des banalités, les deux reines devaient songer surtout qu'elles dégageaient, ces tapisseries, une insupportable poussière. Christine se demandait sans doute si les toilettes qu'elle avait apportées paraîtraient suffisantes ; le cardinal souffrait peut-être de la goutte ou de la gravelle, tout parfumé et frisé au petit fer qu'il fût. Le roi enfin ne pensait peut-être ni à l'amour ni au devoir, mais rêvait comme peut le faire un jeune homme aux charmes cachés de Marguerite, puisque après tout, de bonne ou mauvaise foi, on la lui offrait. (Quelques jours après, d'ailleurs, sur un ragot concernant les hanches de Marguerite que l'on prétendait difformes, ne pénétrera-t-il pas en trombe et comme par erreur, dans la chambre de Marguerite, pour s'assurer du fait ?) Don Antonio Pimentel s'exaspérait tout bonnement parce qu'on oubliait de lui offrir, après un tel voyage, des rafraîchissements ; quant à Marie... eh bien, Marie n'avait-elle pas pris le parti de ne pas douter ? Elle ne doutait donc pas.

Eût-elle douté de l'amour du roi, qu'elle se fût tue : c'est parce qu'elle ne doutait pas que le soir même, elle fit au roi (cependant que la reine croisait à l'archevêché Antonio Pimentel qui quittait Mazarin) une scène qui fut, dit-on, violente. Eût-elle douté, que sa fierté qui était aussi de la pudeur l'eût retenue. Ne doutant point, elle jugea la galanterie du roi frivole et cruelle à la fois. Elle n'y vit qu'un jeu et elle haïssait le jeu, la feinte, en méprisant la saveur menue, en quoi elle était plus espagnole qu'italienne. Si elle somma le roi, comme on le dit, d'une façon brutale, de renoncer à tous égards envers Marguerite, ce ne fut point par jalousie, ce fut par indignation. Elle dut juger dégradant que le roi-chevalier qu'elle s'était créé, cette belle image des plus nobles vertus, s'abaissât à des amusettes devant celle qu'il proclamait « sa reine ». Elle en avait ressenti plus d'offense que de douleur, et elle était de celles que l'offense fait bondir et qui cachent leurs douleurs comme des faiblesses, ce qui ne veut pas dire qu'elles ne souffrent point. Elle souffrait certes, ce soir de Lyon, où elle lui dit railleusement, pour le piquer sans doute :

« N'avez-vous point honte que l'on vous *prête* une femme si laide ? »

Mais point de jalousie. Souffrant de jalousie, l'argument eût été bas et rien n'est plus éloigné de Marie que la bassesse. Elle souffrait de le voir inférieur à lui-même. Non seulement le jeu était indigne de lui, mais l'objet même de ce jeu l'était, estimait-elle. Et confus, le jeune homme, le jeune roi que grisait l'estime de notre amazone, le reconnut.

Le jour suivant, à la stupeur de la reine et du cardinal (qui croyaient avoir encore à faire tout un plat pour détacher le roi de la princesse), le roi n'adressait même plus la parole à Marguerite. Nul doute qu'il n'y mît un peu d'excès, la réparation faite à Marie devant être éclatante. Eclatante, elle le fut, au point d'offenser les yeux, ceux de la reine et du cardinal en particulier. Quoi, leur petit pion, qu'ils se préparaient à avancer d'une case, prudemment, s'est mis en marche tout seul ? Ils restent là, la main tendue, la tête pleine de savants calculs, et tout bêtes de n'avoir plus à s'en servir. Le ballet est désorganisé, les entrées se sont faites à l'envers, la cérémonieuse parade se transforme en tumulte. Il n'est pas étonnant que Madame Royale, qui s'attendait du moins, en cas de refus, à beaucoup de révérences, de regrets, et peut-être à quelque bonne et belle compensation, soit stupéfaite. Car enfin, on ne traîne pas sa fille en montre, comme une jument, sans que l'on vous redoive là-dessus quelque chose. Elle l'avait fait entendre au cardinal qui, semble-t-il, l'avait entendue. Alors ? Cet affront public, elle le doit à Marie. Le cardinal le ressent profondément, et (s'il n'est pas un homme bon, c'est du moins un bon homme) regrette cette souffrance qui aurait à si peu de frais pu être évitée, cette souffrance « gaspillée ». En aucun domaine, le cardinal n'aime le gaspillage. Ni la tricherie au jeu, quand il en est victime ; et selon son optique à lui, Marie a triché.

On voit combien, dans l'imbroglio de Lyon, tout repose sur la notion de jeu.

La reine considère que dans le jeu de l'amour, Marie triche, car qui l'empêche de devenir la maîtresse du roi ? Si elle ne l'est pas, c'est parce qu'elle veut obtenir autre chose et qui vaut plus que l'enjeu. Le cardinal considère que dans le jeu politique, Marie triche, car elle joue sans lui (non pas *contre* lui, ce qui serait encore une façon de jouer *avec* lui, mais *sans* lui, insulte grave) et comment convaincre ou acheter quelqu'un qui joue sans vous ?

Et tous deux estiment que dans le jeu de la cour, elle triche en ne ménageant pas les apparences, en découvrant ses intentions, tout comme autrefois, Mme Mancini estimait que Marie trichait dans le jeu familial en n'arborant pas les apparences de la tendresse qu'aucune des deux n'éprouvait (et c'est encore ce que pense Olympe) ; tout comme, plus tard, le cardinal aura encore l'impression, quand Marie renoncera au roi, sans compensation et sans feinte, qu'elle triche *même en perdant*. Toutes ces honorables personnes ont donc le sentiment que Marie est mauvaise joueuse, suprême insulte dans une cour où d'une façon ou d'une autre, au lansquenet, à l'amour, à la guerre, tout le monde joue.

Marie, elle, ne joue pas. Seul le roi en a conscience, et encore c'est très confusément. Elle ne joue pas, parce que le gain ne l'intéresse pas assez. Son bien le plus précieux, celui qu'elle a toujours préservé, l'enfant farouche, l'adolescente laide et méprisée, la jeune fille aimée d'un roi, c'est ce que Corneille eût appelé « sa gloire » et qui est tout simplement elle-même. Une image d'elle-même à laquelle elle restera fidèle jusqu'au bout, au prix de tous les sacrifices, et Dieu seul saura si c'était une image, ou un mirage, et si tous les biens terrestres de Marie Mancini, future connétable Colonna, auront été sacrifiés à l'achat de la perle unique de l'Ecriture ou jetés en holocauste aux pieds d'une idole dérisoire. Qui sait ? Qui sait ce que Dieu fit de l'âme de Don Quichotte, et quel sort et quel sens prend dans l'au-delà le courage des pourfendeurs de moulins à vent ? Quel sera le sort de Marie dans l'au-delà, nul n'en sait rien, mais sur cette terre elle aura le sort de ceux qui n'entrent pas dans le jeu, quelle qu'en soit la raison : la solitude. C'est seule déjà qu'elle triomphe, à Lyon, ce soir unique, de Marguerite. Car le front assombri du cardinal, l'humeur de la reine ont été remarqués de tous. L'on témoigne à Marie, puisque le roi le veut, beaucoup de déférence, mais c'est à trois pas, et une déférence très différente de la flatterie familière que l'on témoigne au cardinal : quelque chose de semblable à la déférence dont l'on entoure un roi à la veille de mourir, un pestiféré tout-puissant mais contagieux. Si Marie avait pour une once de prudence, elle se sentirait condamnée, mais que lui importe ? Cette soirée marque si évidemment son destin (soirée logique, cependant, selon la courbe qu'elle suit et qui ne déviera point), cette soirée est digne d'être fixée, parce qu'elle lui ressemble : à la fois au faîte de l'honneur, et au fond du gouffre. Régnante et condamnée, pour les mêmes raisons. Et peut-être en a-t-elle conscience puisque à travers les années, parmi ces souvenirs qui sont ses bijoux, à elle, elle préférera toujours celui-là. Du moins le préférera-t-elle, quand elle ne doute pas. Car dans l'exil de Brouage, dans cette solitude qu'elle déteste et qui l'attire, elle n'arrivera plus à séparer l'un de l'autre les souvenirs, comme les perles d'un collier. Au contraire, ils semblent se rapprocher, se toucher et l'un communique à l'autre l'imperceptible flétrissure qui se propage comme d'un fruit pourri. L'exil, les promesses non tenues et surtout, surtout, l'espoir qu'elle a cru un instant déceler chez Louis, l'espoir médiocre de continuer leur amour après le mariage espagnol... Elle aura beau se dire qu'elle se trompe, qu'un tel espoir a pu traverser la reine, effleurer le cardinal (alors qu'il la croyait encore aussi malléable qu'Olympe), mais non le roi qui l'a trop connue, trop estimée sinon aimée, pour concevoir un tel aboutissement, elle aura beau peser des regards, des sourires, le poids de la main sur son bras, la douceur des lèvres sur son épaule, plus jamais elle ne sera *sûre* et ce sera l'aiguillon, la plus aiguë pointe de douleur.

Combien de fois ne reverra-t-elle pas ce soir de son triomphe, ce soir si doux où le roi les raccompagne, elle et ses sœurs, et Mme de Venel, place Bellecour, avec quelques flambeaux seulement, et tandis que derrière eux continuent à jouer les violons dérisoires qu'on avait fait venir pour « honorer » Madame Royale. Et tandis que Madame contient sa colère d'être ainsi honorée, que le cardinal contient moins bien sa rage d'un aussi inutile éclat, que la reine s'affole en songeant à ce que Marie est peut-être en train d'exiger du roi en cet instant même (quelque serment si sacré qu'il fasse peur même au roi de l'enfreindre), le roi s'attarde, sans doute, auprès de Marie (Mme de Venel à demi morte de sommeil mais obstinée à ne pas les quitter), mais elle n'exige pas de serment. Cela ne lui viendrait pas à l'esprit. Pour elle, Marguerite n'a jamais été la rivale, et demander un serment, ce soir, serait douter des précédents. Elle ne doute pas. S'il lui faut se sacrifier, ce ne sera pas à une femme mais à un devoir. Et elle n'hésiterait pas, la belle lectrice de Corneille, de Sénèque, de Dante. Celle qui inspirera la tendre Bérénice est bien moins Bérénice que Titus, et dans ce couple amoureux et chaste, n'est-elle pas la plus forte, elle qui ne doute pas ?

Le mariage espagnol est-il un devoir ? Ils en discuteront avec une grave ardeur, en adolescents qui aiment les beaux mots sonores d'acier bruni, les belles phrases qui pèsent leur poids, et qui ne songent jamais que mots et phrases sournoisement les enchaînent. Ils évoqueront l'orangerie de Vaux, l'orangerie de M. Fouquet, qui tant plut au roi, où ils se promenèrent avec la reine Christine de Suède, et les mots qu'elle prononça comme un oracle :

« Un roi ne saurait mieux faire que d'épouser une personne qu'il aime. »

Comme tous les oracles, elle était étrange et un peu ridicule, marchant à grands pas d'homme sous ses jupes en paquet. Et une reine doit-elle ainsi abandonner son peuple et son trône ? Oracle tout de même, leurs mains s'étaient serrées, et il avait lu dans les yeux de Marie une foi totale. Ce soir de Lyon encore, cette tranquille assurance, cette joie que n'entravait nulle prudence, nul pressentiment, gagnait le jeune roi, comme un vertige. Tout était contenu dans ces heures dérobées, dans ce petit salon à boiseries vétustes que les tapisseries disposées en hâte calfeutraient, ce petit salon dont la porte restait ouverte pour Mme de Venel, affalée dans l'antichambre, morne statue des convenances, symbole blond, opulent et somnolent des sacro-saintes apparences, mais bientôt gagnée par le sommeil et complètement réduite à son aspect symbolique, c'est-à-dire inutile. Et eux, parlant avec ardeur, avec langueur, avec fièvre, avec timidité, avec sérieux enfin, de ce que serait la cour idéale, comment l'on y protégerait le mérite, honorerait la vaillance, vénérerait la beauté, parlant des poètes et des jardins et d'un feu d'artifice et de Mme de Créqui qui avait eu une frayeur, et allant voir jusqu'à la porte si Mme de Venel dormait toujours, oui, et entre deux rires étouffés reparlant de Dante, et de Christine, et du sacrifice, et de l'amour...

Dans sa chambre enfin, Marie depuis un long moment couchée entend les pas du jeune homme qui arpente la place Bellecour, ne se résout pas à quitter ce lieu de bonheur, se répète leurs paroles les plus tendres, les plus graves. Et savoir que ce jeune homme est le roi ! Marie sourit-elle, dans l'obscurité ? Une fille vulgaire, ou simplement un peu trop sentimentale, allumerait la lampe, tendre adieu muet, ou, qui sait, se pencherait à la fenêtre. Marie n'allume ni ne se penche. Consciente de ce qu'elle reçoit, elle est consciente aussi de ce qu'elle donne, et sûre qu'il n'y a rien à ajouter au don net, simple et pur de son cœur. Faible et forte Marie, couchée sans nulle inquiétude dans ce lit trop profond. Qui peut dire aujourd'hui si elle a gagné ou perdu ? Qui pourra le dire jamais ? Et qui pourra répondre jamais à cette question qu'elle se posera et que ce soir à Lyon (après les violons, après le départ de Christine et de Marguerite, après l'entrevue avec Pimentel, bien après tout cela) se poseront aussi le cardinal et la reine : *Le roi a-t-il réellement voulu épouser Marie ?*

Il a pleuré, supplié ; mais n'était-ce pas sous l'inconsciente pression de Marie, de cette certitude de Marie qu'il ne peut être question que de cela ? Il a promis, juré, et rejuré cent fois ; mais n'était-ce pas aussi avec le sentiment vague que la nature des choses empêcherait ce mariage sans qu'il y eût de sa faute ? Il l'aime, il l'adore, c'est évident, mais n'y a-t-il pas aussi dans cet amour, comme dans sa galanterie avec Marguerite, une part de *jeu* ? Il ne peut lui déplaire de se voir reflété dans ce regard hautain et naïf à la fois, comme roi absolu, amant absolu. Marie a trop lu, lui trop peu, elle a trop parlé, avec feu, lui écouté avec trop de plaisir, et tous deux ont trop souffert (Mme Mancini et la Fronde, et tous deux, l'enfance ignorante et renseignée des enfants mal éduqués, mal aimés, pensant beaucoup dans leurs lits froids) pour que dans leur amour n'entre pas un peu de mirage. Mais ce mirage, Marie en vit, et ce rêve est son vrai domaine, son seul bien. Le roi sait qu'il sera le roi d'un royaume de la terre. L'a-t-il tout à fait oublié ?

Parfois elle croira que d'un bout à l'autre, elle a été dupée, amenée comme le taureau, noble animal aveuglé de courage, de barrière en barrière, au point où elle ne pourrait que céder ou mourir. Mais alors, elle a vaincu. Car méprisant l'idée de revanche, l'idée de triomphe terrestre, son oncle mort et le roi marié, elle quittera Paris pour la lointaine Italie, ayant tout perdu « fors l'honneur », tout gagné. Mais à d'autres moments, revivant les belles heures intactes de l'ermitage de Franchard, la révélation de son amour au siège de Mardyck, et l'antichambre obscure, et les belles discussions passionnées, et ce séjour de Lyon, encadré de brouillards et de chevauchées, revoyant tout cela comme une histoire lue dans un livre, comme une tapisserie, une estampe, une parfaite saison vécue en dehors du temps, elle croira qu'elle a été reine. Doute perpétuel qui ne cessera de la ronger, car à Brouage, à dix-huit ans, comme à trente ans, au domaine de la Vénerie, des ducs de Savoie, pleurant son second amour comme le premier, plus encore que le bonheur, c'est sa foi dans l'amour humain que pleurera cette petite âme ardente, avide et absolue. Ai-je du moins été aimée ? questionne-t-elle durement jusqu'au-delà du tombeau. Et que lui répondre ? Il y a des âmes trop exigeantes pour l'amour humain.

Ainsi le cardinal et la reine et Madame Royale et Marguerite, et Mme de Venel et les dames de la cour (et peut-être le roi lui-même, en dépit de sa promenade nocturne, admirant émerveillé et effrayé la confiance de Marie, et jurant de s'en montrer digne et craignant de n'en être pas digne, et attendri et humilié d'une aussi totale confiance), *tout le monde* a conscience que Marie a troublé l'ordre des cérémonies, a refusé de jouer le jeu, et jusqu'à son propre jeu (le jeu d'ambitieuse favorite, ou d'ardente amoureuse, qu'on est prêt à lui attribuer, à excuser). Ainsi se crée, ce soir même où elle semble triompher de Marguerite, de la cour entière, cette inévitable et tacite conspiration que suscitent autour d'elles les âmes un peu hautes. Le roi en sera-t-il complice ? Il se peut qu'un trop grand amour humilie autant qu'un rebut. Il y a loin de la Marie humble et laide de l'antichambre qu'un regard du roi redresse et embellit à celle qui se croit digne d'un trône, s'il lui est offert. C'est la même pourtant, dans l'ascension et dans la chute, la même solitaire au beau visage ardent, brûlant d'un feu qui ne sera jamais rassasié, mais qui purifie tout, la même, qu'on ne reconnaît pas parce que le regard change et qu'elle ne change pas, la même qui arrive à Lyon, et qui va en repartir.

Qui va en repartir, après une brève maladie inexplicable. Tout à coup, comme sans raison, au sommet du triomphe, de la confiance, du bonheur (un bonheur presque excessif, comme la chaleur des soirs qui précèdent l'orage), ses nerfs se rompent, sa résistance exceptionnelle fléchit. La longue chevauchée, les bals, les réceptions interminables où elle demeurait sans peine debout, souriante sous l'édifice de la coiffure emmêlée de rubans, tout ce train, ce tourbillon ne l'avaient point éprouvée, mais le bonheur, cette étape, ce répit, ce repos brusquement l'effondrent, lui coupent les jambes. Elle s'alite.

Pendant ce temps, Charles-Emmanuel, héritier de Savoie et frère de Marguerite, est arrivé à Lyon, mécontent de l'accueil fait à sa sœur. Madame Royale et la princesse sont fort proprement congédiées, sous le prétexte de Pimentel, et de l'infante qu'on propose à la France, mais malgré les petits présents du cardinal, bijoux de senteur, pendants d'oreilles, petits diamants montés en or émaillé de noir, fort mécontentes et, Madame Royale du moins, ouvertement offensée. On avait pourtant fait tous les efforts possibles, disait le cardinal navré, pour travestir leur honte en acceptable combinaison politique ; juré et rejuré à Madame Royale qu'à défaut du mariage espagnol, on épouserait Marguerite et rien que Marguerite. Le roi avait même signé cette promesse, un paraphe distrait sur un engagement qui (disait le cardinal, « de bonne foi ») n'engageait à rien. On voit à ce trait l'espèce de la bonne foi, chez le cardinal. Tout prêt vis-à-vis de Christine à s'écrier de surprise si elle lui rappelait un jour cet écrit (témoignage de simple politesse, engagement pris pour réconforter Marguerite, simple geste d'hommage, de courtoisie) et tout aussi prêt à rappeler au roi, le jour où cela serait nécessaire, la parole donnée, l'honneur du gentilhomme, la douleur de la princesse, l'une et l'autre attitudes commandées cependant par une profonde certitude, la conviction inébranlable d'un grand dessein, et le désintéressement involontaire de qui, ayant entrepris une œuvre de maître, devient peu à peu serviteur. Ainsi la ruse du cardinal, souvent flétrie, est-elle tout de même de bonne foi, car il a en vue de tout autres intérêts que les siens, et désintéressé sur ce point, il reste humain, car s'il veut triompher, c'est aux moindres frais. Cette notion si particulière, que le plus humain c'est parfois aussi le plus avantageux, cette souplesse, cette accommodation, ce dosage des valeurs, c'est ce que Marie supporte le moins aisément chez l'oncle. L'inflexible dureté d'un Richelieu l'eût moins rebutée que cette inflexible douceur. Ainsi, qu'il envoie prendre de ses nouvelles, lui fasse porter des fruits, des douceurs, pendant qu'elle gît, accablée d'une imprévisible détresse, dans la fraîche pénombre de sa chambre de Bellecour, la révolte. Puisqu'il ne l'aime pas, qu'il la laisse en paix, pense-t-elle dans sa brutale et touchante naïveté. Mais il n'a pas encore *choisi de ne pas l'aimer*. Il attend encore, avec cette patience que Marie trouve déshonorante, mais qu'il a choisie aussi, comme l'instrument le plus efficace, et pourquoi rougirait-on d'un instrument ?

Cependant le cortège de Savoie s'ébranle, accompagné jusqu'à quelques lieues par la cour de France, et l'on se quitte, et à peine s'est-on quitté qu'Anne d'Autriche, ne pouvant cacher sa satisfaction, plaisantera la tristesse de Christine, ses toilettes négligées, la comparant même à certaine folle, Mlle Feilar, dont le vêtement avait amusé la cour un moment. Le roi sourit à peine, indifférent. Il ne songe qu'à Marie, plus belle dans sa toilette de chambre et plus pâle, qu'au moment de la rejoindre pour lui redire encore et toujours que le mariage espagnol n'aura pas lieu, que les pourparlers n'aboutiront pas, qu'elle doit avoir foi en lui.

Elle a foi en lui. A un point inimaginable. Les derniers jours de Lyon, elle ne rêve même pas d'être reine, elle est reine. Et pourtant, cette langueur, cette faiblesse qui lui ressemblent si peu, et comme ce renoncement... Elle sera moins accablée aux jours de Brouage, et même au moment du départ en Italie, du renoncement définitif, que là, à Lyon, tout à coup, défaillante devant le bonheur.

Il me semble qu'une aussi étrange défaillance donne une clé du caractère de cette Marie que l'on se prend à aimer. Je l'ai dit, le triomphe de Lyon lui ressemble : triomphe et défaite à la fois, point crucial où son destin devient fatalité. Parce qu'elle n'a jamais faibli, elle n'est pas entrée à onze ans au couvent comme le voulait sa mère, elle a triomphé de sa gaucherie, de sa laideur passagère d'adolescente, de l'ignorance dans laquelle on l'avait laissée ; elle est devenue l'amazone infatigable, la danseuse pleine de grâce, la savante et presque la précieuse que célébra Somaize, sous le nom de Maximiliane ; par sa seule volonté bandée, sa fierté, son courage, l'enfant trop brune et mal aimée est devenue la jeune fille d'un roi. Figure légendaire, touchante ; personnage qui cache, dira-t-on, quelque chose... Mais non. Elle ne cache rien. Aimée d'un roi, elle se veut et sera digne d'un roi. Mais digne d'un roi, elle ne peut réussir. Arrivée au faîte, elle ne pourrait s'y maintenir que par des calculs qu'elle croirait indignes. Ce qui a fait son triomphe fera donc son échec avec une précision mathématique. Héroïsme cornélien : non seulement Marie ne veut point s'abaisser (ce qu'elle appelle s'abaisser, et qui consisterait à prévoir), mais elle ne le peut pas. Un instant, à Lyon, entourée et flattée comme elle ne l'a jamais été (et plus seule que jamais du fait que tant d'hommages ne la touchent pas), elle prend conscience de cette fatalité qui régira sa vie. Elle n'est pas de celles qui trouvent le repos. Dans la royauté même, elle n'aurait trouvé que des devoirs et peut-être ne cherchait-elle que cela, des devoirs qui fussent à sa mesure ? Il n'est pas improbable qu'elle l'ait senti tout à coup, et le vide de cela même qu'elle recherche le plus, et que cette âme éprise d'absolu, et si absurdement égarée dans les recherches terrestres, ait soudain rêvé d'autre chose ?

Mais son vertige est d'un instant. La nièce du cardinal Mazarin, la jeune fille qui s'instruisit aux couvents mondains, pleins de regrets et de musique, qui vit triompher chez sa mère cet impur mélange de foi et de superstition, qui assiste aux grandes messes pompeuses de la cour comme aux cérémonieuses conventions d'un monde éclatant et abstrait, ne peut pas voir dans la foi une issue possible à ce brusque désespoir qui envahit les grandes âmes sans but. Elle ne voit encore dans la dévotion qu'une commode retraite, un prétexte un peu bas, une bauge où se vautre l'esprit fatigué. Chercher à la brutale angoisse éclatante qui parfois la déchire un tel dérivatif lui ferait honte.

Elle se relève, elle se prépare au départ, au voyage à travers le temps, au beau voyage où ils ne songeront à rien qu'à eux-mêmes, où ils chevaucheront, danseront, parleront, jusqu'à l'extrême limite de leurs forces, au beau voyage désespéré où elle sera heureuse à sa façon, tous les ponts coupés, et derrière, et devant.

*
* *

C'est le retour, mais pour le roi et Marie, un voyage, tout simplement, une chevauchée irréelle ; un roman à la mode, héroïque et comique, aventureux, splendide et cocasse. Il fait beau maintenant, mais très frais[1]. Pour pouvoir supporter la température, les dames qui vont à cheval se font faire des habits d'homme en velours noir fourré, avec collet de

1. La cour quitta Lyon fin janvier 1659.

fourrure, et petite toque assortie. Ce costume sied à Marie. Adieu l'angoisse, la maladie. L'ardente jeune fille trouve son repos dans l'action. Jamais elle ne sera plus gaie, plus belle, plus étincelante, que durant ce retour, et les quelques mois qui suivront. Triomphe de Marie, apothéose de Marie. Marie à cheval, sa longue chevelure flottant au vent, bravant le gel, infatigable et récitant une strophe de Dante. Marie à l'étape, prête à danser, à chanter, à serrer dans un corset sa taille souple, à rire des dames geignantes, moulues par les cahots, courant après leurs malles et leurs commodités. Marie droite comme un jeune arbre, grave comme un ange un peu dédaigneux, méprisant le vent glacé devant les portes de la ville où le roi accueille le cortège de la noblesse. Marie prête à tout, à l'exploration d'un château vermoulu, tirant parti de tout, d'une noble famille provinciale en grand atour, d'un paysage fugitif, d'une misère entrevue, pour se moquer, admirer, s'émouvoir. Marie qui en six mois à peine, à dater de cette soirée où sur son injonction le jeune roi cesse de regarder Marguerite, va atteindre le sommet de son épanouissement, dilapider toutes ses richesses, brûler de toute sa flamme un peu romantique et si pure comme un feu d'artifice d'esprit, de beauté, de confiance, de folie, pour disparaître ensuite dans l'oubli de Brouage. Comment la blâmer ? Toute sa vie, elle sera ainsi, donnant tout, mais reprenant tout, sacrifiant tout au moindre soupçon d'imperfection, un peu folle, mais plus pure encore que folle. Feu d'artifice, flambée d'un instant, mais fête de l'esprit et du cœur seulement ; jeune fille, cette brûlante Marie sera chaste, femme, cette épouse errante sera fidèle. C'est dans cette rigueur qui jamais ne l'abandonne qu'on trouve l'ossature de sa vie, cette longue quête dont nous ne saurons pas l'aboutissement.

Mais quel plaisir encore de la voir chevaucher, dans son costume de velours noir, avec des airs de page, et cette force et cette grâce, et l'insouciance désespérée de ses dix-huit ans ! Il neige, et la neige lui va bien, et son bonnet de velours noir lui va bien, et ses joues rouges, et les repas dévorés à la hâte — le roi pressé de repartir — lui vont bien, et le voyage, et l'oubli. Ni l'un ni l'autre ne parlent plus du devoir et de l'amour, ni du mariage espagnol, mais c'est qu'ils n'y pensent plus du tout. Corneille et bientôt Dante vont céder la place à la *Clélie*, aux petits vers, aux impromptus galants ou railleurs, et le roi, fort applaudi par Marie, s'y risque enfin, tout heureux d'être aussi capable — sinon plus — de ces jongleries de mots, que ceux qu'il a longtemps admirés en secret, les Guiche, les Créqui, les petits astres de pacotille qui ont précédé la levée du sien.

C'est en passant à Bois-le-Vicomte que le pommeau de son épée ayant heurté Marie, d'un geste de colère, le roi l'arrache de son fourreau, et la jette au loin. On dit qu'elle fut ravie de cette galante action. Pour moi, j'y trouve un peu trop de perfection, celle de l'élève consciencieux qui imite un modèle d'écriture, de l'enfant qui copie trait pour trait l'expression d'une grande personne, du provincial qui, ayant noté tous les détails d'un costume à la mode, s'en pare sans rien oublier, alors qu'un peu de négligence serait justement l'élégance suprême. Je ne dis pas que ce geste (si souvent rapporté, n'est-ce pas déjà un signe ?) ne soit pas sincère, non certes, mais il s'y marque, me semble-t-il, plus d'application que de tendresse, et l'on y sent cette note de contrainte qui va se marquer de plus en plus dans les rapports du roi et de Marie. Plus qu'il ne se préoccupe d'elle, il se préoccupe de lui. Certes, c'est parce qu'il se veut conforme à l'image qu'elle se fait de lui, c'est parce qu'il désire garder son admiration, son affection, tout ce que l'on voudra. Mais qui ne sentirait que bientôt, dès que Marie lui deviendra un miroir trop fidèle et point flatteur, il se tournera vers d'autres regards plus complaisants ? Bientôt, ce sera le premier doute dans les yeux humides de Marie, penchée à la portière du carrosse qui l'emportera vers l'exil, et l'ombre d'un mépris planera dans la célèbre phrase : « Vous êtes roi, vous pleurez, et je pars ! »

Ce malentendu entre les deux amants, le fardeau de cette admiration qui devient exigence (fardeau lourd à porter pour l'incertain jeune homme qu'était encore l'intransigeant monarque, et qui resta toujours peut-être caché dans son ombre altière), tout cela est contenu déjà dans la petite scène de Bois-le-Vicomte. Ce tableautin pour enfants des écoles jette une lueur touchante et un peu triste sur cet amour d'adolescents, elle, qui mal aimée avait besoin de croire à l'amour, et lui, qui mal régnant avait besoin de se croire un grand roi. Deux enfants, en vérité, que ces êtres gracieux, enrubannés, embarrassés de grands feutres et de paniers, de grands mots et de petits doutes. Deux enfants, elle chimérique, exigeante et tendre, lui faible, orgueilleux, et brûlant d'un désir dont il rougissait encore. Mais les enfants aussi peuvent s'aimer sincèrement. A Bois-le-Vicomte ils s'aimaient encore.

Et s'aimèrent encore à Paris, de janvier à juin 1659. Ce fut alors une belle période, et qui leur parut contenir toute une vie. D'un commun accord, ils parlèrent peu du mariage espagnol. Marie n'y croyait pas, le roi ne voulait pas y croire. Les transactions duraient, achoppaient, reprenaient. Le cardinal, lui non plus, ne parlait de rien, encore que Marie l'inquiétât fort. Ils vécurent donc dans l'instant. Cet instant était fort gracieux, avec des airs d'embarquement pour Cythère, des airs d'estampe et de ballets, des airs de royauté pour rire, de ces royautés de comédie où les sujets sont des bergers enrubannés et le sceptre une houlette. Justement, l'on avait admiré en passant par la Bresse certains costumes régionaux, et Mademoiselle, la Grande Mademoiselle, celle de Lauzun, trouva plaisant, pour un bal paré, de faire copier ces costumes en étoffes de prix, et la voilà avec sa bande dansant une entrée de ballet, tous en Bressans et Bressanes, ce qui fut fort goûté. Le roi, Marie et ses sœurs et son frère Philippe étaient en divinités de l'Olympe, occasion de montrer beaucoup d'or et d'argent, des habits tout neufs, de belles gorges et des épaules, et des bijoux qui furent de clinquant pour les autres dames, mais pour Marie seule, authentiques. Et le bal n'était pas fini qu'on cherchait d'autres idées, d'autres travestis, d'autres ballets et comédies, et festins à se donner (avec des plaintes sur les lésineries du cardinal, qui pourtant faisait un effort, mais non à perte car il savait qu'il ne pouvait que gagner à endormir le roi tant que duraient les négociations[1]), et toute une bande se formait, comme ces figures douces, mélancoliques et parées des toiles de Jouy, qui s'offrait des festins, des feux d'artifice, des fêtes de toutes sortes, toute une bande qui épuisait sa jeunesse avec le roi, avec Marie, en six mois.

Il y avait La Meilleraye, toujours gauche, ahuri, dévot, toujours amoureux de la petite Hortense qui grandissait avec les plus beaux bras du monde et la peau la plus blanche ; et le marquis de Richelieu, qui courtisait Mlle de la Motte d'Argencourt, qui avait plu au roi « il y a bien longtemps », un an peut-être. Et le marquis d'Alluye, toujours amoureux fidèle de Jeanne de Fouilloux, et Monsieur, qui n'était amoureux de personne mais adorait les fêtes. Et toute cette bande allait d'un hôtel à l'autre suivie de violons, à cheval avec des flambeaux, ou entassés en carrosses, avec de grands rires, et le ridicule ajustement de l'époque, les grandes cravates de batiste, les rhingraves, les canons, les dentelles, les bijoux partout, les rubans partout, trop de rouge, trop de parfums, trop de cheveux frisés et trop de gorges nues, les souliers à talons des jeunes gens, les échafaudages sur la tête des jeunes filles, tout cela faisait partie de cette merveilleuse exubérance, de ces expéditions nocturnes à demi clandestines, de ces arrivées impromp-

1. Le départ de la cour pour Bayonne était presque décidé. Les conférences relatives à la paix allaient s'ouvrir à Saint-Jean-de-Luz.

tues chez l'un ou l'autre où l'on s'installait, de ce gaspillage effréné d'argent, de joie, de forces qui se faisait, avant qu'il fût trop tard, avant d'être vieux, avant d'être triste, avant d'être roi.

On allait jusqu'à la folie, jusqu'à la sottise : le roi offrant des confitures aux dames, dont l'inévitable Venel, remplissait la boîte de celle-ci de souris, que la gouvernante craignait entre tout, et les petites bêtes se répandaient sur les jupes de brocart de la belle Venel, qui devait fuir en hurlant dans un salon voisin. On se rendait à Berny, pour une fête donnée par M. de Lionne, qui fut terminée par un feu d'artifice « inoubliable ». Le roi ne quittait pas Marie. Lui aussi, toute prudence semblait l'avoir quitté. Le fait fut remarqué par Pimentel qui était là, dans l'ombre. Le cardinal dut le rassurer.

Vint don Juan d'Autriche, avec sa suite, sa folle Capitor, habillée en homme. Nouvelles fêtes, nouvelles folies. Mais a-t-on remarqué le côté sinistre des fous, des bouffons, des nains, de tous ceux qui ont mission de divertir par quelque étrangeté physique ou morale ? Capitor, avec ses cheveux aplatis de chaque côté de son long visage espagnol, face blême, narquoise, asexuée, à peine dans un cercle de dames, et de préférence quand Marie en était, ne pouvait se tenir (sous couleur de plaisantes comparaisons entre les costumes, les mines, les coutumes des dames espagnoles et françaises) d'évoquer à tout instant l'Infante, sa bonne grâce, sa vertu, ses charmes sans pareils. Marie détesta cette folle. Elle éprouvait déjà par nature un déplaisir devant toutes les monstruosités, les anomalies, devant ce qui déparait la nature humaine, et elle sentait justement le trouble qu'elles exercent. Qu'un être doué de raison (et cette folle était trop spirituelle pour n'être pas, en dépit de son emploi, fort raisonnable) s'abaissât ainsi à dépouiller toute dignité, toute existence sociale ou morale, et jusqu'à toute pudeur inhérente à son sexe, au point que certains pariaient qu'elle était homme en réalité, ne pouvait que déplaire à la belle lectrice de Dante.

La folle sentit ce mépris de la fascination qu'elle exerçait. Elle s'en vengea par plus d'un trait piquant, et en redoublant adroitement, de façon à exciter la curiosité de tous et du roi, d'éloges sur l'Infante Marie-Thérèse. Le cardinal souriait parfois.

Oui, la curieuse folle, avec son habit d'homme, l'épée au côté ; elle s'exprimait avec une fausse gravité qui faisait éclater de rire, mais d'un rire troublé, gêné, gênant. Il fut dit qu'elle raillait fort les amours du jeune roi et de Marie, cela en défendant de façon burlesque la chasteté de celle-ci que nul n'attaquait. Elle aurait déclaré ne s'en étonner guère ; Marie eût-elle cent autres galants (le charme de sa conversation méritait bien cela), elle croirait toujours à cette chasteté. Comment en douter devant tant de raideur dans la taille ? Un galant ne pourrait pas même la faire asseoir, sans parler d'autres privautés : autant courtiser l'automate du Pont-Neuf ! Marie n'avait point de raideur dans la taille, mais Capitor en avait décelé assez justement un peu dans son esprit. Marie exigea le départ de la folle. Le lendemain même de la fâcheuse plaisanterie, vraie ou fausse, le roi fit signifier à Capitor de disparaître. Elle disparut. « C'est dommage, remarqua Mme de Venel, je la trouvais fort drôle. » Marie marqua qu'elle ne s'en étonnait point. C'est par de telles remarques qu'on se fait des amis.

Capitor et Mme de Venel ! L'association fait rêver. On aimerait les voir se rencontrer, la folle et l'espionne, l'une avec ses cheveux gras (elle ne brillait point par la propreté) pendant le long des joues blêmes, et ce grain de beauté noirâtre en plein milieu, et sa négligence affectée qui la vengeait de quelque chose, et ses grosses lèvres moroses (à force de vivre avec eux, elle avait fini par ressembler à une caricature des rois d'Espagne), et l'autre pimpante et bien en chair, toujours un peu serrée dans ses robes, le visage frais, presque trop frais, un peu poudré, un peu fardé mais avec décence, la gorge belle, la taille souple, preste et ronde comme un chien de manchon. Un moment elles se seraient regardées, avec un égal mépris, mêlé pourtant d'une trouble attirance. Le sujet de leur conversation aurait été peut-être inspiré par le cardinal. Le but : pousser Marie à bout, ou encore, la mettre dans quelque situation fâcheuse. Quoi qu'il en soit, Mme de Venel aurait traité d'abord Capitor avec quelque condescendance. Puis l'humilité de l'autre l'aurait attirée, elle serait descendue à quelques confidences intimes, à une complicité un peu basse. Puis elle aurait parlé d'argent, avec la sensualité qu'elle y met. La folle se serait rapprochée, elles auraient chuchoté, comme qui échange des secrets d'alcôve. Capitor aurait mis en doute les offres de Mme de Venel, celle-ci aurait voulu la convaincre par son propre exemple et, savamment préparée, les joues rouges comme une petite fille plongée dans un livre défendu, elle aurait avoué ses économies, ses calculs, elle aurait été tout absorbée dans son rêve tiède, écœurant, quand Capitor... eh oui, aurait éclaté de rire, de son rire bref, désagréable, aurait éclaté de rire au nez de Mme de Venel mortifiée et stupéfaite, et repoussé tout ce qu'on lui offrait du haut de sa pauvreté, du haut de sa laideur, du haut de sa bassesse, si l'on peut dire. « Et je me moque bien de l'or, oui ! Et l'or se moque bien de moi ! » Du haut de sa bassesse qu'elle a choisie, par goût et non par intérêt, Capitor aurait toisé Mme de Venel, comme un démon de toute première catégorie peut toiser un petit damné de rien du tout.

Belle confrontation, oui. Et personnage intéressant, cette Capitor amusante et sinistre, avec ses bas tombants, son franc-parler méchant et libre, sa cynique pauvreté, sa chasteté aigre, sa totale et amère liberté, à quel prix acquise ! Avec un peu d'attention, Marie n'aurait-elle pas appris quelque chose à regarder vivre Capitor, la folle de don Juan d'Autriche ? Mais Marie vit trop intensément pour observer les autres. Capitor disparaît, les fêtes continuent. La folle a cependant remué la hache. On reparle beaucoup du mariage espagnol. On chuchote, en se taisant quand arrive Marie, mais à dessein, un peu trop tard. On continue à festoyer, mais une ombre plane. Un soir, au cercle de la reine, on joue au roman (chacun brodant son chapitre) mais quel embarras lorsque viennent les mots de mariage, de grand roi, de belle princesse ? On se rabat sur des bergers, et un conteur diplomate engendre une prudente fée qui change tout ce beau monde en citrouilles. On l'a échappé belle ! On se rabat sur d'autres jeux moins périlleux. C'est une fièvre, un entassement de plaisirs que le roi offre à Marie, comme le suprême feu d'artifice de leur amour. Courses de bagues où les cavaliers sont vêtus à l'antique, et où le vainqueur reçoit des mains de Marie un diamant de mille écus ; loteries somptueuses que ne dédaigne pas le cardinal, et où bijoux, meubles, étoffes, chandeliers de cristal, vaisselle d'argent, échoient aux gagnants, mais le plus beau bijou, l'habit le plus précieux, à Marie ; mascarades, bals et ballets se précipitent, s'entassent, comme si le roi était conscient du peu de temps qui lui reste, comme s'il fallait en un temps donné resserrer toutes les péripéties d'un amour vécu d'avance, avant sa fin inéluctable. C'est au point que le carême advenant, il ne veut pas se priver de la joie de danser à nouveau avec Marie le ballet de *L'Amour médecin*, qui lui vaut tant de compliments et qu'il ordonne qu'on le prépare. En plein carême ! Anne d'Autriche s'indigne et supplie. Déjà lui a déplu le bannissement de Capitor. Le roi s'entête. Marie montre son empire, une fois de plus, et fait un pas de plus vers sa chute ; d'un mot elle apaise le roi : le ballet ne se donnera pas.

Au milieu de ces plaisirs ultimes, je l'imagine déjà prête à la lutte. Elle, ne peut plus ignorer ce qui se cache derrière tant d'honneur, tant de serments, tant de palmes remises de sa main à quelque vainqueur puéril. Lui, ne peut plus ignorer que ce roi Apollon, que ce roi Siècle d'Or (deux travestissements qu'il porta au cours de ballets, mascarades), que ce roi, berger de comédie, Egyptien de parade, chevalier de légende, qu'on adore, qu'on adule, qu'on célèbre, n'est encore qu'un très jeune homme incertain qui va livrer son premier combat. Mais que peut-elle faire de plus que de croire, de toutes ses forces, qu'il triomphera, qu'il ne peut que triompher, puisqu'il est le roi ?

L'ombre s'épaissit pendant ces derniers mois, et le cardinal a cessé de se taire. Il presse Marie de prendre parti ou, du moins, de se dévoiler. Une dernière fois, il se donne la peine de lui parler et c'est une peine qui a sa valeur, Marie ne s'en rend pas compte, chez un homme aussi occupé, qui pressent sa fin, et a encore tant de choses à faire. Mais leur mésentente s'aggrave à chaque entrevue, sans qu'il soit possible de trancher, de prendre parti. Ils sont tellement différents ! Lui déjà le pantin pommadé des derniers jours, décharné, la moustache raide de cosmétique, puant le parfum et cette aigre sueur de malade, fébrile, nerveux, trop doux, trop bref, jeté sur son fauteuil comme une poupée dérisoire, dans ses dentelles, ses bagues, cet extérieur de beau cavalier qui n'est qu'une parodie triste, le visage devenu masque, sauf les beaux yeux sensuels et tristes où flotte déjà l'ombre de la mort, une sorte de nostalgie d'on ne sait quoi, peut-être simplement du repos. Et elle, droite dans sa robe unie, sa taille si mince, trop droite peut-être, raide, eût dit Capitor, elle fière et un peu ridicule peut-être, mais touchante, suscitant ce sourire attentif qu'on accorde aux êtres très jeunes et trop sérieux, elle fidèle à sa « mauvaise étoile », absurdement résolue à ne pas céder d'un mot, d'un regard, d'un sourire, folle petite martyre de dix-neuf ans, farcie de romans espagnols et de vers français, froide, romanesque, ardente, intraitable, vouée à la vaine souffrance de l'orgueil, mais tout absurde et folle et errante, digne d'amour et d'admiration tout de même, cette inflexible et tendre Marie. C'est un peu une Princesse de Clèves avant la lettre, héroïne qui doit plus à Montemayor, et au « point d'honneur » espagnol, qu'à la simple vertu chrétienne. Seule une Thérèse d'Avila, un siècle plus tôt, avait su faire du point d'honneur un point d'appui et dépasser l'héroïsme pour atteindre la contemplation. Marie cherchera toujours un but à cet héroïsme qu'elle porte en elle, et son errance n'a pas d'autre sens. Mais à dix-neuf ans, quoi d'étonnant à ce que sa fière candeur ait cru trouver l'absolu dans l'amour, dans une légitime ambition ? Encore lui fallait-il un amour royal, cette certitude de prêter serment au plus digne, au plus grand. Et l'existence d'un tel amour lui importa toujours plus que sa réussite.

Le cardinal n'eût pas été incapable peut-être de comprendre un tel sentiment. Mais Olympe avait fort desservi sa sœur auprès de l'oncle tout-puissant, par jalousie, par ambition, par simple goût de nuire. Olympe, souvent morose et mal élevée, plaisait pourtant par son esprit, un certain art de décocher le trait, une habitude de sarcasme, un cynisme tranquille qui amusait et choquait en même temps : l'on rapporte que lors d'un petit souper, chacun laissant la meilleure place au roi, par déférence, celui-ci, par cette galanterie encore gauche, mais qui finit par lui devenir naturelle, hésita un moment à la prendre, l'offrant aux dames qui se récusaient de plus belle ; tant qu'à la fin, agacée de tant de cérémonies, Olympe s'y plaça. Le geste fit rire, mais surprit à l'extrême la Grande Mademoiselle qui ne venait que de rentrer en grâce (après la Fronde) et retrouvait la cour sur un pied de familiarité à laquelle elle n'était pas accoutumée. Olympe donc, ayant repris à son compte l'animosité que Mme de Mancini avait toujours éprouvée (avec des remords qui l'augmentaient encore) pour Marie, la desservait, et ce n'était pas difficile. Ajoutez à cela que le cardinal, c'était là sans doute l'héritage italien, dont, si bien acclimaté qu'il fût à la cour de France, il n'avait pu se débarrasser tout à fait, considérait sa famille comme son bien, et un bien dont il lui fallait tirer un revenu. Sans doute, ce bien, il lui reconnaissait quelques droits, il en prenait soin, mais pour qu'il lui rapportât davantage[1]. L'attitude de Marie, après sa longue patience,

1. Ainsi détestait-il le seul frère resté en vie de Marie, Philippe, qui, avant de devenir le très mondain et très prudent duc de

avait fini par l'exaspérer. L'exaspération ne favorise pas l'analyse. Pas plus que le mépris. Car elle le méprisait. Il voulait disposer d'elle, songeait-elle, la mettre à l'encan, tirer profit d'elle comme il tirait profit de tout, du gibier de ses forêts qu'il voulait revendre, du poisson de ses étangs, de son bois de chauffage, sans compter les cadeaux qu'on lui faisait, les dîmes qu'on lui versait sur les possessions les plus diverses et son droit sur les ports, sur les douanes, sur... Marie n'avait entendu que trop de ragots de cet ordre, et n'eût-elle ajouté crédit qu'à un seul d'entre eux, il eût suffi à discréditer l'oncle à ses yeux. Nulle petitesse ne lui paraissait excusable. Sur ce point, elle eut toujours dix-neuf ans.

Quant à lui, il eût admis même la trahison, pour peu qu'elle lui parût raisonnée, et tendant vers un but logique. C'est encore du jeu que la tricherie, et l'appât du gain, quel que soit ce gain, donne prise sur le joueur. Le gain que se proposait Marie, il ne le comprit jamais. Il la jugea donc d'après ceux qu'elle fréquentait, cette noblesse de robe insatisfaite, ergoteuse, cette autre noblesse brouillonne et matamore qui avait fait la Fronde aux dépens du peuple et sans savoir pourquoi. Après avoir reconnu (il lui avait laissé du temps) que Marie n'avait aucun *plan*, il la condamna ; c'était la Fronde dans sa famille. Il fit entendre à la reine qu'il serait bon d'éloigner Marie. Tout offensée encore par l'affaire de carême, la reine ne demandait pas mieux.

Cependant, on redonnait un vieux ballet, les *Plaisirs de la Ville et de la Campagne* que le roi aimait parce qu'il y paraissait sous divers costumes, le Génie de la Danse, un Egyptien, un berger. Jamais, lui semblait-il, il n'avait tant aimé Marie. Et elle

Nevers, avait eu quelques velléités d'indépendance. Le cardinal le tiendra de longs mois prisonnier, en forteresse, pour avoir avec des amis causé un petit scandale à Roissy (un banquet donné le Vendredi saint). Philippe Mancini ne sortira de sa prison que sur les instances répétées de Louis XIV, et après de longs mois de réclusion.

n'avait jamais vécu avec autant d'intensité ce qui était peut-être ce qu'elle appelait le bonheur. Cependant, le cardinal et la reine parlaient maintenant de plus en plus de l'Infante, « princesse de la paix », symbole de concorde, et du devoir des rois, sans compter les discours sur les agréments de cette divine princesse, belle, douce, chaste à n'y pas croire (elle n'avait de sa vie adressé la parole à un homme, hors son père le roi d'Espagne). Et cette fleur de serre, ce trésor de Golconde, cette fontaine scellée, était aussi le devoir, la raison d'Etat, et d'autres mots propres à tourner la tête d'un roi et le cœur d'un jeune homme. Mais Marie avait sa parole, il avait mis en elle sa tendresse spontanée d'adolescent, il aimait sa droiture jusque dans ses excès. Il admirait même sa raideur.

Cependant, sa résolution commençait à fléchir, et sur le point précis où il partageait la faiblesse de sa mère. Et ce fut Anne d'Autriche (elle seule pouvait être assez savante pour reconnaître cette faiblesse qu'elle lui avait léguée, cette indolence et cette sensualité) qui fit brèche, avec douceur, dans sa résolution. Car il était résolu, ou jouait à l'être, mais d'un jeu qui pouvait devenir réalité. Déjà il avait témoigné au cardinal son désir de « se rapprocher de lui en épousant sa nièce », ruse simplette qu'eût désapprouvée Marie. Le cardinal déclinait fort dignement cet honneur[1]. L'on ne s'en étonnera pas : Marie venait une nouvelle fois de refuser de le tenir au courant des propos échangés avec le roi, et le cardinal attribuait cette arrogance à la certitude où elle aurait été de réussir (en fait, vaincue, exilée, Marie ne se départit pas un instant de sa fierté). Entre une nièce hostile, un mariage qui eût réveillé contre lui la haine mal endormie de toute une part de la cour, mariage qu'on n'eût pas manqué de lui attribuer, et le couron-

1. Cf. Mémoires du temps et Mme de La Fayette. Les termes employés par le roi auraient été qu'il voulait épouser sa nièce « parce qu'il ne trouvait pas de meilleur moyen de récompenser de manière éclatante ses longs et importants services »

nement de son œuvre, la satisfaction de tous, la paix, comment Mazarin eût-il hésité ? De ce refus, à sa façon qui était de ne rien laisser perdre, il tira beaucoup de vanité, et des airs de sacrifice et d'intégrité. Mais n'importe qui eût agi comme lui, par simple bon sens. Il trama donc l'exil de Marie.

Il était impossible d'agir violemment. Ici intervint donc la reine. On ne peut savoir si, pendant le voyage à Lyon, le roi était de bonne foi en promettant le mariage à Marie. Sans doute, il croyait l'être. Il se racontait à lui-même cette belle histoire, de roi découvrant dans l'ombre la jeune fille laide qui devient belle, la jeune fille triste qui devient gaie, la jeune fille pauvre qui devient riche. Le roi, qui a dansé tant de ballets à métamorphoses, s'émerveille de celle-là. Le futur Roi-Soleil s'éprend de ses propres rayons. L'amour qu'il inspire, il en adore d'abord le seul reflet. Puis, dans ce miroir, quelle surprise de découvrir un être digne d'estime, incapable de tromperie, un être cultivé et charmant, doué, plein de force et de grâce, qu'il aurait tendance à croire supérieur, et qui s'incline devant lui avec une entière loyauté ! Et cet être est une femme, et cette femme devient belle ! L'histoire de Cendrillon a failli être vécue. Ne dit-on pas que Marie l'a inspirée ? Un peu de ruse dans sa pantoufle, et Cendrillon triomphait. Mais le conte devient amer quand le roi, que l'amour a séduit par le plus noble instinct, le goût de la générosité, de la grandeur, de l'estime, laissera échapper l'amour à cause d'un amour moins beau qu'on lui présente, un amour qui fait des concessions.

Car, à Lyon, le roi a vu, par les yeux de Marie, deux seules issues possibles, le mariage ou la séparation (et de cette conviction ingénue procédait leur belle fougue désespérée), maintenant la reine va s'efforcer de le faire voir par ses yeux à elle, ses yeux de femme indolente et sensuelle, longtemps opprimée mais enfin discrètement triomphante, ses yeux d'amante et peut-être d'épouse de Mazarin. Et ces yeux-là voient fort bien un avenir où, chacune à leur place,

Marie et la petite Princesse de la Paix trouvent toutes deux leur compte. Il s'agit maintenant de le faire comprendre à ce jeune homme, son fils, et son roi. Comment s'y prend-elle ? Mais toute sa personne blonde, et blanche, et molle, mais point encore déplaisante, ses belles mains dont elle est si fière, sa belle gorge épanouie, son petit menton enfoncé dans le cou gras et son beau regard bovin de femelle, tout en elle n'exprime-t-il pas sa conviction que tout peut s'arranger au mieux, l'amour et le devoir, le plaisir et la paix, en se laissant un peu aller, en laissant faire la nature, le temps, la vie, tout ce qui érode, ronge, et détruit la belle armure luisante de la jeunesse ?

Quels mots emploie-t-elle ? Sans doute des mots prudents, feutrés, doucement humides de tendresse ; il ne faut pas choquer le roi. Elle-même, ce n'est pas sans remords qu'elle s'est abandonnée, un jour... ce jour où elle s'est dit les mots lâches et doux de toutes les femmes, qu'elle avait droit tout de même à un peu de bonheur, qu'elle avait tant souffert, ces mots qui préparent l'esprit à l'amour, l'amollissent, l'attendrissent sur lui-même, comme le bain et les parfums y préparent le corps, ces mots qu'elle lui répète, berceurs et pleins de promesses voluptueuses et tristes : qu'il est dur d'être roi, qu'on ne peut échapper à sa destinée, que le cardinal est bien bon, que Marie est bien belle, que l'amour doit se sacrifier et comprendre où est le bonheur de l'être aimé, que Marie comprendra... De ce sacrifice naîtra sans doute une douce amitié, pourquoi non ? On a songé, il est vrai, à éloigner Marie, mais pour quelques jours seulement, quelques semaines. Une satisfaction à donner à la cour d'Espagne. Elle reviendra ayant compris... D'ailleurs rien n'est décidé, tout se rompra peut-être, et même s'il se faisait, ce mariage, qui empêcherait le roi et Marie de se voir ? Le cardinal l'a prise en humeur, c'est vrai, mais c'est parce qu'elle s'oppose au mariage espagnol, sa grande œuvre. Et n'est-elle pas admirable, l'humilité de Son Eminence, qui renonce à l'honneur d'une telle alliance par amour de la paix, de la prospérité, de la France ? Mais sitôt après, la paix assurée, les fêtes reprendront, et Marie reviendra...

Les mots, les tendres mots berceurs d'une mère, d'une femme, ont beaucoup de puissance sur un jeune homme encore peu sûr de lui-même. L'image d'un bonheur où tout s'associe pour lui plaire, grandeur d'une belle union, soumission d'une ignorante et docile épouse, telle qu'on lui dépeint Marie-Thérèse, beauté d'une maîtresse savante et tendre, se dessine, malgré une faible résistance de celui qui se souvient de son premier modèle d'écriture : *Les rois font ce qui leur plaît*. Il résiste ou, plutôt, il retarde l'instant du départ de Marie, car dès le moment où il a consenti à la discussion, c'en est fait, Marie est perdue. Pourquoi l'éloigner tant que le mariage espagnol n'est pas assuré ? Pourquoi l'exiler si c'est pour la rappeler ? D'ailleurs, ce mariage n'aura pas lieu, il n'en veut pas (mais déjà son refus se fait moins ferme et Anne pressent qu'il cédera devant le fait accompli, et sa parole malgré lui engagée. Malgré lui ?). En fait, ce qui l'affole, paradoxalement, est davantage le départ de Marie que le mariage encore lointain. La quitter, la voir s'éloigner, il ne peut s'y résoudre. Les discussions succèdent aux discussions, les larmes aux larmes, et la reine, que tance le cardinal pour n'avoir pas encore abouti, soupire, ses gros yeux humides tournés vers le ciel : « Que voulez-vous, à sa place je ferais comme lui[1]... »

Cependant, l'image a pris corps, et sans doute l'idée chemine en lui, que ce mariage projeté ne signifie pas nécessairement la fin de l'amour. L'adolescent naïf se laisse gagner par la molle sagesse des adultes. Il n'en sait encore rien, il proteste encore à Marie qu'elle sera sa femme, que déjà son abandon à l'instant est moins pur. Il y flotte une espérance. Sans doute croit-il autant et plus que jamais à la vertu de Marie. Sans doute se promet-il encore de résister « autant que possible » à ce projet de mariage. Mais le couple qu'il forme avec Marie n'est

1. Cité dans la correspondance de Mazarin.

plus le couple adolescent et timide de l'ermitage de Franchard, le couple ardent et romanesque du voyage à Lyon, c'est déjà un couple adulte, où chacun a son secret. Elle sa souffrance, lui son trouble espoir.

Car elle a commencé de vivre cette alternative d'aveugle foi et de souffrance lucide qui fera sa torture à Brouage. Car déjà on chuchote autour d'elle, on rit parfois. Les rumeurs se confirment : le mariage se fera. « Elle qui se croyait déjà reine... » Et c'est vrai, et ce n'est pas vrai. Marie n'a pas mésestimé la difficulté. Elle l'a méprisée. Elle n'a pas cru qu' « elle serait reine », elle a cru que le roi la faisait reine, la voulait reine. C'est là son trésor, et si elle dédaigne de lutter contre le cardinal, c'est que de toutes ses forces elle lutte contre le doute. Cette lutte la rend contrainte, car elle ne sait ni ne veut cacher ses sentiments. Et voilà qu'il commence, lui, le jeune Apollon des ballets, le berger-roi auquel on apporte sur scène « tous les fruits de la terre » avec des vers hyperboliques, à sentir cet imperceptible doute, ce combat qu'elle livre, et qu'il lutte à son tour à grand renfort de serments, d'exaltation, contre ce léger ternissement de la belle image fière, portant cuirasse à l'antique et sceptre à la main, la belle image qu'il aime à mirer dans les yeux de Marie. Ils croient encore à leur amour, ô combien ! mais déjà le temps, qui est l'ennemi de Marie, travaille pour le roi. Car le temps use l'espoir des jeunes filles et transforme les fières amazones en biches implorant la blessure. Elle ne devrait pas l'ignorer, la lectrice de Montemayor, de cette *Diane* enamourée dont Marie a longtemps fait ses délices.

Il faut bien cependant lui parler de départ. C'est un soir, peut-être au Palais-Royal, où il l'a reconduite, et tandis que Mme de Venel piétine non loin, et avec plus de timidité qu'il ne lui a parlé d'amour, car de son amour il n'avait pas à rougir, qu'il murmure, avoue, ou alors d'un ton presque sec, pour éviter tout reproche ou encore, raisonnable, lui présentant la chose comme une ruse qui apaiserait le cardinal...

Ou c'est avant la répétition d'un ballet, l'air soucieux, affairé, comme une chose ennuyeuse mais de peu de conséquences. Ou après la musique, quand elle a le visage désarmé, très jeune tout à coup, ce visage d'enfant crédule que quelques notes sur une viole suffisent à rassurer, et quelques mots d'amour.

« Il faudrait bien, Marie, le cardinal est très monté contre vous, vous éloigner quelques semaines de la cour... »

Quels mots prudents, ou secs, ou tendres ? Mais elle, le sang tout de suite au visage, ses belles épaules et jusqu'à la gorge rougissant sous le flot impétueux de ce sang agité.

« Quoi, vous m'abandonnez ? »

Toute sa vie est dans ce cri. Quoi, cet amour qui devait être son couronnement, sa justification, sa foi... Et ce cri de douleur est aussi un cri d'indignation. « Vous aussi ? »

Après viennent les grandes explications, les mensonges où l'on se prend soi-même, les larmes, le baiser posé sur son épaule frémissante et elle ne partira pas, non, non, et puis le bal, et la tendresse affichée plus que jamais, le simulacre qu'on lui offre comme on offre une fête, et le soir même, les pourparlers mystérieux avec un émissaire qui se charge d'acquérir « au nom du roi » (et aux frais du cardinal, qui l'apprendra trop tard[1]) le beau fil de perles que cherche à vendre la malheureuse reine d'Angleterre, réfugiée à Fontainebleau, Henriette. Ce fil de perles, Marie le gardera toute sa vie. A-t-elle réfléchi cependant, quand elle reçoit ce présent, combien il est classique ? Le bijou de la rupture, le prix de l'abandon, versé d'avance ? Non, elle n'y songe pas. Ce ne sont pas des pensées qui viennent à Marie. Elles lui viennent si peu que ce bijou l'apaise. Elle y voit un gage, une promesse. Sa foi lui revient. Et quelques

1. Mazarin à Colbert : « Vous direz à M. de Villecerf qu'il me doit aussi payer soixante-dix-huit mille francs pour un fil de perles qu'on acheta à la reine d'Angleterre et que le roi a voulu donner à ma nièce. »

jours après, c'est par Mme de Venel qu'elle apprend que le départ est décidé. Décidé ! Sous ses yeux, sans retard, l'on fait les malles. Elle espère encore, elle court au roi. Il ne se dérobe pas, non, il pleure avec elle sans retenue, et il promet encore, toujours. Mais il *faut partir*. Il n'épousera qu'elle, n'aimera qu'elle, ne cédera pas, mais il *faut partir*. Il ne cessera de lui écrire, de lui envoyer des émissaires, il la rappellera dès que l'humeur du cardinal sera un peu apaisée, mais il *faut partir*. Ces mots reviennent toujours à travers toutes les promesses, et elle a beau jeu d'argumenter : s'il ne cède pas sur le mariage, pourquoi céder sur la séparation ? N'est-il pas le maître ? N'a-t-il pas dit cent fois ?... Mais il soupire, donne de bonnes raisons. « Ah ! soupirera-t-elle dans le carrosse qui l'emportera, en s'effondrant sur l'épaule de la petite Hortense, je suis abandonnée... »

Car ce départ du Louvre, au petit matin, cette humiliation intolérable, le discret triomphe de Mme de Venel[1], l'effroi de la petite Hortense qui n'y comprend rien et répète comme un perroquet : « Mais puisque le roi... », tout cela n'est rien pour Marie, à côté de la souffrance qu'elle vient de ressentir pour la première fois, celle de douter de qui l'on aime.

Sire, vous êtes roi, vous pleurez, et je pars, mots fameux qui inspireront un poète, mais le vrai cri de ses entrailles, le déchirant : « Je suis abandonnée », montre bien quelle sera la vraie souffrance de ce cœur si fier ; non pas celle, banale, d'être séparée de celui qu'elle aime, mais la souffrance bien plus profonde de ce doute : n'être pas aimée assez.

Et n'être pas assez aimée, n'est-ce pas, pour ses dix-neuf ans absolus, la même chose que de n'être pas aimée du tout ? Atroce pensée, à peine entrevue, et qu'elle repousse de toutes ses forces. Une dernière fois ses yeux s'attachent au visage du roi, et c'est le départ. Un des multiples départs de Marie, qui passera la plus grande partie de sa vie à se déplacer. Tan-

1. Le cardinal lui avait fait don déjà des glacières de toute la Provence, qui appartenaient au Domaine.

tôt fuyant, tantôt chassée, tantôt encore courant après le bonheur, et ne trouvant jamais le repos. Que dirait-elle si elle pouvait entrevoir cet avenir, cette incompréhensible quête que sera sa vie ?

Mais elle est loin de songer à l'avenir. A vrai dire, elle y pensera rarement. Elle est toute dans l'instant présent, et c'est l'un de ses charmes que cette façon de vivre totalement dans le temps avec une sorte de parti pris, de radieux désespoir. L'instant présent est, aujourd'hui, un supplice.

Elle a beau fermer les yeux, essayer d'oublier, elle est tout entière présente à ce carrosse qui cahote, à ces lieues qui défilent.

Voyage : changements de chevaux, chaleur orageuse, ondées, une vitre qui se brise, un laquais qui s'affole devant la soudaine averse (« Madame, le chemin n'est qu'un torrent ! Faut-il avancer ? — Allez toujours ! » dit Marie). « Allez toujours », malgré les piaillements de Mme de Venel ; le rideau de cuir mouillé soudain la frappe en plein visage, et elle, insensible, sans même un tressaillement malgré le cri d'Hortense. La journée comme un désert, l'auberge où l'on s'arrête un instant — non, elle ne veut pas que l'on mange —, elle veut aller, toujours aller, elle demande un verre de vin, le boit debout dans la salle humide, et qu'importe les laquais, le cocher, Mme de Venel et ses sœurs qui aspirent au bon feu de bois, au repas, au repos, il faut qu'ils la suivent, qu'ils souffrent aussi, et il faut désembourber le chariot qui suit avec leurs malles, et elle sort sous la pluie, donne sa bourse à l'aubergiste, toute à cette passion de fuir, de sentir au moins cette liberté dérisoire. Et on repart, sans avoir pu réparer la vitre, et le rideau de cuir mouillé battant toujours, et Hortense frissonnante, et Mme de Venel prédisant les pires catastrophes, mais Marie, le visage immobile, durci, ses cheveux noirs tout défaits collant aux tempes, grisée de souffrance et de violence, ordonne qu'on aille plus vite, qu'on crève les chevaux ; tant pis si la boue des essieux leur jaillit au visage, si les pierres font cahoter dangereusement le fragile esquif, si, comme le prédit fébrilement Mme de Venel, elles finissent par verser, ou si une roue saute, ou si les chevaux s'emballent. Ce serait presque un soulagement, pense Marie, de se casser bras et jambes, d'éprouver une bonne, une lancinante douleur physique qui lui fasse oublier l'affreux soupçon d'avoir été jouée. « Plus vite », crie-t-elle. Et c'est ainsi, le visage mouillé de pluie, le carrosse cahotant faisant jaillir de longs éclats de boue brune, elle tout enveloppée de la cape humide, les joues en feu, le visage blême dans ses cheveux de noyée, qu'elle est rejointe par un messager du roi. Le premier d'une longue série. Une lettre, déjà. Un moment l'espoir flambe en elle et le soupçon disparaît. Et Mme de Venel, malgré ses inquiétudes (comment s'y prendra-t-elle pour lire cette lettre ? Pour envoyer un message au cardinal ?), éprouve tout de même un grand soulagement. On s'arrêtera pour la nuit.

Message après message, jusqu'à La Rochelle. Voyage forcené, et à peine arrivée, voilà Mme de Venel contrainte de verser de fortes sommes pour la toilette de ces demoiselles, qu'on accueille grandement. Coups de canon, fêtes, suppliques même, saurait-on trop bien faire pour les nièces de M. le cardinal ? Et comme par la même occasion on satisfait cette curiosité de voir la fameuse Marie de Mancini qui a failli... qui sait ? qui est peut-être encore sur le point de devenir reine de France... Du moins, sera-t-elle, disent les hommes, grande favorite. Ils en voient la preuve dans le soin qu'elle apporte à sa toilette (oh ! ces jupes de Paris, ces grands cols qu'elle porte avec une hauteur charmante, c'est l'avis du moins de M. Colbert du Terron[1], tout à fait séduit malgré les avis de Son Eminence, qui l'a nommé

1. Le cardinal croyait pouvoir compter absolument sur ce Colbert du Terron, parent du grand Colbert, encore obscur à l'époque. Celui-ci avait fait nommer son parent gouverneur de La Rochelle. Mazarin avait chargé du Terron de recevoir les lettres du roi à Marie, de les transmettre à la jeune fille, mais non sans lui en rendre compte. Du Terron remplit bien mal son rôle d'espion, qui lui déplaisait.

gouverneur de La Rochelle), dans l'esprit qu'elle déploie dans leurs réceptions, qu'elle ne témoigne nullement trouver provinciales. Quelle science, quel charme, quel esprit ! Est-ce bien cette petite Marie, « quel dommage » ?

Les messages arrivent à tout instant, par la poste et par envoyés spéciaux, et l'amour un instant obscurci flambe à nouveau de tout son feu, dévore les doutes, les tristesses. Marie est reine à La Rochelle, Marie couronnée par l'amour est belle et n'a qu'à poser les yeux sur Colbert du Terron pour qu'il croie à son étoile. Qu'une jeune personne belle, savante et vertueuse, l'emporte sur un ministre, cela s'est vu, n'est-ce pas ? Et le cardinal est loin, et le cardinal est vieux, et le cardinal a la gravelle. Et Marie est là, et les messagers se succèdent, et l'air du triomphe sur ce beau visage aux joues roses, et l'ardeur du triomphe dans ces yeux noirs, et ajoutez-y l'ennui de La Rochelle dissipé, un petit air de cour qui s'est instauré soudain au château, ces petits concerts, et cette guitare (dont le roi lui-même pince, lui dit-on, à ravir), et ces lectures de Corneille, de la *Clélie* (avec un sourire, Marie fait comprendre que déjà la vogue du Tendre est loin), et ces plaisanteries qu'il met un peu de temps à comprendre, et ces ragots de cour qui lui paraissent de la dernière nouveauté, quoi d'étonnant à ce que Colbert du Terron, gouverneur de La Rochelle par la grâce de Son Eminence, en ait la tête un peu tournée ? Où est le soupçon, où la souffrance, pendant ces journées, où ces demoiselles, y compris Mlle Marianne, s'amusent follement (dit Mme de Venel) à jouer gros jeu avec les pistoles du cardinal ?

L'ombre, les rares instants où Marie pourrait trouver la solitude, elle les refuse. Elle repousse le miroir qu'elle connaît trop. « J'ai eu mon comptant de solitude. » Le couvent, la chambre sombre, d'où elle entendait le pas de Mme Mancini, le cœur battant, pourquoi ? L'amertume et l'injustice, ce goût retrouvé de l'enfance, elle les refuse, les repousse.

« J'ai confiance, j'ai confiance. »

Cependant, le cardinal négocie.

On chuchotait que la paix ne se ferait pas. Que le pardon accordé à Condé suscitait bien des obstacles. Que les Espagnols reprenaient leurs forces et se réorganisaient sous l'apparence de pourparlers qu'ils rompraient tout à coup. Mais ces chuchotements, ces messagers, ces hauts, ces bas, et plus que tout ces espoirs et ces doutes retrouvés sur le visage de ceux qui l'entouraient, minaient la confiance de Marie. Le cardinal était à Bayonne. N'aboutirait-il pas ? Le roi promet toujours de ne pas céder. Ces promesses inquiètent Marie plus que ne le ferait le silence ; pour qu'il promette tant, il faut qu'il lutte beaucoup... Le doute renaît.

Et brusquement, par un de ces retournements qui lui sont coutumiers, Marie prend en horreur cette petite ville de La Rochelle, cette parodie de cour qui l'entoure, ces commérages, ces yeux guetteurs, qui l'ont un instant divertie. L'appréhension soudain triomphe. La cour elle-même va partir pour Bayonne. Le roi promet bien qu'en passant il viendra la prendre à La Rochelle. Mais que n'a-t-il déjà promis ? Et ce départ pour Bayonne à lui tout seul n'est-il pas déjà une trahison ?

Marie fait un pas de plus dans la souffrance. Car cet amour qu'elle éprouve, cet amour qui doute, est tout de même un amour. L'estime peut-elle donc se perdre, et l'amour néanmoins demeurer ? se demande la belle lectrice de Corneille. Cette vérité première qu'elle découvre l'ébranle profondément. Ce roi qui a cédé, qui a menti, autant à lui-même qu'à elle, ce roi bien différent des héros galants et héroïques dont elle lisait l'histoire, ce roi incertain, peut-être faible, peut-être lâche, elle l'aime encore.

Ce pas franchi, Marie ne peut plus supporter La Rochelle. Elle part pour Brouage.

*
* *

On doit à Richelieu et à l'ingénieux Pierre d'Argencourt les remparts du petit port de Brouage, où l'on peut voir encore les armes du roi et celles du cardinal. Fondée dès le XVIe siècle par Jacques de Pons, la petite place de commerce, alors nommée Jacopolis, même en ces temps de prospérité, était déjà bien mélancolique, dans son paysage de landes et de marais, avec ses maisons blanches et son triste arsenal.

Brouage, première halte dans la vie de Marie. Brusquement, après le tourbillon de la cour, l'agitation du voyage, l'animation que donne même le doute, même la souffrance vivante, brusquement cette halte, ce silence, ce marécage : Brouage, avec ses airs de fin de monde.

... La solitude étant la seule chose que je cherchais alors, comme le plus propre à entretenir mes tristes pensées, je choisis le château de Brouage comme un lieu dénué de toute sorte de divertissement, et où mes sœurs s'ennuyaient fort, m'imaginant que tout le monde devait prendre fait à ma douleur, et le plaisir des autres aurait esté un crime pour moi...

Et symbole aisé à déchiffrer, avec ses sœurs et Mme de Venel, leurs filles de chambre et leur bagage, Marie emmène pour seule compagnie, en cette forteresse, un astrologue arabe de La Rochelle. Le Maure fait horreur à Mme de Venel qui pousse les hauts cris, mais Marie s'obstine, et il faut bien lui céder, faute d'instructions du cardinal. On s'en va donc à Brouage avec le Maure. On s'avance lentement vers ce pays brumeux, en carrosse, et non par mer, comme Marie, téméraire, le souhaitait : mais Mme de Venel, là, a tenu bon. Brouage va l'accueillir à coups de canon, avec une délégation de ce qu'on a pu trouver de plus présentable parmi les notables (si on peut leur donner ce nom) de ce petit port de pêche et de guerre, qui ne connaît un peu de renom qu'à cause de ses quatre entrepôts à poudre, la meilleure de la région, dit-on (ce qui déplaît fort à Mme de Venel : un accident est si vite arrivé). Brouage où Marie ne va rester que quatre mois, et qui, pourtant, va compter dans sa vie plus que n'importe quel lieu.

A l'animation du voyage, au soulagement qu'apportent toujours les déplacements avec leurs difficultés, leur imprévu, leurs mille incidents absorbants, va succéder (après les coups de canon et les acclamations un peu pauvres, on n'est pas à La Rochelle, dame ! et les pistoles nonchalamment distribuées par Marie, et les fous rires d'Hortense, douze ans, devant ces accoutrements de parade, et les regards inquiets de Mme de Venel, qui tient la bourse), va succéder le calme du château, ou plutôt de la forteresse, où Marie a voulu cacher son tourment. Brouage, bout de la terre. Terre désolée, terre d'incertitudes et de marais, enlisée dans l'ennui comme dans ses marécages, Brouage découragé dans ses brumes et plus triste encore au petit matin vernissé, qui polit les blanches façades tout unies, où le tintement bref de la cloche semble le cri même du matin, aigu, crissant, vide. Petite ville fortifiée, entre terre et mer, entre espérance et désespoir, voilà le décor ; promenades : le sable, les remparts.

La mer, son va-et-vient à peine perceptible. Tout s'arrête là. Marie ressent un grand vertige.

Quatre mois, à peine coupés par un bref déplacement à Saint-Jean-d'Angély, où la cour s'arrêtera trois jours, quatre mois Marie va souffrir dans ce silence, entre terre et mer. Un tel calme, un tel vide, cela saisit comme un miroir soudain rencontré au détour d'un couloir dans lequel on s'aperçoit sans se reconnaître. Est-ce nous, ce visage étranger ? Et vite nous poursuivons notre marche pour ne pas le regarder en face, ce visage, et dignement, nous lui tournons le dos. Mais Marie ne peut plus échapper au miroir. D'où l'utilité de l'astrologue. C'est lui qui va regarder à sa place, lui décrire l'étrange personne, lui raconter son destin.

Pour l'instant, c'est le destin d'Hortense dont il est question, Hortense blonde, rose, rieuse, qui se penche, émerveillée, vers la table rustique où l'astrologue se livre d'un air grave à des calculs sur son heure de naissance, et dresse sa « figure », son horoscope.

Il sourit, le Maure aux beaux yeux, parce qu'Hortense lui offre, ainsi penchée, la vue d'un corsage déjà appétissant, et que l'avenir d'Hortense lui offre (ou est-ce jeu d'imagination ?) une série d'images non moins plaisantes.

« Ah ! Madame, que je vous vois heureuse ! Bien mariée, bien séparée, bien pourvue d'argent, de galants, d'amis... quelle riante destinée ! »

Elle rit en effet, Hortense, de ses belles dents de gourmande, impatiente de mordre à même la vie.

« Mais encore ? Mon mari m'aimera-t-il, Sultan ? »

(Elles ont coutume de l'appeler ainsi par plaisanterie.)

« Il vous adorera, madame. Et vous ne l'aimerez pas ; ce sera donc le grand bonheur. »

Hortense rit de plus belle, et ce rire agace Marie, qui quitte l'embrasure et s'approche, sombre des pieds à la tête à côté de la claire Hortense, réduite tout à coup à ce qu'elle est, une enfant précoce, d'une éclatante joliesse, mais sans mystère.

Car même pour Sultan le Clairvoyant, Marie est entourée d'un mystère, et s'il s'est joint à la petite caravane, c'est autant par curiosité que par intérêt. L'intérêt pourtant joue sa partie, car Marie est généreuse, et Mme de Venel (au nom du cardinal) l'est à peine moins. Ce que Marie, du fond de ses doutes, de ses espoirs, et de ses désespoirs véhéments, souhaite, c'est qu'il lui dise : « Tu seras reine ! » Ce que Mme de Venel, au nom du cardinal (l'un et l'autre ont fait leurs calculs de leur mieux, mais aussi ont pris un parti, en gens avisés à la fois et joueurs, qui savent l'infirmité des calculs humains, et qu'au bout des plus savants, reste un pari à faire), ce que Mme de Venel et le cardinal, par sa voix, ordonnent, c'est que le Maure prédise : « Tu ne seras pas reine », et décourage l'intrépide et folle ennemie. Ce que le Maure, lui, voudrait savoir, c'est la mesure dans laquelle il peut croire à son art.

Car il y croit. Comment ne pas croire à des calculs cent fois confirmés. Cependant ces calculs ne forment qu'une donnée. Sa naturelle psychologie lui en fournit une autre, qui parfois s'y oppose. Ces données, quelque chose d'autre peut-il les modifier ? Le Maure s'est posé souvent ces questions, les soirs où il observait la lune et les étoiles, du toit plat de sa maison de La Rochelle, car l'astrologue est aussi astronome. Et l'astronome est aussi un savant, et peut-être un philosophe. Se pose-t-on pareilles questions, à propos de dames de La Rochelle qui viennent demander des philtres d'amour, des tisanes contre l'excès d'enfants, et veulent savoir si c'est bien la femme de chambre qui avait dérobé leur belle montre à répétition ? Il faut être un philosophe pour partir d'objets si infimes, et y chercher un sens.

Donc, astrologue, astronome et médecin, le Maure est aussi philosophe. Comment sans cela d'ailleurs eût-il supporté sans périr d'ennui le fastidieux séjour de La Rochelle ? Comment sans cela eût-il consenti à suivre Marie à Brouage ? Et il est là, pesant ses mots, pesant aussi les siens, à elle, et se demandant, se demandant réellement, appliquant toutes ses forces à savoir ce que deviendra l'impétueuse, la savante, la folle, la vertueuse jeune fille.

« Votre signe est tout de contradiction, soupirait-il. Vénus et Saturne, l'eau et le feu s'y mêlent. Allez savoir qui l'emportera. Il faudrait une balance à peser de la poussière d'étoiles.

— Mais tout est encore indécis, n'est-ce pas ? Rien n'est fait ? »

Ses yeux étaient marqués d'un cerne tendre, couleur lilas, qui seyait à sa peau mate. Elle était penchée vers lui comme l'avait été Hortense, mais il n'eût pas songé, bien qu'elle eût dix-neuf ans et Hortense pas encore treize, à lui regarder le corsage : il ne regardait que ses yeux, ce feu sombre et froid, minéral. Elle souffrait, cela était évident, elle souffrait et s'indignait de souffrir, et s'indignait encore de ne pas souffrir davantage, jusqu'à en mourir. Mais sa vie venait de commencer, et elle souffrirait encore, cent fois, avec le même étonnement, la même puissance d'indignation toute neuve et — songeait-il, le Maure philosophe — la même innocence. Il l'aimait assez, bien qu'elle le méprisât. Si elle ne l'avait méprisé (mépris sans dureté, affectueux presque, et encore mépris était-il un trop grand mot ; elle le considérait comme d'une autre espèce, intermédiaire entre le carlin et le perroquet), elle ne se serait pas confiée à lui. Mais elle lui jetait ses secrets, ses pensées, comme on jette une lettre froissée dans un puits, et il les recevait ainsi. L'aimant pourtant, parce qu'il la comparait aux dames de La Rochelle, minaudant, faisant les enfants, qui ne le méprisaient pas, elles, et dont plusieurs avaient été ses maîtresses. Mais Marie était vivante.

Fasciné par sa souffrance, aussi. Parfois, quand il entrait, elle se faisait lire Sénèque, ou des commentaires sur Philostrate, le visage crispé, appliqué. Elle avait honte de souffrir quand son esprit disait à sa souffrance : Va-t'en.

« Les astres me sont absolument contraires ?

— Absolument, non. Mais cette fatale combinaison de feu et d'eau a tendance à se reproduire, et vous ne pourrez y échapper que si l'un des éléments prédomine. Sans quoi, votre destin restera toujours en suspens. Tantôt au plus haut, tantôt au plus bas, sans que l'un ni l'autre l'emporte. Une aussi juste balance devrait vous assurer l'immortalité, en tout cas, elle vous garantit la longue vie, car vos humeurs, elles aussi, se contrebalancent, et...

— Qu'importe ! dit Marie brusquement. Seules les semaines qui viennent m'intéressent. »

Elle dirait toujours cela, avec cette merveilleuse ardeur, pensa-t-il. Et il eut pitié d'elle, une pitié mêlée d'admiration.

« Justement, madame, les semaines qui viennent marquent le paroxysme de la tension entre ces deux forces. L'eau, puissance nocturne, puissance d'amour, l'emportera-t-elle sur le feu, feu du devoir, de l'honneur, de...

— Monsieur ! » cria-t-elle. Puis s'arrêta, comme effrayée par sa propre colère. D'une voix plus basse, comme essoufflée :

« Croire mon amour contraire à l'honneur, mais ce serait m'insulter !... Si vous le pouviez... », acheva-t-elle.

Elle fit quelques pas vers la fenêtre, cette fenêtre qui dominait la mer, et avec la mobilité d'humeur qui la caractérisait (et qui n'était peut-être que celle que nous cachons tous sous le revêtement d'une colère ou d'une courtoisie également concertée, dont nous avons appris par les livres qu'elles se doivent de durer et d'être conséquentes ; mais les livres, encore qu'elle en lût beaucoup, n'avaient rien appris de cette sorte à Marie), elle se retourna, eut pour le Maure un charmant sourire, et dit :

« Le roi devrait bien me donner Brouage. Regardez comme la mer lutte avec la terre ! Elle gagne et perd tous les deux jours deux fois. Ce pourrait bien être mon blason, d'après vous ?

— Ce pourrait l'être de toute vie humaine. L'agitation des vagues et la stérilité du sable qu'elle recouvre... », dit le Maure en s'approchant.

Mais elle eut un geste las qui l'arrêta. Un voile de tristesse obscurcissait maintenant son visage. « Assez, Sultan, assez, soupira-t-elle, vous ne m'avez rien dit qui vaille aujourd'hui...

— C'est qu'il dépend de si peu, madame, que ne vacille cet équilibre. Un grain de sable, en vérité.

— Assez ! dit-elle violemment. Ne voyez-vous pas que vous me torturez ? Allez-vous-en. Allez peser vos grains de sable. Ne me dérangez plus. A moins que vous n'ayez quelque chose de nouveau, de vraiment nouveau à me dire, bien entendu. »

Elle était seule, le front appuyé aux vitres. Seule, Marie, dans la solitude de Brouage. La marée montant. « Quand la marée se retire, disait un proverbe du pays, du mourant elle emporte l'âme. » Plût au Ciel que cette marée emportât son âme, si c'était l'âme qui souffrait ainsi !

*
* *

« Peut-on forcer le destin ? » songeait-elle. Et c'était aussi ce à quoi pensaient le Maure, et Mme de Venel, mauvaise joueuse qui doutait par instants d'avoir choisi la couleur qui sortirait. Elle essayait sur l'homme au turban, en attendant de pouvoir le renvoyer, le pouvoir de ses charmes de blonde ; on dit que les hommes de couleur y sont sensibles à un point extrême.

« On dit que Marie est née sous une mauvaise étoile. Mais il n'en est pas moins vrai qu'à neuf ans déjà elle forçait le destin ! Fût-elle restée dans ce couvent...

— Mais elle ne *pouvait* pas rester dans ce couvent, voyons, disait le Maure en souriant ; vous imaginez la vie, madame, comme un grand vestibule, où des dizaines de portes ouvrent sur des destins différents. Peut-on ou ne peut-on pas choisir sa porte ? Voilà ce que vous me demandez. Et vous croyez qu'en ouvrant l'une, on est ministre, l'autre, on est moine ou charretier. Mais croyez-vous avoir choisi si librement de venir en cette forteresse ? Non point. Toutes ces portes n'ouvrent que sur nous-mêmes, et l'on pourrait tout au plus soutenir que notre moi a une petite chance de changer d'habit.

— Cela a parfois son importance, l'habit que l'on porte ! dit Mme de Venel. Mais vous dites que Marie...

— Mlle Mancini ne fût pas restée longtemps à Rome. Sa brusquerie l'eût fait renvoyer de ce couvent, ou son impétuosité l'eût fait fuir. Et où qu'elle eût fui, sa beauté, son esprit, l'eussent amenée à quelque surprenante hauteur d'où sa vertu autant que sa fierté l'eussent fait choir... et nous revoilà à Brouage.

— Ainsi, vous considérez notre nature elle-même comme une fatalité ? Mais savez-vous, Sultan, que vous renversez les fondements mêmes de toute morale, pour ne point parler de la religion ? »

Sultan battait en retraite devant Mme de Venel devenue mutine. Ces sourires-là étaient plus qu'il n'en pouvait supporter, pour tout l'intérêt qu'il portait à Marie. En se retirant, l'Arabe songeait à cette phrase de la toute récente *Nouvelle Méthode d'Astrologie* de son confrère François Hally, Arabe aussi, mais chrétien, lui :

... Ils [ses maîtres] m'avertirent de ne pas abuser de l'astrologie, mais d'être toujours convaincu qu'elle n'a rien de contraire à l'usage de la liberté et aux décrets de la divine Providence.

A l'usage de la liberté... Sultan va rêver là-dessus. Et à Marie :

« Sans doute serez-vous reine, madame. Mais il y a bien des façons d'être reine. »

Cependant il faut renvoyer Sultan, sur ordre exprès de Son Eminence[1], qui à Saint-Jean-de-Luz souffre les tourments de la goutte et de la gravelle, tout en préparant les articles du traité des Pyrénées qui doit assurer la paix à la France, mais fera renaître plus tard, de la succession d'Espagne, comme une hydre, une autre guerre. S'il pouvait réellement prédire l'avenir, que dirait Sultan des décrets de la Providence ?

Mais Sultan est déjà loin avec ses gros livres, ses savants calculs, ses belles dents et ses yeux tristes. Personnage épisodique comme beaucoup de ceux que croise Marie, qui regarde à peine les visages qui auraient pourtant quelque chose à lui apprendre. Personnages épisodiques aussi, ces quatre demoiselles de Marennes qui viennent visiter Marie à

1. Renvoi dû au fait que Mme de Venel n'a pas réussi à acheter l'astrologue. Mazarin lui écrit de Saint-Jean-de-Luz, en fin juillet 1659 : « Il faut rompre absolument ce commerce, et si elle (Marie) y fait difficulté, vous direz de ma part au sieur du Terron de chasser ledit Arabe. » Et plus durement : « Si ma nièce souhaite si fort savoir ses aventures, son véritable horoscope, c'est que, si elle ne me croit, et ne se conduit comme je veux, elle sera la plus malheureuse créature du monde. »

Brouage, figures secondaires et qui ne demandent qu'à le rester pourvu qu'on leur trouve un mari. Quatre grandes filles osseuses à cheveux roux, de cordialité aussi lourde que leur appétit est grand (trouve Mme de Venel, envoyant ses comptes minutieux au cardinal qui ne dédaigne pas de les éplucher, quel grand homme !) et qui ne font plaisir, par leur visite, qu'à la petite Marianne, qui s'ennuie à périr.

« Marie, écrivez à notre oncle qu'il nous laisse revenir à la cour ! » supplie-t-elle.

Et Hortense aussitôt :

« Oh ! oui, Marie, écrivez ! »

Hortense est si jolie enfant, blonde, rose, fraîche, riante, gourmande, friande d'argent comme de bonbons, qu'on ne peut lui en vouloir. Marie la choie de son mieux, mais elle ne promet rien. Comment le pourrait-elle ? Mais Hortense lui est une légère consolation, affectueuse malgré tout, un peu médisante seulement. Et sujette à voir partout son avantage, et déjà pourvue de ce fameux La Meilleraye, son amoureux, auquel elle demande avec une suspecte ingénuité de lui envoyer des gants et des parfums (il en envoie). Hortense séduit partout où elle passe, bien qu'elle sache à peine écrire, soit mal débarbouillée de l'accent Mazarin, et d'une ignorance crasse. Mais qu'importe ? Elle est si jolie, et d'un caractère, dit-on, si facile — dangereux adjectif ! Mais elle s'ennuie. Et Marianne aussi s'ennuie. Mlle Marianne, si aimée à la cour, qui n'a que sept ans, elle, et passe son temps à écrire de grandes épîtres en vers à son oncle et à la reine, nobles harangues où se glissent fort bien de petites demandes d'argent, car Mlle Marianne, à sept ans, a des vices : elle aime le jeu et les comédiens, et même le vin, comme elle nous l'apprend fort clairement dans l'une de ses épîtres : « Votre petite Marianne, qui aime fort le vin d'Espagne. »

Marianne (Dieu merci ! pense Mme de Venel) aime aussi bien les pistoles et raconte volontiers ce qui se passe dans la chambre de ses grandes sœurs, pourvu qu'on lui donne de quoi jouer petit jeu avec ces demoiselles de Marennes qui viennent les visiter. C'est pain bénit, car sans cela, qu'aurait à raconter au cardinal Mme de Venel, qui est payée pour raconter ? Raconter quoi ? Tout. Une larme de Marie, un sourire, de l'appétit, de la fièvre, tout cela peut signifier quelque chose. Est-elle gaie, court-elle en se promenant sur les remparts et sur le sable ? Elle a peut-être reçu une lettre du roi ! Le plus humble pêcheur peut être un émissaire déguisé, le plus noble gentilhomme peut apporter un message ; il faut avoir l'œil à tout, pense Mme de Venel. Et elle s'efforce de tout voir, de tout entendre. Voilà que le pas de Marie se ralentit. Ne perçoit-on pas un soupir ? Elle s'appuie sur Hortense. Hortense presque enfant, Hortense malléable et un peu sotte, mais crédule après tout, et qui pourrait se laisser séduire, si elle ne l'est déjà, par le fol espoir... Fol ?

Sans doute Mme de Venel n'aime pas (n'aime-t-elle pas ? l'agacement de ne pas comprendre surtout) Marie. Cette brusquerie, ces emportements, ces froideurs, ces maladresses, ces élans... Au jugement de Mme de Venel, cette fille était la dernière qui dût être aimée d'un roi. Du roi Louis, puisque n'est roi que celui qui l'est effectivement au moment où l'on parle, et n'est cardinal et prince souverain de l'Etat que celui, à l'instant où l'on parle, qui est vivant (à Saint-Jean-de-Luz ou ailleurs). Cela, elle ne l'oublie pas en faisant ses comptes, Mme de Venel la gouvernante, Mme de Venel la duègne, l'espionne, ni à l'heure de la promenade sur les remparts de Brouage où elle suit Marie en s'ennuyant, morose, un peu serrée dans l'inutile robe de velours noir, avec des agréments feu, que personne n'appréciera, dans ce désert.

Aussi se joint-elle aux supplications des deux petites. Retourner à Paris, en savoir un peu plus, devient son but aussi. Et Marie résiste, refuse. Elle n'écrira pas, elle ne s'abaissera pas à flatter celui dont son sort dépend, ou si elle est contrainte de le faire, c'est en des termes si officiels, si insignifiants, qu'ils équivalent à rien.

Mme de Venel :

« Je suis sûre, madame, qu'il ne tient qu'à vous de retrouver les bonnes grâces de Son Eminence ! Allons, faites un effort ! Est-ce là ce grand caractère que nous admirons tous ? »

Marianne, presque en larmes :

« Mais oui, ma petite sœur, écrivez-lui ! Nous n'allons pas passer notre vie dans cette prison ! Je suis sûre qu'il ne tient qu'à vous... »

Hortense :

« D'ailleurs, même à Paris, si vous aviez fait un petit effort... Moi non plus, je ne l'aime pas. Même la Venel n'en est pas si folle, dans le fond, mais qu'il croie seulement que vous renoncez, que pouvez-vous faire d'autre ? et il nous rappellera bien vite à Paris, à la cour ! Olympe y est bien ! »

Renoncer ! Elle en est bien loin. Renoncer, mais ce serait trahir ! Hortense :

« Mais si vous feigniez un peu... »

Feindre aussi, ce serait trahir, pense-t-elle. Mais qui la comprendra ? Cependant le doute la torture. « Même à Paris, si vous aviez fait un petit effort. » Aurais-je dû le flatter ? Le pouvais-je ? Aurais-je été digne du roi si je l'avais pu ? Son esprit tourne et retourne ces torturantes questions, cependant que le cardinal écrit au roi à son sujet : « J'ai reconnu son petit esprit, elle a fort peu de conduite, et croit être fort habile. *Elle ne m'aime pas*... »

La condamnation de Marie est dans ces mots. Mais changerait-elle de conduite si elle le savait ? Peut-elle *forcer le destin* ?

Et tout à coup, rompant cette grisaille atroce, un nouveau retournement, un message, une nouvelle flambée d'espoir : le roi approche, le roi et toute la cour, en route pour Bayonne, s'arrêteront à Saint-Jean-d'Angély, et la reine autorise les demoiselles Mancini à venir la saluer au passage.

C'est l'affolement. Mme de Venel tente vainement de s'opposer au départ des jeunes filles (Saint-Jean-d'Angély est à une cinquantaine de kilomètres) ; elle n'a pas d'instructions du cardinal, les jeunes filles n'ont pas la garde-robe qui convient... Mais il est bien question de retenir Marie qui déjà fait laver ses cheveux abondants, réunit les éléments de sa pauvre garde-robe, fait mille recommandations au cocher toujours si lent... Son visage resplendit, elle est belle à nouveau, vivante, elle est déjà partie... Mme de Venel se résigne. Et puis, sait-on jamais ? Le carrosse part à folle allure. Marie est toute à l'enivrement de l'instant.

Le roi vient à sa rencontre. Moins confiant, moins serein. Le cœur battant, certes, et plus amoureux que jamais. Ne s'est-il pas arrangé pour arriver à Saint-Jean-d'Angély trois heures avant la reine (au grand déplaisir de celle-ci) et pour s'élancer à bride abattue à la rencontre de Marie ? Il l'aime encore, il l'aime davantage peut-être, mais son amour n'est plus le même. Il est moins simple, moins pur. « Vous êtes roi, vous pleurez et je pars », la noble, l'historique parole, s'en souvient-il avec une simple douleur, ou s'y mêle-t-il déjà le cuisant souvenir du regard noir, mouillé de pleurs, mais qui ne fléchira jamais, et ne peut cacher sa surprise déçue ? Peut-il réentendre ces douloureuses paroles, où retentit l'écho du premier doute, avec la seule mélancolie du passé ? Et peut-il, pourra-t-il jamais faire la part, dans l'expression « raison d'Etat », de l'incertitude d'un cœur encore naïf, du souci légitime de ne pas commencer un règne par un faux pas, de cet imperceptible reste de hauteur qui le fait hésiter devant la mésalliance, de la faiblesse enfin devant le maître qui — on le lui a assez corné aux oreilles — « a sauvé la France » ? Il doute, il analyse, et tout au fond de ce fléchissement, plus profond même que ce désir dont il rougit, il se peut encore qu'il découvre de la gêne et presque de l'humiliation, devant la merveilleuse simplicité de la jeune fille à accepter le don démesuré qu'il lui fit.

Et pourtant il s'élance, et pourtant tout cela disparaît devant le désir de la revoir, de la serrer dans ses bras, et pourtant leur rencontre, à quelques lieues de la ville, est conforme en tout aux plus romanesques modèles... Hortense en est tout émue, Marianne ricane, Mme de Venel est troublée. Et si... si... ?

La reine reçoit Marie et Hortense avec une apparente bienveillance, Marianne avec transports. Elle excuse volontiers la simple tenue des jeunes filles. Mais elle fait sonner bien haut le but du voyage. Après Bordeaux, ce sera Saint-Jean-de-Luz, et en arrivant elle espère y trouver *tout* réglé. Le regard de Marie interroge le roi, prêt à le croire, à lui rendre sa confiance. Plus l'instant est désespéré, plus la pression est forte qui s'exerce sur le jeune roi, plus Marie est résolue à le croire, follement, héroïquement. Il lui suffit d'un mot. Le dira-t-il ? Comme il en a peu envie ! Combien de fois, au cours de ces trois jours à Saint-Jean-d'Angély, ne la quittant presque pas, il aura envie de lui dire, tout au contraire : « N'aie pas tant confiance. Ruse un peu, soupçonne un peu, Marie. Trompe le vieil homme qui ne demande que cela, achète-la, la gouvernante ambitieuse qui ne demande que cela, dupe même ce jeune homme incertain qui s'en trouvera rassuré. »

Oui, pendant ces trois jours, lui qui pressent l'inévitable dénouement (l'éclatant mariage espagnol, les deux cents gentilshommes en habit brodé d'argent, les fleurs jetées par centaines, les diamants, le carrosse d'or de la jeune reine et son petit visage blanc, immobile comme celui d'une reine d'estampe, d'une reine du passé, au parfum oublié), il aura envie de lui donner des armes contre lui. Sous les plafonds écaillés de l'appartement vétuste, sous les déesses lépreuses et d'un rose écœurant, dans cette hâte et ce bruissement d'armes, et la reine hostile et larmoyante, et les espions du cardinal partout, et Olympe morose écrivant à l'oncle que « Marie lui a manqué d'égards », dans cette chaleur poisseuse du mois d'août, et son habit trop chaud qu'il ne peut échanger contre un autre car les chariots sont inexplicablement retardés, quand il la revoit enfin, l'exilée, qui n'a même pas de robe de cour, car elle n'avait emporté que le nécessaire pour trois semaines, et cette robe grise, unie, au simple galon de velours, est encore un témoignage de l'aveuglement volontaire où elle s'est tenue, quand après tant de semaines il la tiendra dans ses bras sans un baiser, mais dans une étreinte si longue, dans un silence si plein que le cœur de Marie pense se briser, alors ce désir d'aveu, cette envie de pleurer, cette soudaine faiblesse qui le force à s'asseoir, seront son plus beau souvenir d'amour à lui, un souvenir d'humilité. Le déchirant besoin de lui demander de l'aide et la parfaite conscience qu'elle ne peut même pas comprendre son appel, il les ressentira pour l'en aimer, l'en admirer davantage, et en même temps, il sentira que le destin est scellé. Est-ce là la fatalité sur laquelle s'interrogeait l'astrologue de Brouage ?

Et elle, quand elle reverra ces jours de Saint-Jean-d'Angély, si elle permettait à sa mémoire de lui retracer ces quelques heures pleines de doutes, de mensonges déchirants, d'espoirs naissant et disparaissant sans cesse, ces journées en demi-teintes, en attentes, en déceptions, en occasions... peut-être donnerait-elle alors un sens aux questions de l'astrologue ? Mais Marie ne comprend pas, ne veut comprendre. Comprendre c'est concéder, concéder c'est déchoir ; Marie voudrait, certes, être reine de France, mais avant tout elle veut être Marie. Et c'est pourquoi elle négligera le souvenir de Saint-Jean, où elle ne pouvait être à la fois reine et Marie, et elle reviendra toujours au voyage à Lyon, où elle fut libre et aimée, libre d'être aimée.

Libre, libre... Petit refrain torturant dans sa tête, petit refrain lancinant du retour à Brouage. Car elle y retourne. Trois jours de passion, de serments, de regards enlacés, et de nouveau la solitude, les murs humides, car l'automne vient. Les laissera-t-on pourrir là ? Le roi a promis qu'elle viendrait à Bordeaux. Mais l'ordre n'arrive pas. Le roi a promis qu'il n'épouserait pas l'Infante. Mais les nouvelles qui leur parviennent sont inquiétantes : le mariage espagnol ne rencontre apparemment plus d'obstacles.

« Etais-je libre d'agir autrement ? Mais agissant

autrement, j'aurais été autre, le roi ne m'aurait pas aimée. »

Seule devant la mer, les sables, le silence. Qu'elle haïssait ce silence qu'elle avait elle-même recherché, ces questions qu'elle-même se posait ! La révolte était en elle. Elle repoussait même les consolations d'Hortense, maintenant. Elle ne voulait plus penser, plus peser : elle attendait, le cœur et le cerveau brûlants. Les messages du roi qui lui parvenaient encore la soulageaient un moment, comme une compresse froide appliquée sur une blessure. Mais bientôt la fraîcheur s'évapore, et la douleur revient d'autant plus forte, comme si elle se vengeait. Elle se réveillait la nuit, brûlante et glacée à la fois, la tête en feu, revivant ses conversations avec l'Arabe.

« Une nature aussi passionnée que la vôtre, madame, se rencontre rarement unie à un caractère aussi ferme. Si passion et volonté s'unissent, elles feront de grandes choses. Si elles se contrecarrent, ce sera le blocage, l'arrêt, l'impasse : Brouage, toujours.

— Tout cela est dans les astres ?

— Pas tout à fait, madame. Je ne parle aujourd'hui que de cette fatalité que chacun de nous porte en soi, qui nous vient de nos parents et des parents de nos parents, par une chaîne obscure et dont nous ignorons les maillons.

— Et cette fatalité n'est pas la même que celle des astres ?

— C'est ce que je me demande souvent. J'essaie de comprendre...

— Qu'importe de comprendre ce qu'on ne peut changer ? s'était-elle écriée avec violence.

— Qui sait si l'homme en proie à cette fatalité des astres, et à cette fatalité humaine, n'est pas capable malgré tout de la dompter, de l'utiliser, de la conduire, comme un char attelé de dangereux chevaux ? Qui sait, si l'on avait réellement compris, peut-être pourrait-on changer quelque chose à son destin ?

— Changez donc quelque chose à tout ceci, pour commencer ! » avait-elle dit avec rage.

Sa colère la reprenait rien qu'à se souvenir. Son orgueil se révoltait à l'idée qu'elle eût pu tenir une autre conduite. Non, non, il n'y en avait pas d'autre ! Il n'y avait pas d'autre issue que Brouage.

Et les doutes reprenaient. Le roi avait promis qu'elle ne serait pas exilée, et elle l'était. Le roi avait promis qu'elle viendrait à Bordeaux, et la cour avait dépassé Bordeaux. Le roi avait promis qu'il n'épouserait pas l'Infante, et...

Par instants toute sa confiance lui revient. Puis, dans l'extrême de sa souffrance, elle se dit qu'elle préfère renoncer au roi. Par instants elle réentend ses tendres paroles : « Cela ne sera pas, ma reine, je vous le jure... »

« Ah ! qu'importe », se dit-elle avec toute la violence qui est en elle le meilleur et le plus pur de son cœur, « qu'importe qu'il se marie, qu'importe que cela soit, pourvu qu'il m'ait aimée, pourvu qu'il y ait cru ! » Ainsi défie-t-elle le malheur, la souffrance, le hasard même, mais plie et s'effondre devant l'humiliation.

Mais qu'importe, se répète-t-elle encore, que son malheur soit achevé, mais qu'il soit grand. Immolée à quelque grand destin, elle y consent, comme ses chères héroïnes. Mais la réalisation d'un grand dessein peut-elle naître de ces bas moyens à la Mazarin ? N'est-elle pas la dupe involontaire d'un jeu dégradant dont lui, le roi, est, si peu que ce soit, complice ?

C'est cela le plus affreux, le plus total malheur. Le souvenir lui-même guetté par l'impureté, gâté, pourri. Les beaux jours dorés de Fontainebleau, la chevauchée enivrante de Lyon, cet amour donné sans retour, en loyal apanage, pouvait s'accommoder du renoncement, qui est aussi une couronne, non de la lente dégradation à laquelle on la force à assister. Elle n'a vu à son amour que deux issues : le triomphe ou l'abdication. Deux façons de régner, encore.

Acceptera-t-elle cet autre visage complice, cette voie dérobée vers laquelle on la pousse sournoisement ?

Brouage lui devient une solitude de cauchemar. Cette solitude, pourtant, elle l'a voulue, espérant trouver la paix, et peut-être un suprême et fol espoir de fuite la guidait-il vers ce petit port d'où partent bien des vaisseaux ? Malgré ses renoncements passagers, n'espère-t-elle pas toujours un coup de théâtre, un émissaire déguisé, un *deus ex machina*, comme celui qui dénoue les pièces à l'italienne, descendant d'un nuage en carton ou émergé d'une conque dorée ? Malgré toute sa volonté tendue, peut-elle s'empêcher d'être un peu romanesque, et d'avoir dix-neuf ans ? Et voilà un émissaire, en effet, à la grande terreur de Mme de Venel. Et cet émissaire dérisoire, nullement déguisé d'ailleurs, n'apporte ni armes, ni plan de fuite, ni projet romanesque, mais seulement un petit chien. Oui, un petit chien, né de cette Friponne, chienne de la reine, que Marie aimait bien. Présent dérisoire et touchant, que Marie couvre de larmes. Ce n'est plus une héroïne de roman, une stoïque figure de chevalerie, mais une simple jeune fille que personne n'a aimée avant le roi. Jamais elle ne pleurera autant que ce jour-là, ni aussi simplement, les larmes se perdant sur le poil soyeux de la petite bête pataude.

Il fait un grand vent, ces jours-là, qui empêche Marie de sortir. Enfermée, elle pleure, elle pleure tout simplement, comme des milliers de jeunes filles ont pleuré sur un amour perdu, et surtout que l'amour puisse se perdre. Et soudain, la décision de Marie est prise. Elle renonce définitivement. « Il y a plusieurs façons d'être reine. » Elle choisit la plus difficile. Elle écrit au cardinal. Lettre pleine de noblesse, de simplicité[1]. Après les doutes torturants,

1. *Du 3 septembre 1659,*

« Monseigneur,

« Je crois que présentement Votre Eminence aura lieu d'être satisfaite de moi par la conduite que je tiendrai. J'ai prié le roi de trouver bon que je ne lui écrive plus et de faire aussi, lui, la même chose... »

Marie se retrouve. Se retrouvant, elle reprend confiance en autrui. Sa lettre est presque amicale. Le cardinal l'accueillera avec des transports de joie. Il répond aussitôt, il écrit à Mme de Venel, à Marie, il écrirait au monde entier. Sa haine pour Marie disparaît puisqu'elle n'est plus un obstacle à ses plans. Il lui promet l'amitié du roi, la faveur, un riche mariage... Que ne lui promettrait-il pas !

Cependant Marie est effondrée, dans un désespoir qui confine à la paix.

A la cour, on commente l'envoi du petit chien à Marie, comme les nouvelles d'Espagne. Sa faveur n'a donc pas pris fin ? Encore qu'il ait reçu l'engagement solennel de Marie de renoncer au roi, de ne plus lui écrire, de ne plus répondre à ses lettres, le premier moment de joie passé, Son Eminence est moins tranquille. Et Marie n'a pas souffert encore tout ce qu'elle pouvait souffrir. Car son silence bientôt surprend le roi. Il l'a toujours admirée, mais n'a jamais mesuré la profonde et naïve sincérité de la jeune fille lorsqu'elle parlait de renoncer à lui. Et sa mère lui a si bien donné à entendre que tout allait s'arranger ! Et il goûtait déjà les charmes de cette correspondance trempée de larmes, de cette mélancolique idylle, qui se terminerait en somme assez bien, comme se terminent les idylles des rois, par le triomphe de l'Amour, illégitime mais couronné de roses (dussent-elles être des roses de diamants). *Les rois font ce qui leur plaît.* Il avait, malgré son sincère amour, méconnu l'exceptionnelle fermeté de caractère de Marie, qui pas une fois, dans un siècle où l'on se traînait aux pieds des puissants, n'avait condescendu à ruser avec le cardinal, maître de son sort, qui pas une seconde n'avait envisagé cette solution si facile et si naturelle, dans un siècle où le roi était un demi-dieu, de devenir la favorite du Soleil. Ni La Val-

Et le cardinal de répondre aussitôt à Mme de Venel : « Je vous avoue que je n'ai pas eu depuis longtemps un si grand plaisir... voyant que d'elle-même elle a pris une si généreuse résolution et si conforme à son honneur... »

lière, ni Montespan. Marie avait la sincérité de l'une et la force de l'autre, elle n'avait ni la faiblesse, ni l'ambition qui eussent fait triompher ses vertus. Chère Marie, Don Quichotte en jupons, comment ne pas l'aimer dans sa raideur naïve ? Mais le demi-dieu ne comprend plus. Puisque la reine (elle le lui a fait comprendre à demi-mot) tolérerait, puisque le cardinal se résignerait, et que la cour, et que le monde (figuré dans les ballets par des esclaves demi-nues qui apportent une sphère) ne pourraient que s'incliner, d'où ce silence, et cette résistance, et ce renoncement ? Marie n'a même pas su abriter sa vertu sous le couvert de la dévotion. Le demi-dieu, après des supplications vaines, se lasse, se dépite et se croit oublié. L'oncle n'est pas pour rien dans cette fâcherie. Deux précautions valent mieux qu'une. Marie, murmure-t-il, n'a qu'une hâte, c'est d'être mariée, maintenant qu'elle a dû renoncer à son ambition, elle ne songe plus au roi... Et il sermonne, l'oncle tout-puissant, la sarcastique Olympe. Elle ne se donne pas pour le roi assez de peine. Elle savait l'amuser autrefois. Qu'elle retrouve cette science ! D'ores et déjà il lui promet un emploi auprès de la jeune reine, pour la récompenser de sa complaisance. Complaisance est le mot, ce demi-mot qu'Olympe a compris à merveille. Elle distraira le roi. Tandis que la cour voyage en Provence, cet hiver-là, elle ne quitte pas le carrosse du roi, elle joue gros jeu contre lui, lui conte les potins, le flatte en le raillant, le distrait par le plus bas, le plus facile, les grosses farces, les malignités, les divertissements et les festins, et l'appât aussi d'une sensualité piquante et froide.

Il faut bien qu'elle ait son charme, cette Olympe cupide, sarcastique et morose, pour réussir dans cette mission. Toutes ces sœurs Mancini n'en étaient pas dépourvues. Mais il faut ajouter à cela que, sans doute, les hauteurs où Marie se maintenait sans effort n'avaient pas été sans essouffler le roi. Tant de science, tant de vertu, de pureté sans défaillances ne vont pas sans lasser parfois les âmes médiocres, et il y avait une part de médiocrité, voire de mesquinerie, tenant plus du caractère que de l'esprit, chez le jeune roi. Venant sur le chagrin mêlé de dépit que lui causait le silence de Marie, Olympe lui proposait un répit. Il l'accepta. Sans prévoir cependant que ce répit, bon à endormir une réelle douleur, allait accroître jusqu'à l'insupportable la souffrance de Marie.

Car, à Brouage, Marie recevait, bien à contrecœur, la visite de ces dames de Motteville, de Navailles et de Saint-Martin, et presque au même moment, une triomphante lettre pleine de venin d'Olympe, inspirée par la reine, avec une cruauté bien féminine et toute gratuite. Cette visite, les ragots qui furent échangés, cette lettre et ses insinuations fielleuses, corrompirent jusqu'à la pureté de sa souffrance. Dans son malheur, la pauvre enfant avait pu du moins se nourrir d'un bel orgueil intact, d'une belle légende qu'elle avait de bonne foi vécue : aimée du plus grand des rois, elle s'était par raison d'Etat sacrifiée. C'était entre Corneille et *Le Grand Cyrus*, Sénèque et l'astre maudit de sa naissance, tout ce bagage hétéroclite dont elle discutait avec l'astrologue, et qui la soutenait dans ses douloureuses rêveries ; mais cette lettre, cette visite, font se briser en éclats sa fragile consolation. Elle avait cru noblement prendre les devants en rompant avec le roi ? Elle n'était qu'une dupe. Et le cardinal se riait de l'avoir prise au piège de ses grands mots, et le roi était tout prêt à se consoler avec Olympe. Elle avait cru à la raison d'Etat ? Elle était ignoblement trahie, pour une sœur moins belle, dont elle avait toujours méprisé la bassesse, et qui la haïssait : double trahison. Elle avait espéré — faiblesse bien pardonnable — être à la cour un peu admirée, faire un peu figure : renoncer à un roi, cette action romaine, dont elle sentait la grandeur, n'aurait-elle pas dû toucher cette cour qui se pâmait à *Rodogune* ? Et elle s'en voyait la risée, comme une pitoyable ambitieuse prise à son propre piège, et qu'un éloignement de quelques mois avaient suffi à dévoiler. Quelle chute ! Quelle souffrance au sein de la souffrance ! L'humiliation s'ajoutant à la douleur, c'en était trop pour un cœur pur, chaste et fort, mais qui n'avait aucune vertu chrétienne. Marie pliait sous le faix inattendu. Et tout à coup elle subit encore le choc d'apprendre l'ajournement du mariage royal (comment empêcher de renaître la honteuse espérance), remis en effet au printemps, et recevait la visite de l'évêque de Fréjus, un des hommes à tout faire, lui proposant un mariage. Etait-ce un signe du Ciel, un de ces signes mystérieux auxquels elle croyait ? L'humiliation avait été plus forte que l'amour, elle n'aspirait plus maintenant qu'à se marier avantageusement pour ne pas reparaître à la cour en vaincue. Mais le mariage proposé l'eût ramenée à Rome, idée qui lui déplaisait fort. Ne pas s'éloigner de France, pensait-elle, avec un reste de faiblesse. Elle repoussa le mariage proposé. Le fiancé, dont l'évêque de Fréjus disait monts et merveilles, se nommait Laurent Onufle Colonna, duc de Raliacotte, prince de Pallianno et grand d'Espagne, connétable du royaume de Naples[1].

Les revendications du prince de Condé, allié du roi d'Espagne, allaient-elles faire échouer les négociations ? Le cardinal était à Saint-Jean-de-Luz. Parfois un rayon d'espérance atteignait encore Marie, mais ce n'était plus une espérance lumineuse. Elle avait honte maintenant d'espérer, honte d'aimer qui l'aimait d'un amour moins absolu. Quelque chose en elle était brisé. Pour ajouter à son supplice, la reine demanda qu'on lui renvoyât à la cour Hortense et Marianne. Marie ainsi fût demeurée seule, en ce rigoureux novembre, entre sables et marais, dans la triste forteresse de Brouage. Elle cria son indignation, Hortense et même la petite Marianne sanglo-

1. Ce prince Colonna était de cette grande dynastie des Colonna, une des plus illustres de Rome, qui avait fourni des cardinaux, des ambassadeurs, des condottieri, et dont Pietro Mazarini avait été l'intendant apprécié. Qu'eût dit l'aïeul en apprenant le mariage proposé à sa petite-fille ? Et quelle meilleure illustration de l'ascension des Mazarin !

tèrent dûment : elles restèrent. Marie interrogeait les astres. D'où tant de haine ?

*
* *

Voilà que s'achève le séjour de Marie à Brouage. Quelques mois à peine dans cette solitude, mais quelques mois qui ont pesé leurs poids de souffrance, d'humiliation, d'incertitude : Marie n'oubliera jamais ces quelques mois, la mer à Brouage. La cour est toujours en Provence. L'espoir languit et meurt. Bientôt, avec dédain, le cardinal permettra à ses nièces de rentrer à Paris. L'on va signer la ratification du traité des Pyrénées. Les derniers jours de décembre se traînent dans un angoissant silence. La petite animation que les beaux jours entretenaient sur la plage et les remparts se meurt elle aussi. Le froid calfeutre les marchands dans leurs maisons, les femmes de pêcheurs dans leurs chaumières. Les cris d'enfants se sont éteints l'un après l'autre. De petites silhouettes continuent à errer çà et là, encapuchonnées, ramassant du bois, mais qui se hâtent de rentrer. Il n'est plus question de promenades. Plus de visites non plus. Bientôt, le retour, dans la capitale désertée, d'où la cour est absente. Ce retour tant désiré laisse Marie froide, désemparée. Mme de Venel est bien aise. Ce tête-à-tête dans la lugubre forteresse, l'angoissante responsabilité de cette surveillance... Hortense cache mal sa joic, sa fébrilité : si l'oncle allait changer d'avis ! Et Marianne saute de plaisir, étale son exubérance et demande cent fois par jour quand on fera les bagages. Exaspérée, Marie s'enferme dans sa chambre.

Une dernière fois elle s'assied sur le bord de sa fenêtre. Les maisons blanches, les soldats à l'exercice, des barques rares qui reviennent... la mer... « A quoi bon savoir ce que l'on ne peut empêcher ? » La question posée à l'astrologue restait sans réponse. « Tout est en suspens, avait-il dit ; vous connaîtrez plus d'un instant dans votre vie où les forces qui régissent votre destinée se bloqueront, aboutiront à un palier, une sorte de halte... Qui sait si ces haltes ne vous seront pas favorables ? Il n'est pas donné à chacun de pouvoir s'arrêter... » Marie avait haussé les épaules. Ce Maure avait parfois des allures de défroqué, pour ne pas dire d'hérétique. Et si elle avait sur la foi une opinion, c'est que celle-ci n'englobait pas bien des valeurs essentielles. Elle ne modifiait rien, elle ne servait qu'à adoucir la vie, et Marie ne tenait pas à ce que la vie fût douce, elle se sentait de taille à supporter bien des choses, sauf justement cette halte, ce silence... Quoi de pire que de se sentir ainsi perdu au bout du monde, impuissant à agir, paralysé inexplicablement, par l'honneur, par l'amour, par ces combinaisons plus ou moins louches, qu'elle voulait ignorer, mais qui se nouant et se dénouant, n'en déterminaient pas moins son sort. J'ai tout perdu, pensait-elle, ces derniers jours de silence, et elle refusait le compte de ses biens anciens... (la justice enfin qui lui avait été rendue, l'enivrement des premiers succès, l'inexprimable soulagement d'avoir pu extérioriser cette flamme qui la brûlait secrètement, l'amour enfin, loyal et aveugle, pour lui, et cet amour payé soudain de retour). Tout avait été si vite. Son cœur douloureux s'était ouvert, la tendresse lui avait coulé de la poitrine comme un lait, sans qu'elle fît rien pour la retenir, la cacher. Elle avait tout donné à cet amour, ses rêveries savantes et naïves, ce qui lui restait d'espoir, après tant d'années opprimées, et sa puissante vitalité, sa soif de vivre, sa fierté de n'avoir jamais fléchi, et rien ne lui restait. Ah ! ce vide, ce silence ! Elle aspirait à le meubler, fût-ce par d'autres souffrances, d'autres humiliations, tout plutôt que ce vertige d'entrevoir un instant — avec quelle révolte de toute l'âme, de tout le corps ! — les limites de l'amour humain. « Tout était en suspens » de nouveau, mais ce tout, c'était « rien ».

La fenêtre, la mer inexorable, le va-et-vient de l'eau, le va-et-vient... Ce n'était donc que cela, la vie ?

Elle était seule, amère, désespérée, mais eût-elle triomphé, reine aux yeux de tous, si elle avait triomphé à *leur* façon, ne se fût-elle pas retrouvée un soir tout pareil, seule, amère, désespérée ? Ce grand destin qu'elle avait cru vivre, n'était-il donc qu'une petite anecdote, le va-et-vient d'une marée, le hasard d'une naissance, d'une rencontre ?... Elle s'était mise soudain à souffrir furieusement, à se meurtrir elle-même dans une sorte de folie, d'égarement, de rage de destruction. Le hasard, mais oui, le caprice d'une humeur... appeler cela de l'amour ? Elle était folle. Elle détruisait jusqu'au moindre souvenir, acharnée à se refuser la douceur d'une consolation, si petite fût-elle.

L'antichambre, les promenades, les discussions passionnées, les timides sourires sur les rochers de Franchard, le siège de Mardyck et son grand chagrin, Lyon, Saint-Jean-d'Angély, les promesses, les larmes, elle s'acharnait sur tout. Il lui avait promis qu'elle ne serait pas exilée, elle l'était, qu'elle viendrait à Bordeaux, elle n'y avait pas été appelée ; qu'il n'épouserait pas l'Infante, il l'épousait. Toujours les mêmes mots lui revenaient aux lèvres, des mots d'enfant : c'est trop injuste. Ce n'était rien encore. Le pire qu'elle entrevoyait dans un accès de lucidité atroce, c'était le calcul de ces promesses pas tenues, c'était l'espoir sournois de l'amener, par des renoncements successifs, au suprême renoncement. *Favorite !* Elle se meurtrissait le cœur à cette idée. L'avait-il donc à ce point mésestimée ? Favorite ! Et peut-être en lutte avec Olympe ! A ce point extrême de l'humiliation, elle rencontre un obstacle, un barrage, une planche de salut : l'estime d'elle-même, sa fierté, son pauvre bagage. Son égarement était si grand qu'elle se sourit, vaguement, à elle-même. Oui, sa pauvre fierté d'enfant mal aimée, ce misérable bagage qui l'avait partout suivie, elle la retrouvait dans ce suprême dénouement. L'on pouvait tout sur elle, la bafouer, l'exiler, la mépriser, et même, suprême injure, la prendre en pitié. L'on ne pouvait détruire cette unique possession sur laquelle elle se reposait désormais, comme en un lieu aride, stérile, mais qui lui offrait du moins un abri, un repos. Eût-elle perdu — ou donné — ce dernier refuge, qui sait où elle fût allée, et libérée de tous liens, à quel sommet elle se fût élevée ? Mais c'était son destin de le traîner partout derrière elle, ce pauvre débris d'une vie, ce jouet cassé, ce miroir dérisoire — « tant qu'un fil retient l'oiseau au sol, avait dit un siècle auparavant saint Jean de la Croix, il pèse autant que la plus lourde chaîne ». Marie fut toujours cet oiseau fait pour le ciel et qu'un fil retenait.

*
* *

Elles quittèrent Brouage le 30 décembre 1659. La ratification du traité des Pyrénées, qui scellait les accords franco-espagnols, fut signée le 23 janvier. La cour demeurait en Provence, le prince de Condé y était rentré en grâce. Après un voyage mouvementé, Hortense malade à Poitiers, le duc et la duchesse d'Orléans leur faisant réception à Blois, Mlles Mancini étaient rentrées à Paris. Les travaux du Palais-Royal les avaient obligées à loger au Louvre. La consigne de Mazarin était de ne pas laisser sortir exagérément les jeunes filles, mais le moyen de l'éviter ? Les visites commencèrent. Il n'était bruit que de l'Infante, des cérémonies du mariage, de l'arrivée du maréchal de Grammont à Madrid.

Et Marie commence à entendre l'interminable récit qu'on lui répétera, qu'on lui ressassera pendant des semaines entières, par méchanceté quelquefois, par bêtise aussi, et surtout par indifférence. Le maréchal à Madrid, son arrivée, habillé, avec sa suite, en *courriers*, ce qui joint l'élégance à la désinvolture. La lettre « si galante » qu'adresse le roi à l'Infante, les préparatifs fastueux du mariage, et bientôt le mariage lui-même. On ne se prive plus de bavarder devant elle : la faveur royale, croit-on, s'est retirée d'elle, et comme un projecteur de théâtre qui serait éteint, cette défaveur la replonge dans l'ombre. On s'attend à ce qu'elle disparaisse, se tapisse dans cette ombre pour pleurer. Mais ce n'est pas là ce que l'on devait attendre de la lectrice de Sénèque. A Brouage, Marie a souffert comme n'importe quelle fille de son âge, dont la distinguaient seulement son silence, l'absence de cette soif de communiquer si fréquente à cet âge. Elle a douté, souffert, elle a connu la jalousie, la déception, la trahison. Elle s'est posé des questions, elle s'est demandé ce qu'elle pouvait pour conduire sa vie. Dans cette halte, comme disait l'astrologue, elle a connu le désarroi. A Paris, elle ne doute plus. Le plus difficile lui est demandé... Elle fera le plus difficile. Apparemment bafouée, humiliée, pire encore, oubliée, elle ne sera jamais plus fière. Elle tiendra jusqu'au bout, s'est-elle juré. Et elle tient. Malgré les recommandations du cardinal (qui craint un éclat) les visites affluent. Marie les reçoit et les rend pointilleusement. Elle reprend ses leçons d'espagnol et de dessin. Elle va au jeu chez la reine d'Angleterre. Et elle reçoit en plein cœur tous les détails du mariage royal. Elle souffre toujours, mais elle ne doute plus. Faire jusqu'au bout bonne contenance, quitte à en mourir, voilà le but que son bel orgueil lui propose. Dans l'extrême de cette contrainte, elle retrouve cette gloire qui lui est chère. Elle brille, elle étincelle de souffrance, elle triomphe. Et elle est si belle dans cette royauté absurde qu'elle se crée, que le duc de Lorraine, Charles, s'éprend d'elle follement (comme tant d'autres hommes aimeront, au long de sa vie, la chaste et brûlante Marie) et la suit partout, jusque dans ses promenades au jardin des Tuileries, au grand effroi de Mme de Venel, qui ne sait plus que faire.

Et l'on se rend visite, et l'on parle toujours. Le moindre détail passionne ceux qui n'ont pu suivre la cour. La reine d'Espagne et l'Infante cachées derrière une jalousie pour voir sans être vues la réception du duc de Grammont ; le costume des Espagnols, qui ne portent pas de talons ; l'arrivée du roi d'Espagne et de sa suite, et le travestissement du roi de France vêtu en simple gentilhomme, pour apercevoir l'Infante avant la cérémonie (curiosité qui semble de bon augure, mais lui est naturelle : n'a-t-il pas de la même façon fait irruption dans la chambre de Marguerite de Savoie ?). Et voici les nouvelles de la cérémonie, le détail de ses splendeurs, les processions grandioses ou comiques, les habits merveilleux mêlés aux masques, aux géants et aux dragons (de carton), le carrosse de la jeune reine, ses ornements d'or et d'argent, sa robe, ses dentelles, sa contenance qui ne laisse rien deviner, ni plaisir ni ennui (tout de même, lors de la procession, elle s'est mise à un balcon pour apercevoir son futur époux, elle aussi) ; et le cadeau de Louis à sa jeune épouse, ce coffre de bois de calambour garni d'or avec ses mille objets de toilette que l'on énumère ; et l'entrevue d'Anne d'Autriche avec son frère le roi d'Espagne, après quarante-cinq ans, entrevue digne de la froideur, de l'étiquette espagnoles... Quoique vivement ému, le roi d'Espagne n'aura pour cette sœur qu'il ne reverra sans doute jamais qu'un seul geste tendre — il lui caresse un instant les cheveux.

Par ces récits, Marie n'ignore plus rien de la jeune reine, son visage régulier mais inexpressif, ses yeux clairs, sa douceur et jusqu'à ce soupir qu'elle poussa le soir de ses noces, comme on lui annonçait le roi : « *Es muy temprano.* » Mais Marie ne fléchit pas. L'irrémédiable est consommé, et lui apporte une sorte de paix. Elle n'a plus qu'un seul souci, souffrir dignement. Et c'est ce qu'elle sait le mieux faire. Elle s'y applique. Elle y est aidée par l'amour de Charles de Lorraine : elle sait du moins qu'elle ne redeviendra plus jamais celle qu'on ne regarde pas. Charles de Lorraine essaie tous les moyens de l'entretenir, de la voir en particulier. Elle ne le décourage pas, car elle donnerait tout pour être mariée avant le retour du roi. Mais l'oncle tergiverse. Que peut-il cependant lui demander de plus ? Tous les sacrifices sont faits, et le roi est marié. La cour va revenir à Paris ; Marie attend le choc le plus dur, la présentation, le moment de revoir le visage, les yeux du roi. Elle se sentirait mieux protégée contre tout retour de tendresse si elle était déjà mariée, elle aussi. Car elle ne doute pas que le sentiment du devoir, de l'honneur, ne la protège aussitôt mariée. Mazarin, lui, en est moins sûr. Et c'est pourquoi, sans doute, il insinue au roi que Marie l'a oublié déjà, qu'elle aime Charles de Lorraine, et qu'elle est toute à ce nouvel amour. La reine mère de son côté, sachant la foi qu'attache Marie aux horoscopes, lui envoie un astrologue qu'elle paiera pour lui montrer sous le jour le plus favorable le mariage, non avec l'héritier de Lorraine, mais avec le prince Colonna.

Pourquoi s'acharner ainsi sur Marie, dira-t-on ? C'est que cette vaincue ne l'est pas autant qu'on pourrait le croire et que l'espoir n'a pas quitté tout à fait le roi, comme la tendresse n'est pas morte en Marie. La cour revient vers Paris, mais non sans détours, car le roi (alors que le cardinal et la reine mère espéraient bien définitivement terminée la faveur de Marie) fait une fugue. En passant à La Rochelle il veut voir cette maison de Brouage où Marie a pleuré. Accompagné du seul Philippe Mancini, frère de Marie, ils se rendent à la chambre même que Marie a occupée. Il souffre de la voir si simple, si nue. On dit qu'il pleura, mais que pleura-t-il ? Marie elle-même, sa généreuse naïveté, ses fiertés maladroites, sa loyauté d'enfant, ou les beaux jours sans soucis, la folle chevauchée de Lyon, les nuits de mascarades, les beaux vers dits d'une belle voix, et cette tendresse qu'il avait trahie, sans pouvoir se convaincre tout à fait qu'il avait raison ? C'étaient aussi les quelques mois de jeunesse qu'il avait vécus avec elle, Fontainebleau, les déjeuners en forêt, les gaucheries adolescentes et leurs premiers aveux, et cette sincérité fougueuse que rencontrent si rarement les rois, et qui faisait le grand charme de Marie. Ce pèlerinage indiquait cependant que le roi ne croyait qu'à peine (et encore peut-être était-ce pour apaiser un sincère chagrin) à une reconquête de Marie. Car s'il avait eu le sentiment qu'elle n'attendait, à Paris, que de reprendre sa place auprès de lui, et peut-être de lui accorder autre chose que son cœur, se fût-il attardé, encore épris, entre les murs nus de Brouage ? Non, sans doute.

Mais le cardinal et la reine s'affolèrent. Le cardinal surtout ne doutait pas que Marie, évincée par ses soins, ne le haït et ne fît tout pour reprendre son influence sur le roi. Il se mit alors à entretenir le roi de cet amour prétendu pour Charles de Lorraine. Encore une fois, la fatalité jouait. Car c'était la profondeur même de l'amour que Marie avait inspiré, et ces larmes versées à Brouage, qui la condamnaient une fois de plus. Rien ne fut épargné pour lui nuire dans l'esprit du roi. Faible, il crut assez aisément à sa faiblesse. Comme la cour approchait de Paris, le soupçon était devenu assez puissant dans son esprit pour lui faire envisager avec déplaisir une rencontre avec Marie.

Elle cependant, ne se doutant de rien, continuait de tolérer la recherche de Charles de Lorraine. Le cardinal avait pourtant suscité des difficultés à ce mariage qu'elle souhaitait naïvement, pour rester en France. Elle croyait, dans sa simplicité de très jeune fille, à une amitié encore possible avec le roi, une sorte de chevaleresque et platonique liaison, comme elle en avait lu dans les romans espagnols, ou qu'avaient chantées des poètes. Et cette naïve imagination l'aidait à soutenir son chagrin. Le moment de la présentation approchait cependant. La veille de ce jour, elle eut un instant de faiblesse. Voyant son habit de cérémonie déposé sur une couche, elle éclata en sanglots. C'était cet habit qu'elle portait le jour mémorable où le roi lui avait dit : « Cet habit vous sied à merveille, *ma reine*. » Ce jour-là, elle pleura longtemps.

Mais elle ne pleurait plus en passant au Louvre dans toutes ces pièces, ces antichambres qui lui rappelaient tant de souvenirs. La conscience d'être guettée, épiée, haïe peut-être, la tenait droite, fière, la faisait belle. Elle se savait irréprochable, elle jugeait son attitude exemplaire (et elle l'était, dans sa mesure humaine, dans la mesure où elle n'avait jamais dévié d'une ligne établie, qui était peut-être une ligne fausse, mais qui restait une ligne droite) et c'était assez pour lui donner ce port de reine, cette dignité qui ne la quittèrent jamais. Elle n'acceptait pas la trahison, la déception, la peine ; elle les dominait par ce seul sentiment : l'estime de soi. Sentiment aride, comme le chemin où elle s'était, sans le savoir clairement, engagée dès l'enfance. Mais sentiment aussi pur que froid, et qui la soutiendra jusqu'au bout, dans son errance stérile.

Elle entra donc, avec d'autres dames, belle, éclatante, pareille à ces madones de son pays qui sourient avec un glaive perçant leur cœur de cire, mais plus hautaine, elle s'inclina devant la jeune reine. Puis vint le moment redouté de saluer le roi. Olympe était à ses côtés, et la reine mère souriante, non sans quelque cruauté. Le roi fut glacial. Il échangea trois mots avec elle d'un air froid, et se détourna comme ennuyé. Marie ne marqua pas qu'elle en fût touchée. Sa douleur, d'ailleurs, devait être si forte qu'elle ne la ressentait pas encore, mais seulement un étonnement immense, glacé. Avec condescendance, la reine mère lui demanda si elle resterait à Paris.

« C'est que vous y avez un galant, sans doute ?

— C'est possible, madame », répondit froidement Marie.

Le piège se refermait, car le roi, le dos tourné, écoutait cependant, et les paroles de Marie lui parurent venir à l'appui des soupçons qu'on lui avait donnés. Sa colère, secrète et froide comme toujours, fut d'autant plus grande qu'elle le soulageait d'un remords vivace. Marie méritait au fond la trahison. Et si s'ajoutait à cela l'idée que Marie avait changé aussi brusquement de sentiments sous l'empire du mépris, l'offense devenait inexpiable. Comme le souhaitaient le cardinal, la reine mère, Olympe, Marie était décidément en défaveur. La haine qui entourait inexplicablement cette jeune fille, belle, ardente, désintéressée, triomphait.

La haine, c'est bien le mot, et il mérite qu'on s'y arrête. Car si l'échec ne surprend pas, tant de maladroite vertu (au sens ancien, au sens d'honneur) ne pouvant triompher, on peut s'étonner qu'une fois inoffensive, Marie ait rencontré encore tant d'ennemis acharnés à la frapper, avec une cruauté appliquée. C'est qu'ils craignaient en elle justement cette force qu'ils ne comprenaient pas. Ouvertement désespérée, ils l'eussent plainte et méprisée à la fois ; rusée, ils l'eussent comprise comme l'une des leurs ; amoureuse et passionnée, et devenue l'amante du roi, ils l'eussent tolérée. Mais fière, irréprochable, sans ruse, sans défense, et plus forte de ne cacher aucune arrière-pensée, les yeux fixés trop fermement sur cette loi d'honneur qu'elle s'était faite, ils ne comprenaient pas et s'acharnaient à l'abattre.

Ainsi en fut-il du cardinal. Il lui faisait l'honneur de trop la craindre pour tolérer sa présence à la cour. Malgré son « échec », elle n'avait pas fait un pas vers lui, elle semblait même ignorer sa puissance. Il lui en donna aussitôt la preuve en faisant échouer le mariage avec Charles de Lorraine. Marie cependant, avec sa naïveté livresque, ayant trouvé ce remède dans Ovide, se faisait dire du mal du roi par sa petite sœur Hortense. Elle espérait ainsi moins souffrir. Mais ne trouvait-elle pas un raffinement de douleur à entendre ainsi, malgré tout, parler de lui ?

Le cardinal et la reine faisaient d'ailleurs mille compliments à Mme de Venel. Ils pensaient que c'était sous son influence que Marie avait renoncé à toute visée sur le roi. Comment auraient-ils pu comprendre qu'elle n'avait jamais rêvé, le roi une fois marié, de le reconquérir ? Comment auraient-ils pu concevoir ce rêve puéril d'amitié chevaleresque et platonique, dont elle eût certes été capable mais peut-être pas le roi ?

Enfin, ce fut « l'entrée » de la reine à Paris. Marie ne refusa pas de s'y montrer.

A se vaincre ainsi elle employait toute son intelligence, qui était vive, toute sa volonté, qui eût été toute-puissante, si elle l'avait voulu ; mais son malheur fut de ne trouver à ses rares facultés aucun emploi digne d'elle. Si elle avait eu un but, elle y eût marché tout droit, d'une admirable démarche. Des saints ont été faits de cette matière. Cette grâce lui manqua, et de là vint son inquiétude, son insatisfaction, et cette peur de la stabilité qui plus tard la marqua. De là, vint aussi, dans cette période de contrainte et de douleur, son espèce de calme désespéré. Sa situation vraiment extrême (le cardinal intriguant pour l'exiler de France, la jeune reine l'ignorant, Anne d'Autriche la détestant, Olympe acharnée à lui nuire, son mariage avec Charles de Lorraine manqué, et par-dessus cela, seule au monde, sans personne qui lui fût attaché de façon désintéressée, sauf la petite Hortense, capricieuse et molle ; par-dessus cela encore, ayant perdu la bienveillance du roi, avec tout ce que cela signifiait dans cette petite cour absolue, et jusqu'au moindre signe de souvenir ou d'amitié de l'homme tendrement aimé), sa situation extrême lui donnait du moins une chose : cette souffrance digne d'elle. Elle s'y jeta comme dans une vocation.

Elle assista donc à « l'entrée » de la reine, qui fut somptueuse. Le peuple acclamait follement cette jeune reine qui apportait avec elle la paix et la prospérité. Marie était assise à un balcon de l'hôtel de Beauvais avec Mme Scarron, qu'elle aimait assez. Piquante rencontre du passé, du présent et de l'imprévisible avenir de Louis XIV. Le *Te Deum* de la paix ne fut pas sans apporter à Marie une amère consolation. Elle savait, elle du moins, si personne d'autre ne concevait la grandeur de son sacrifice, ce qu'elle avait souffert, ce à quoi elle avait renoncé, le jour où elle avait adressé à Mazarin cette lettre brève et décisive[1]. Elle savait l'empire qu'elle avait exercé sur le roi, et qu'elle l'avait, en somme, perdu de son plein gré. Mazarin avait pu croire, avait cru, dans sa méconnaissance totale du caractère de Marie, qu'il l'avait dupée et qu'elle aussi songeait à le duper par un renoncement momentané. Mais elle était trop lucide pour ne pas savoir (malgré ses poussées de violence et de passion) que l'empire une fois perdu

1. Voir page 117.

sur un être faible ne se retrouve jamais tout à fait, et qu'elle l'avait perdu tout de bon au moment où elle renonçait à lui écrire.

Quelques jours après la présentation, encore, l'oncle avait exigé d'elle le serment de ne même plus adresser la parole au roi en particulier. Elle avait promis, sans y faire de difficulté. Soupçonna-t-elle qu'il s'agissait encore davantage de confirmer les soupçons du roi, en lui démontrant que décidément Marie n'éprouvait plus rien pour lui ? Non, sans doute. Son intelligence lui prouvait qu'elle avait perdu l'amour et même l'amitié du roi, mais l'orgueil l'aveuglait, qui lui rendait inacceptable l'idée que l'on pût seulement douter d'elle, et la griserie de sa souffrance était telle qu'il lui fallait dans un élan presque mystique donner encore, et toujours davantage jusqu'à l'extrême limite de ses forces.

Cependant, sous l'apparence trompeuse de ses fards, de ses parfums, de son affabilité, sous la vitalité apparente qui n'était qu'une fébrilité dernière, le cardinal se mourait. Tandis que Marie souriait, héroïque, à la fenêtre de l'hôtel de Beauvais, le cardinal n'avait pu assister à « l'entrée » de Marie-Thérèse. Il gardait le lit, de plus en plus souvent, et une machine à contrepoids (sorte d'ascenseur avant la lettre) l'aidait à passer d'un étage à l'autre du Palais-Royal. Il s'activait pourtant en démarches, sentant que le temps pressait, pour conclure le mariage d'Hortense avec son ancien amoureux, jamais découragé, le pâle et dévot La Meilleraye, et il correspondait toujours avec les Colonna, dans l'espoir de décider Marie à cette union. Quinze jours après « l'entrée », il décidait de donner au palais Mazarin une fête en l'honneur de la jeune reine. De cette fête, *Marie ferait les honneurs*.

La aussi, elle consentit. Aux yeux d'Olympe, des deux reines, de toute la cour (et toujours sa folle griserie la reprenait à l'idée de ce public tout prêt, malveillant, cruel, mais elle se savait de taille à l'affronter), elle recevrait le roi, même s'il ne lui adressait pas la parole, la jeune reine, même si elle lui témoignait le plus injurieux mépris, la cour, même si on lui riait au nez. Pas une femme, pas une jeune fille n'aurait été capable, se disait-elle avec exaltation, de tant de maîtrise de soi, de tant de noblesse.

Ces jours-là, qui précèdent la fête, Marie marche sur un fil comme un équilibriste, aux yeux d'une foule admirative et cruelle à la fois, car à la fois elle craint et elle désire voir tomber le funambule. Et la foule qui se presse au palais Mazarin est bien cette foule-là, qu'un rien émeut, qu'un rien retourne, prête à applaudir, prête à siffler. Et Marie, belle, parée, étincelante de fierté, de souffrance, est prête à jouer ce rôle dans lequel on l'attend ; un rôle dont sa vie dépend, car si elle défaillait, elle ne se le pardonnerait jamais. Son délire d'orgueil anesthésie pour quelques heures sa souffrance : elle sent qu'elle ne défaillira pas. Mais elle sait aussi, ou plutôt pressent le prix qu'il lui faudra payer ces quelques heures de radieuse torture. Il lui faudra revoir le roi, non plus quelques instants, mais de longues heures ; les cruels souvenirs, les doutes torturants en seront ravivés ; pire encore, il lui faudra prendre conscience que sa colère, sa désillusion, son mépris n'ont pas tout à fait réussi à tuer cette honteuse tendresse. Plus encore que l'orgueil, cette honte que lui inspirent ses propres sentiments la redressera, la fera se raidir dans sa souffrance fière. Elle se châtiera ainsi d'aimer encore.

*
* *

Et ce fut la fête. Elle était prête, je l'ai dit. Elle avait figuré dans tant de ballets, tant de parades, tant de simulacres étranges et somptueux que par moments il lui semblait vivre encore une parade, un cauchemar étincelant. Ces habits de cérémonie, ces rites creux et dont le cérémonial se faisait plus strict pour plaire à la jeune reine espagnole, ces grands cols de dentelle encadrant des visages fardés, ces sourires de commande, ces intrigues de coulisses, tout cela lui apparaissait comme vidé de sa substance, une folle pantomime au creux de la nuit, une représentation absurde, hors du temps et de la vie...

Le feu d'artifice fut tiré dans les jardins : l'on s'exclama. Combien de feux d'artifice semblables avait-elle vus ? Combien de fois avait-elle entendu ces exclamations ravies ? Elle les avait poussées elle-même, elle avait été authentiquement ravie par ces fêtes, ces travestissements, la gratuité de ces splendeurs fugitives déployées sous ses pas, mais vivifiées, ô combien, par l'absolu de son jeune amour. Aujourd'hui, dans le jardin illuminé, parmi les bustes et les feuillages, c'étaient les mêmes violons, le même bruissement du vent léger dans les branches, le même bruit de marée des bavardages. Mais la féerie était devenue incompréhensible, absurde. L'irréalité de tout cela, qu'elle avait tant aimé, lorsqu'elle y sentait le fil vivant de son amour, de sa foi retrouvée en la vie, l'effrayait à présent comme un gouffre. Elle se sentait placée en haut d'une montagne, voyant à ses pieds défiler en d'étranges processions des fourmis, allant, venant, formant des figures géométriques de menuet, de courante, absurdes et complexes ; et toutes ces fourmis l'épiaient, la regardaient. Elle quitta les zones d'ombre du jardin où elle s'était un instant réfugiée ; elle rentra dans le cercle éclatant. C'était un soulagement que de connaître par cœur les figures de ce ballet, les sourires, les révérences, les invites aimables à passer dans la salle où attendaient les comédiens. Elle aussi, songeait-elle, comédienne, avec sa robe de brocart d'argent, son visage savamment détendu, ce sentiment était encore accentué par les murmures sur son passage, le feu des regards dont elle était physiquement consciente, l'attention dont elle était l'objet. Après une période d'indifférence, toute la curiosité publique, absorbée par l'arrivée de Marie-Thérèse, l'examen de ses toilettes, de ses manières, de sa façon de parler, s'était tout entière reportée sur Marie. On connaissait la fougue de son caractère, on se racontait la violence de son désespoir d'autrefois au siège de Mardyck, on espérait un éclat (dont on l'eût ensuite blâmée). Certains admiraient sa contenance : le roi cependant lui avait dit à peine quelques mots. Mais elle s'y était préparée. Avec un peu d'égarement : « Ce n'est qu'une comédie, voilà tout. Au mieux une tragédie. Me laisserais-je décontenancer par deux mots dits sur une scène ? » L'on était passé dans la salle de spectacle, cependant.

Sous les bougies en girandoles, le rôle serait encore plus facile à tenir. L'on s'écrasait comme d'habitude, il y avait trop d'invités déjà, et parmi eux se glissaient d'élégants inconnus qui faisaient plus de bruit et tenaient plus de place encore que les autres, pour compenser le défaut d'invitation. Elle attendait le prologue pour laisser un peu de répit à son visage, à sa droite contenance, un instant seulement ; les bougies dans la salle allaient être soufflées, enfin, lorsque le cardinal entra, soutenu par deux hommes de sa suite. Elle tressaillit.

Un moment, vertigineusement, elle redescendit de son haut délire enflammé, se dégrisa, tenta de reprendre pied, mais où ? Car ce qu'elle avait perdu, au cours de son angoisse aveugle, de son délire volontaire (comme autrefois, pendant les chevauchées de Lyon, dans sa violente joie d'un instant), c'était *le sens de la terre ferme*. Hors ses phantasmes, il n'était plus rien de certain, qu'un vide, qu'un gouffre. Ce gouffre, elle le mesure tout à coup en voyant entrer cette marionnette, ce visage de carton peint, la moustache pommadée, les cheveux oints de parfums, les mains squelettiques sortant des manchettes de dentelle, la voix plus que jamais zézayante, onctueuse mais grinçante, comme un vieil automate, cet être, cette chose, qui sentait déjà la mort, à laquelle on adressait encore des saluts et des hommages mais comme on les adresse à un symbole, à une relique poussiéreuse qui ne fait plus de miracle, ce personnage dont seul le vêtement témoigne encore qu'il fut vivant, le cardinal Mazarin. Un gouffre, la mort, et autour de ce gouffre, ces salutations, ces révérences, ces bijoux étincelants, l'importance d'un sourire de ce cadavre, d'un mot du roi, d'une raillerie, d'un mot spirituel... Un gouffre, et tombant dans ce vide, tous ces personnages brillants, importants, cupides, ambitieux, amoureux... Ces combinaisons autour d'une charge, ces rêveries autour d'un sourire de l'être aimé, cette agitation autour d'une invitation, d'un habit, d'un ruban bien placé... Elle s'épouvanta du vide où elle tombait. Même sa souffrance tout à coup lui paraissait vaine. « Le temps s'arrête », songea-t-elle, dans un instant de panique. L'astrologue lui apparut : « L'eau, le feu, tout se bloque... Un suspens, une halte, cela n'est pas donné à tout le monde... » Ce n'était pas la mort qu'elle voyait en face et craignait. C'était la vie, les mouvements de la vie, ces rouages qui travaillaient devant elle, avec une activité insensée, une inévitable continuité, qui tout à coup l'épouvantait, l'arrêtait au bord de cette scène, de cette machinerie, dans laquelle une fois entrée, elle ne pourrait plus s'arrêter, elle non plus... Cette halte, ce vertige, chacun ne les connaît-il pas un jour ? Cette panique devant l'action, l'action même d'exister, quand elle paraît sans but, c'est peut-être le passage fugitif d'une liberté, d'une grâce ? Et comme en suivant la piste d'un animal, d'un fugitif, les signes les plus clairs sont les lieux où il s'est arrêté, étendu, abreuvé, dans une vie donnée, puisque nous est donnée celle de Marie, nous retrouverons plus nettes que les autres les heures où elle s'est arrêtée, anxieuse, éperdue, dans cette clairière de la solitude, du silence, du choix.

Ce sont ces traces-là qui me passionnent, qui m'enseignent. J'y retrouve comme fraîches ces empreintes mouillées d'une sueur d'angoisse, ces piétinements traqués de gibier qui ne sait vers quel point diriger sa fuite, et ce brusque élan de la peur qui s'enfonce à nouveau sous les sombres ramures, dans ces grandes forêts wagnériennes de l'instinct, de la fatalité, à travers ces épines qui déchirent, ces sentiers qui égarent, mais préférant sa souffrance et sa perdition à l'atroce délivrance de la lumière, de la plaine, de la foi. Marie connaîtra toujours ces affres, l'astrologue n'a pas menti. C'est en quoi elle nous est proche et chère. Longtemps, elle fuira. Il n'est pas sûr qu'elle n'ait pas fui jusqu'au bout, nous le verrons. Mais sa fuite est commandée par cette profonde blessure de ses dix-neuf ans, c'est pourquoi il n'est pas vain d'en parler autant que du reste de sa vie. Car Marie devenue femme est un gibier blessé, qui domine mal le souvenir de la blessure. Marie à dix-neuf ans est libre encore de tout.

Libre au sein de son désarroi, de son vertige. Si elle s'y abandonnait elle serait peut-être sauvée. Mais elle s'accroche à son seul bien : elle-même. Va-t-elle fléchir, céder, perdre jusqu'à ce bel et stérile orgueil ? La salle bruisse, le roi soupire, la jeune reine s'évente, entourée de ses dames. Tableau d'histoire, scène banale de la cour, des passions s'allument, d'autres s'éteignent que l'on remplacera comme les bougies. Il n'y a rien là qui puisse retenir le regard qui cherche un point d'appui. Ce point d'appui pourtant, Marie le trouve soudain dans le visage de ce mourant, non loin d'elle. Elle a senti les yeux bruns et chauds posés sur son visage, seule chose vivante dans ce visage momifié. A son tour, elle le regarde. Et elle sent, avec cette force incompréhensible de l'évidence, qu'elle n'est plus seule. Lui aussi est au bord de ce gouffre. Lui aussi, par la main de cette mort proche, est hors du temps, et saisi de vertige devant ce monde soudain plat, réduit à deux dimensions. A lui aussi, sa passion (combien différente de celle de Marie) devient soudain étrangère, presque incompréhensible. Ce qui hier encore avait tant d'importance, tant d'existence, tant de vie, est transporté dans une autre dimension, incroyablement étrangère, comme le spectacle sur la petite scène encombrée. Le langage même paraît faux autant que ces alexandrins convenus, et plus faux, car ces alexandrins, on peut les traduire avec les mots de tous les jours, « cela signifie, cela veut dire », mais les mots de tous les jours, comment les traduira-t-on ? En quelle langue ? Leurs regards s'attachent l'un à l'autre, s'accrochant l'un à l'autre pour la pénible remontée. En un instant, la solitude, vertige, épreuve et tentation, se brise ; un vertige partagé est à demi exorcisé déjà. Ce que l'on éprouve n'est plus effrayant, incompréhensible, unique, c'est un phénomène commun à tous les hommes et qu'il faut se montrer capable de dominer. Personne n'a appris à Marie que dominer n'est pas la seule façon de vaincre. Et devant ce mourant grotesquement attifé, que pour la première fois elle admire, elle oublie sa brusque révélation, ce fugitif coup d'œil sur le néant des choses, et c'est presque avec soulagement qu'elle retrouve sa souffrance, se raidit, reprend la lutte. Et pour lui aussi, un instant elle a cessé d'être l'incompréhensible, exaspérante, incohérente fille qui se mettait en travers de ses plans. Un instant elle l'intéresse, un instant peut-être il entrevoit un ordre de pensées, de préoccupations différent du sien, mais pas si éloigné peut-être, car toutes les passions se touchent, et lui, le voluptueux, l'ambitieux, l'amateur d'art, le joueur, le cupide Mazarin, n'est-il pas bien au-delà de ces particularités, l'homme d'une passion, la passion de la France ?

Bref compagnonnage au bord du vertige, en un instant dissipé. Tout reprend vie. La comédie se poursuit. La jeune reine suit mal le débit trop rapide des comédiens, et s'ennuie. Le roi est toujours froid et contraint. Parfois son regard glisse sur le profil fier de Marie. Le cardinal suit ce regard, le soupèse, suppute. Anne d'Autriche triomphe, ou croit triompher. Olympe est quelque peu décontenancée, je crois, par l'attitude sereine de Marie. Elle espérait bien quelque éclat, qui achèverait de discréditer sa rivale. Olympe figure ici la méchante sœur de Cendrillon. Il conviendrait bien d'en dire quelques mots. Ce qu'on sait d'elle ne prévient pas en sa faveur, il est vrai. Elle n'a pas cette générosité de tempérament d'Hortense, belle et bonne fille, égoïste et voluptueuse avec tant d'abandon et de naturel qu'on lui pardonnera les pires écarts. Elle n'a pas la drôlerie de la petite Marianne, future duchesse de Bouillon, qui réjouit toute la cour de ses poèmes grotesques et de ses incartades. Elle n'a pas le caractère ferme et passionné à la fois de Marie, ni ses lectures, ni cette flamme, ni cette retenue. Il lui reste tout juste une assez froide beauté, parfois piquante, un petit esprit de cour qui ne s'élève pas au-dessus du superficiel, un sens pratique bien étroit qui lui fait faire un beau mariage, obtenir une bonne charge, tenir sa place à la cour... Tout cela reste assez insignifiant, et il n'est pas exclu qu'Olympe en souffre. Souvent morose, maussade, elle ne sort de cet état que pour quelque méchanceté, et manie bien l'épigramme. Mais qui a cherché à l'en sortir ? Ni sa mère, qui l'a dressée pour la vie de cour, ni son mari, qui ne l'aime guère, ni ses amants, qui ne l'aiment pas ; *ni Marie*. Prompte à mépriser, nul doute qu'elle n'ait méprisé les petits mérites commodes, les petits succès intéressés d'Olympe, et d'autant plus qu'on les lui donnait en exemples. Le cardinal, lui, se sert d'Olympe, mais c'est Hortense, la rieuse, la plus belle, la plus folle, qu'il aime. Il ne manquera plus à cette pauvre Olympe, beaucoup plus tard, que d'être impliquée (à vrai dire assez vaguement) dans l'Affaire des poisons. Coupable ? On croit que non. On ne l'en croit pas *capable*. Manque d'envergure, là encore. Pauvre Olympe ! Après tout, un témoignage d'estime de Marie l'eût peut-être tirée de ce rôle ingrat ? Mais non ! Elles restèrent ennemies. Mais d'Olympe qui atteignit ses buts, et de Marie qui perdit tout, la couronne, l'amour, la sécurité même, c'est sans doute Olympe qui secrètement envia les échecs généreux de sa sœur. Pauvre Olympe, oui. Définitivement un personnage de second plan, malgré la Voisin.

Après la comédie, il y eut une collation, ou plutôt un souper. Le cardinal mangea peu, non tant à cause de sa santé qu'à cause de l'inquiétude où le mettaient tant d'invités dans ses galeries encombrées d'objets précieux. Le vertige était bien passé. Il se souvenait de plus d'un grand personnage qui n'avait pas dédaigné de lui dérober de précieux manuscrits ; il n'avait jamais oublié le pillage de sa bibliothèque pendant son exil ; et la mort proche aggravait son goût maniaque de compter et de recompter ses possessions, peut-être parce qu'il avait mené à bien ses grands desseins et qu'il lui fallait fixer son esprit sur les petites choses. Il devenait moins accommodant, aussi, plus brusque, presque brutal avec la reine par instants, on le remarquait. Tout se défaisait en lui de ce qu'il avait élaboré avec tant de patience, et, finalement, tant d'abnégation.

A force de les observer, à ce dernier souper, on finit par leur trouver, à Marie et au cardinal, comme un air de famille. Tous deux ont cru passionnément en leur propre volonté. L'un l'a mise au service de l'histoire, l'autre d'une certaine idée d'elle-même qu'elle s'était donnée comme modèle. Lui a tout construit dans le présent, dans le concret, elle n'a construit que dans l'abstrait, et qui peut dire aujourd'hui, qui pouvait dire ce jour-là, devant la mort, devant le néant, lequel des deux avait le plus ou le moins réussi ?

Quoi qu'il en fût, ils avaient repris le combat. Le cardinal parlait, souriait à Marie-Thérèse, faisait les honneurs de ses collections, avec des grâces désuètes et touchantes, Marie servit à table la jeune reine. Oui, elle-même, et ce qui eût été supplice pour une autre, pour elle était le triomphe de son orgueil. Elle qui eût pu être reine, servant cette jeune reine espagnole impassible, peut-être méprisante, montrait qu'elle ne s'en trouvait en rien diminuée. A sa façon, comme l'oncle si longtemps détesté, elle lutterait jusqu'au bout. Mais le lendemain, épuisée par tant d'efforts, et sentant bien qu'il lui était impossible d'aller plus loin dans l'humiliation, dans l'orgueil, dans le triomphe, dans l'échec, elle alla le trouver, lui, le cardinal mourant, et lui annonça qu'elle consentait au mariage avec Colonna.

*
* *

Le cardinal triomphait donc sur toute la ligne. En conçut-il de la joie ? Il hâta en tout cas le mariage de ses nièces. Celui d'Hortense se conclut enfin. Son amoureux fidèle lui offrit aussitôt un admirable cabinet d'ébène qui contenait dix mille pistoles en or. Hortense, avec une joie enfantine, en jeta aussitôt trois cents par la fenêtre sur cour, et se divertit fort, dit-on, avec Marie, en voyant l'homérique bataille de laquais qui s'ensuivit. Ce fut le dernier déplaisir qu'elles donnèrent à leur oncle, mais on dit qu'il fut vif. Jeter trois cents pistoles ! Et le mariage de Marie qui n'avançait pas, et la maladie qui progressait... On attendait le bref du pape et le marquis Angelelli, qui, au nom du connétable, épouserait Marie par procuration. Le bref n'arrivait pas. Marie pourtant n'espérait plus rien, accablée. Elle sortit peu ces jours-là ; la cour ne la réclama point, et au dernier souper, elle avait fait un suprême effort. Elle ne sortit de cette prostration que pour se trouver attendant, dans une antichambre, avec Hortense et Philippe, son frère, la mort de Mazarin. L'agonie se prolongeait. Peu de jours avant, la reine ayant rendu visite à celui qu'on disait son époux, et ayant été introduite après plus d'une rebuffade, car il ne la ménageait plus guère, il sortit du lit une jambe étique et violacée, et eut ces mots tragi-comiques : « Voyez dans quel état sont ces jambes qui ont bien servi la France ! »

Il se confessa, avec piété et repentance, dit-on. Il offrit sa mort pour expier les péchés de sa vie. On n'ironisa point là-dessus. Et pourquoi donc ? « C'est bien commode », diraient aujourd'hui les incroyants et certains croyants même. Mais alors, si on avait davantage le goût de la vie, on avait davantage aussi le sens de la mort. Ce soudain vertige qui saisissait alors les pécheurs devant une vie soudain close, cet atroce désarroi devant la dévaluation soudaine de ces biens qui leur étaient si chers, c'était le prix d'une vie où ils avaient eu prise sur le concret, si puissamment qu'ils en avaient été grisés. Il y avait une ingénuité vraie dans ces repentirs-là, qui pouvait peser son poids devant la Justice divine. Et s'il y avait sans doute beaucoup de péchés avant cette heure suprême, il y avait autant de confiance dans ce dernier élan ; oui, autant, poids pour poids, quelle qu'en soit la balance. Qui de nous trouve encore aujourd'hui le poids de confiance qui correspond à ses péchés ?

Le cardinal mourait donc. Le roi soupirait, recevait ses dernières recommandations, la reine sanglotait sans contrainte, la jeune reine ne paraissait point. Le palais se vidait doucement, comme par hémorragie. Le confesseur du cardinal exigeait une restitution des biens du cardinal à la couronne ; Mazarin l'offrit avec résignation, le roi refusa avec dignité. Tout cela fut fort bien joué. Tout l'appareil de la mort se déployait dans un dernier simulacre. L'inhumation serait splendide. Enfin, on annonça le décès aux neveux réunis dans l'antichambre. « Enfin, il est crevé ! » fut le cri général. Hortense devait s'en expliquer dans ses Mémoires : « Rien d'étonnant comme ce soulagement, dit-elle, à la mort d'un parent qui nous avait comblées de bienfaits. Mais il était si dur dans le particulier... » Elle fut pourtant sa principale héritière. Il la préférait à tous pour sa beauté, son insouciance, son goût de vivre, ce qu'avait possédé et sacrifié le jeune Mazarin. Marie était bien moins avantagée, mais elle était libre enfin, car le mariage Colonna n'était pas encore célébré. Elle respira.

Et voilà la suprême épreuve de Marie. Le roi ne peut éviter dans son deuil de lui adresser la parole. La mort de Mazarin la délie, considère-t-elle, de la parole donnée de ne pas s'entretenir en particulier avec le roi. Sa douleur éclate. En quelques minutes, l'imbroglio est dénoué, la tragi-comédie du dépit amoureux qu'ils ont joué touche à sa fin. Il n'a jamais aimé qu'elle. Elle n'a jamais aimé que lui. Sa froideur à lui : jalousie. Sa froideur à elle : orgueil. D'avoir été si longtemps contenue, leur tendresse mutuelle reflue en un moment. L'amour-propre blessé du jeune roi se découvre intact et elle, un instant, croit à cette raison d'État qu'on lui invoque ; il est à nouveau pour elle le héros chevaleresque, le roi infaillible et généreux. Elle se trouve des torts : elle n'aurait pas dû chercher à se marier, elle aurait dû se sacrifier encore davantage. En un instant, il leur semble avoir tout retrouvé. Le cérémonial les sépare un instant, mais le lendemain soir, le roi va rendre visite à Marie, alléguant la perte qu'elle a subie, sa douleur, sa solitude, et le soir du lendemain encore, et encore le jour suivant.

Toute la cour est en effervescence ; Olympe se meurt de dépit, la jeune reine n'exprime rien, sait-elle seulement quelque chose ? La reine mère se tait, tout est suspendu à un fil, et ce fil est la volonté de Marie.

Mais a-t-elle encore une volonté ? Ce bonheur qui lui est soudain rendu, de se savoir aimée, après tant d'humiliations, de doutes, de combats, est trop brusque, trop violent, trop accablant presque, pour ne pas la désarmer un moment. Louis goûtera pendant ces quelques soirées la douceur d'un amour vrai et que plus rien n'entrave. Du moins le pense-t-il. Car il ne lui vient pas à l'esprit de rien exiger d'elle d'autre que cet aveu. Il a pu être calculateur, espérer beaucoup du temps et des souffrances de Marie, mais c'était avec ingénuité et sans cynisme. Ainsi ne sent-il pas que l'instant de faiblesse de Marie, cet instant que connaissent presque toutes les femmes, et qui les perdrait si les hommes avaient l'esprit de s'en apercevoir, s'il n'en profite pas sur-le-champ, sera passé à jamais. Il n'en profite pas. Il se contente de lui tenir les mains, et de passer ces quelques beaux soirs isolés de tout. Solitude magique que toute la cour épie, soirées passées à ces retours en arrière qui charment les amants. Mais alors le jour où ils se sont revus, elle n'aimait personne d'autre ? Et Olympe ? Et lui, la façon dont il s'est retourné ne signifiait pas que... Douces soirées au palais Mazarin, qu'elle va bientôt quitter. Autour d'eux, toute la cour les épie, l'hôtel du cardinal est en rumeur, les héritiers font enlever telle chose, telle autre... Eux ne s'aperçoivent de rien. C'est pourtant la fin de quelque chose, la dernière flambée de cet amour d'adolescence, la fin du roi enfant, qui devient Louis XIV, mais lui l'a oublié, avec cette inconscience un peu trouble qui a marqué son attitude de ces derniers mois avec Marie, et elle ne veut pas y penser, elle veut ardemment jouir, tout entière, de ces dernières heures dont elle sait la fin proche.

Il était loin le temps où elle écrivait : « Au milieu de tant de prospérité, je ne goûtais pas un contentement parfait, parce que mon bonheur allait jusqu'à l'excès. » Le bonheur qu'elle goûte pendant ces quelques soirées touche au désespoir. Cet état fait de sentiments contraires est bien propre à Marie : il lui ressemble.

L'instant de faiblesse est passé. Il reste à Marie à s'accomplir pleinement, dans son étrange grandeur stérile. Le roi va lui demander, la supplier de rester à la cour, lui offrir les plus belles alliances, les plus hautes charges. Mais elle sait à présent, la savante et chaste Marie, ce que signifierait *rester*. Elle est revenue dans son monde cornélien et romanesque, ce monde où les amants s'attendent pendant vingt ans, s'aiment de loin, ne doutent jamais et choisissent leur devoir, le cœur déchiré. Elle ne doute plus de lui, puisqu'il l'aime. Elle ne veut plus douter. En épousant l'Infante, il a fait son devoir, il ne l'a pas trahie. Elle fera donc le sien. Elle épousera le connétable Colonna, s'éloignera de France, vivra toujours sur ce souvenir intact. Avec ce sacrifice elle retrouve sa vocation : le bonheur au fond lui fait peur. Elle craint d'y trouver elle ne sait quel attendrissement suspect, quelle complaisance qui la diminuerait. Sûre à présent d'avoir été aimée, elle peut s'activer à son propre supplice, l'esprit apaisé, sinon le cœur. Elle partira. En vain lutte-t-il contre sa résolution. Bientôt le voilà gagné par cet enivrement de la douleur, de ces « dernières fois » où le moindre geste prend un poids délicieux et cruel, par ces balbutiements, ces petits mouchoirs déchirés par une belle main fébrile, cet holocauste dont elle lui offre le spectacle ; et peut-être aussi, dans ces moments-là, l'admire-t-il trop pour l'aimer ? Il y aura toujours chez Marie une pureté et un désintéressement tels qu'ils effraient après avoir séduit. Son parti pris d'héroïsme enchante d'abord comme une parure étrange et attirante, on croit voir Vénus travestie en Diane. Mais non, c'est Diane elle-même, la Diane cruelle à Endymion. Et l'on prend peur, et l'on s'écarte d'elle, qui poursuit sa course. Il est possible que le jeune roi ait senti, encore une fois, ce léger effroi qu'inspire la vraie supériorité ? Il en fallait beaucoup à Marie, pour qu'ayant retrouvé l'amour, elle consentît à le perdre aussitôt, et pour jamais ; pour qu'ayant subi les sarcasmes et la pitié de tous, elle n'eût même pas à lutter contre le désir d'en triompher par une faveur nouvelle et plus éclatante. Mais elle avait trop d'orgueil pour avoir de la vanité. Si elle triompha, ce fut à sa façon : en payant le prix de son triomphe et plus que le prix. Un mois après la mort du cardinal, elle épousait dans la chapelle du roi, sous les yeux de toute la cour, qui n'ignorait rien de ce dernier sacrifice, le connétable Colonna. Elle ne l'avait jamais vu et ne le verrait pas avant plusieurs semaines ; le marquis Angelelli, un parent, tenait la place du mari. La stupeur qui entoura sa décision (l'on n'avait pas manqué de spéculer sur ce qu'elle ferait, Mazarin mort « juste à temps »), la tristesse du roi, les honneurs dont elle fut l'objet sitôt la fin de la cérémonie, purent lui adoucir un peu ce dernier et extrême effort, le plus douloureux. Car enfin, si elle s'était résolue à l'éloignement de cette cour de France dont elle aimait la vie et les plaisirs, hors même son amour pour le roi, c'est que l'amazone avait dû se reconnaître femme. Découverte toute neuve. Sous la menace de son oncle, elle avait pu se croire capable de demeurer à la cour sans faiblir. Tout à coup elle s'était retrouvée libre, aimée : elle avait senti qu'elle faiblirait et presque aussitôt (le sort de toute sa vie est dans ce *presque*, et l'on peut y rêver) elle avait décidé de partir. Belle fin de chapitre, belle fin de roman, que ce départ héroïque et romanesque, ces pleurs, ces faveurs méprisées, cette tendresse perdue, cet honneur respecté. Belle fin pour l'*Amadis*, pour *Le Grand Cyrus*, belle anecdote à traiter en trois mots par Sénèque, en deux chants par Ovide, mais quand, après, il reste toute une vie à vivre, quand le beau sacrifice éclatant est un début et non une fin, alors la charge est lourde à porter d'un tel souvenir et Marie la portera toute sa vie. Quand elle quitte la cour, suivie de tout un train de bagages, de Mme de Venel, de l'archevêque d'Amasie, parent de ce mari inconnu qu'elle va rejoindre, du marquis Angelelli, de toute une suite hétéroclite, quand elle part pour ce voyage long et mouvementé (elle traversera le Simplon), pour cette vie dont elle ne sait rien, sinon le chagrin qu'elle y apporte, Marie n'a que vingt ans. Il lui reste plus de quarante ans à vivre avec cette blessure. C'est vraiment le début d'un long voyage.

II

Marie part. Sa vie commence, pourrait-on dire ; car n'est-ce pas la vie, ce qui s'étend entre le mariage d'une vierge de plus de vingt ans et la mort d'une vieille femme, veuve et grand-mère, à près de soixante-dix ans ? Que ce qui sépare une fille belle, ardente et blessée, qui va vers l'inconnu, de cette vieille folle aux rubans de couleur parsemant ses cheveux gris, qui après cent extravagances s'en ira, pour couronner son extraordinaire destinée, mourir sur le grabat d'un pauvre moine ?

Et pourtant l'on pourrait dire aussi que sa vie est finie. Car ce schéma, ce refus d'une destinée humaine mais pécheresse, au profit d'une belle mais vaine gloire, d'une vertu stérile que nulle foi n'irrigue, va se reproduire presque indéfiniment au long des jours. Jusqu'au jour où peut-être son regard se promenant en arrière sur ce désert aride de sa vie... Toute cette errance finit par un grand peut-être. Mais ce *peut-être* contient tout, en ce *peut-être* se joue le sens d'une vie étrange et agitée, mais ennoblie d'une exigence inhumaine. Rarement la soif de l'absolu a-t-elle paru aussi évidemment que dans cette âme fière. Rarement s'est-elle détournée avec autant d'obstination de la seule source où elle aurait pu s'abreuver.

La voilà donc partie, pauvre Marie, presque soulagée par les difficultés du voyage, l'encombrement de son escorte, les complications de son voyage. Toujours elle trouvera une certaine paix à s'en remettre ainsi à la fatalité, à bercer ses ennuis au long balancement des carrosses, à se mettre hors du temps par le dépaysement des voyages. Et Dieu sait s'il y a dépaysement ! Mme de Venel s'en plaint assez.

Malgré la splendeur de l'escorte, les haltes imprévues, les auberges mal famées, les pluies de ce printemps qui transforment la route en bourbier font du voyage une véritable expédition. Mais Marie supporte à merveille ce genre d'inconvénients. Elle n'a pas voulu du marquis Angelelli, si doux et bienveillant pourtant, dans son carrosse. Seulement sa petite servante mauresque (que le roi lui a donnée comme on donne une perruche) et Mme de Venel, longtemps méprisée, et de laquelle tout à coup elle se rapproche, dernier souvenir de cette cour tant aimée. Mme de Venel qui seule sait l'apaiser, la comprendre, mais oui... C'est l'heure de triomphe de Mme de Venel, qui berce au long des heures la souffrance de Marie, une souffrance que rien ne contient plus, de la belle histoire de la « jeune fille aimée d'un roi », qui se sacrifia noblement pour la paix.

Comme elle sait trouver les mots qu'il faut, l'habile gouvernante ! Comme elle sait de quelles chimères se nourrit le chagrin d'amour d'une fille de vingt ans ! C'est que Marie-Magdeleine de Venel n'est pas méchante, un peu jalouse seulement, comme Olympe, des passions qu'elle ne partage pas, un peu contente, au fond, de voir prostrée cette fière Marie qui la traitait de si haut, à Brouage, mais toute prête à lui dispenser sa compassion tiède, et même sa complicité, prête à l'endormir du bienfaisant mensonge.

« Que l'on vous admire, madame ! Après la mort de Son Eminence, chacun croyait... »

Si peu qu'elle ait compris Marie, elle a du moins compris la drogue qu'il convient de lui administrer, la passion qu'il faut flatter, le vice qu'il faut choyer pour lui rendre le goût de vivre. Et dans cette connaissance elle puise une équivoque tendresse. Ce qui lui reste à comprendre, et que certes elle ne comprendra jamais, c'est que Marie puise des consolations, sans doute, dans la romanesque histoire de nourrice dont elle la berce, puise du réconfort dans l'idée de son mérite et de son désintéressement reconnu ; mais surtout, qu'elle sait que cette histoire, en ce qui la concerne, est vraie, et que, ne possédât-elle que cette connaissance, elle serait plus riche encore que toutes les Venel de la terre.

Etrange tête-à-tête, dans le carrosse lent. Plus d'Hortense ni de Marianne, comme lors du départ pour La Rochelle. Rien que la petite moricaude qui se tait, et adore Marie, classiquement. Car comme tous les grands orgueilleux, Marie est admirablement bonne pour les humbles, les disgraciés, les animaux. Dans une autre voiture, le marquis Angelelli subit avec déplaisir la grinçante conversation de l'archevêque d'Amasie, burlesque personnage de spadassin devenu prêtre on ne sait trop comment, l'esprit dérangé par le vin, l'envie et peut-être une secrète maladie. Il ne manque à cette escorte que des animaux, un chien (au fait, Marie emmène précieusement le fils de Friponne, ultime souvenir de la tendresse royale), un perroquet. Je verrais bien un perroquet coloré à côté de la petite Mauresque à turban, et dans la malle, la guitare de Marie qui bringuebale et pousse un gémissement de temps en temps. Ce cortège royal, on ne sait pourquoi, a des airs de bohème, l'humeur de Marie, sans doute, qui s'y reflète, et ce printemps un peu fou, aux pluies rageuses, aux brusques soleils... Ce sera l'été quand elle arrivera à Rome. Mais elle ne cherche même pas à imaginer son arrivée. Elle voyage ; elle ne souffre pas, elle rêve sa souffrance. Frileusement elle s'entoure de son chien, de sa moricaude, de Mme de Venel, pour ne penser à rien, oublier le temps, oublier que le voyage a un but. Homme courtois et pitoyable, Angelelli la laisse à sa rêverie. La traversée du Simplon commence.

Les beaux voyages de ce temps-là ! C'étaient des aventures dont on parlait toute la vie. On craignait les bandits, les orages, les précipices. Dans les auberges mal chauffées on se racontait des histoires à dormir debout. Le danger plaisait à Marie, il l'empêchait de penser. On se perdit, on se retrouva. Il y eut des neiges, de grands chiens rassurants, pourquoi pas un ermite, à moitié contrebandier ? Et les grandes soûleries de l'archevêque, qui devenait alors menaçant et énigmatique, laissant tomber des sentences mystérieuses, des allusions vagues et terribles au passé du connétable. Marie prenait peur, parfois, en l'écoutant, mais c'était une peur sans consistance, une peur de cauchemar, qui n'aboutirait à rien. Il parlait (devant ces feux de bois insuffisants, ces repas médiocres, après les heures humides et transies du carrosse) de jalousie, de crimes passés, de la férocité de la famille Colonna où un ancêtre fit périr son épouse de faim dans une tour pour un obscur délit. Il prenait plaisir à l'épouvanter, supposant peut-être qu'elle était sortie moins pure que la renommée ne le disait de cette légendaire aventure. On repartait dans le cauchemar ; les affectueuses ruses de Mme de Venel en faisaient partie tout autant que les récits de l'archevêque au teint coloré. On cheminait le long des ravins ; une maison de fermier se trouva, l'on y fit halte, fort bien reçus. Après une collation qui fut charmante, toute la compagnie monta sur le balcon de bois de la maison, pour admirer le point de vue. Le balcon s'effondra, il y eut huit hommes de morts. La petite Mauresque, étant tombée sur le tas, s'en tira avec des contusions. Au moment précis de l'effondrement du balcon, Marie avait fait un pas en arrière. L'archevêque ne manqua pas d'insinuer que pareil accident était rarement l'effet du hasard.

« La fatalité, à laquelle vous croyez si fort, vous a cette fois été favorable.

— Croyez-vous ? » répondit-elle avec tant de lassitude qu'il n'insista pas.

L'on voyageait toujours. Marie devait sentir déjà les premières atteintes de cette fièvre cérébrale qui devait quelques semaines après la mettre aux portes de la mort. De là son indifférence, qu'Angelelli prenait pour de la résignation. L'effort avait été trop grand, elle y avait perdu jusqu'au goût de vivre. Chaque jour, elle s'enfonçait un peu davantage dans cette sauvage contrée du désespoir, y trouvant presque un repos.

*
* *

L'arrivée à Milan, où le connétable attendait son épouse en grande pompe, devait se faire sur un bucentaure paré pour la circonstance. Mme de Venel incitait vainement Marie à faire un effort de courtoisie, un peu d'apprêts. Elle ne rencontrait pas de révolte, mais une inquiétante prostration. Marie se refusait à tout nouvel effort. La peur grandissait en elle à chaque étape ; elle s'enferma dans la chambrette étroite du navire, épouvantée non des grotesques récits du vieil homme aviné, mais d'avoir à faire de nouveau l'effort de vivre. Le voyage avait été un long rêve fiévreux, mais où elle s'était reposée un peu de tant de contrainte. Elle avait perdu cette tension qui l'avait rendue capable de faire bonne figure pendant les dernières semaines à la cour. Elle avait même perdu la joie de se savoir regardée, admirée, seul amer plaisir qui lui restait. Elle était définitivement éloignée de cette cour ; elle avait quitté la scène étincelante où elle s'était vue souffrir, les lumières s'étaient éteintes, la griserie même du sacrifice s'était dissipée ; il ne lui restait plus qu'une affreuse fatigue grise, écœurante, une faiblesse de malade, à la faveur de laquelle tous les doutes réapparaissaient.

Ce fut dans cet état qu'elle arriva en vue de Milan. Mme de Venel la para, l'habilla elle-même, avec ce goût pour le proxénétisme qu'ont beaucoup de femmes froides. Marie se laissait faire. On imagine la scène, délicatement teintée d'érotisme, et l'espèce de plaisir que pouvait prendre à cette mise en scène une Mme de Venel telle que nous l'imaginons. Délicieuse revanche en vérité, que cette mouche, ce ruban, ce parfum, ce corsage lacé de ses mains, dans le décor de la cabine, somptueuse mais étroite ; et l'on voit la Mauresque accroupie, le chien soyeux, brun et blanc, sur son coussin, le perroquet... Non, ne faisons pas de roman, malgré cette belle Marie, le sein découvert et à demi pâmée aux mains de son entremetteuse ; mais nous n'empêcherons pas le connétable d'en faire, car comme elle s'avance sur la passerelle du bucentaure, enfin prête, et plus belle de cet air de somnambule tirée d'un songe, qui lui donne une douceur nouvelle, un air étonné de victime, voilà qu'on lui présente, sur le quai même, au lieu de son époux qui se dissimule, son beau-frère, le vieux et laid Balbasès. Elle ne comprend pas, et ne soupçonne pas non plus, malgré les descriptions qu'on lui a faites de Laurent Colonna, l'étrange mystification. Cet homme sans charme, à demi chauve, d'un certain âge déjà, fait partie aussi du cauchemar. Epouvantée, elle se détourne, elle fait un pas en arrière, elle murmure à Mme de Venel : « Non, ce n'est pas possible... » — au grand déplaisir de Balbasès qui lui en voudra toujours de ce mouvement de répulsion — et elle entend avec surprise les éclats de rire qui l'entourent, elle voit avec stupeur Balbasès repoussé en arrière, et s'avancer vers elle Laurent Colonna. Il est jeune encore, grand, assez beau, il connaît les femmes, est élégant et grand cavalier. Que pense-t-il de cette épouse inconnue, dont il ne sait que la brillante mais un peu inquiétante idylle avec le roi de France ? Il faut qu'il ait été un peu troublé par cet excès de rumeurs (encore que tous ceux qui se sont entremis pour ce mariage lui aient assuré qu'il n'y avait, entre Marie et le jeune roi, rien d'autre qu'une « étonnante affinité d'esprit »), car outre la farce assez cruelle avec laquelle il l'accueille, le voilà qui s'élance sur la passerelle, repousse vers l'intérieur du navire Marie, pâle dans sa robe d'apparat, l'attire dans sa chambrette, tandis qu'elle ne comprend pas encore, et avec une belle rage, peut-être calculée, qui n'épargne ni les rubans ni les dentelles, ni les lacets de soie noués par Mme de Venel, qui saccage et possède cette malheureuse fille à demi pâmée, pour laquelle tant de brutalité et d'ardeur sont bien la fin logique de sa peur grandissante. Mme de Venel cependant s'est précipitée, indignée, et tambourine sur la porte (que le connétable, malgré toute sa fougue, n'a pas omis de verrouiller) avec ce beau cri tragi-comique : « Pas avant la messe ! Pas avant la messe ! » Mais le connétable n'entend plus.

Ce furieux assaut (dû plutôt aux sarcasmes que Laurent Colonna a pu sentir autour de son mariage, qu'à des ardeurs qu'un instant n'a pu susciter, mais il a pu trouver du piquant à son projet) achève sans doute de bouleverser Marie. Et les regrets du connétable, qu'il exprime aussitôt ses inquiétudes dissipées, avec une tendresse naissante pour « la jeune fille aimée d'un roi », et qui lui arrivait indéniablement intacte, ne peuvent atténuer ce dernier choc. Pour la première fois depuis tant d'années, depuis tant de luttes et de souffrances (car peut-elle se rappeler, depuis sa difficile enfance, un moment où elle n'ait pas lutté ?), Marie est vaincue. Tandis qu'elle assiste, à peine remise, aux premières cérémonies qui l'attendent, elle paraît plus que jamais somnambule, douce victime résignée à tout, et Laurent Colonna, épanoui par sa découverte (et qui en fait part à tout-venant avec une naïve forfanterie), a beau la combler de prévenances et lui marquer de toutes les façons son attachement naissant, elle ne ressent plus rien, que cette lassitude qui grandit, qui la submerge, et à laquelle elle ne résiste plus. Un dernier sursaut, en prenant congé de Mme de Venel, qui désormais inutile repart pour la France (où ses talents trouveront aussitôt à s'employer, car dès que le roi aura trouvé sa consolatrice, Mlle de La Vallière, elle sera placée auprès de la reine Marie-Thérèse, avec mission de la consoler aussi, de moins agréable façon). Mme de Venel s'en retourne donc, et devant ce départ qui marque la rupture de sa dernière attache avec la France, Marie pleure amèrement. Et le cortège s'achemine vers Rome. Mais bientôt il faut s'arrêter, et Laurent s'affole, dépêche des courriers vers Rome pour obtenir des médecins ; le paisible village où la caravane s'est arrêtée, est en révolution, car Marie se meurt.

*
* *

Tant d'émotions ont été plus fortes qu'elle. Atteinte d'une dangereuse fièvre cérébrale, Marie délire, et son état s'aggrave de jour en jour. A son chevet, et avec cet excès dans les sentiments qui lui est propre, Laurent Colonna se désespère, promet des fortunes aux médecins, les menace de mort, se lamente, s'accuse. Les médecins saignent, purgent, à la mode du temps, la malheureuse qui ne demande qu'un peu de paix. Aux brefs instants où elle recouvre la faculté de penser, de se souvenir, comme elle souhaite la mort qu'elle sent là, toute proche ! Et comme cette mort couronnerait son histoire ! Après la trahison, le sacrifice et la mort : quelle destinée exemplaire serait la sienne ! Il est inévitable qu'elle la désire. Qui, ayant un peu de grandeur dans l'âme, ne connaît pas de ces instants de parfait bonheur, de parfaite gloire, de désespoir parfait, où l'on souhaite mourir pour ne pas avilir ces instants où l'on a vécu au-dessus de soi-même ? Pour Marie tout s'est confondu. Le bonheur de se retrouver aimée, l'immense douleur du départ, l'arrachement de tout ce qu'elle aimait, et cet instant de gloire où aux yeux de tous elle a renoncé à une faveur renaissante. Que lui reste-t-il à vivre après cela ? Rien que des sentiments inférieurs, des émotions moins fortes, une vie qui continuerait après avoir perdu tout son sens... Voilà ce qu'elle pense chaque fois qu'elle sort de son délire, de ses sommeils fiévreux que n'apaisait pas la présence de Laurent, le visage inquiet. Mais lui, devant cette femme accablée, ému de pitié et d'admiration, croyant maintenant autant qu'elle à la belle légende, s'évertuait à lui trouver d'autres médecins, d'autres remèdes, lui apportait sur son lit d'inutiles présents, avec sa gaucherie d'homme fort et peu habitué aux délicatesses. Et de la voir ainsi si faible, si belle, plus femme qu'elle ne paraissait habituellement, car sa fierté un peu rude, sa raideur touchante de jeune fille, avaient disparu (elle n'était pas, de cet unique et violent assaut qui avait achevé de la briser, devenue femme, mais dans son abandon total à la maladie et à la mort, redevenue enfant) et, de la voir ainsi, il se prenait doucement à l'aimer ; de son cœur sincère et violent, tendre et brutal, féroce et naïf, il se jurait de la protéger toujours.

Il faut s'attarder un peu sur cet instant de douceur — il y en a si peu dans cette vie —, sur ce début d'un amour orageux, mais sincère, sur ce début de la dernière part d'amour qui sera concédée à Marie en ce monde. Il faut imaginer ces lits de fortune, où on la couche avec des précautions infinies, les linges humides sur son front, les objurgations de Laurent qui s'affaire inutilement, cet instant aussi où elle reprend conscience, et a pour lui, qu'elle retrouve près d'elle, un pâle sourire qu'il trouve très doux. Et sa gaucherie à lui, quand il lui apporte un bijou, que la faible main laisse échapper aussitôt, et ces promesses qu'il lui murmure à mi-voix, ces promesses naïves de fêtes, de plaisirs, d'honneurs, car il ne sait rien d'autre au monde que l'on puisse promettre... Et elle, sensible malgré tout à cette douceur, songe, avant de sombrer de nouveau dans la fièvre : « Si je pouvais mourir ainsi... »

De ces instants pourrait naître un grand amour. Le cœur fier de Laurent peut comprendre ce qu'a été l'héroïsme de Marie, et l'apprécier. Il est violent, mais généreux, brutal, mais courageux, orgueilleux, mais droit. Au fond, ils se ressemblent. Cela pourrait les sauver, et les perdra. Un peu plus de douceur chez elle, un peu moins de susceptibilité chez lui, et ils trouvaient le bonheur. Hélas, *cela pourrait* est le mot qui vient toujours aux lèvres quand il s'agit de Marie, et du bonheur. Elle en perdra l'occasion, chaque fois qu'il se présente à elle, avec une sorte de folle obstination. C'est qu'il ne lui suffit pas, ce bonheur terrestre. Il y manque toujours quelque chose, et elle se sentirait diminuée de l'accepter, parce qu'elle le veut absolu. Ainsi perdra-t-elle l'amour, découragera-t-elle l'amitié. Chaque fois que s'en présente l'occasion, avec une émouvante avidité d'enfant, elle se précipite au-devant de ceux qui l'aiment, leur donne tout son cœur, toute sa confiance, jusqu'à la déraison, parce qu'elle considère que l'on doit aimer, fût-ce d'amitié, au-delà de la raison, cette borne méprisable. Et chaque fois, déçue, elle refusera de composer avec l'être qui l'a déçue. Ainsi, le cœur le plus tendre lui dictera les plus dures paroles, les plus complets renoncements. Ainsi, à cette douceur encore imperceptible qui naît en elle, à retrouver chaque jour à son chevet l'inquiétude de cet inconnu, son mari, succéderont inévitablement la déception, la rupture, et la souffrance, une souffrance plus profonde et moins violente, une souffrance de femme. Ainsi, la fatalité se trouve encore une fois à ce chevet de Marie, au moment même où elle hésite entre la vie et la mort. Mais vivre une vie où tout s'enchaîne ainsi, sans échappatoire possible, n'est-ce pas mourir déjà ?

Marie ne pense pas à tout cela. Quand elle pense, c'est à de toutes petites choses, peut-être à ce sourire de Laurent, à cette brusque colère aussitôt refrénée, contre l'ignare médecin qui n'arrive pas à la guérir... Lentement, sans y réfléchir vraiment, mais comme tactilement, comme un aveugle toucherait un objet dans l'obscurité, elle soupèse ce visage d'homme, cherche à y lire son destin. Cette bague qu'il lui passe au doigt, ces fruits qu'il lui apporte, le soin qu'il prend de l'éventer lui-même, dans cette atroce chaleur qui rend ses maux de tête plus douloureux encore, pèsent-ils le poids qu'il faut pour contrebalancer l'attrait du sommeil, du néant ? Elle balance encore. Les médecins ne répondent pas de sa vie. Atteindra-t-elle jamais Rome, le palais Colonna ? Et faut-il le lui souhaiter ?

Non, dira l'amateur de légendes. Et je ne sais pas moi-même s'il le faut, devant ce long et dur chemin qui lui reste à parcourir, jusqu'à cette cellule de ce moine, où toujours inquiète, au dernier jour de sa vie, elle cherchait encore... Quelle pitié inspire une vie, brillante pourtant, fertile en incidents pittoresques, que l'on voit s'achever sans avoir trouvé le repos, quand il faut la suivre pas à pas... Cela valut-il la peine, pauvre Marie ? Connut-elle, fût-ce le dernier jour, cette révélation qui fait que l'on se dit, regardant en arrière : « Tout cela ne fut pas en vain » ?

Nous n'en sommes pas là, ni Marie. Nous ne sommes qu'à l'instant où elle devint femme, où elle pressentit, et attendit, l'amour humain. Car les médecins de Rome étaient enfin arrivés. Fut-ce leur médication mieux appropriée, ou sa constitution exceptionnellement robuste, Marie pencha du côté de la vie. La fièvre s'apaisa, le délire enfin disparut. Ce jour-là, elle lut une grande joie sur le visage de Laurent, et en fut touchée. Il lui était donc sincèrement attaché, elle n'en pouvait douter, car enfin, elle morte, il héritait de la dot Mazarin, et se retrouvait libre pour une nouvelle union. Bien des hommes eussent fait ce calcul. Elle ne l'aimait pas encore, mais déjà elle goûtait la douceur d'être aimée. Lentement mais sûrement, la vie gagnait du terrain. De litière en litière, et son mari ne la quittant pas, Marie atteignit enfin Rome, et la maison qui allait être la sienne. Quand elle s'y installa, les médecins la déclarèrent encore fatiguée, mais guérie. En fait, elle n'allait jamais guérir tout à fait. Combien d'êtres traînent ainsi jusqu'à la fin une plaie douloureuse qu'ils finissent par aimer ! Mais elle n'en savait rien encore.

Marie prit plaisir à sa convalescence. D'un extérieur sans faste, le palais Colonna était admirablement aménagé. Marie apprécia ce luxe, ce goût italien. Dans les grandes salles de réception du rez-de-chaussée, d'admirables fontaines de marbre coulaient sans cesse, rafraîchissant l'air. Les parents de son époux la visitèrent. Il en avait beaucoup, et d'illustres. Ils traitèrent Marie avec égards, et même avec considération[1]. Elle y trouva aussi une consolation. La vie à Rome pouvait peut-être être agréable. Son mari l'entourait de soins, de tendres précautions, car elle restait fragile. Et c'était cette fragilité justement qui émeuvait le connétable, le rendait sensible à son intelligence, à sa beauté. Il aimait à se la figurer comme une victime, une frêle jeune fille romanesque égarée parmi les intrigues d'une cour corrompue. Cela lui permettait de considérer l'idylle de Marie avec le jeune roi de France comme une rêverie, une de ces chimères d'adolescence, dont un mari ne peut que sourire. N'était-il pas, lui, le vrai, le premier amour de Marie ?

S'il ne l'était, du moins il le serait, car il la sentait de jour en jour moins farouche. Appuyée à son bras, elle avait consenti à visiter tout entier le palais Colonna, en avait loué l'aménagement, ce dont il n'était pas peu fier. Elle avait commencé à sortir, à rendre les visites dont elle avait été honorée. Elle découvrait les mœurs romaines, s'en amusa, et sa nature expansive reprenant le dessus, fit partager son amusement à son mari. Les dames de l'aristocratie romaine étaient alors férocement jalouses de leurs privilèges et préséances. Plusieurs avaient tant de peur de se laisser manquer de respect qu'elles se faisaient suivre d'un maître de cérémonies qui calculait en toute circonstance la conduite à tenir en fonction du rang de ces dames. Marie eut ainsi maille à partir avec une princesse Chigi, que nous retrouverons plus tard. Elles se donnèrent rendez-vous pour visiter un monastère un peu éloigné, mais leurs maîtres de cérémonies (Marie en eut un quelque temps, dont elle se débarrassa vite) ne se mirent pas d'accord,

1. Amusante anecdote que l'on trouve dans le mémoire : « M. le connétable, dit Marie, me proposa dans ce temps-là d'aller visiter les nièces du pape, qui était alors Alexandre Chigi, pour les prier de me mener baiser les pieds de Sa Sainteté. Comme j'étais élevée dans la grandeur et accoutumée à voir toujours un grand roi chez nous, je lui demandai assez naïvement si le Saint-Père ne viendrait pas me rendre visite auparavant, sur quoi M. le connétable et toute la compagnie se mirent à rire. »

chacun soutenant que c'était à la dame adverse de venir chercher sa maîtresse. Marie et la princesse Chigi s'attendirent ainsi l'une l'autre jusqu'au soir : il fut trop tard pour aller au monastère.

En narrant cette anecdote, au souper, à Laurent Colonna, Marie ne put se tenir de rire. En entendant le son de ce rire, dans la grande salle de marbre jaspé, un instant elle s'arrêta, regarda Laurent, sourit, rougit. C'était la première fois depuis si longtemps qu'elle riait !

Le lendemain, comme la nuit tombait, Laurent Colonna insista beaucoup pour qu'elle sortît avec lui pour une promenade. En vain lui fit-elle observer que l'obscurité rendrait peu agréable cette sortie (il était question d'aller voir un lac), qu'il convenait de faire atteler (n'avait-il pas la prétention de sortir à pied). Mais il insista de telle façon, et quelques commensaux qui se trouvaient là par hasard, qu'elle sentit qu'une surprise galante se cachait derrière cette insistance. Elle le suivit, et toute leur suite, aux lueurs des flambeaux, se mit en marche. Dans les rues alentour du palais Colonna, on se mettait aux fenêtres pour voir passer ces seigneurs, vêtus de brocart, ces dames en jupes larges, défiler ainsi, à pied, et les gardes du prince avaient peine à repousser tous les curieux. Laurent marchait en tête du cortège, souriant, le teint animé, plein de désinvolture et d'élégance dans son pourpoint de velours de Gênes, tenant la main de sa jeune épouse. Elle le trouva beau, ce soir-là. Leur cortège, illuminant à mesure les rues sombres, lui rappela ces cortèges allégoriques où elle avait tenu la main du roi, figurant une Cérès de fantaisie, une Junon, une Vertu endiamantée ; mais ce cortège-là n'était pas un simulacre, ce costume qu'elle portait n'était pas un travestissement. De ses fièvres, de ses cauchemars, elle émergeait tout à coup, par cette belle nuit d'été, toujours belle, tenant la main d'un homme jeune et souriant dont elle ne pouvait douter qu'il l'aimât, suivie de l'un de ces cortèges de fête qu'elle aimait, de ce scintillement d'étoffes somptueuses, de rires jeunes, qui lui masquaient un moment cette amertume secrète qu'elle retrouvait au fond de tout. Elle se sentit revivre, fut prise d'une grande curiosité.

On approchait de la piazza Navone, qui semblait close de toutes parts. Et elle l'était en effet, car Marie dut gravir un escalier improvisé pour accéder à une sorte de tribune ou, plutôt, d'embarcadère. En effet, la piazza Navone était sous eau. Conçue dans ce dessein, la place avait été transformée en un véritable lac en miniature, qui s'illuminait à présent de toutes parts. Sur ce lac minuscule, des barques ornées d'une multitude de lampions voguaient déjà, faisant étinceler des bannières où brillait le monogramme de Marie. Certaines contenaient des violons, d'autres des artificiers, et la musique s'éleva en même temps que les fusées. Marie, interdite, contemplait ce féerique spectacle. Son mari lui tendit la main pour l'aider à descendre dans l'une des embarcations. Elle descendit machinalement. Les fenêtres des maisons qui entouraient la place étaient ornées elles aussi de retombées de velours ou de brocart où scintillaient ses initiales brodées au fil d'argent. Des visages curieux et ravis s'y voyaient. On avait loué ces fenêtres à prix d'or, pour assister à la fête qu'offrait, aux yeux de tous, Laurent Colonna à sa jeune épouse. Marie, à demi allongée dans l'embarcation drapée d'étoffes, accoudée aux coussins cardés d'argent qui y étaient disposés, jouissait tout entière de cette heure rare et parfaite, qui avait coûté une fortune au connétable, et plus qu'une fortune, des trésors d'imagination et de délicatesse. Le secret adroitement gardé sur ce charmant projet, l'attention à ses goûts que marquait chaque détail, et plus encore, l'éclatant témoignage donné à la société romaine, prompte à la médisance, de l'amour qu'il lui portait, tout cela conquit Marie. Cependant que les rameurs arrêtaient les barques pour le concert, les mille flambeaux et lampions reflétés dans l'eau noire, pour la première fois depuis son arrivée à Rome elle s'abandonna tout entière à ce charme un peu mélancolique de l'heure. Elle regarda Laurent, si naïvement fier de la voir sourire, et qui lui faisait observer jusqu'au moindre détail de cette fête par lui conçue. Une heure avant, elle l'avait trouvé beau. Cette fois, il la toucha plus profondément encore, dans cette féminité qu'elle s'était découverte en France, après la mort de Mazarin, et qu'elle avait fuie.

Marie a le cœur trop généreux pour réprimer cette source de vie qui s'éveille en elle. A Laurent qui lui donne tout, et par-dessus tout, cet honneur et cette gloire (car elle ne s'y trompe pas, et elle sait que cet amour proclamé aux yeux de tous, c'est aussi la proclamation de sa pureté), elle donnera tout aussi. Pendant le concert, puis comme les feux d'artifice reprennent, sa main ne quitte pas celle du connétable. « Il me semble que c'est ce soir seulement que j'arrive à Rome. » Il serait doux de penser que c'est cette nuit-là que se déroule leur véritable nuit de noces.

*

* *

Il faut s'attarder sur ces années, où enfin Marie est heureuse. Fier de cette femme qui lui est à la fois une épouse et une conquête, le connétable lui prodigue les attentions et les preuves d'amour. Et elle, une nouvelle fois, sans restrictions, donne son cœur. Au-delà de toute raison. Pendant quelques années, Laurent incarnera pour elle la loyauté, la générosité, le courage. Et pour lui, sans nul doute, elle sera la beauté, la tendresse, la vertu. Ces deux époux princiers s'aiment encore princièrement, à travers un grand luxe de symboles, de travestissements, d'habits de cour. Elle ne voit pas son menton un peu lourd, sa bouche sensuelle, la violence qui déforme parfois ses beaux traits, prêts à s'empâter. Il ne voit pas que ce goût du faste, du cérémonial, masque une insatisfaction toujours latente, que la violence même avec laquelle elle se jette dans son amour est l'indice d'une autre violence. Et si reparaît parfois en Marie l'amazone, n'est-ce pas une métamorphose piquante à qui est sûr, avec un peu de fatuité, de la vaincre quand il le voudra ?

Le temps vole. Marie a accepté Rome à sa façon, c'est-à-dire en ne se pliant en rien aux façons qui lui déplaisent. Elle s'est mise à sortir librement, au contraire des dames romaines qui restent cloîtrées chez elles, elle reçoit, donne des soirées qui animent la casa Colonna. Toute une petite colonie française retrouve là l'atmosphère de la cour de France, les conversations tout ensemble savantes et galantes. Comme Marie avait su donner un ton inimitable au petit cercle de la reine quand elle s'y montrait, elle saura faire de ces réceptions une distraction des plus appréciées à Rome, où, en dehors des fêtes et du carnaval, on s'ennuie aisément. Elle s'était remise à lire, elle avait toujours eu une conversation brillante et variée, l'amour épanouissait sa beauté : elle n'avait pas de peine à l'emporter sur les dames romaines, incultes pour la plupart, cantonnées par leurs maris dans l'ignorance et se complaisant à de puériles vanités. Laurent Colonna était fier de sa femme. Il tolérait comme un caprice cette liberté inusitée que prenait Marie, parfaitement inconscient du conflit qui se fût élevé s'il la lui avait refusée. Les maris de Rome grondaient un peu, mais l'incontestable vertu de Marie faisait taire les médisants. Bientôt d'ailleurs, et sans pour cela cesser la moindre de ses activités, Marie attendit son premier enfant. Le connétable fut alors parfaitement heureux.

*
* *

Et Marie ? Marie vivait, à la couronne près, la vie qu'elle avait rêvée. De fêtes en fêtes elle allait, avec un enivrement d'autant plus grand qu'elle avait retrouvé ses forces ; elle se plaisait à poursuivre le plaisir de ville en ville, le traquant comme un gibier, un jour à Milan pour le carnaval, le lendemain pour une mascarade à Venise, chassant aux côtés de

Laurent (et jusque pendant sa grossesse, cavalière intrépide), jamais lasse, jamais rassasiée, emportée par cette vitalité qui était son charme, avec à peine un déplaisir aux nouvelles qui lui venaient de la cour de France (la faveur éclatante de La Vallière) et se replongeant aussitôt dans ce tourbillon. De temps en temps elle s'arrêtait pour lire, avec la même avidité, pendant quelques jours ; c'était alors une vraie frénésie, des livres partout, l'austère bibliothèque des Colonna mise sens dessus dessous, les veillées tard dans la nuit, d'où elle ne se relevait que plus fraîche, les lectures à haute voix imposées à Laurent qui commençait par bâiller pour finir par éclater de rire, conquis par tant de diversité, et ce qu'il appelait sa charmante folie, et où il ne savait pas discerner la menace. La folie de Marie, d'ailleurs, n'était-elle pas celle du temps ? Ce mélange de fêtes et de carême, de subtile science et de farce grossière, d'apparente délicatesse et de brutalité profonde, cette joie de vivre et ce désespoir, étaient bien l'essence de cette vie romaine où, dans les décors les plus raffinés, le crime mettait tout à coup sa tache d'écarlate. Le doux Angelelli, à la suite d'une affaire de famille, véritable vendetta, fut assassiné. Marie s'affligea un moment, puis voyant Laurent s'en accommoder et considérer le fait comme regrettable mais faisant, en somme, partie des risques normaux de l'existence (elle devait se souvenir, plus tard, de cette attitude), elle oublia. Peu après, d'ailleurs, elle devait mettre au monde, dans un faste inouï, son premier fils, Philippe, prince de Palliano.

On parla beaucoup, à cette époque, du luxe déployé par le connétable amoureux. Le lit de l'accouchée inspirait en particulier l'admiration, en façon de coquille de nacre, incrusté d'or et d'argent ; Marie y reposait sous des courtines de soie, exposée comme une déesse à l'admiration des mortels. La gloire d'avoir enfanté l'héritier des princes Colonna, celle d'être aimée de si évidente façon, sa robuste santé physique qui lui avait permis d'accoucher sans fatigue de cet enfant des dieux, tout contribuait à lui donner l'illusion d'une sorte de bonheur à sa taille, symbolique plus que charnel, mythologique plus qu'humain, la sorte de bonheur qu'elle pouvait goûter sans se sentir diminuée.

Comme il lui faut un faste insensé, il lui faut aussi se jeter dans un amour plus grand, plus total que le simple amour humain, pour s'aveugler elle-même sur ce que son orgueil appellerait une faiblesse. Car elle aime, et sans nul doute, elle aime tout entière, moralement et physiquement, ce mari épousé par hasard, et qui l'entoure aujourd'hui de ce faste irréel. Il est significatif que Marie, si superbement désintéressée, et qui le marquera plus d'une fois (à une époque où la cupidité paraissait une passion toute naturelle, son désintéressement — comme sa chasteté d'ailleurs — est d'autant plus remarquable), ait tant aimé ce luxe, ces fêtes, ces dilapidations insensées, qu'elle ait pris tant de plaisir aux cavalcades, cette savante, aux mascarades, cette fidèle, et aux dépenses de toutes sortes que son mari (comme déjà, dans la mesure de ses possibilités, le jeune Louis XIV) fera pour elle.

Ces travestissements somptueux lui cachent le fil d'une vie sans but réel, ces divertissements, au sens pascalien, lui permettent d'oublier l'inquiétude qui ne l'a jamais tout à fait quittée, et ce lit même, ce lit en coquille de Vénus, entouré et soutenu d'amours riant, ce lit, étincelant, dans lequel elle allaite son premier-né, éblouissante dans ses dentelles de prix, ce lit de déesse ne lui cache qu'à moitié qu'il est tout bêtement un lit conjugal. Nous l'avons marqué au moment du voyage à Lyon, au sommet du bonheur humain, Marie retrouve toujours une angoisse, cette *vanitas vanitatis* que rien n'a pu combler ; elle est trop lucide pour la nier, trop orgueilleuse pour l'accepter et y chercher remède ; elle portera donc cette angoisse secrète, toute sa vie. Il est aussi certain qu'elle la retrouve dans sa coquille nacrée, dans la maternité, dans la richesse d'une existence fêtée. Mais elle veut encore s'aveugler. C'est ce qui explique l'absolu de son amour, et plus tard, l'absolu de sa déception. Comme elle avait nié jusqu'aux limites du possible la secrète faiblesse de Louis XIV, fermé les yeux avec obstination, négligé toute précaution qu'elle eût jugée insultante, jusqu'à ce que l'évidence de la trahison la frappât, durant ces années de calme, de bonheur, elle fermera les yeux sur tout ce qui pourrait diminuer (ou humaniser) son amour pour Laurent. La naissance d'un second fils comble les vœux du connétable. Sa galanterie vis-à-vis de sa femme ne diminue pas. Pourquoi analyserait-elle ces instants de dureté, ces ombres qui passent, la violence, l'exigeante sensualité de cet homme robuste et excessif ? Analyser serait douter déjà, et Marie ne veut pas douter de l'amour, de la fidélité, de l'absolue perfection du connétable. Mais son inquiétude latente la pousse plus que jamais sur les grands chemins. Les fêtes du carnaval la voient à Venise, où sa beauté, adoucie par la maternité, séduit sans qu'elle le veuille le moins du monde le prince Ernest de Brunswick. Elle accueille ses hommages avec plaisir et sans trouble, ne doutant pas qu'ils lui soient dus. Et la jalousie bientôt manifeste de la princesse Sophie ne lui inspire qu'un étonnement dédaigneux. Ne connaît-on pas sa vertu ?

De Venise à Milan, de Milan à Rome, ses déplacements se font toujours plus fréquents, plus fiévreux. Prévoit-elle quelque malheur ? Toujours elle a trouvé apaisement dans le voyage. A cheval ou en carrosse, ayant un but enfin, si limité soit-il, elle trouve un peu de paix, une plongée hors de ce temps qui la ronge. Elle voyage donc, elle chasse, avec une telle passion qu'entre ses deux fils elle a interrompu déjà une grossesse par son obstination à poursuivre cette vie effrénée. Le connétable doit user de toute son autorité pour obtenir qu'elle prenne un peu de repos lorsqu'elle se trouve enceinte une quatrième fois.

Années de bonheur... oui, pour toute autre femme. Mais qui ne devinerait pas que ce bonheur est à la merci du moindre éclat ? Il n'est que de voir Marie, galopant avec fureur au cours d'une de ces chasses qu'elle aime tant, dansant jusqu'à l'aube dans l'une de ces réunions dont elle est l'âme, se passionnant pour un livre, pour une discussion, pour une amitié, il n'est que de voir ce feu qui la dévore et qu'elle ne parvient pas à user, pour se dire que le bonheur est moins fébrile, plus paisible. Le connétable cependant se plie avec une louable patience aux caprices de son infatigable épouse. Un peu blasé, sans doute, sur son charme, il continue pourtant à apprécier celle qui sait donner tant de vie à sa maison, et après ces années passées avec elle, il croit la connaître, et se trompe. Ces caprices où il voit surabondance de vie, inoffensives folies de femme, traduisent en fait le désarroi toujours prêt à renaître de Marie. Il croit la rendre heureuse, la combler, et une femme moins difficile le serait assurément. Il ne fait que la divertir, et au mieux, la griser. Ce n'est pas dans le bonheur, c'est dans le malheur que Marie trouve sa vocation, son accomplissement, sa vérité. Et déjà, elle le flaire tout proche, elle le redoute et l'espère à la fois, le redoute parce que son émotivité exceptionnelle la fait souffrir avec plus d'intensité qu'une autre (la fièvre cérébrale qui l'a mise en danger en est le symptôme évident), mais l'espère parce qu'elle pourra y donner sa mesure.

Aussi est-elle malheureusement préparée à tous les échecs, à tous les malentendus qui naissent de cette jonction de l'orgueil avec un sens mal compris de la grandeur. L'humilité est certes la vertu qui manque le plus à Marie. Elle le paie d'un effort constant pour se tenir à la hauteur de son orgueil. Sa condition de femme, dans ce siècle, lui interdit les dépassements créateurs ; l'humiliation de son enfance, ces relégations forcées dans des couvents, lui ont inspiré le dégoût de la foi ; sa vie même, dans son luxe, et l'aplanissement autour d'elle de toutes les difficultés, ne lui découvrent que davantage la vanité de la réussite humaine. Il ne lui reste pour s'accomplir que l'amour ou le malheur, et l'amour va lui être enlevé.

Si Marie s'est heurtée, dans son amour d'adolescente, à l'incertitude, à l'inconsciente duplicité du futur Roi-Soleil, elle va se heurter, cette fois, à un orgueil aussi fort que le sien, quoique d'une tout autre nature, à une force égale à la sienne. Est-ce à dire que cette force, elle ne l'a pas pressentie avant le conflit qui va les opposer, elle et Laurent Colonna ? Si, car elle était plus lucide et plus intelligente que lui, qui n'avait vu en sa femme qu'une adorable folle. Elle avait excusé ses violences, ses exigences, ses ivresses parfois, par cette force, et cet orgueil égal au sien. Mais Laurent avait été loin de faire les mêmes constatations. L'amour qu'elle lui portait contribuait à le leurrer ; il le voyait comme un don, non comme une exigence. Il allait découvrir en Marie une femme toute différente de celle qu'il imaginait, à la faveur de la crise la plus banale qui se puisse trouver dans une vie conjugale, la jalousie.

Laurent Colonna avait depuis quelque temps déjà noué une intrigue avec la princesse Chigi (celle-là même que Marie avait en vain attendue toute une journée, au début de son séjour à Rome) et qui possédait un palais, alors en réfection, juste en face de la casa Colonna. On n'a pas de détails sur cette liaison, mais il ne semble pas qu'il se fût agi d'une passion. L'une de ces intrigues plutôt, plus piquante que passionnée, nouée à la faveur d'une mascarade ou d'une chasse, dans le cadre de cette vie raffinée et artificielle où le travestissement et la parade jouaient un si grand rôle.

Homme trop gâté par la vie, incapable de résister aux violentes impulsions, Laurent n'en aimait pas moins sa femme. Cela est classique. Classiques aussi, de la part de l'épouse outragée, des cris, des larmes, de la froideur, puis l'oubli, suivi d'autres querelles. Laurent ne s'attendait à rien d'autre, d'autant qu'il continuait à combler Marie d'attentions. Elle ignora tout plus longtemps qu'une autre femme. Elle dédaignait les indices, fermait les yeux sur les altérations de son bonheur, à nouveau lancée dans cette quête de l'absolu dans l'amour qui était tout son espoir. On lui rapportait des ragots, elle ne daignait pas les écouter. Après la naissance de son second fils, qui avait été précédée d'une fausse couche, et alors qu'elle se trouvait enceinte de son troisième enfant, le connétable eut à se rendre en Espagne. Fatale absence. Marie seule, inactive, à qui l'on interdisait les continuels déplacements qui étaient son opium, se fût de toute façon rongée, torturée, questionnée. Ce fut dans cet état qu'on lui apprit une seconde liaison de Laurent Colonna, avec une femme du peuple cette fois et qui allait lui donner un enfant. Cet enfant, une petite fille, devait naître en effet, à quelques jours près, en même temps que l'enfant de Marie.

On imagine l'effet de cette nouvelle, de ce fait brutal, indéniable, sur Marie. Quelques jours avant la naissance de son troisième fils, elle ne pouvait plus se dissimuler qu'elle était trahie, de la façon la plus basse, devait-elle penser, et doublement trahie par cette maternité adultère qui donnait à Laurent, en même temps que son fils à elle, une petite fille de cette paysanne. Durant quelques jours, Marie fut prostrée. Si le connétable avait été là, peut-être l'eût-il attendrie. Ce n'est pas sûr. Il eût mal compris la portée du farouche désespoir qu'elle éprouvait.

Car ce fut du désespoir. C'en était donc fait. Sa dernière espérance, son dernier refuge contre ce sentiment d'absurdité, ce désespoir profond, sa dernière illusion s'effondrait ! Elle avait mis toute sa foi, toute sa confiance éperdue dans cet amour, tout son besoin de revanche, toutes ses frustrations d'enfant ; et elle était trompée ! A nouveau trahie, à nouveau abandonnée ! Quand on connaît Marie, quand on sait le trouble qu'avaient laissé en elle son enfance si malheureuse, son idylle à la cour de France, et encore cette fièvre cérébrale qui l'avait menée aux portes de la mort, on voit que le tragique de la situation dépassait de beaucoup pour elle la simple douleur d'une trahison banale. Tout un monde s'effondrait autour d'elle, avec cette désillusion. Pour compenser son enfance opprimée, seul l'amour d'un roi lui avait paru suffisant. Pour compenser l'échec de cet amour, son mariage devait être une réussite totale, et sans faille. Laurent ne l'avait pas seulement trompée selon la chair, mais selon l'esprit. Il n'incarnait plus son idéal, il avait perdu plus que son amour (car au fond elle l'aimait toujours) : son estime. Marie se retrouvait dans ces situations cornéliennes pour lesquelles elle était faite, prise entre son amour et son honneur. Pour qui connaît Marie, il est évident que l'honneur devait triompher. Mais ce ne fut pas encore sans une tornade qui ébranla sa raison. Son amour pour le roi de France, tout passionné qu'il fut, avait été un amour d'adolescente. Son amour pour Laurent était un amour de femme. Elle venait de mettre au monde leur troisième enfant. Elle avait derrière elle sept ans de vie commune avec cet absent ; la lutte fut plus dure encore. Malgré elle, leurs souvenirs s'interposaient entre elle et la décision qu'il lui semblait devoir prendre. Les attentions du connétable, ses moindres mots, leur joyeuse et silencieuse entente dans la chasse, lorsqu'ils chevauchaient l'un près de l'autre, également grisés de leurs forces neuves, ce visage rude et fier qu'elle avait cru loyal, les grandes visées politiques, un peu chimériques peut-être (mais comment Marie eût-elle blâmé les chimères ?) dont il l'entretenait, au contraire de tant d'époux romains qui ne daignaient jamais converser avec leurs épouses, tout juste bonnes au ménage et au lit... Ce sourire brusque et comme maladroit, l'exquise gaucherie avec laquelle, pour lui plaire, il s'essayait à lire des poèmes, les égards dont il l'entourait aux yeux de tous comme pour proclamer : « Voilà ma souveraine... » Un jour, au cours d'une procession, le soleil étant torride, il l'avait abritée une heure durant d'un pan de son manteau, éventée même, malgré les pages qui étaient là pour cela. On en avait souri. Il avait supporté les sourires avec tant de fierté qu'ils s'étaient éteints, l'un après l'autre. Marie lui en avait su un gré infini. L'admiration qu'il manifestait pour ses talents, sa voix, sa guitare, sa conversation, avait été jusqu'à choquer les maris romains, comme la liberté qu'il lui accordait. Toutes ces raisons qu'aurait eues Marie de se montrer indulgente, toutes ces attaches qu'il lui fallait briser dans son cœur pour prendre la décision que déjà elle envisageait, toute la faiblesse qu'elle sentait dans un cœur sensible et toujours épris, lui étaient une raison, au contraire, de se déchirer. Et quand lui revenaient, avec tant de souvenirs chers, l'ultime tendresse physique, le regret de ce grand corps chaud, de ce visage de conquérant penché au-dessus d'elle, elle se traitait de lâche, et n'était pas loin de se mépriser elle-même autant que lui.

Elle était dans cette agitation quand le connétable revint d'Espagne. Accueilli à Madrid, où il avait force parents, par une pluie d'honneurs et d'égards, reçu partout par les divertissements les plus variés, favorisé par le roi d'Espagne, distrait par le voyage de ses liaisons déjà oubliées, Laurent Colonna était dans d'excellentes dispositions, enchanté de son troisième fils, ravi de la vie et de lui-même. L'état véritablement maladif dans lequel il trouva Marie le stupéfia. Il avait plus ou moins l'impression que faire des bâtards[1] était privilège de prince. Il avait pu supposer (en se méprenant totalement sur ses raisons, sur sa psychologie profonde), durant les mois écoulés, que Marie fermait les yeux. Le désespoir fiévreux qu'elle manifestait, ses paroles entrecoupées, les sanglots convulsifs dont elle avait honte et qui la poussaient aussitôt après à des paroles encore plus dures, lui parurent proches de la folie. Sans doute c'était vrai, et son étonnement se justifiait. Ses erreurs, qui lui paraissaient bien légères, ne méritaient pas cela. Mais méritait-il davantage cet amour absolu, dévotieux, que Marie lui avait voué pendant plusieurs années ?

Ici il faudrait parler un peu de Laurent. Orgueilleux et violent, de visées politiques, d'ambitions démesurées, désordonnées, ce n'est pas un personnage méprisable. C'est l'un de ces princes de la Renaissance dans lequel se heurtent deux traditions

1. Cette bâtarde, Maria, élevée dans un monastère, y vécut et n'y mourut qu'à soixante-quinze ans. (LITTA, *Histoire des Familles illustres.)*

et presque deux civilisations ; raffinés et grossiers, amoureux de la beauté et cupides jusqu'au crime (Laurent fut accusé plusieurs fois d'assassinat, et à juste titre semble-t-il), que suivaient à la fois une escorte de musiciens et une garde de ruffians. Ce caractère avait sa grandeur, il faut qu'il en ait eu pour que Marie l'ait aimé. Mais il n'avait ni l'intelligence de Marie, ni surtout cette notion d'honneur proprement chevaleresque qu'elle élevait jusqu'à la mystique. Il comprenait sa colère, il ne pouvait admettre son mépris. Avec une fougue qui brisait tous les obstacles, il s'était jusqu'alors livré à tous ses appétits. Il avait toujours été, comme Marie elle-même, jusqu'au bout de ses forces physiques, trouvant une joie brutale à se prouver son endurance, sa vigueur. Ce déploiement de ses énergies l'avait entraîné un peu loin. Il était prêt à jurer (et à croire) que ces débordements ne se reproduiraient plus : à condition, toutefois, que la colère de Marie ne durât pas trop longtemps. Or elle était au bord de la folie, de la crise nerveuse, mais seul un fin observateur eût pu le déceler, tant elle faisait effort pour garder la maîtrise sur elle-même.

Au premier instant, dans l'effondrement de sa découverte, elle avait à peine senti l'étendue de sa douleur. Avec le retour du connétable, elle en avait découvert la profondeur, en même temps que tous les liens qui l'unissaient à cet homme, son mari. C'était dans ces liens qu'elle se débattait, comme une bête prise aux rêts. D'abord, elle s'était dit, apprenant la naissance de cette petite fille inconnue, que c'en était trop, qu'il avait profané jusqu'à ce lien sacré des enfants, et qu'il n'y avait qu'à rompre avec lui tous autres rapports qu'officiels. Son orgueil offensé ne l'y poussait pas tant que ce besoin d'absolu admirable et absurde et, plus encore, cette résistance inexplicable qu'elle sentait en elle-même et dont elle rougissait sans parvenir à la vaincre tout à fait. Alors que lui, déjà, blessé par la violence de Marie, se disait : « Si elle m'aimait, elle pardonnerait », elle se torturait de tant aimer, d'aimer Laurent plus qu'elle n'aimait ce qu'elle appelait « son devoir ». Elle s'était en effet, avec cette logique de l'implacable pureté, immédiatement arrêtée à cette décision : la *séparation in letto*, celle qui pouvait blesser le plus profondément et l'amour et l'amour-propre de Laurent. Elle se serait crue souillée elle-même si elle avait repris sans attendre la vie commune avec l'amant de la paysanne, de la princesse Chigi. Ce qui ne signifie en aucune façon, chez notre simple et complexe héroïne, que la tendresse, et même le désir, fussent éteints en elle. Au contraire. Elle se châtiait autant de sa « faiblesse » qu'elle le châtiait de son infidélité. Mais Laurent ne le prit pas ainsi. Elle lui annonça cette décision qu'elle avait prise en s'arrachant les mots de la bouche, du cœur. On l'imagine, assise dans son lit somptueux, un peu défraîchi par le temps, peut-être, très droite, très digne, très pâle, avec ses cheveux noirs répandus sur les épaules, les lèvres tremblantes un peu, le cœur tordu d'angoisse et de regret, et qui sait, attendant peut-être de sa part à lui un mot, un geste, qui lui permît de l'aimer à nouveau, ou dans ce secret des corps que nul ne connaît jamais, quelque furieuse violence comme celle qui l'accueillit autrefois, sur le bucentaure de Milan.

Mais Laurent est trop profondément blessé pour être habile. Cette exigence le révolte, il y voit une perfide injustice de femme, car il ne peut imaginer, le naïf conquérant, qu'une telle importance soit accordée à ce qu'il considère, lui, comme incidents sans importance. Et au lieu de songer à reconquérir Marie pendant qu'il en est temps encore, au lieu de s'apercevoir de la crise qui déchire sa malheureuse épouse dans cette période déjà délicate qui suit la naissance d'un enfant, il soupçonne, il s'offense à son tour de la froideur imaginaire de Marie. Toutes les libertés qu'il lui a accordées tout naturellement, comme dues à sa vertu et à son élévation d'esprit exceptionnelles, il va les regretter, les méditer, y chercher l'embryon d'un soupçon et il en trouvera facilement la matière, puisqu'il la cherche. Marie n'a jamais été particulièrement prudente, et d'autant moins qu'elle n'a rien à se reprocher. Elle a mené à Rome une vie tout à fait différente de celle des dames du lieu et de son rang. Elle a tenu salon d'une manière qui n'était pas habituelle, parlé à des hommes en des conversations privées ; on en a jasé d'abord, on s'y est accoutumé ensuite. Elle est sortie à n'importe quelle heure, en n'importe quel équipage, dans n'importe quel but ; et cet appétit passionné de chasse et de voyage, ne cachait-il rien ? Le connétable tourne et retourne tout cela dans sa tête, avec la colère d'un homme humilié, incompréhensif aussi.

Et ce paradoxe va se reproduire, que l'infidélité de Laurent va faire mieux sentir à Marie, en la déchirant, l'intensité de son amour pour lui, tandis que sa décision (sur laquelle elle espère peut-être en secret revenir) va le refroidir, lui, et l'éloigner peu à peu de Marie, à laquelle il ne rendra plus justice que sur son lit de mort. Comment décrire les jours qui suivent la naissance du troisième fils de Marie Mancini ? Les jours où elle attend dans une angoisse, un déchirement inexprimables, un mot, un geste de Laurent, qui lui permette de pardonner sans déchoir ? Hélas, elle a trop bien joué son rôle d'épouse offensée, d'héroïne stoïcienne ou cornélienne. Laurent en a été dupe, et elle-même, par instants, ne se comprend plus. C'est qu'elle porte la peine d'avoir voulu, femme, obéir encore à son naïf idéal juvénile. Elle a dû penser plus d'une fois, devant les débordements et les compromissions de la cour de France : « Une femme ne peut pas admettre... *Moi*, je n'admettrais pas... » Et dans sa douleur, dans son indignation, avec son impétuosité habituelle, elle avait réagi comme eût réagi la jeune Marie de dix-sept ans, comme avait réagi la jeune Marie qui avait renoncé à recevoir les lettres du roi de France et à y répondre, quand elle avait été sûre qu'il ne l'épouserait pas. Mais la jeune Marie était loin, et elle était séparée du passé par huit années, sinon de bonheur, au moins d'amour, et si elle avait souffert, en quittant la France, jusqu'à presque en mourir, cette fois, elle savait que sa souffrance de femme, il lui faudrait la vivre jusqu'au bout. Elle attendit.

*
* *

De l'accouchement aux relevailles, elle resta alitée plus longtemps que d'habitude. Les relevailles se passaient, elle se plaignit encore de faiblesse. Elle attendait. Mais Laurent voyait dans cette faiblesse inhabituelle un reproche de plus, dans cette maladie un prétexte de plus à le repousser. Comme elle dut attendre, la pauvre Marie, guetter la moindre parole, le moindre geste de l'être aimé qui lui permît de l'aimer à nouveau ! Pauvre fierté des femmes qui ne demande qu'à fléchir, qu'à se laisser tromper, duper, aveugler, pour peu que l'homme aimé s'en donne la peine ! Eternelle comédie de ce tribunal intérieur, qui pèse et repèse sans cesse le tort subi, le diminue à chaque fois, et replaide sans cesse la même cause, jusqu'à la folie... Dans l'esprit toujours romanesque et candide de Marie, le bannissement qu'elle imposait à son époux était une sorte d'épreuve ; avec quelle ardeur ne dut-elle pas souhaiter le voir triompher ! Elle imaginait cent portes de sortie, cent façons de s'en tirer avec honneur, cent manières de lui prouver son amour, sa loyauté, de racheter la folie d'un instant. Cent fois, elle dut espérer, cent fois se mettre à sa place à lui, s'imaginer être Laurent, être coupable, et dire à sa place ces mots, faire ces gestes, qui marqueraient la fin de cette brûlante attente. Là est la clé de leur malentendu.

Marie, il ne faut pas l'oublier, était venue toute enfant à la cour de France. Elle s'était instruite elle-même, de l'éducation savante et superficielle à la fois, mélange d'idéalisme et de mondanité, qu'elle avait pu tirer des couvents où elle avait été renfermée, d'abord, de la fréquentation, ensuite, du petit cercle de la reine, de quelques rares salons. Jeune fille, Marie avait été, on s'en souvient, considérée comme une « précieuse », et toute friande qu'elle fût de lectures sérieuses, voire solennelles, comme son cher Sénèque, et Tacite, et Suétone, et parfois saint Thomas d'Aquin, il ne faut pas oublier qu'elle s'était nourrie aussi, autant et plus que toute jeune fille de son temps, de romans de chevalerie. Montemayor et sa *Diane amoureuse*, toute pleine de galanterie et d'honneur espagnol, *L'Astrée* et ses amants éperdus, l'avaient marquée. A la cour de France, dès le début de sa faveur, elle avait été une sorte de souveraine, et les attentions les plus délicates l'avaient entourée. Tout est dans l'anecdote de Bois-le-Vicomte où le Roi-Soleil jette loin de lui l'épée qui a heurté un instant sa dame. Au milieu de bien des débauches et d'une brutalité inouïe, une apparence de respect et de cet « honneur aux dames », qu'avait chanté Marot, était cependant affectée. Dans tous les jeux, les fêtes, les mascarades, dans cette étrange et brillante vie de société qui recouvrait de son vernis les plus troubles fermentations, la Femme, la Dame, était encore, depuis le Moyen Age, en apparence souveraine ; son amour proclamé, le bien suprême, sa volonté, toute-puissante. Certes, cette fiction s'amenuisait de jour en jour et ira toujours se dégradant, jusqu'à la vieillesse de Louis XIV où l'homosexualité prend de telles proportions à la cour de France que la Palatine doute qu'il reste encore beaucoup de courtisans sincèrement attirés par les femmes. Mais Marie, à cet instant où elle couronnait de sa main le vainqueur d'une course aux bagues, avait dix-sept ans, dix-huit ans ; à cet instant où, de par l'amour, elle portait le costume d'une divinité de l'Olympe, elle était emportée dans un tourbillon de faveurs qui ne lui permettait pas d'analyser. Et quand, dix ans plus tard, elle impose à Laurent (et s'impose à elle-même) cette « épreuve », son grand tort est de n'avoir pas évolué.

Elle n'est plus une toute jeune fille, et surtout Laurent n'est pas un chevalier français. En effet, si la galanterie de la cour de France n'est qu'un vernis, que dire de celle de Rome ! Enfermées comme dans un sérail, les dames romaines ne sortent guère, sont cantonnées dans les occupations ménagères et les soins des enfants, et la vie qu'a menée à Rome notre Marie est tout à fait exceptionnelle. Elle a attribué naturellement la confiance de Laurent à une estime dont elle se juge digne ; pour lui, il en est tout autrement. Il a cédé aveuglément aux caprices d'une femme dont il était follement épris. Nuance, mais digne de réflexion. Du jour où Laurent, violent et passionné, n'aimera plus, sa femme ne sera plus rien pour lui, plus rien ne le contraindra. Et qui lui donnera tort ? Pas les maris de Rome, tous indignés de la vie que mène aux yeux de toutes, leur donnant le « mauvais exemple », la princesse Colonna.

Dans un milieu aussi différent, une mentalité aussi différente, il est impossible à Laurent Colonna de concevoir même l'aspect d'épreuve qu'a la séparation voulue par Marie. Une fois persuadé qu'il ne s'agit pas d'un éclat passager, mais d'une réelle décision, il s'indigne. Il a aimé Marie sans la comprendre, et sans la comprendre davantage il cessera de l'aimer. Ce besoin désespéré qu'elle a de l'estimer, de s'estimer elle-même, il n'en a pas le moindre pressentiment. L'idée est bien ancrée dans son esprit, avec la force d'un préjugé séculaire, mi-barbare, mi-chrétien, que les femmes doivent pardonner ce genre d'erreurs. Si elle ne pardonne pas, c'est qu'elle ne l'aime plus. Il ne sortira plus de là. A tout instant maintenant, ils vont se heurter. Les huit ans de relatif bonheur ont pris fin. Marie a retrouvé sa vocation qui est de se faire souffrir elle-même par amour d'une absurde gloire. Désormais, elle va s'y appliquer.

En apparence, la vie continue. La froideur de Laurent, la dignité de Marie, et le cérémonial accru, comme dans tous les mauvais ménages. Les railleries maladroites de l'homme encore à demi épris, sur les moindres gestes de Marie, ses plaisirs, ses lectures, qui — croit-il — l'ont détachée de lui ; le mépris non dissimulé de Marie pour ces vengeances mesquines, un mépris qui panse un peu les blessures de l'amour-propre qui souffre encore. Et toujours ils sont sur le bord d'un geste, d'un mot, qui les réconcilierait ; et toujours, au cours d'un déplacement, d'une chasse, d'une joute, où Laurent déploie sa force et ses beaux équipages, d'un concert intime où Marie chante et joue de la guitare, cette nostalgie qui les reprend de cet amour qui meurt, comme d'un navire prêt à quitter le bord, tout proche encore, on pourrait le toucher de la main, mais qui déjà a levé l'ancre, irrémédiablement.

*
* *

Elle attend toujours, avec moins d'espoir chaque jour, et peut-être le repousserait-elle s'il venait, les soirs où pourtant elle rêve de lui ; il guette toujours, naïvement, un « remords » qu'elle aurait, chaque jour plus irrité et comprenant moins ce qu'elle attend de lui. Et c'est lui, bien sûr, qui se lasse le premier ; il n'a pas, lui, la vocation de la souffrance, et s'il a les passions vives, il n'est pas l'homme d'un long et patient amour. Il prend à nouveau une maîtresse, la marquise Paleotto, et cette fois ne s'en cache pas. Il l'impose même à sa femme, et désormais, Christine Paleotto et son mari les suivent, à Venise pour le carnaval et la fête de l'Ascension, à Milan, à Rome. A Venise, on joue *Titus* à l'Opéra. Marie rêve-t-elle, devant ce thème qui lui rappelle bien des souvenirs ? A Milan, ce sont des promenades à cheval, de somptueux repas, la nuit, aux flambeaux, suivis de concerts, et Marie est entourée d'une nuée de courtisans et d'admirateurs, comme elle le sera toute sa vie. Car une journée de chasse ne la dépouille pas de sa surprenante fraîcheur, et le chagrin, l'humiliation qu'elle dévore, ne l'enlaidissent pas, au contraire, mais donnent plus d'ardeur à ses yeux noirs, plus de saillie à ses traits d'esprit, et une véhémence accrue à sa recherche du plaisir. Laurent en tire d'autant plus d'amertume.

De plus en plus il est persuadé qu'elle n'a fait que saisir le prétexte de son infidélité pour mener la vie qu'elle désire, sans plus être entravée par les soucis de la maternité. Bientôt, il renouera avec la princesse Chigi. Le chagrin de Marie diminue, devant tant d'indignité. Elle ne se rejette qu'avec plus de violence dans la vie mondaine, dans cette représentation perpétuelle, qui lui est une drogue indispensable. Fêtes et festins se succèdent chez elle. Et cette épouse délaissée est ardemment courtisée, on le devine. Laurent s'en offusque jusqu'à organiser aux yeux de la société romaine une mascarade pour railler les amoureux de Marie. Debout sur un char, il incarnera Ulysse défiant Circé, et à ses pieds, les pourceaux, amants de la magicienne, porteront des devises qui les feront reconnaître comme les familiers de Marie. Elle répondra curieusement par une autre mascarade, où, déguisée en Clorinde, et suivie de trente cavaliers, tous amoureux d'elle dit-on, elle se justifiera de ses libres allures par ces vers :

D'obliato decoro,
Questo armado Guerrier non dia sospetto.
Che s'ha viril aspetto
Intanto d'honestà serbo il tesoro.
Quanti in ogni confine
Son Penelope al volto, al cor son Frine[1].

Cette mascarade, et surtout le cortège qui accompagne sa femme, n'a pas l'heur de plaire au connétable. Une petite guerre commence à naître entre ces deux époux qui se jugent tous deux lésés et ulcérés. Petite guerre encore courtoise. Chacun a ses amis, ses plaisirs. On lutte de faste. Au besoin, une moquerie discrète s'insinue dans leurs rapports.

Malgré sa prompte réponse, Marie a été blessée à l'extrême par la première mascarade, car au passage du cortège, le peuple romain s'est esclaffé. Les démê-

1. Si ce guerrier armé a l'aspect viril, ne le soupçonnez point cependant d'avoir oublié les bienséances.
Il garde intact le trésor de son honnêteté.
Combien d'autres sous l'aspect de Pénélope
Au fond du cœur ne sont que Phryné.

lés des deux époux ne sont plus un secret pour personne. Leur situation en vue est presque comparable à celle des vedettes ou de certains princes de nos jours ; chacun s'y intéresse, discute, prend parti. On juge généralement Marie trop hautaine à la fois et trop extravagante. On la croit encore vertueuse ; mais elle ne le restera pas longtemps, disent les malveillants, à la voir ainsi entourée. Et l'histoire de la *séparation in letto* s'étant répandue, grâce à la nombreuse domesticité des Colonna, le cri est unanime pour blâmer Marie. Qui n'excuserait les débordements de Laurent dans un milieu où l'infidélité de l'homme paraît toute naturelle (quand celle de la femme justifie tous les crimes) ? La sévérité de Marie paraît pire que blâmable : incompréhensible. Comme Laurent lui-même, les bavards attribuent cette résolution au désir de Marie de fuir les fatigues de la maternité, de vivre une vie privilégiée. Et l'orage s'amasse autour de l'imprudente et trop brillante Marie[1].

Se console-t-elle, au milieu du tourbillon où elle vit ? Non, mais elle a retrouvé, avec une sorte d'étrange plaisir, cette aridité au fond de tout, qui est son domaine. A certains instants, elle la fuit, et c'est alors que son infatigable ardeur, la chasse, les joutes, le bal, rien ne l'épuise et les nuits blanches succèdent aux nuits blanches. A d'autres moments, elle s'y plonge et la voilà revenue, comme au temps lointain de Brouage, au mystère de l'astrologie.

Elle commence par retrouver un intérêt mélancolique aux talismans astrologiques, et prie un astrologue de lui en établir un. Espère-t-elle ainsi échapper aux sentiments contradictoires qui continuent à déchirer son cœur ? Elle n'y croit qu'à demi. Mais quoi d'étonnant à ce qu'elle qui aime tant le monde irréel des mascarades, des cérémonies, de la chasse, monde plein de symboles, d'évasions, de travestisse-

1. « M. le connétable n'avait plus pour moi la même complaisance ni la même tendresse. Il n'avait plus d'estime, plus de confiance, à peine même me parlait-il... » (Mémoires de Marie.)

ment, à ce qu'elle éprouve, dans le désarroi où elle est plongée, le désir de retrouver le fabuleux univers des astres, des pierres, de la fatalité ? Et quoi de surprenant à ce qu'elle trouve un certain soulagement à des phrases comme celle-ci : « Dieu exécute par le moyen des cieux ce qu'il a résolu. »

La fatalité reparaît, inexorable, et ce malheur éclatant auquel Marie se croit vouée, aime à se croire vouée, non sans orgueil. Elle médite la prédiction faite à sa mère, pèse l'accomplissement qui lui a été donné. Elle fait ce que nous faisons, elle se retourne, embrasse d'un regard le chemin parcouru, et tente de mesurer ce qu'est une *vie donnée*, une vie finie. Regard sacrilège, dangereux pour qui la vit, cette existence qu'elle condamne, en somme, à toujours se recommencer. La contradiction de Marie : au mépris de son cœur, qui est généreux, de ses passions, qui sont vives, ne croire qu'à sa volonté, qu'au vouloir abstrait d'un esprit élevé mais chimérique ; et ne diriger cette volonté si ferme vers aucun but, la limiter au rôle négatif de gardienne, de vestale d'une âme pure, mais qui brûle d'une flamme solitaire et vaine, dans un temple déserté. Flamme, colonnes brisées, beauté mutilée au milieu du désert et de la nuit : contradiction de Marie, destin de Marie.

Il se lit dans son attitude ; soumise à la fatalité par mépris pour la vie, avec laquelle elle ne daignera pas entrer en conflit, elle en scrute pourtant les décrets avec avidité. Elle n'est pas tant soucieuse d'éviter le malheur que de le connaître, de connaître les lois qui régissent son destin. Et plus elle s'y attarde, plus elle y trouve ce double signe, cet emblème complexe de sa vie, échec et triomphe mêlés, dont nous pouvons trouver l'illustration parfaite dans le voyage à Lyon, dans le départ pour l'Italie après la mort de Mazarin, et dans la récente *séparation in letto* d'avec son mari. Marie, dans toutes ces occasions, a échoué. Elle n'a pas épousé le roi ; elle n'a pas écrasé ses ennemis par un brusque retour de situation qui eût été possible, et elle a presque perdu l'amour de son mari. Bientôt elle perdra davantage encore. Mais elle a aussi triomphé trois fois : de ses rêves d'adolescente d'abord ; d'une ambition bien naturelle et d'une tendresse puissante, une seconde fois ; enfin, de son amour de femme, une troisième fois. Chaque fois, l'orgueil abstrait a étouffé l'orgueil terrestre. Le feu a combattu le feu. Chaque fois, elle s'est dépouillée, dans une ascèse vaine, mais non sans grandeur, d'une « faiblesse » de plus (selon son jugement). Elle a perdu, elle a gagné. Elle s'est élevée d'un degré, dans une ascension voulue, mais qui est tout de même une ascension. Double signe, indéchiffrable destin. Car il se peut aussi, pour nous qui regardons se dérouler cette vie donnée, que cette élévation soit une chute dans le plus fuligineux désespoir ; que ce dépouillement soit une œuvre de mort autant que de vie ; que ce travail que Marie faisait subir à son âme gémissante et souffrante soit travail infernal. Selon le signe — au sens le plus étroit cette fois —, le signe arithmétique dont elle affectera sa destinée, celle-ci prendra tout son sens. Tant de dépouillement peut être d'une sainte, comme d'une damnée.

Eût-il mieux valu que, moins exigeante et moins pure, Marie cédât au roi de France ? Que, moins absolue et moins orgueilleuse, elle pardonnât au connétable ? Elle ne se pose pas la question. Ce qu'elle cherche dans les astres, ce n'est pas le sens de sa destinée, c'est sa forme terrestre, et c'est ce que lui reprochait doucement l'astrologue de Brouage. Bien des années vont s'écouler encore sans que cette autre dimension la préoccupe. En attendant, elle se replonge dans ses calculs, car en cela elle est fort savante, et entre la chasse et le bal, le corps rompu mais l'esprit toujours inquiet, elle s'enferme avec sa suivante et sa chienne, et lit, et mesure, et calcule, et médite. Ne lui apprennent-elles rien, ces paroles de François Haly, astrologue arabe et chrétien, dont Sultan lui avait donné la *Nouvelle Méthode d'Astrologie*, qu'il ne faut pas « abuser de l'astrologie, mais être toujours convaincu qu'elle n'a rien de contraire à l'usage de la liberté » ? Ou les médite-t-elle au contraire, et se glisse-t-il dans son âme tumultueuse une lueur ténue qui deviendra un jour aveuglante clarté ?

Tout ce que nous en saurons, c'est que la seule liberté que Marie reconnaisse, pour l'instant, c'est la liberté d'être, d'être ce qu'elle a résolu d'être, une héroïne. Blessée au cœur, méprisant les consolations vulgaires de la galanterie, cette héroïne se replonge dans le savoir, dans les livres. Elle entreprend même d'écrire un traité d'astrologie[1]. Le bruit s'en répand, et ajoute à la réputation d'extravagance de la belle Marie une touche d'étrangeté un peu suspecte dont elle se pare comme d'un bijou. La chose ne peut plaire à Laurent. Les caprices de son épouse ont cessé de lui paraître charmants, et la supériorité qu'il lui reconnaissait disparue à ses yeux, ne reste que l'extravagance. Ses moqueries se font plus grossières. Elles expliquent la nouvelle chimère dans laquelle se réfugie Marie, toujours plus sensible que l'on ne croit. L'astrologie l'a ramenée comme malgré elle aux jours tourmentés de Brouage. Elle a été entraînée insensiblement, de Brouage à la cour de France, à Fontainebleau, à parcourir à nouveau le long chemin de ses souvenirs. Pendant huit ans et plus, elle les avait repoussés, oubliés presque. Maintenant, elle s'y reposait, comme dans la lecture d'un beau livre dont elle eût été l'héroïne. Les angles, les aspérités avaient disparu ; petit à petit, le souvenir devenait un mythe. Elle avait même recommencé à songer à Louis. Elle avait oublié la faiblesse, l'inconsciente duplicité qu'elle avait cru déceler en lui. Elle ne se souvenait plus que des belles paroles un peu creuses, de l'adieu héroïque, tendre et triste... Le prétexte à demi vrai de la raison d'Etat était devenu tout-puissant, et le souvenir entaché de doute et d'incertitude était devenu une belle tragédie comme celle de *Tite et Bérénice.*

1. En 1670, 1671 et 1672, elle publia trois volumes étranges, mélange de science et de superstition, volumes devenus malheureusement introuvables.

Elle avait toujours continué d'aimer tout ce qui venait de France. Cet amour ne fit qu'augmenter. Les visites au chargé d'affaires se firent plus fréquentes. On lui prêta des desseins politiques. Elle ne faisait que bercer ce vieux et nouveau rêve. Elle songeait aussi, avec une gratitude toute nouvelle, aux mentions que le roi de France n'avait cessé de faire d'elle dans ses Instructions données aux ambassades. Jamais il n'y était fait mention du connétable sans que la connétable fût aussi mentionnée « en mémoire des services de feu M. le cardinal, et pour l'estime qu'il fait de sa personne ». Cette sollicitude, à travers tant d'années, lui paraissait plus chevaleresque chaque jour. Elle en venait à lui attribuer plus de sens qu'elle n'en avait réellement.

Elle était toujours restée en très bons termes avec Monsieur, frère du roi, avec lequel elle entretenait une correspondance suivie. Ils échangeaient des potins, de menus cadeaux. Elle lui avait adressé des gants, des parfums, et d'autres bagatelles. Ces jours-là, Monsieur lui envoya le chevalier de Lorraine, son favori, en disgrâce auprès du roi, et Marsan, son frère. Tous deux devinrent bientôt compagnons attitrés de Marie, au déplaisir du connétable, qui de l'amour défunt n'avait conservé que la jalousie, et qui n'aima jamais rien de ce qui venait de France.

Lorraine et Marsan apportaient à Marie mille nouvelles fraîches d'une cour qu'elle n'avait jamais cessé d'aimer, et pour laquelle elle s'était encore reprise récemment de belle passion. Fut-ce par amitié, par illusion, par flatterie, ou par malice et méchanceté, on ne peut le dire, mais les deux frères favorisèrent l'illusion innocente où était Marie d'être restée, à la cour de France, une personne considérable et admirée. On ne rêvait là-bas, au dire de ceux-ci, que de la revoir, de l'admirer, de l'entendre. La cour entière admirait encore l'héroïsme inouï dont elle avait fait preuve. La récente tragédie de Racine (cette même année 1670) avait été interprétée par tous comme l'illustration de cette glorieuse histoire. Ils en lurent ensemble les vers, que Marie jugea beaux, quoiqu'elle gardât sa préférence au solide Corneille. Ces flatteries, inoffensives en plein bonheur, nuisirent beaucoup à Marie, en tombant en pleine période de mésentente conjugale. Laurent Colonna ne cachait plus ses aventures et les deux époux avaient maintenant chacun leur « maison », comme en France les princes du sang, chacun leurs amis, leurs plaisirs, et l'étiquette, en les séparant fréquemment de leurs trois fils, qu'élevaient des précepteurs, leur ôtait le souci du seul lien qui pût encore les réunir.

Bonne mère (elle le montra en sacrifiant plus tard une bonne part de sa fortune personnelle, sans l'ombre d'une garantie, à l'un de ses fils), Marie n'était pas mère passionnée. Elle n'avait donc trouvé dans son amour maternel rien qui plaidât pour Laurent. Doucement, sans heurts apparents, leurs deux vies s'étaient donc déjà complètement séparées, lorsque peu après la venue du chevalier de Lorraine et de son frère, s'annonça à son tour Hortense, duchesse de La Meilleraye, ou plutôt de Mazarin, son mari ayant relevé le nom du cardinal. Pour parler comme Marie, Hortense était un pion décisif sur l'échiquier de la destinée. Son arrivée, son attitude, sa conduite, allaient envenimer décisivement les rapports des deux époux, et amener leur séparation.

Marie était loin de s'en douter, qui accueillit avec grande joie sa sœur, à son arrivée à Milan. Elle ne l'avait pas revue depuis longtemps, et oublié aussi certains dissentiments, futiles il est vrai, mais qui laissaient mal augurer du caractère de la belle Hortense. Condescendant, Laurent Colonna avait accompagné Marie, afin que sa belle-sœur, qu'il connaissait d'ailleurs fort peu, fût reçue dans les formes qui convenaient. Ils ne furent pas peu surpris de trouver Hortense dans les plus étranges dispositions. Alors qu'ils s'apprêtaient l'un et l'autre à la fêter avec éclat, la présentant à leur société habituelle, organisant pour elle chasses et réceptions, selon l'usage, et avec leur faste habituel, Hortense refusa presque toutes les offres. Elle s'était en voyage, prétendit-elle, blessée au genou, et ne pouvait presque se mouvoir. Sa blessure ne l'empêchait d'ailleurs pas d'être plus belle que jamais et de recevoir dans sa ruelle tout ce que la ville comptait d'agréable. Mais, à certaines heures, elle s'enfermait, refusant toute visite, alléguant une trop vive souffrance que démentaient son teint, sa fraîcheur, sa vivacité. Marie, et plus encore le connétable, que l'affection n'inclinait pas à l'indulgence comme Marie, s'offensèrent, s'informèrent, comprirent enfin.

Le dévot et chagrin La Meilleraye (dont Mme de Sévigné disait : « Il porte sur son visage la justification d'une femme ») avait vingt ans de plus que la « Belle Hortense », et ne l'avait épousée qu'à la faveur de l'agonie de Mazarin. Celui-ci, bien qu'il sût la passion inspirée par sa nièce depuis son plus jeune âge à La Meilleraye (qui avait même, on s'en souvient, refusé pour cette raison la main de Marie elle-même), avait espéré depuis longtemps trouver un parti plus avantageux pour cette toute jeune fille, dont la beauté avait été remarquable dès l'enfance. Lorsqu'il sentit venir la mort, sans avoir trouvé encore à établir Hortense, il se résigna, sous condition que La Meilleraye reprît son nom. Très largement favorisée d'ailleurs par le testament de son oncle, Hortense avait donc épousé l'amoureux transi quelques semaines avant la mort du cardinal et le mariage de Marie elle-même. La satisfaction d'être mariée et duchesse n'avait pas longtemps suffi à compenser, pour Hortense, les désavantages d'un mariage aussi mal assorti, par l'âge et l'humeur. La passion du nouveau duc de Mazarin n'avait pas suffi non plus à compenser les bizarreries de celui-ci, qui étaient connues de toute la cour. Parmi ses manies était une dévotion outrée, et si puissante sur son esprit, qu'elle l'avait un jour poussé à faire une sortie au roi lui-même, lui reprochant sa façon de vivre et ses maîtresses, refusant, malgré l'ordre du roi, de sortir de la pièce, jusqu'à ce que celui-ci, moitié furieux moitié riant malgré lui, l'eût littéralement poussé dehors. La réputation de folie de La Meilleraye était si forte, que le roi ne sévit même pas contre lui, qui continua de venir à la cour comme auparavant. Mais cette sortie n'avait pu bien disposer Louis XIV, et rêvant là-dessus, sa partialité pour les nièces du cardinal l'avait favorablement disposé pour Hortense, lorsqu'elle lui avait demandé l'autorisation de voyager, de percevoir une pension, en un mot de se séparer de son mari. Hortense vivait donc indépendante depuis quelque temps déjà. Elle ne faisait pas de cette liberté un usage très édifiant.

Elle avait en commun avec sa sœur Marie un excès d'imagination, une nature impétueuse et vive ; elle partageait sa passion de la chasse, de la danse, de la vie de cour. Mais elle aimait aussi l'argent, les présents, la galanterie, et le vin blanc. Ces dispositions s'accompagnaient d'une humeur libre et enjouée que Marie n'avait pas, de caprices d'enfant gâtée que tout le monde idolâtrait pour sa beauté, pour sa gaieté, et d'une totale absence de sens moral. En l'occurrence, cette absence de sens moral, et même du sens des plus élémentaires convenances, éclata rapidement. En effet, comme Marie et le connétable devaient bientôt le découvrir, blessure au genou et souffrance étaient purement imaginaires. Ce qui, par contre, était bien réel, c'était la présence auprès d'Hortense d'un certain écuyer du nom de Couberville. C'était lui qui la retenait à la chambre, pour tout dire, et le bruit ne tarda pas à s'en répandre.

Marie se trouva partagée entre la colère que lui inspirait cette conduite (et qu'aggravait encore la personnalité de l'écuyer, homme sans naissance, arrogant et sot, jugeait-elle) et l'affection qu'elle éprouvait encore pour sa sœur, malgré le souriant égoïsme que manifestait Hortense. Sur ses instances, cependant, la duchesse de Mazarin consentit à se déclarer guérie, à revenir à Rome et à se montrer dans la société romaine, où elle remporta aussitôt les plus vifs succès. Sa beauté, jointe à sa belle humeur, à cette santé, cette résistance à la fatigue que possédait aussi Marie, formait un ensemble irrésistible.

On s'accordait à la trouver moins hautaine que Marie, d'abord plus facile et plus agréable. Hortense avait des vices, Marie n'avait que des défauts — et c'était Hortense que l'on préférait. A vrai dire, cette préférence était assez suspecte, et se teintait d'un irrespect que Marie n'eût pas toléré. Cela éclata en particulier à Sienne, lors d'une chasse offerte par le cardinal Chigi. Marie, à son habitude, était fort bien escortée du cardinal lui-même, de ses fidèles Lorraine et Marsan, des ducs de Sforza et de Bassanello. Mais sa suite n'avait rien de comparable à celle d'Hortense, entourée d'une nuée de galants auxquels elle souriait et accordait libéralement de menues faveurs. Des espoirs naissaient. Jacques de Belbœuf, l'un parmi la troupe des amoureux d'Hortense, nous en laissera le témoignage dans ses lettres et son journal. Il nous permettra aussi de voir à quel point la liaison d'Hortense avec Couberville était connue. L'on ne parlait que de cela, les uns riant, les autres s'indignant, et l'ensemble se divertissant beaucoup à ces racontars[1]. Philippe Mancini, duc de Nevers, étant arrivé sur ces entrefaites, eut une violente discussion avec Hortense sur ce sujet : ils se brouillèrent. Même la cour de France était au courant déjà. Et le mari, tout fou qu'il était. Ce dernier tempêtait, s'agitait, réclamait que l'on enfermât sa femme, se plaignait au roi, se plaignait à tous. Une odeur de scandale se répandait autour d'Hortense, qui s'en riait. Marie méprisait ces bruits, tout en admonestant sa sœur. Elle méprisa de même façon les sorties du connétable, que tout ce bruit fait autour d'une femme qui lui était alliée exaspérait. Et là encore, elle commit une fatale erreur de jugement. La conduite d'Hortense allait gâter définitivement les rapports entre les époux Colonna.

1. Belbœuf rapporte qu'on fit même à cet endroit des vers qui coururent les salons :

« Aimable duchesse,
Du chevalier
Prendre l'écuyer
Ce n'est pas d'une beauté fière... »

Si la jalousie du connétable était tout ce qui lui restait de l'amour, cette jalousie n'avait jusqu'à présent trouvé que peu d'aliment. Les défauts mêmes de Marie, sa hauteur, ses prétentions à la science, son apparente froideur, l'avaient rassuré. La jalousie de Laurent était restée à l'état de mauvaise humeur, lui-même n'y croyait pas tout à fait. Les discussions familiales du « clan Mancini », l'indulgence qu'il crut déceler chez sa femme pour les frasques d'Hortense (et qui ne provenait en fait que de la violence de ses attaques à lui), les chuchotements de la société où il crut tout à fait à tort que l'on associait les deux sœurs, transformèrent cette morosité en véritable fureur. Tout à coup sa confiance en Marie (qui n'avait au fond jamais varié) fut ébranlée. Son tempérament, d'ailleurs, le portait peu à l'analyse. A peine de retour à Rome, et d'accord avec Philippe (qui n'était plus ce garçon léger et un peu fou que détestait Mazarin, mais un homme rangé, prudent jusque dans les plaisirs, et soucieux de ménager ses alliés), Couberville était chassé et emprisonné, ce qui n'alla pas sans un certain bruit. Hortense, privée de son amant, n'en manifestait nul chagrin excessif. Sans doute eût-elle cherché à le remplacer au plus vite, et y eût-elle sans peine réussi, si quelques semaines plus tard, l'ordre ne fût venu de France qu'elle eût à se réfugier dans un couvent. Le duc de Mazarin, tout fou qu'il fût, avait pour l'instant obtenu gain de cause, ce qui prouve combien le scandale était éclatant.

Hortense se désolait. Marie la visita plusieurs fois, et fut touchée par ses supplications. Encore une fois, ce manque de discernement nous surprend, chez une femme dont la réputation d'intelligence était vive. Mais elle avait le cœur généreux, la résolution prompte, une surprenante faculté d'oublier les injures (peut-être par dédain autant que par bonté). Elle aimait sa sœur, elle se souvenait d'Hortense enfant, la seule à lui avoir manifesté une affection, sans profondeur sans doute, mais qui lui avait été un réconfort : elle la défendit. Lorraine et Marsan, accoutumés à la liberté de mœurs de la cour de France, faisaient grand bruit aussi de la barbarie de cette claustration, et ces alliés un peu voyants, parés, maquillés, pleins d'afféteries mignardes, et dont nul n'ignorait les vices, faisaient à Hortense et surtout à Marie un tort incalculable. Le connétable était à bout de patience, et l'approbation générale qu'il sentait autour de lui n'était pas pour le calmer. Ses colères étaient fréquentes, pour les motifs les plus futiles, et ne se limitaient plus au privé. Au cours même des réceptions qui continuaient à se succéder à la casa Colonna, il témoignait à Marie une froideur ostentatoire qui fut très remarquée. Lorraine et Marsan le blâmaient, se faisaient les champions de Marie, rapportaient des potins, faisaient les mouches du coche, envenimaient tout, moitié affection réelle pour Marie, moitié animosité contre ce « grand balourd » de Colonna. S'y joignait encore le plaisir d'intriguer, de potiner, de jouer les indispensables, dont le chevalier surtout ne pouvait se passer.

Elle ne pouvait à son tour plus se passer d'eux. Ils l'aidaient à vivre dans cette fiction d'une cour de France idéale, sorte de cour d'Amour dont elle eût été souveraine. Avec le chevalier elle interrogeait les astres, poursuivait son traité. Elle jouait aussi gros jeu, à la bassette ou à l'hoca, ne manquait aucune comédie, aucune chasse. Enfin, peut-être à l'instigation des deux frères, elle fit le dernier faux pas, la dernière bévue : elle fit évader Hortense. Hortense prétendait être en butte, au couvent de Campo Marzo, à mille vexations : en fait, elle s'ennuyait tout simplement, et avec son obstination à courte vue d'enfant gâtée, se refusait à y demeurer les quelques mois nécessaires à l'apaisement du scandale. Elle se refusait aussi à rejoindre son mari, et à toutes les admonestations, répondait en plaisantant par le cri fameux de la Fronde : « Point de Mazarin, point de Mazarin. » Marie avait rapporté à son mari les plaintes de sa sœur. Laurent avait répondu durement. Le sort de cette femme folle et dévergondée lui importait peu, et le couvent était tout indiqué pour ce genre de créatures. La résolution de Marie fut due tout autant à l'indignation que lui inspira cette indifférence, et même cette cruauté (car Laurent la visait tout autant que sa sœur, en refusant avec cette brutalité le moindre adoucissement au sort d'Hortense), qu'à la pitié qu'elle éprouvait pour la captive. Et elle mit au point un plan simple et rapide. Elle visiterait sa sœur comme à l'accoutumée, et celle-ci feindrait de l'accompagner quelques pas hors de l'enceinte, en négligé, pour ne pas éveiller les soupçons. Là, un carrosse muni de bons chevaux les attendant, elles y sauteraient et s'enfuiraient à toute bride. Ainsi fut fait. Hortense, à l'abri chez un parent, cardinal Mancini, Marie retourna au palais Colonna, pour y trouver son mari dans une fureur presque démente.

La rupture complète des deux époux date de cet instant ; une scène violente a lieu. Leur attitude à tous deux est explicable. Pour Laurent, en aidant sa sœur à s'échapper, Marie aux yeux de tous a pris son parti, s'est solidarisée avec sa blâmable conduite, s'est compromise. Ce dernier grief s'ajoute à sa rancœur ancienne (il y a maintenant plus de trois ans que les époux n'ont plus de rapports qu'officiels), à certains remords peut-être, à une profonde humiliation sûrement. Il considère, tout à fait sincèrement, que Marie a passé la mesure, et il le traduit avec toute la violence d'un tempérament resté fruste et brutal sous un vernis bien superficiel de raffinement et de mondanité. Marie, elle, n'admet même pas que le soupçon puisse l'effleurer. Peu lui importe le jugement du monde dès l'instant qu'elle se sent irréprochable ; la colère, les reproches de ce mari qui a, lui, tant de choses à se reprocher, lui paraissent le fait d'une âme basse. Elle le laisse voir. Les débauches de Laurent, ses violences, ses colères désordonnées, les variations d'un tempérament passionné qui ne se contrôle pas et n'est plus retenu par l'amour, lui ont aliéné à jamais l'estime de Marie, sinon son cœur. Peut-être lui arrive-t-il encore de se souvenir, et elle ne cessera jamais tout à fait de souffrir ; mais elle l'a jugé. De ce jugement trop sévère, Lorraine et Marsan sont en grande partie responsables. A leurs yeux de raffinés, de courtisans, qui sont aussi, au moins superficiellement, des hommes cultivés, polis, prêts à toutes les concessions qui font l'agrément de cette société complaisante qu'ils aiment, à leurs yeux, Laurent n'est qu'une brute sans tact, sans usage du monde, sans culture, un imbécile, à parler tout cru, qui boit, qui se débauche sans élégance (grief majeur), qui parle fort, fait des éclats ridicules, et maltraite une femme charmante, dont ils aiment la compagnie. Il devient ainsi leur tête de Turc, la cible de leurs moqueries.

Le chevalier, en particulier, attise le conflit autant qu'il lui est possible et, chose plus grave encore, fait naître en Marie l'espoir d'une intervention possible du roi de France. Il ne saurait tarder à rentrer en France et à y retrouver son influence. Il saura intéresser le roi au sort malheureux de Marie, obtenir pour elle un statut de femme séparée de son mari, comme celui qu'a obtenu Hortense et qu'elle aurait conservé sans ses folies par trop voyantes. Comme pour confirmer ses dires, arrive un envoi de France ces jours-là, et il peut offrir à Marie une preuve du souvenir qu'elle y a laissé : un équipage de chasse de mille pistoles, avec les rubans les plus beaux, les plus riches de Paris, cadeau de Monsieur.

Les mauvais procédés de Laurent s'accentuent. Au cours d'un divertissement nautique sur le Tibre, Marie, toujours intrépide, manque de se noyer. Laurent affiche une totale indifférence, où entre encore, peut-être, un peu de dépit. Lorraine sait exploiter cette indifférence affectée — insinue peut-être dès ce jour qu'elle cache un désir criminel. Marie en tout cas y est sensible. De jour en jour, sa confiance (qu'elle accorda toujours aisément, pour la reprendre avec la même facilité, on pourrait presque dire la même indifférence) augmente, et le chevalier est son confident attitré. Ensemble, ils discutent les moindres mots de Laurent, analysent sa conduite (pour mieux le condamner), organisant leurs plaisirs, leurs divertissements. Hortense, rentrée en grâce, est de la partie. Sans que Marie l'ait voulu, ce petit clan prend des allures de conspiration.

Etrange amitié que celle de l'intransigeante Marie, cette amazone, cette Clorinde, et du courtisan débauché, désabusé, dont on dira cette année-là que c'est par son émissaire, Morelli, qu'est empoisonnée, au moyen d'une eau de chicorée, la jeune et radieuse Henriette d'Angleterre. Lui, avide d'argent, d'influences, de trafics un peu bas, souple, tortueux, féminin ; elle, prête à rompre plutôt qu'à plier, d'une telle intransigeance morale qu'elle perd deux amours plutôt que de manquer à sa rigueur morale, si fière qu'elle dédaigne de s'expliquer quand une explication la sauverait, si pure qu'elle ne conçoit même pas le soupçon, si fière que dans une longue vie où cent fois elle fut aimée, l'on ne croit pas que jamais elle céda à la tentation — n'aimant jamais que le roi, purement, et son mari. Conçoit-on ce qui unissait ces deux êtres contradictoires ? Car en dehors même d'une réelle amitié (dont la conduite du chevalier peut donner à douter) il est indéniable pourtant qu'ils se plaisaient ensemble, sympathisaient sur bien des points, avaient d'interminables conversations. Marie pouvait retrouver chez le chevalier quelques traits de ce Charles de Lorraine qu'elle avait envisagé d'épouser un moment. L'un et l'autre, malgré tout ce qui les séparait, pouvaient avoir le sentiment, au milieu de cette vie romaine restée bien provinciale, bien fermée malgré son faste, d'appartenir à une élite ; sentiment nostalgique qui unit toujours les exilés. De même que, tout en blâmant les égarements d'Hortense, Marie ne lui gardera pas moins, toute sa vie, une affection méritoire (l'ingratitude d'Hortense est si naïve d'ailleurs qu'on est tenté de l'excuser), de même elle tolère les défauts de ce chevalier « beau comme un ange » et spirituel, mais qui a une réputation bien établie de corruption et de méchanceté.

« Il faut pardonner jusqu'à septante fois sept fois » ; elle suivra ce précepte jusqu'à la folie. Mais non par honte, encore qu'elle n'en soit pas dépourvue. C'est comme si sa confiance, sa vie même, la réussite de ses plans les plus chers, lui étaient un fardeau trop lourd qu'elle confie à n'importe quelles mains. « Tenez, prenez ; après tout, quelle importance ? » Et c'est bien là le lien, la communauté d'opinions, entre les deux amis, ce mépris de la vie et des hommes, dont Lorraine s'accommodait, tandis que Marie le poussait jusqu'au désespoir, mais qui pouvait les unir dans un sentiment commun d'absurdité, de gratuité. Ce désespoir travesti en indifférence peut prendre parfois l'allure du cynisme.

Ainsi de l'amitié que noue Marie avec la marquise Paleotto, Christine, qui fut la maîtresse du connétable et en est délaissée. L'offense, Marie l'a ressentie comme venant du connétable, qu'elle aima, non de Christine, douce, faible et ployante créature, qui subit aisément l'attrait du caractère ferme et résolu de Marie. (Il se peut que Lorraine, à la sensibilité féminine aussi, ait ressenti le même attrait d'une femme belle, mais qui eût un côté de virilité.) Christine se joint donc au « clan » de Marie. Il y a là toute une bande qui se distrait, parfois aux dépens de Laurent Colonna. Non sans malice, le chevalier feignait de faire la cour à Marie, qui, follement, s'amusait de la jalousie du connétable, toujours plus ombrageux, sans s'apercevoir qu'Hortense, Lorraine, Christine, formaient une étrange suite à la chaste Clorinde. Ou s'en aperçut-elle, cet instinct de l'échec qu'elle avait peu à peu développé (avec une fierté bizarre d'avoir tout possédé, et tout perdu) la poussait-elle à accumuler les gestes qui pouvaient exaspérer son époux, le pousser à bout ? Le vertige de la catastrophe était-il en elle ? On ne sait. On ne sait pas non plus à quel point Lorraine la poussait dans cette voie, si ce fut par inconscience, désœuvrement, aveuglement, affection partisane, haine du connétable, ou malice, méchanceté même, cette méchanceté qui peut se mêler, dans une âme complexe, à l'admiration la plus sincère, et même à l'amitié.

Toujours est-il qu'au cours de cette année 1672,

Marie marche sur un fil, de plus en plus mince, et peut-être souhaite qu'il rompe.

*
* *

Il rompt. Ou elle le rompt. Hortense, qui allait et venait beaucoup, avec cette manie itinérante qui est encore un trait commun aux deux sœurs, revenait à Rome ce jour-là[1]. Marie s'en vint l'attendre, s'étant auparavant purgée, à la mode du temps. Fut-ce la purge trop violente, la chaleur, ou une autre cause dont on allait bientôt parler, le soir de ce jour, Marie fut prise d'une colique si forte qu'elle crut en mourir. Toute la nuit, alors que le connétable, couché non loin, poursuivait son somme sans se déranger, elle gémit dans d'affreuses souffrances. Le lendemain, elle ne put se lever, ni le surlendemain. C'était beaucoup souffrir pour une simple colique. Qui parla le premier de poison ? Fut-ce le chevalier, qui avait peut-être des raisons de s'y connaître ? Ou la fidèle Mauresque, Morena, qui n'avait jamais quitté sa maîtresse, et haïssait le connétable de tout l'attachement passionné qu'elle portait à Marie ? Toujours est-il qu'on en parla. Marie fut frappée d'horreur. Comme tous les caractères passionnés, elle concevait tous les sentiments extrêmes ; elle n'ignorait pas non plus la violence du connétable (qui devait s'accentuer avec l'âge, car il en vint au point de se promener dans les rues de Rome escorté de spadassins). Elle dut donc être facile à convaincre. Lorraine et le comte de Marsan, qui la visitaient assidûment, s'ils ne furent pas à l'origine de ce soupçon, contribuèrent sans nul doute à l'ancrer dans l'esprit de Marie. Morena goûtait tous ses aliments. Marie souffrait

1. Pour y poursuivre ses intrigues. Jacques de Belbœuf, fils d'un conseiller au parlement de Normandie, de passage à Rome, nous la montre : « Mme de Mazarin est extrêmement contente, à une petite indisposition près, qui est d'être grosse de cinq ou six mois. Elle est toujours la plus belle du monde et ne laisse pas de sauter et de danser comme si de rien n'était. »

toujours, l'indifférence du connétable était totale (elle prouve peut-être son innocence : car coupable, n'eût-il pas feint quelque intérêt pour une épouse que l'on disait mourante ?), son angoisse s'accrut. Elle avait souffert bien plus qu'elle ne l'avait montré des dédains de Laurent. Cette hostilité affichée, alors qu'elle se sentait si mal, fit mourir en elle le dernier espoir qui subsistait peut-être de retrouver avec son mari des rapports normaux. Cette conviction aggrava encore un état déjà inquiétant. Que devint-elle alors lorsque Morena, rusée comme un furet, et qui se glissait partout sans être entendue, lui apporta une lettre anonyme trouvée dans les poches du connétable ?

Dans cette lettre, le correspondant anonyme de Laurent, tablant sur l'état désespéré de la connétable, « dont il était avéré qu'elle ne se remettrait pas », proposait au futur veuf un parti des plus avantageux pour remplacer celle que l'on enterrait déjà. Cette lettre fut le dernier coup porté à la malheureuse Marie, dont la raison chancelait. Elle y vit la preuve évidente d'une intention meurtrière. Le chevalier de Lorraine la confirma dans ce sentiment et la pressa de se remettre entre ses mains. Il ferait avertir le roi Louis XIV, auquel le sort de Marie ne pouvait être devenu indifférent, et se faisait fort de la rétablir dans une brillante situation à la cour de France où, selon ses prévisions, on le rappelait. Marie se berçait de ces illusions comme un enfant fébrile. Elle s'en fût remise à n'importe qui, dans l'effondrement où elle était.

C'était le second choc de sa vie. Le premier avait été plus violent, puisqu'il l'avait mise aux portes de la mort. Cette fièvre cérébrale dont elle avait souffert, après l'effort prodigieux qu'elle avait accompli en s'arrachant à la cour de France et à l'amour renaissant du roi, il ne faut pas oublier qu'elle en conserva toujours les séquelles, une émotivité, une instabilité presque maladives. Mais du moins, ce premier choc, elle l'avait subi de par sa volonté. Son malheur avait été exemplaire. Cette fois s'ajoutait à sa douleur quelque chose de dégradant qui joignait l'humiliation à la souffrance. Les souvenirs qui lui revenaient en foule : Laurent pénétrant par une échelle de corde chez la marquise Muti ; rendant visite ouvertement à la marquise Rusqui, nouvelle conquête, qui, circonstance aggravante par son ridicule, logeait place des Saints-Apôtres, à côté même du palais Colonna ; séduisant, enfin, Christine Paleotto sous le toit conjugal, ce qui donnait lieu à des scènes déshonorantes... Et la mascarade d'Ulysse ! Et tant d'affronts publics et privés, de querelles mesquines, de soupçons dégradants, tout cela pour aboutir au crime, un crime qui n'avait même pas l'amour pour excuse, mais le plus vil intérêt ! Et c'était là l'homme qu'elle avait aimé, en lequel elle avait cru, auquel elle avait donné trois fils ! Marie souffrait au-delà de toute mesure. Sans doute la fièvre cérébrale l'eût reprise, et y eût-elle cette fois succombé, sans les espoirs que le chevalier de Lorraine avait fait naître en elle.

Depuis qu'elle s'était attachée à nouveau à l'astrologie, elle avait recommencé à rêver à son passé, à cette fabuleuse destinée qui l'avait mise au bord du trône. Maintenant, elle se faisait un monde chimérique de cette cour de France, de ce roi qu'elle n'avait plus vu depuis plus de dix ans ; elle rêvait d'une souveraineté de l'esprit, d'une platonique affection, d'un salon précieux comme l'hôtel de Rambouillet, d'une vie nouvelle, raffinée mais paisible, à l'abri des orages... Ce n'était qu'un rêve, car chaque fois que devait s'offrir à elle un havre, elle devait désormais le quitter, s'affoler, poursuivre ailleurs sa quête vaine. Ce n'était qu'un rêve, mais ce rêve la sauva. Elle se rétablit.

Cependant Lorraine, reparti en France, et resté fidèle à la connétable, intriguait. Toute la cour de France ne parlait que de l'empoisonnement supposé de la princesse Colonna. Un messager était parti, porteur d'une lettre secrète pour Louis XIV. Par une ruse dont le chevalier était l'auteur (Marie en était bien incapable mais suivait les consignes de l'ami), le messager transportait en outre, et plus ostensiblement, des lettres du cardinal Chigi, l'un des intimes et « servants » de Marie. Comme l'habile chevalier le prévoyait, le messager fut arrêté et fouillé par des émissaires du connétable, mais les seules lettres du cardinal découvertes. Le connétable tempêta, accusa Marie d'intrigues politiques avec le parti de la France[1] (lui-même étant favorable à l'Espagne pour maintes raisons et d'intérêt et de parenté) mais ne soupçonna pas le message secret. Marie vivait suspendue à cet espoir. La lettre fut remise au roi par Monsieur, d'autant plus dévoué à Marie (dont il était l'ami d'enfance) que son cher chevalier l'en priait. Lorraine lui-même, à peine arrivé à Versailles, avait eu un entretien privé avec le roi auquel il avait assuré de la façon la plus convaincante que Marie était en danger de mort. Le roi s'était ému. Il promit enfin sa protection, un passeport, de l'argent. Vagues promesses, émotion peut-être passagère. Qu'importe. L'idée d'agir galvanisait Marie. Elle décida sa fuite. Malgré l'indifférence qu'elle lui avait témoignée pendant sa maladie, elle voulut se faire accompagner d'Hortense. Celle-ci refusa d'abord. Mais Marie avait dans ses discours un tel feu, une telle conviction, qu'enfin Hortense céda. Elle avait vu de trop près la faveur ancienne de sa sœur pour n'en pas demeurer éblouie. Aussi bien se souciait-elle peu de rester aux mains de son redoutable beau-frère une fois Marie en fuite. Le moment favorable se présenta : le connétable étant allé visiter ses haras des Frattochi, elles se préparèrent. Exemple de l'insouciance et du désintéressement poussé jusqu'à l'absurde de Marie : elle n'emportait qu'un léger bagage, sept cents pistoles, aucun des bijoux donnés par son époux ; le seul fil de perles de la reine d'Angleterre, souvenir de ses premières amours, dont elle ne se séparera jamais.

Comme lors de l'évasion d'Hortense, elles montèrent en carrosse, feignant d'aller se promener. La modestie de leur bagage leur permettait cette feinte : Hortense, elle aussi, abandonnait à Rome tout ce

1. Au détriment de la faction espagnole.

qu'elle possédait. En montant dans le carrosse, Marie songeait-elle qu'elle abandonnait aussi un bien plus précieux, ses trois fils, qu'elle ne devait revoir qu'à l'âge d'homme ? Il faut se dire qu'elle espérait alors, grâce à la protection du roi, obtenir de Laurent une sorte d'arrangement, qui la laisserait libre de voir quelquefois ses enfants. Les mœurs du temps aussi, en livrant à des précepteurs, à des femmes de chambre, les soins de l'éducation des enfants, ne favorisaient pas l'éclosion d'un sentiment maternel passionné, auquel Marie, l'amazone, n'était pas déjà très portée. Enfin, sa fragilité nerveuse, son extrême émotivité, les derniers chocs qu'elle avait subis, l'avaient mise à deux doigts de la folie. Fuir, fuir était son idée fixe. Et ce n'était pas seulement le poison qu'elle fuyait, mais aussi les souvenirs, l'amour triomphant de naguère, l'amour déçu d'aujourd'hui, la trahison, cette présence de Laurent devenu hostile, le vide de cette vie auquel elle avait cru échapper...

Fuir. Combien de fois déjà, ces départs fiévreux qui ressemblaient à un cauchemar sans cesse répété ? Combien de fois déjà, ces efforts pour ne pas penser, pour se dissimuler à elle-même que toutes ces courses effrénées n'aboutissaient qu'à ce silence, qu'à cette solitude, qui pour elle auraient toujours le même aspect symbolique : la mer à Brouage ?

Elle fuit donc. On remplace les chevaux. Hortense s'inquiète, se plaint, et cela distrait Marie ; trouvera-t-on au lieu-dit, Civita-Vecchia, les marins et la felouque qui doivent les emmener en France ? Ne seront-elles pas rejointes par des séides du connétable, qui peut être revenu de ses haras plus tôt qu'on ne l'attendait ? Parvenues à mi-chemin, elles ont congédié le cocher de la casa Colonna, qui eût pu donner des indications sur leur lieu d'embarquement. C'est avec un pêcheur pour guide (est-il sûr ?) qu'elles poursuivent leur chemin. Les voilà tout près de la mer, non sans encombre. Un essieu du carrosse (que Marie a fait conduire à toute bride, à son habitude : on ne compte plus les accidents qu'elle a causés, même au cours de déplacements plus paisibles, par sa folie de vitesse) a cassé, la réparation les eût trop retardées, elles ont continué à pied, et enfin les voilà au lieu du rendez-vous, frémissant de peur d'être rejointes, de s'être trompées, couvertes de poussière, les pieds endoloris, épuisées par la marche et la chaleur torride de midi : et au rendez-vous, personne.

Leur angoisse croît à chaque seconde. Qui sait si l'on n'a pas retrouvé leur piste ? Laurent Colonna doit avoir regagné Rome à présent et s'être aperçu de la disparition de son épouse et de sa belle-sœur. Ne vont-elles pas voir arriver dans la poussière du chemin les cavaliers ennemis, comme dans un roman d'Alexandre Dumas ?

Isolées au milieu du soleil torride, sur cette route déserte, elles connaissent un instant de désespoir. L'une des deux cependant a l'idée de se réfugier, tout en se dissimulant, dans un petit bois, en contrebas de la route, dont la fraîcheur les remet un peu. Elles vont cependant y passer deux heures mortelles, s'attendant à chaque instant à être reprises, piteusement ramenées à Rome, pour quelle vengeance ? Au bout de ces deux heures, enfin, un homme se montre sur la route, les cherchant visiblement. Ami ? Ennemi ? Elles hésitent, puis risquant le tout pour le tout, se montrent, alors qu'il va repartir. Heureusement, c'est un vrai matelot, et il leur désigne la chaloupe qui les attend, et où le patron du petit bâtiment s'impatiente déjà, car il n'ignore pas les risques qu'il prend en se chargeant des deux illustres passagères. Elles secouent de leur mieux la poussière dont elles sont couvertes, s'avancent vers la barque. L'homme les supplie de se hâter. Hortense, toute sa bonne humeur retrouvée, plaisante déjà en s'installant. Tête folle, elle passe aisément du découragement le plus total à l'insouciance la moins justifiée. Marie jette peut-être un regard en arrière : le silence, la chaleur, le clapotement de l'eau, le petit bois ombreux et frais... Puis, à son tour, elle s'embarque. A force de rames, la barque quitte le rivage et se rapproche du petit bâtiment qui attend. On l'accoste, on se hisse, le plus silencieusement possible, pour ne pas attirer l'attention, et Marie et Hortense, et leur pauvre bagage, sont relégués dans une cabine de propreté douteuse, car on pourrait les apercevoir sur le pont. Un léger vent se lève, les voiles du petit bâtiment se gonflent, et lentement, trop lentement au gré de Marie, il se met à dériver. Elle a ouvert le hublot, pour que la brise légère aère un peu leur misérable habitat. Par ce hublot, elle peut voir encore un banc de sable, un arbuste, dernière image de la terre d'Italie. Cette image même s'efface, et c'est la mer. Le bâtiment a pris de la vitesse, est sorti de la crique, et le vent plus fort est maintenant le vent du large. Elles sont parties. Hortense, étendue, se repose des fatigues du voyage, et rêve à d'improbables rafraîchissements. Marie regarde l'eau, un long moment. Sa longue errance continue.

*
* *

Ici commencent ces années tumultueuses et monotones à la fois où, jamais en repos, toujours pourchassée, d'un château à un couvent, d'une fête à une claustration, en voiture, en bateau, à cheval, libre, prisonnière fêtée, chassée, défendue, trahie, Marie promènera partout cette inquiétude qui ne finira qu'avec sa vie. Ici commence ce roman de cape et d'épée, où ne manqueront ni les amours, ni les dévouements chevaleresques, ni les noires trahisons, ni les enlèvements, les prisons humides, les réceptions somptueuses, les amitiés royales, les malentendus. Et continue cette recherche d'on ne sait quoi, cette poursuite éperdue et sans but, cette chasse où Marie est gibier et chasseur à la fois, car on la traque, mais elle aussi se traque elle-même ; cette quête, qui prend à la suivre un aspect symbolique, car en apparence elle est la quête d'un asile, d'un repos, d'une paix ; mais cette paix, à peine la malheureuse fugitive l'aura-t-elle trouvée qu'elle semblera prendre plaisir à la compromettre, le mot même est trop faible : à la saccager. Et elle repartira, et partout où elle passera, à peine trouvés un repos, des amis, un gîte, il lui faudra à nouveau les quitter, repartir, longtemps belle, ardente, aimée, vertueuse pourtant, inspirant à la fois le respect, la pitié, l'amour, et parfois, la peur. Ce visage déchiré de la femme encore jeune, ce visage désespéré deviendra peu à peu celui d'une vieille femme un peu égarée, encore parée, encore hautaine, et ne cessera jamais de témoigner de ce que fut Marie : une âme haute et fière, portant en elle toute l'inquiétude humaine.

Sur ce petit bateau de pêcheurs qui va déposer Marie sur la terre de France, son long voyage, qu'elle a cru terminé, mais qui n'était qu'interrompu, continue. La halte romaine est dépassée ; le bonheur n'a été qu'une étape. Tout continue, tout recommence.

De déceptions en déceptions, d'exigences en exigences, elle avance toujours sur la même route de dépouillement. Mais il y a bien des façons de se dépouiller. Et pour l'instant, Marie, qui a renoncé à croire à l'amour, n'a pas renoncé à la gloire. Elle vit toujours dans cette chimère où le souvenir, l'astrologie, la complaisance du chevalier de Lorraine ne l'ont que trop aisément replongée. Là, sur ce petit bateau perdu en pleine mer, isolée de tous, sans protection, sans amis sûrs, sans autre fortune que sept cents pistoles et le fil de perles dont elle ne se séparera jamais, et de surcroît, obligée de réconforter sa sœur que tourmente le mal de mer, elle rêve son arrivée à la cour de France, elle rêve réceptions données en son honneur, romanesque entrevue entre elle et le roi, elle rêve d'une brillante position à la cour, d'une influence politique, artistique, que sais-je ? Elle rêve, cependant que Laurent Colonna, fou de colère devant l'affront public de cette fuite, envoie à sa poursuite d'innombrables galères, et jure de la tuer s'il la retrouve, car il est persuadé que Marie n'est pas partie sans des encouragements nombreux de la cour de France, et que si elle s'y réfugie, ce n'est que pour le déshonorer.

Les hasards de la mer, et cette étoile ambiguë qui veille sur Marie, ne lui permettant ni de triompher ni d'échouer tout à fait, la protègent cette fois des galères du connétable. La traversée interminable et monotone n'est pas troublée. Même, une épidémie les détourne de Marseille, où les attendent un piège et des émissaires de Colonna, et elles finissent par débarquer librement à La Ciotat et par gagner Marseille par terre, évitant le piège tendu. Là, elles trouvent un passeport pour Marie, et des lettres du roi l'autorisant à séjourner en France. Son arrivée s'effectue donc sous les meilleurs auspices, et c'est ayant repris courage et espoir que les deux sœurs s'acheminent vers Nice, où elles se reposeront de leurs émotions.

Hortense, une fois de plus, a recouvré toute sa bonne humeur. Elle ne songe qu'à se faire inviter chez l'un ou chez l'autre, à se faire faire de nouveaux habits, puisqu'elle a abandonné sa garde-robe à Rome, à festoyer, à boire du bon vin, et à trouver un nouvel amant. Elle s'étonne que Marie n'en fasse pas autant. Pourquoi celle-ci reste-t-elle préoccupée et ne songe-t-elle qu'à Paris ? Le temps est beau, et toutes deux sont débarrassées des époux qui leur pesaient. Alors ? Pour sa part, si Hortense songe à repartir, c'est qu'on ne s'amuse pas assez à Nice, et que le duc de Savoie (Charles-Emmanuel, frère de la douce Marguerite autrefois rebutée) l'invite à Turin, où, dit-on, la vie est somptueuse et brillante. Hortense se sent d'autant plus libre et gaie que les ragots qui circulent lui ont appris que son mari est de plus en plus fou. Il intente des procès à toute sa famille, à ses voisins, à n'importe qui, c'est son occupation préférée. Il en aura plus de trois cents au cours de sa vie ! Plus fort que cela, racontera Hortense, à demi morte de rire, voilà sa dernière invention : devant la vogue, à la cour, des loteries, il en imagine une, des plus originales, dans sa propre maison. Il fait tirer au sort, par toute sa domesticité, les emplois qu'ils occupent. Ainsi son cocher deviendra-t-il valet de chambre, ce dernier jardinier, et cela s'étend jusqu'à son médecin qui devient aumônier, et vice versa. Le fou s'imagine par ce moyen respecter mieux les décrets de la Providence et les volontés de Dieu !

Marie sourit à peine des folies que brode là-dessus Hortense. Elle a son idée fixe. Comme aux jours de Brouage, elle attend un message, un appel, qui ne vient pas. Elle ne pousse pas la déraison, sans doute, jusqu'à croire que le roi l'aime encore : par Lorraine, elle est tenue au courant, et même dans les plus petits détails, des liaisons successives du roi. Et pourtant, quand elle pense à lui, elle revoit toujours l'adolescent qui s'essayait à la galanterie, le roi encore incertain de son pouvoir qui lui avait fait ses adieux les larmes aux yeux. De ce roi, elle espère au moins un souvenir tendre, un geste chevaleresque. C'est dans cet espoir qu'elle décide de quitter Nice pour Grenoble, et de se rapprocher ainsi de Paris.

Hortense ne fut pas d'accord pour la suivre. Elle estimait avoir assez fait pour sa sœur en l'escortant dans son voyage mouvementé, et en abandonnant sa garde-robe. Il n'est pas interdit de penser aussi que douée d'une certaine ruse sous ses airs et ses façons d'écervelée, ayant reçu peut-être un courrier de Philippe, duc de Nevers, l'incitant à la prudence, Hortense ait préféré attendre, à l'écart et à l'abri, le succès de l'entreprise. Là encore nous retombons sur le malentendu éternel qui entoure Marie. Car Hortense, et Philippe, et Laurent Colonna, et bientôt la reine Marie-Thérèse et la duchesse de Montespan elle-même, croient, croiront à une *entreprise*. Les uns, malveillants, supposeront que Marie tente de reprendre le roi dans ses filets et de redevenir la favorite, une favorite moins platonique qu'elle ne l'a été autrefois. Les autres, connaissant mieux la fierté, l'intelligence aussi de la princesse Colonna, supposeront à celle-ci des visées politiques. N'est-ce pas l'interprétation que donne, dans ses moments les plus lucides, Laurent Colonna, aux faits et gestes de sa femme ? Mais Marie ne projette, n'entreprend rien. Si elle envisageait une quelconque réussite, nul doute qu'elle n'y parvienne, car elle a l'intelligence, l'audace, la beauté, un don singulier de communiquer ses émotions, mais rien de ce qui se peut conquérir ne la tente. L'effort de la conquête lui paraît déjà indigne d'elle. Ainsi, partant pour Grenoble, elle porte déjà en elle le germe de la défaite. Car, quoi que lui ait dit le chevalier de Lorraine, la place de Marie à la cour de France ne sera pas aisée à reconquérir.

Cependant que celle-ci arrive à Grenoble, croyant, ou plutôt rêvant de n'avoir qu'à paraître, l'élément féminin de la cour est en pleine révolution. La cour n'est plus ce qu'a connu Marie. Le petit cercle d'intimes qui entourait le roi au temps du cardinal Mazarin s'est singulièrement élargi. La cour séjourne de plus en plus souvent à Versailles. Le train de vie s'est fait plus somptueux, l'étiquette plus stricte. Les mœurs encore familières du temps de Louis XIII ont peu à peu disparu pour faire place à une horlogerie compliquée qui régit les moindres mouvements à Versailles, où la cour va bientôt s'établir tout à fait. Et le roi, ce roi auquel Marie prête toujours ses traits d'adolescent, le roi aussi a changé. Sans cesse adulé, ayant vaincu le premier barrage de ses scrupules et bientôt le second, pour prendre maîtresse après maîtresse, ayant senti sa puissance s'affermir, son autorité s'affirmer, ce n'est plus le jeune homme réservé, susceptible, ombrageux, incertain, qu'a connu Marie. Sur ce visage agréable, régulier, un peu mou, certains traits se sont accusés, d'autres ont disparu. Moins de sensibilité, plus d'égoïsme satisfait ; moins de timidité, plus de dureté — mais toujours, au fond, cette extrême susceptibilité d'un caractère plus tranchant que ferme, plus têtu que décidé, et qui reste influençable à l'extrême, sous ses apparences despotiques. Depuis 1668 déjà, Louis XIV balance entre Mlle de La Vallière et Mme de Montespan. On en discute, on en rit, on en fait même des chansons :

L'une boite et marche en cane,
L'autre est forte et rubicane,
L'une est maigre au dernier point,
L'autre crève d'embonpoint.

Les deux favorites vivent ensemble, « même table et parfois même maison ». On parle des « trois reines ». Le roi semble s'amuser de cette situation, il passe de chez La Vallière où il change d'habit, chez la Montespan où il passe la soirée. L'homme qui en use ainsi n'est plus l'adolescent de Bois-le-Vicomte, jetant au loin l'épée qui avait osé effleurer Marie, ni l'amant respectueux de Lyon, ni le jeune homme encore à demi sincère qui avait pleuré le départ de son amie, et loué tant sa noble « résolution », et qui s'était plu, *invitus invitam*, à se voir comparé, ainsi que son amante, à Tite et Bérénice.

Marie n'ignore pas ces détails, qu'a pu lui rapporter Lorraine. Mais une fois de plus, elle fait confiance à ce qu'elle veut croire de noblesse au cœur du souverain. Elle n'a pas tout à fait tort. Le nom de Marie est resté cher au cœur de Louis XIV. Lui aussi revoit une Marie adolescente, et leur aventure est devenue pour lui aussi un mythe, une histoire, où il tient le rôle le plus noble du monde. Mais il n'entend pas pour cela modifier quoi que ce soit à l'agréable situation de sultan où il se trouve. Et, assailli des plaintes de la reine, qui se représente cette Marie qu'elle a à peine entrevue, mais dont on lui a beaucoup parlé, comme la plus dangereuse aventurière, des plaintes de la Montespan qui elle aussi s'imagine que Marie vient en conquérante, il se soucie peu d'être entravé dans ses plaisirs par cette revenante. S'il la revoyait, on ne peut pas savoir, bien sûr, ce qui en adviendrait. Aussi tout l'effort de la reine et de Mme de Montespan, paradoxalement alliées dans cette affaire, est pour empêcher le roi de revoir Marie.

Un émissaire de la connétable, Pelletier, est envoyé cependant au roi. Encore une fois, le sort de Marie est suspendu à un fil. Tout dépend de la rapidité de Pelletier. Car le connétable, de son côté, ne reste pas inactif. Il en appelle au pape, il en appelle au nonce, il fait agir les cardinaux, il proteste contre l'accusation (dont le bruit s'est répandu comme une traînée de poudre) d'empoisonnement, et une correspondance fiévreuse s'établit entre le nonce Mgr Nerli et le cardinal Altieri. Bientôt un bref du pape, qui sera suivi de plusieurs autres, atteindra Louis XIV, et sèmera le doute dans son esprit. Laurent Colonna a-t-il vraiment voulu empoisonner Marie ? Ne s'agit-il pas plutôt d'une intrigue de Marie, que la reine, que Mme de Montespan, lui présentent à l'envi comme une ambitieuse, prête à tout pour reconquérir ses faveurs ? S'il est un trait resté constant chez Louis XIV, le seul peut-être qu'il ait eu en commun avec Louis XIII, son père, c'est cette promptitude au soupçon, cette sensibilité ombrageuse à l'insinuation basse. Ne l'a-t-on pas vu déjà réagir, autrefois, aux allusions de Mazarin et de la jalouse Olympe et croire sans difficulté à une passion supposée de Marie pour Charles de Lorraine ? Marie a souffert assez de cette propension au soupçon pour s'en souvenir aujourd'hui, et prendre conscience de l'importance que peut avoir la célérité de Pelletier. Et pourtant, elle ne lui recommande aucune précaution, elle n'envoie pas plusieurs courriers, comme le chevalier de Lorraine lui en a donné l'exemple, elle ne l'incite à aucun travestissement, elle ne lui donne pas plusieurs lettres : et l'inévitable se produit. Pelletier est attaqué, retardé de cent façons qui sentent le complot, et avant qu'il n'ait pu atteindre le roi, comme un coup de tonnerre, un ordre rejoint Marie à Grenoble : l'ordre de ne pas aller plus avant, l'interdiction de s'approcher de Paris.

Il est vrai que cet ordre vient de la reine, car le roi, momentanément absent, accaparé par le début de la guerre de Hollande, n'en est que peu, ou point du tout, responsable. L'ordre n'en est pas moins formel, et le roi n'en ayant pas donné d'autre, il doit être respecté. C'est du moins l'avis du duc de Nevers et d'Hortense, qui en hâte, craignant quelque folie qui les compromettrait, ont rejoint Marie à Grenoble.

Etrange réunion de famille. Hortense fort belle et fort parée, car elle a su mettre à profit son séjour à la cour de Savoie, plaida avec une sagesse épicurienne pour une vie facile, sans soucis, sans entraves.

Elle souhaiterait que sa sœur l'accompagnât à Turin, prît sa part des largesses de Charles-Emmanuel ; elle ne veut aucun mal à sa sœur, ni ne la blâme. Elle-même ne s'est-elle pas débarrassée d'un époux encombrant et jaloux ? Mais elle croit Marie encore éprise du roi, et s'efforce de la dissuader d'une passion sans espoir, du moins sans espoir immédiat. « Le roi est aux armées, la reine et sa favorite te haïssent. Laisse couler le temps. Tu es jeune, belle, tu reverras le roi tôt ou tard. Ici tu vas t'ennuyer, te faner, perdre tes chances. En Savoie tu trouveras bon gîte, bonne table, somptueux divertissements. Que te faut-il de plus ? » En un mot comme en cent, c'est la substance des discours d'Hortense, qui s'impatiente de voir sa sœur si « déraisonnable ». Philippe, lui, tient un tout autre langage. Il n'a pas oublié, certes, les services que Marie lui a rendus auprès du roi de France. Mais il se souvient aussi de ses liens avec le connétable. Et n'est-il pas devenu, par alliance, le neveu de la Montespan ? Il se peut que Marie réussisse à revoir et à toucher le roi, qui sait, à éclipser la Montespan — mais il croit devoir lui montrer les difficultés de l'entreprise. Il faut attendre. Le connétable s'agite, intrigue, le pape lui est tout acquis, ses liens avec les puissants sont nombreux. Qu'elle lui donne d'abord tous les apaisements. « Vous auriez avantage, ce me semble, à démentir l'histoire du poison. Ou, du moins, à ne point mentionner cette affaire. Qu'un dissentiment vous éloigne du connétable, cela est admissible. On sait sa conduite et ses débauches, à Rome. Mais il convient d'être d'une extrême prudence jusqu'à ce que vous ayez obtenu un statut, la protection évidente du roi. Vous devriez tout simplement, pour éviter les commérages, vous retirer dans un couvent jusqu'à ce que la situation s'éclaircisse. Il n'est pas décent que vous continuiez ainsi à courir, et seule, les grands chemins — le connétable paraîtrait fondé à se plaindre. Une fois vos droits établis, vous pourriez solliciter une audience à la cour — sous prétexte de remercier le roi, ou de revoir la duchesse de Soissons, par exemple. Une fois que le roi vous aurait revue... »

Voix raisonnable et posée de Philippe, duc de Nevers, bon frère, courtisan habile, diplomate et loyal cependant à ce beau-frère avec lequel il se souvient d'avoir figuré dans une mascarade, Castor et Pollux. Soucieux de tout arranger, de ne gaspiller aucune chance, de ménager Laurent Colonna et ses appuis espagnols, le roi tout-puissant, la reine et la Montespan, mais aussi cette sœur dont on ne sait si elle ne peut pas redevenir la presque reine qu'elle a été. Car Philippe se souvient aussi de la petite chambre de Brouage, de la fugue du roi, des larmes, des soupirs. Il y a là un facteur dont il faut tenir compte. Ah ! si Marie voulait écouter ses conseils ! Mais ses sœurs sont folles, et Marie plus encore qu'Hortense, qui du moins n'a aucune ambition. Voilà encore que devant ces paroles, si bien pesées pourtant, et qui ne visent qu'à lui rendre service, elle se fâche, s'indigne, jette feu et flamme. Dommage. Elle aurait pourtant de beaux atouts dans son jeu, si elle savait s'en servir. Elle ne saura pas. Une fois de plus, elle perdra sa mise. Et déjà, prudemment, le duc de Nevers s'éloigne en esprit de cette sœur qu'il juge dangereuse.

Marie les regarde. Le visage frais d'Hortense, ses beaux yeux clairs, un peu écartés, ses lèvres sensuelles, son sourire insouciant, sa mise, ses épaules un peu grasses déjà, son décolleté excessif ; et Philippe, la dignité dc son maintien (où est le jeune fou embastillé pour avoir fait gras le Vendredi saint ?), ses paroles prudentes, ses craintes, ses doutes, ses ménagements adroits, l'avantageuse position qu'il se ménage entre elle, la Montespan sa tante par alliance, le connétable son beau-frère auquel il écrit de prendre patience. Marie les regarde, son frère et sa sœur, et un instant ils lui font horreur par les visées qu'ils lui supposent. Que lui importe la vie facile et les divertissements que lui propose Hortense ? Comment Philippe peut-il imaginer qu'elle s'abaisse aux manœuvres tortueuses qu'il lui suggère ?

Elle leur crie son dédain, sa colère ; pourquoi y a-t-il toujours un moment où les visages amis lui deviennent étrangers, haïssables ? Où ils lui semblent s'imprégner de bassesse, de calcul, d'ignominie ? Sa déception la rend injuste, parce qu'elle a coutume d'exprimer aussitôt, avec une véhémence toute méridionale, ses émotions, et aussi parce qu'elle s'augmente de tant d'autres déceptions... C'est contre la nature humaine même que Marie se révolte, et peut-être, en vitupérant Hortense et Philippe, stupéfaits et bientôt furieux, se révolte-t-elle aussi contre ce cœur trop tendre, qui à la moindre nuance la fait souffrir. Toujours est-il que, froissés, le frère et la sœur l'abandonnent, comme le connétable l'a quittée, lors de sa décision, sans rien tenter pour la fléchir. Hélas ! elle ne demandait qu'un mot pour céder ! De les voir ainsi, pour une colère qui vient de son esprit plutôt que de son cœur, la quitter si aisément, la déchire. Elle ne s'en rejette que plus fortement dans sa chimère. La coalition qui l'éloigne du roi, elle l'assimile à celle qui l'en éloigna autrefois. Elle se retrouve à Grenoble dans la même situation qu'à Brouage, douze ans auparavant, croit-elle. Et elle s'est tant reproché d'avoir été faible à Brouage ! De n'avoir pas fui, de n'être pas allée retrouver le roi coûte que coûte, risquant le tout pour le tout. Cette fois, rien ne l'arrêtera. Ni l'ordre de la reine, ni les difficultés du voyage. Ni, faut-il ajouter, la pensée, qu'elle repousse, que le roi n'est plus amoureux d'elle, n'est plus ce jeune homme qu'elle a aimé, est abondamment pourvu de maîtresses et a d'autres soucis que celui de son sort.

L'abandon d'Hortense et de Philippe, leurs paroles prudentes, ont eu pour seul effet d'amener Marie à une exaltation qui avoisine l'égarement. N'ont-ils pas insinué que l'appui du roi n'était pas aussi assuré qu'elle le croyait ? Elle s'est trop souvent, ces dernières années, réfugiée en pensée auprès de ce roi que son imagination a recréé pour accepter que l'on touche à ce mythe. Elle s'est trop souvent raconté leur belle histoire, l'a trop souvent entendu répéter autour d'elle, pour ne pas s'être persuadée de sa véracité. Le roi de France n'est pas seulement celui qui l'a aimée, mais aussi, mais surtout, celui qui l'avait choisie, reconnue pour son égale. Peut-être Marie aura-t-elle plus profondément, plus réellement aimé Laurent, son mari ; mais Louis XIV restera toujours pour elle l'éblouissante incarnation de sa revanche sur l'enfance malheureuse, l'adolescence humiliée, la justice immanente, en quelque sorte. Et ce qu'elle attend de lui aujourd'hui, ce n'est pas le renouveau de cet amour d'enfant qui ne peut pas renaître, mais une revanche, une reconnaissance *du même genre*. Une justice qui lui serait rendue, à nouveau, la proclamation de sa vertu, de sa beauté (la trahison de Laurent et sa honteuse, sa déshonorante jalousie ont miné sa confiance en elle, qui est fragile, car si elle a beaucoup d'orgueil, elle a peu de vanité), un triomphe tout moral ; pauvre et touchante illusion, rêve d'enfant mal traité, mal aimé, rêve innocent et chaste qui ferait mieux comprendre l'âme tendre au fond, et si souvent blessée, de Marie, si besoin en était.

Et comme elle y croit, comme elle veut y croire ! C'est tout ce qui la rattache à la vie, cet espoir d'atteindre le roi, ce roi devenu l'incarnation de la justice, ce Roi-Symbole presque kafkaïen, et dont, comme dans les romans de Kafka, mille petits obstacles vont la séparer. Comme Don Quichotte obstinément accroché à la vision d'un monde où tout est simple, le bien et le mal, les géants et les chevaliers, Marie s'obstine à vouloir qu'un jour, *sans qu'elle ait rien fait pour cela* (car le jugement en serait aussitôt infirmé), quelqu'un la juge et l'innocente. Jamais autant qu'à Grenoble ce besoin n'éclate. Les paroles insouciantes de sa sœur n'obtiennent que son mépris ; les paroles prudentes de son frère, que sa colère. Chacun d'eux représente à ses yeux, en dehors du frère ou de la sœur qu'elle aime, une tendance de vie, une tentation, qu'elle repousse avec véhémence. Voit-on comme, à l'entour de Marie, tout se change en symboles ? Car elle charge elle-même ses moindres gestes, ses moindres démarches, de tout un poids d'intentions, de significations. Sa vie elle-même, ce perpétuel voyage, ces belles fêtes inutiles, ces haltes soudaines, ces départs non moins soudains, toutes ces images colorées, ces costumes d'époque, ces grands cols et ces brocatelles, ce langage d'époque, ces forteresses et ces mascarades, ce luxe et cet inconfort, cette forme enfin d'une vie, s'organise et se groupe comme un jeu de cartes, de tarots aux images poétiques et mystérieuses, belles en soi mais dont le sens n'apparaît qu'une fois animées par la main de qui sait s'en servir. Le saurai-je ? Qui peut le dire ? Marie elle-même est restée si souvent perplexe devant sa propre vie. A travers la France, malgré l'ordre reçu, malgré les conseils de Philippe, malgré les dangers qu'elle court, malgré les difficultés matérielles qu'elle rencontre, elle fuit vers ce Paris imaginaire, vers ce roi imaginaire, comme vers un but suprême.

*
* *

Voyage de cauchemar, et c'en est bien un, car la fièvre l'a reprise, et les difficultés qu'elle rencontre lui paraissent ne devoir finir jamais, comme celles que l'on rencontre dans les rêves. Presque démunie d'argent, malade, égarée, belle cependant, toutes ses forces se sont cristallisées sur cette idée fixe : atteindre Paris. Jamais elle ne trouve les divers moyens de locomotion qu'elle emploie assez rapides ; les carrosses, dont elle fait accélérer l'allure jusqu'à la folie, versent. Elle-même souffre plus d'une fois de douloureuses contusions. Elle crève les chevaux, quand les routes sont trop mauvaises, emprunte le bac, le coche d'eau. Une fois, elle manque de se noyer. Quand l'argent lui fait défaut, elle supplie, elle ordonne ; ses grands yeux noirs fiévreux, égarés, exercent une fois de plus leur singulier pouvoir, et l'on se met en quatre pour la satisfaire. Toutes ses énergies sont bandées vers ce seul but : Paris, le roi, et jamais une seconde, au cours de cet interminable voyage, elle ne se demande ce qu'il adviendra d'elle une fois arrivée. Dans sa fièvre, elle se voit accueillie en triomphe, fêtée, consolée, reprenant *sa* place à la cour, le passé oublié, aboli. Elle veut revenir à cette Marie de dix-sept ans qui, les joues rouges d'émotion, lisait Corneille, le soir, au cercle de la reine, et pour laquelle cette attention dont on l'entourait tout à coup, était le bonheur. Elle ne souhaite pas revivre l'amour du roi, non, même pas, mais revenir au temps où elle n'avait pas mis sa confiance dans l'amour, où lui suffisait la joie d'être admirée, appréciée ; elle ne demande qu'à retrouver ses dix-sept ans, et croit demander peu de chose. Et avec toujours plus de hâte, plus de fièvre, elle se précipite vers de nouveaux chagrins, de nouvelles désillusions, de nouvelles souffrances. Enfin, la voilà à Fontainebleau.

C'est dans une misérable auberge, dans une pauvre chambre nue, humide, presque malpropre, avec sa suivante Morena et son bagage de bohémienne, la guitare aussitôt pendue au mur, le petit chien blotti sur l'édredon, qu'échoue Marie Mancini, princesse Colonna, qui faillit être reine de France. Mais qu'importe à Marie ce pauvre décor, la fatigue qui rompt ses membres, le froid même auquel elle est pourtant si sensible, en femme du Midi, qu'elle avouera un jour que c'est la seule incommodité dont elle n'arrive pas à prendre son parti. Elle attend l'envoyé du roi. Elle n'a plus d'argent, elle n'a pas même emporté de quoi faire toilette. Morena s'essaie sans trop de bonheur à coiffer l'abondante chevelure noire de sa maîtresse.

Celle-ci ne se fâche de rien, supporte tout. On ne peut pour l'instant lui apporter d'eau chaude. Qu'importe ? C'est avec de l'eau glacée d'un broc qu'elle effacera les traces du voyage sur son beau visage éclatant d'une joie sans mélange. Elle est près du but, près du roi, dans ce Fontainebleau où s'échangèrent leurs premiers regards, leurs premiers aveux qui n'étaient encore que d'amitié, mais qu'importe ? C'est tout déjà, que l'amitié, que l'estime d'un roi. Et c'est cela qu'elle est venue retrouver, réclamer, comme un bien laissé en dépôt, mais qui est indéniablement sien, et que nul n'oserait lui contester. Pauvre Marie ! Dans son soulagement, elle rit avec Morena, plaisante leur pauvre chambre, leur accoutrement insolite, la frayeur de sa suivante devant une araignée qui surgit d'un trou. Elle est arrivée, enfin ! Cela fait des années qu'elle n'a plus été aussi heureuse.

C'est dans cette humeur confiante que la trouve l'envoyé du roi, La Gilbertière. Il en est tout décontenancé. Cette grande dame dans cette pauvre auberge, et dans cet étrange appareil... Il ne sait que penser. Le lieu, le vêtement de Marie, son audace aussi, le porteraient à se croire en présence d'une aventurière. Son langage, sa fière contenance, l'inclinent à voir en elle la princesse fourvoyée dans quelque étrange aventure. La violence de ses réactions achève enfin de le troubler. Car à peine a-t-il dit quelques mots de remontrance que le visage de Marie s'est durci. Quand La Gilbertière aura pris congé, la malheureuse princesse s'effondrera, à bout de forces, dans les bras de Morena ; mais en sa présence, elle ne trahira le bouleversement qui la déchire que par de dures et amères paroles, celles qui, rapportées à la cour, lui feront le plus de tort. Quoi, le roi la morigène, elle qui s'était fiée à sa parole ? Il exige qu'elle retourne à Grenoble ? Et pourquoi ne pas vouloir, tout de suite, la renvoyer à l'époux criminel qui a tenté de l'empoisonner ? C'est donc ainsi qu'une malheureuse femme persécutée peut compter sur le roi de France ? La Gilbertière, stupéfait de tant de violence, et que l'on ose résister ainsi aux ordres du monarque, se fâche à son tour, rapporte les insinuations qu'on chuchote à la cour de France, les ambitions qu'on lui prête, les mobiles qu'on lui suppose.

Un sourire dédaigneux se joue sur les lèvres de

Marie. De tels soupçons ne prouvent que la vilenie de ceux qui les émettent, et de ceux-là, elle n'excepte personne. La Gilbertière, honnête homme mais borné, et courtisan dans l'âme, suffoque d'indignation à de telles paroles qui semblent viser jusqu'au roi lui-même. Il passe aux menaces ; Marie se doute-t-elle que sur un mot du roi elle peut être jetée au fond d'un *in pace* de couvent, pour n'en plus sortir pendant des années ? Et qu'importe ? rétorquera-t-elle avec violence. Y sera-t-elle plus mal que dans cette auberge humide, sans argent, sans même un habit décent, sans la suite à laquelle elle est accoutumée, ayant tout perdu, son mari, ses enfants, son palais, ayant tout quitté, sur la seule parole du roi qu'à présent il renie ?

Et elle est sincère en s'indignant ainsi. Car du moment qu'on lui dénie cette justice à laquelle elle aspirait du plus profond de l'âme, que lui importe un degré de plus dans l'injustice ? De la plus totale confiance, elle passe sans transition au plus profond accablement. Le visage bonasse du médiocre La Gilbertière représente ce qu'elle méprise et déteste le plus : le jugement du monde, la loi des convenances, le mensonge étriqué d'une société basée sur les valeurs les plus fausses. Pourquoi le ménagerait-elle, elle qui a toujours mis son point d'honneur à ne rien ménager ? Dès l'instant où elle ne peut plus espérer l'éclatante réparation dont elle a follement rêvé, c'est d'un éclatant malheur qu'elle rêve, un malheur à sa mesure.

Mais quelque chose dans ses propos véhéments a touché pourtant La Gilbertière, une plainte qui malgré elle lui a échappé, ou sa beauté désordonnée qu'augmenta toujours le désespoir, ou cet attrait simplement qu'exercèrent toujours les passions sur ceux qui sont incapables de les ressentir. Tandis que Marie se détourne avec dédain du marquis, décroche sa guitare et en pince quelques notes pour lui faire sentir que l'entrevue a pris fin, le cœur de celui-ci est touché par quelque fibre secrète. Il ne desservira pas Marie à la cour. Il adoucira même certains de ses propos, saura toucher par le récit de sa misère et de sa douleur le roi, agacé pourtant de cette arrivée intempestive, et qui croira faire à Marie une grande faveur en l'autorisant à se retirer à l'abbaye du Lys (près de Lyon) et en lui adressant un don de dix mille pistoles.

Marie part donc pour le Lys[1]. Une nouvelle fois, elle se retrouve dans l'une de ces abbayes-prisons qu'elle a connues dans son enfance. Elle est redevenue celle dont on ne sait que faire, la reléguée, l'indésirable. L'effet de cette situation, de ce retour en arrière, est violent sur son âme souffrante. Evadée avec tant de peine de cette enfance pénible, l'y voici par un long détour revenue. Comme, enfant, elle était menacée par l'arbitraire pouvoir du cardinal, son oncle, poursuivie par l'inexplicable haine d'une mère superstitieuse et sotte, la voici de nouveau prisonnière, menacée d'un mari furieux dont elle ne doute pas qu'il ne veuille la tuer, et que ce soit chez Laurent Colonna ou chez le roi dont elle désespère, l'amour s'est partout mué en hostilité. De son frère, de sa sœur Hortense, elle sait qu'elle n'a plus rien à attendre dès l'instant où elle a échoué. Quant à la duchesse de Soissons, Olympe, toujours bien en cour, il est évident que les malheurs de sa sœur la réjouissent. Soumise à l'arbitraire du roi, aux humeurs de la reine, prisonnière de ce couvent, reniée de tous, Marie est donc réellement comme retournée à l'enfance.

Cette retombée dans des situations identiques est bien connue des psychiatres de nos jours. Marie aussi, toute sa lucidité revenue, en a conscience. Mais elle l'appelle fatalité. Dans cette fatalité, elle

1. Mme de Scudéry, belle-sœur de la célèbre demoiselle, rapporte à ce propos à Bussy-Rabutin (lettre d'août 1672) une plaisante réponse de Marie, qui montre son esprit toujours aussi vif en toute circonstance : « Le roi lui a envoyé dix mille pistoles... Il lui a mandé qu'il ne pouvait la voir. Elle répondit plaisamment à M. de Créquy qu'elle avait bien ouï dire qu'on donnât de l'argent aux dames pour les voir, mais jamais pour ne pas les voir point. »

Réponse spirituelle, certes, mais plus amère que gaie.

retrouve une sorte de paix. Elle n'ignore pas que certaines démarches seraient possibles, certains adoucissements à sa situation admissibles. Elle ne fera pas ces démarches, ne sollicitera pas ces adoucissements. Dans la conscience qu'elle a de l'injustice qu'elle subit, elle puise un nouveau courage. Les nonnes du Lys sont unanimes à vanter sa douceur, sa facilité de caractère, et l'on s'étonnera. Marie douce ? Marie résignée ? Mais c'est que de ces nonnes elle n'attend, n'espère rien. Ainsi sera-t-elle toujours la meilleure personne du monde pour ses domestiques, pour les humbles, pour les animaux ; c'est pour ceux qu'elle aime, pour ceux en lesquels elle a mis ses exigences d'absolu, que Marie est dure jusqu'à la déraison, comme elle est dure pour elle-même, jusqu'à se torturer. Marie vit donc quelques mois de cette paix sans espoir. Une halte, eût dit l'astrologue de Brouage. Elle y reprend de nouvelles forces, mais ce ne sera que pour souffrir davantage. Car son inaction, qui vient de l'accablement, est au fond la meilleure tactique. La cour se rassure, le roi prend pitié de son ancienne amie, et lui fait adresser quelques mots d'espoir. Il y a d'autant plus de mérite que les brefs du pape se multiplient, que Laurent Colonna, toujours persuadé que son épouse n'attend que l'occasion de le déshonorer, exige qu'on la lui remette, en des termes des plus désobligeants pour elle et pour le roi. Mais Marie ne raisonne pas ainsi. A peine lui a-t-on fait luire un rayon d'espoir qu'elle se redresse, qu'elle exige, qu'elle ordonne. Si le roi a vraiment l'intention de lui rendre justice, alors qu'il la lui rende, pleine et entière. Qu'il la fasse sortir du Lys, lui rende sa place et ses prérogatives à la cour. Et comme on tarde à obéir à ses injonctions, elle s'exprime avec si peu de mesure, dans une lettre à Colbert, que celui-ci, qui lui est ennemi (et tout gagné à la Montespan), s'empresse de montrer la lettre au roi. Le Roi-Soleil s'offusque aisément. Comment Marie ose-t-elle proclamer ainsi ses « droits » sur lui ? Ce ton hautain, à lui dont le moindre sourire est accueilli à la cour comme une faveur marquée ! Cette fois, c'est la disgrâce déclarée. Marie est exilée à l'abbaye d'Avenay, plus lointaine et plus stricte que le Lys. Son malheur est désormais complet et ceux qui croyaient encore possible un retour en faveur sont tout à fait désabusés.

Le Lys, Avenay... Début d'une série de couvents que Marie va connaître et, il faut bien le dire, bouleverser, par ses habitudes de vie, ses exigences, ses sautes d'humeur. Et dans presque tous cependant, on la respectera, on aura pitié d'elle, on l'aimera. Seule ou presque, réduite à la compagnie de quelques femmes, de Morena, sans nouvelles de la cour, de sa famille, des démarches du connétable qu'elle s'est remise à craindre, Marie est brusquement replongée dans ce silence qu'elle hait. Dont elle a peur. Et si elle en a peur, c'est que, sitôt dissipée l'ivresse de l'action qui l'a tout entière possédée, elle revoit avec la plus complète lucidité toutes les erreurs de sa conduite. Pourquoi a-t-elle quitté Grenoble malgré l'ordre formel de la reine ? Pourquoi n'a-t-elle pas attendu en paix, au Lys, au lieu d'écrire à Colbert cette folle lettre ? Une amie espagnole lui dira beaucoup plus tard, à l'heure de la vieillesse : « Il semble qu'il y ait en vous comme un démon qui bouleverse les plans que vous-même formez. » Et une autre, à laquelle Marie a rendu visite, soupire après son départ : « La pauvre princesse ne fera jamais de tort qu'à elle-même, mais elle le fera bien... »

Dans le silence et l'isolement d'Avenay, cette vérité s'impose aux yeux de Marie. Pour qui rêvait d'une place à la cour, d'une influence politique, n'a-t-elle pas agi le plus maladroitement du monde ? Sans doute. Mais si elle avait agi adroitement, ne se mépriserait-elle pas ? Comment sortir de ce dilemme ? La vérité est que Marie, si elle se berce volontiers d'un rêve d'ambition, ne voulant plus se bercer d'un rêve d'amour, n'a pas réellement d'ambition vraie. Elle a le goût de la gloire plus que du pouvoir, nulle cupidité, nulle souplesse. Elle a sans doute le mépris des hommes, mais elle se mépriserait elle-même si elle exploitait cyniquement ce sentiment. Et ce mépris même, est-il si assuré ? Avec quelle folle imprudence, quel besoin de croire en autrui, donne-t-elle sa confiance ! La meilleure preuve en est cette lettre écrite à Colbert, son ennemi, et dont elle s'imagine naïvement qu'il ne fera pas usage pour lui nuire. Est-ce là acte de diplomate, de politique ? Sans doute, Marie a méprisé un risque qu'elle savait courir, mais elle ne l'a pas cru pourtant inévitable. Est-ce là le fait de qui méprise absolument les hommes ? Non, tout au contraire. Ses nombreuses déceptions, ses colères même, sont la preuve qu'elle est moins désabusée qu'elle ne veut le paraître. Mais pourquoi veut-elle se donner cette apparence intraitable, alors qu'elle est si prompte à s'émouvoir ? D'où cette contradiction interne, à laquelle toujours elle se heurte ?

Ici nous touchons à la faille réelle de ce caractère complexe et violent, mais qu'en fin de compte, on se prend à aimer.

Marie est avant tout une chimérique, on l'a remarqué. Plus que de l'amour, de l'ambition, de la gloire, c'est d'une idée de l'amour, d'un rêve d'ambition, d'une fumée de gloire, qu'elle s'éprend. Et l'une chimère remplace l'autre aisément : ce ne sont que des ombres. Son mouvement naturel, qui paraît d'abord de conquête, est au fond mouvement de fuite, de recul, devant la vie. Cette vie empoisonnée à la source par le manque d'amour, par tout ce qu'elle a vu autour d'elle de basse cupidité, de superstition ridicule, de lâchetés prônées comme des vertus, de liaisons douteuses appelées amour, tout cela a écœuré l'enfant trop savante. Cette triste science lui remonte à la gorge à la moindre déception, et ce grand chagrin d'enfant blessée est au fond toujours le même. Avec toute la force d'un caractère que l'adversité a forgé, elle veut s'en détacher, oublier, se mettre à l'abri. Et sa défense est bien celle d'une enfant, impuissante à agir sur les choses ; petit à petit elle va se créer de toutes pièces une cuirasse, un personnage que l'adversité n'atteindra pas.

Ce « personnage », elle en puisera les éléments

dans les livres à la mode, et la mode est à l'antique, au stoïcisme, à Corneille. Elle se fabrique donc un personnage cornélien. La violente et sensible enfant se mue en une adolescente muette et stoïque, qui trouve sa seule joie dans sa maîtrise d'elle-même, et dont sa mère dit, se prenant à ce jeu, qu'elle n'a pas de cœur. Isolée dans son personnage, Marie s'y conforme jusqu'à l'héroïsme, et la fameuse fièvre cérébrale qui la met à deux doigts du tombeau, bien plus encore que la peine d'un amour perdu, marque la violence du conflit entre les deux Marie. Ce conflit, c'est ce qu'elle fuit dans les fêtes, les voyages, l'agitation. Le silence, la claustration, le font renaître, et lui procurent une incoercible angoisse. Tantôt l'une, tantôt l'autre Marie l'emporte.

Heureuse, pendant les sept années de bonheur conjugal, elle l'a été, certes. Mais la Marie stoïcienne n'en continuait pas moins à la tourmenter. En aimant Laurent de cet amour absolu, ne donnait-elle pas des armes contre elle ? Trahie, elle a réagi avec la promptitude que l'on sait. Mais la Marie sensible et tendre qui subsiste au fond d'elle n'a cessé de gémir. Comment vivre dans ce conflit ? Il faudrait y repenser, le résoudre. Mais plus Marie avance dans la vie, plus ses moindres démarches sont guidées par cette fierté tout artificielle, tout acquise, mais qui n'en reste pas moins sa seule certitude morale. Y repenser serait remettre toute sa vie en question. Cela lui donne le vertige, l'épouvante secrètement. Elle a déjà connu cette angoisse, à Brouage, plus tôt encore, au chevet de sa mère mourante, et plus elle avancera en âge, plus le courage lui manquera de remettre ainsi en question son existence même.

Quoi ! Le courage ! Marie bondirait à cette assertion. Et pourtant, au cours de ces haltes prédites par l'astrologue, sa hâte à repartir, son inquiétude de plus en plus fébrile, ne portent-elles pas évidemment l'empreinte de la peur ? De la peur, oui. Et marque de la peur, ces sacrifices que Marie n'hésite pas à faire, qui crucifient cette part sensible et tendre de son âme (l'amour, la couronne, ses enfants, sa sécurité même) mais la préservent de la grande peur essentielle : celle de la vie, de la mort, de la liberté : de Dieu.

Pauvre Marie, toujours plus dépouillée, au profit de l'inhumaine idole qu'elle s'est créée, se doute-t-elle que ces couvents, ces prisons, ces haltes qu'à tout prix elle veut fuir sont autant de chances qui lui sont données d'échapper à un esclavage plus dur et plus astreignant encore ? Par instants, la vérité semble l'atteindre. « J'ai agi follement », confesse-t-elle dans une lettre. Mais elle ne va pas plus loin. Elle a agi follement, mais elle ne *pouvait* agir autrement. Entre l'échec et la bassesse, elle a choisi l'échec, et se glorifie de ce choix, ne voulant point admettre qu'il existe un autre plan des choses. L'échec la rassure sur sa valeur, son courage : elle n'a pas cédé à l'enfant frustrée, en elle, qui demandait à être aimée, reconnue, à aimer aussi. Elle en nie l'existence, elle ne veut pas lui permettre de paraître au jour. Et ce refus de la vie la mènera, petit à petit, au bord d'une sorte de dérangement mental.

C'est ce calvaire que nous allons suivre, maintenant, pas à pas. Réduite au silence et à la claustration (une claustration qui demeure fort douce, elle joue de la guitare, lit, reçoit même quelques visites), Marie ne veut pas, ne veut à aucun prix revenir en arrière, remettre en question sa décision. Son épouvante — réelle, car elle est fermement persuadée que Laurent a tenté de l'empoisonner, quoiqu'on ne puisse en donner une preuve évidente — elle la cultive, l'accueille comme une amie. Laurent devient à ses yeux un véritable monstre, une brute sanguinaire (et encore que le connétable n'ait pas été, certes, et loin de là, un personnage irréprochable, son caractère n'est cependant pas irrémédiablement corrompu, et il témoignera, à son lit de mort, de sincères regrets au sujet de Marie, tenant à lui rendre justice devant ses enfants). Elle s'exagère son pouvoir, s'hallucine elle-même de cette terreur qu'elle entretient et qui la justifie, lui cachant peut-être un regret toujours vivace.

Laurent continue d'ailleurs, ceci est vrai, à réclamer son épouse, à agiter toutes les autorités ecclésiastiques qu'il peut toucher, et la correspondance du nonce Nerli (assez favorable à Marie, car il connaît les mœurs romaines) et du cardinal Altieri en témoigne. Marie s'exagère aussi les mauvaises dispositions du roi. Certes Louis XIV a été offensé par l'attitude de son ancienne amie d'enfance. Mais il a davantage obéi à l'humeur d'un instant, à un agacement passager, qu'à une durable colère. Marie ne manque pas d'amis à la cour. Monsieur, le chevalier de Lorraine, lui restent fidèles et parlent pour elle. Le roi n'a répondu aux brefs du pape, aux réclamations de Colonna, que par des messages courtois et évasifs. L'insistance même de ceux-ci l'irrite, et sert Marie. Rien n'est perdu, ou ne serait perdu, si elle consentait à attendre, à calculer. Mais attendre, calculer, tenir compte de la vie, des circonstances, des êtres, c'est trop lui demander. Faire la part des choses la sauverait, mais faire la part des choses la forcerait à regarder en elle-même, à transiger, à transiger avec elle-même. Donc, faire la part des choses, à son point de vue, la perdrait.

Et, venant à ce point où elle est disposée à tout pour échapper, pour s'échapper dans le sens le plus littéral du mot, s'offre à elle un nouveau but, une nouvelle occasion de rêverie, une nouvelle chimère. Hortense, bonne fille malgré tout, lui écrit de la cour de Savoie. On le sait, Hortense avait quitté Grenoble pour Turin et la cour de Charles-Emmanuel de Savoie, où celui-ci la conviait généreusement. La somptuosité de cette cour, petite mais que l'on disait des plus agréables, l'avait attirée à un moment où elle craignait les suites de son équipée avec Marie et une nouvelle offensive de son fou de mari. Elle y avait été on ne peut mieux accueillie. Charles-Emmanuel, marié d'abord avec Françoise d'Orléans, troisième fille de Monsieur, gracieuse et charmante, devenu veuf en même temps qu'il perdait sa mère, l'autoritaire Christine, avait épousé en secondes noces Marie Jeanne Baptiste de Savoie-Nemours (leur fils, Victor-Amédée, devait connaître un destin éclatant). Agé alors d'une quarantaine d'années, souverain tolérant, généreux, aimant les arts, et aussi, mais de façon chevaleresque et tendre, les femmes (il s'était successivement épris de toutes les princesses qu'on lui proposait autrefois pour épouses), Charles-Emmanuel avait gardé le meilleur souvenir des sœurs Mancini, malgré l'affront subi autrefois par sa sœur Marguerite. Il avait accueilli avec joie la belle Hortense et fêté son arrivée par des tournois, courses de bagues, parties de chasse et de campagne qui avaient fort plu à celle-ci. Il était tout disposé à accueillir Marie de la même façon. On devine qu'elle devait recevoir cette nouvelle avec transports. Le but se déplaçait, mais c'était une nouvelle occasion de fuir, d'agir, d'oublier.

Transgressant une nouvelle fois les ordres de la cour de France, et toujours suivie de la seule Morena, et toujours semant le peu d'argent qui lui restait sur son passage, de chaise de poste en carrosse de louage, elle finit par arriver à Chambéry, puis près de Turin. Galamment Charles-Emmanuel s'était déplacé pour la recevoir. Il fut terrifié de voir à quoi l'infortunée était réduite. Charles-Emmanuel, on s'en souvient, avait vu Marie une seule fois. C'était lors du voyage à Lyon, où sa propre sœur, Marguerite, avait été rebutée par Louis XIV et, disait-on alors, pour cette même Marie. Il avait admiré la jeune fille dans tout l'éclat de ses dix-huit ans, triomphante, parée, adulée par les courtisans à l'égal d'une reine. En faisant la part des treize ou quatorze ans qui s'étaient écoulés depuis, il avait cependant entendu parler assez des succès de la belle connétable et des craintes que son retour avait éveillées à la cour de France, pour s'attendre à la trouver, sinon la même que la jeune fille de Lyon, du moins son égale en beauté et en somptuosité. Or Marie, minée par le souci, la fièvre, l'épuisement de ces voyages de cauchemar dont elle avait le secret, lui arrivait de plus absolument démunie de tout ajustement et, au dire même du galant souverain, « vêtue comme une pauvre bohémienne, d'une jupe fripée et d'un pauvre casaquin sans couleur ». La noire Morena ajoutait encore à cette impression de bohème. Le souverain fut bouleversé de cette transformation qu'il n'imaginait pas. S'il fut déçu dans son imagination galante, son cœur généreux ne s'en émut pas moins. L'agitation fébrile de Marie, ses traits tirés, ses yeux noirs pleins d'angoisse, le bouleversèrent.

Il ajouta une foi totale à ses assertions qui lui paraissaient assez fondées par l'état misérable où il la trouvait. Tout en la conduisant au logis qu'il lui destinait, il s'indigna contre le roi de France qui avait laissé dans cet état celle qu'il songea autrefois à épouser ; il s'emporta contre le connétable traitant aussi mal l'épouse irréprochable ; bref, il fut tout de suite acquis à la fugitive. Et, d'abord étonné par le misérable attirail de cette princesse persécutée, il ne s'en émerveilla que plus de sa fierté, lorsque, arrivée au couvent dont un appartement lui était réservé, et s'étant retirée pour faire un peu de toilette, elle réapparut dans le même vêtement, et sans le moindre souci de plaire ni la moindre gêne apparente, l'entretint ainsi, en se promenant dans le jardin de sa nouvelle demeure, ayant simplement jeté sur ses épaules un « petit châle ».

Tant de noble dédain des convenances pique bientôt l'imagination, vive et romanesque, du galant duc de Savoie. Bientôt, le feu avec lequel Marie lui narre ses mésaventures agit sur son cœur inflammable. Tout épuisée qu'elle soit par le voyage, et plus encore par le conflit intérieur qui la déchire, Marie n'en conserve pas moins sa beauté. Ses cheveux sombres, ses yeux ardents, son teint mat, lui ont toujours suscité des adorateurs ; à ces beautés naturelles s'ajoute le charme de sa parole, élégante et convaincante à la fois. Le duc, dont l'éducation a été volontairement négligée par la tyrannique Christine, est d'autant plus sensible aux prestiges de la culture et de l'aisance que Marie possède au suprême degré. Au terme de l'entrevue, alors que le duc regagne son palais, on peut bien dire que malgré la fatigue, le

« pauvre casaquin sans couleur » et l'arrivée pitoyable, Marie a trouvé son champion.

Elle a trouvé aussi un abri. La petite cour de Charles-Emmanuel, comme le lui écrivait Hortense, vit sur un rythme agréable de fêtes et de chasses, avec une étiquette plus simple que celle de la cour de France, qui rappelle un peu à Marie celle des années d'adolescence de Louis XIV. Le duc et la duchesse, entièrement prévenus en sa faveur, lui prodiguent des attentions. Certes, Hortense, qui aime le changement, est repartie pour Chambéry, où elle séjourne dans un château du duc, y festoyant et buvant son vin ; mais la cour entière s'empresse autour de la connétable, admire son charme, écoute ses récits : pour quelque temps, Marie s'apaise. Elle a dû se loger, par prudence et par égard aux réclamations et aux insinuations de Laurent, dans un couvent encore : la Visitation de Turin. Mais les visites se succèdent. La délicate générosité de Charles-Emmanuel lui a permis de retrouver un peu de sa splendeur passée, et chacun s'accorde à déclarer qu'elle est plus belle que jamais. Après le repos des premiers jours, Marie a voulu s'occuper, elle a repris ses lectures, elle correspond avec son amie Christine Paleotto qui promet de venir la voir et la tient au courant des nouvelles d'Italie. Elle fait de la musique, assiste à quelques petits concerts. Son affolement, sa fébrilité disparaissent petit à petit. En fait, Marie a essentiellement besoin d'être aimée et reconnue. La cour de Charles-Emmanuel n'est pas la cour de France, mais elle y est le personnage intéressant, la figure la plus marquante. On ne parle que d'elle dans ces réunions paisibles où tout fait événement. Elle n'y prend pas un simple plaisir de vanité ; c'est plutôt un sentiment de sécurité qu'elle trouve à être jugée telle qu'elle se veut, une femme malheureuse, irréprochable, supérieure.

Bientôt elle y trouve un autre réconfort : l'amitié naissante de Charles-Emmanuel qui la visite chaque fois qu'il le peut, et dont la loyauté et la sensibilité la touchent. A ce prince généreux et bon, elle ose enfin se montrer telle qu'elle est vraiment : une femme vulnérable, blessée profondément, et à maintes reprises, par un mari plus incompréhensif et grossier que foncièrement mauvais. L'effet de ces confidences, qui restent réticentes et pudiques, ne tardera pas à se faire sentir, renforcé sans doute par la beauté revenue de Marie : Charles-Emmanuel ne va pas tarder à passer de l'amitié à un sentiment plus tendre, comme il est passé déjà de la pitié à l'admiration, de l'admiration à l'attachement. Marie a tout, il faut le dire, pour émouvoir un prince qui n'y est déjà que trop porté. Son malheur, sa beauté, et plus encore, cette science sans pédanterie, cette culture raffinée que Marie n'a jamais cessé de développer, font oublier totalement au prince l'éclatante mais puérile Hortense[1]. De son côté, Marie peut penser, sans s'illusionner cette fois, qu'elle a trouvé cet ami parfait, cette âme sœur, qu'elle cherche depuis longtemps.

En effet, encore que trop sensible au charme féminin, Charles-Emmanuel est à bien des égards un prince exemplaire. Fastueux dans ses plaisirs, il sait pourtant conserver le moyen d'apaiser par ses générosités les conflits religieux qui ne cessent d'éclater en Savoie. Tolérant, diplomate, Charles-Emmanuel protège l'agriculture et s'occupe pourtant de l'armée. Il a des idées personnelles sur le gouvernement de son duché, combat la mendicité, favorise l'instruction du peuple, interdit certains jeux comme le jeu de loto. Il est généralement plus aimé que sa mère ne l'a été, et bien qu'élevé par celle-ci, jalouse de son pouvoir, dans les plaisirs et l'ignorance, consciencieux, il a pris en main, avec fermeté, le destin de la Savoie. Tant de sérieuses vertus ne l'empêchent pas de rester excellent cavalier, bon danseur, grand amateur de chasses et de divertissements qu'il organise à merveille. Courtois avec son épouse quand même il aime ailleurs, chevaleresque avec les dames quand

1. Dont il semble qu'elle ait été quelques mois la maîtresse du duc, et qui réside dans son château de Chambéry.

même il a cessé d'aimer, c'est vraiment un souverain selon le cœur de Marie, et elle ne tarde pas à s'en apercevoir. C'est l'éclosion d'une belle tendresse qui reste pure, mais dépasse un peu les bornes de la simple amitié. Comme toujours, dès qu'elle est animée par le sentiment, bonheur ou souffrance, la beauté de Marie décuple. Elle reprend goût à la vie, elle espère sans trop savoir quoi. Vivre tranquille au milieu des plaisirs de la cour de Savoie est tout son rêve, déclare-t-elle à Charles-Emmanuel, fier et ravi de voir sa cour préférée à toutes par cette célèbre beauté. Aussi est-il on ne peut moins disposé à accueillir les réclamations qui lui parviennent.

Le pape, qui prend décidément beaucoup d'intérêt à cette affaire, envoie à nouveau un bref. Le cardinal Altieri se fait l'écho des plaintes de Laurent qui proteste qu'il ne demande qu'à retrouver sa femme, et qu'il la recevra « avec tous les égards qui lui sont dus ». Plus curieux, le fait que ces réclamations sont appuyées maintenant par le Roi-Soleil ! Est-ce jalousie tardive, comparable à celle de Laurent (on jase déjà beaucoup de l'attachement, à peine naissant cependant, de Charles-Emmanuel pour Marie) ou simplement jalousie de son pouvoir ? Toujours est-il que Louis XIV est outré par l'attitude de Marie, qui n'a pas attendu humblement son pardon, mais s'est réfugiée en Savoie, et témoigne, semble-t-il, de bien peu de regrets de la cour de France. Celui qui va dire quelques mois plus tard, en intervenant dans le conflit entre la Savoie et Gênes : « Il ne doit pas se tirer un coup de canon en Italie sans notre permission », intervient de toute son autorité pour conseiller à Marie... de retourner auprès de son mari. Cette intervention de Louis XIV, alors que c'est sur la foi de sa promesse qu'elle avait quitté l'Italie, indigne Marie. Du moins est-elle sûre de Charles-Emmanuel, qui répond avec diplomatie, mais sans s'engager jamais. Et dans cet optimisme de surface que crée en elle la détente, Marie ne songe plus qu'à profiter de son séjour pour vivre de la vie qu'elle aime. Bientôt la lecture et la musique ne lui suffisent plus. Elle aspire à un logis où elle puisse recevoir, elle veut suivre la chasse, se montrer à la comédie, retrouver ce rythme de tourbillon qui lui est naturel et seul lui permet de ne plus ressasser les souvenirs du passé.

Les lettres du connétable se font furieuses, sans que Charles-Emmanuel leur témoigne la moindre attention. Comme Marie reste enclose, bien à contrecœur, au couvent de la Visitation, le duc lui rendra visite, tous les jours ou presque, et parfois deux ou trois heures à la suite. Certes, ces visites se passent avec une parfaite bienséance — il serait difficile qu'il en soit autrement, le petit parloir, le jardin du couvent étant lieux fort austères, et Charles-Emmanuel n'y étant jamais seul avec Marie. Mais ces visites quotidiennes donnent lieu à bien des commentaires. Le duc nie en souriant, ce qui ne trompe personne. Et il multiplie les attentions à l'égard de Marie. Elle qui est arrivée sans un sou vaillant se trouve défrayée de tout ; le duc fait venir des femmes de Rome pour la mieux servir. A nouveau, elle se trouve dans le climat de respect chevaleresque, de galanterie délicate, dont elle a le goût. Et elle qui s'était forgé de Louis XIV une idée si fausse, une image à tel point embellie, ne peut pas rester insensible aux réelles qualités de Charles-Emmanuel.

S'il y a dans la vie de Marie une tentation qui ne soit pas celle de l'orgueil, peut-être faut-il la situer en Savoie. Elle s'est trouvée alors brusquement restaurée dans ce qu'elle estime être ses droits ; de toutes ses forces, elle s'applique à oublier ce qu'elle a laissé derrière elle : ses enfants, son amour déçu, sa chimère brisée. Elle se trouve être le centre de cette petite cour de Savoie, et si Charles-Emmanuel n'est pas le roi de France, il n'en est pas moins prince souverain et doué certes de plus de charmes, de qualités propres à la séduire, que Louis XIV. Elle trouve vite un charme pénétrant à ces entrevues, à cette vie qui se déroule avec pompe et faste, comme un recueil de belles images d'autrefois — elle se plaît à imaginer qu'elle coulera le reste de ses jours à Turin, avec des intervalles dans les résidences d'été du prince, s'occupant un peu de politique, un peu d'astrologie, de musique, de peinture... Comme toujours, elle fuit la vie dans un mirage, séduisant tant qu'elle n'en approche pas. Car le danger reste suspendu au-dessus de sa tête. Mais elle n'est pas seule à rêver et là gît un péril plus certain. Chaque jour, Charles-Emmanuel s'éprend davantage de la connétable. Ce prince, dont le trait le plus caractéristique est sans doute l'équilibre des facultés, qui sait concilier son goût du faste avec une sage administration, son amour pour les femmes et son amour pour sa femme, ses convictions religieuses avec la tolérance la plus éclairée, s'attache toujours plus à cette Marie qui ne sait rien concilier du tout. Cette ardeur presque folle, cette déraisonnable hauteur, cette passion qu'elle met absurdement dans les moindres choses, l'attirent par cela même qu'il ne les éprouve pas. Elle, au contraire, aime en lui cette clarté de vues qui n'exclut pas la grandeur d'âme, et qu'il sache rester chevaleresque et généreux sans pour cela cesser de voir clair. Elle ne se lasse pas de lui parler de sa vie, de cette enfance révoltée où elle ne cessa pas cependant de croire au miracle, de ce miracle alors advenu, l'amour d'un roi, de la façon dont librement, fièrement elle y renonça, pour l'amour d'autre chose qu'elle ne sait pas nommer. Et Charles-Emmanuel : « Est-ce Dieu ? — Mais qu'est-ce que Dieu ? » dit Marie. Et, en somme, développe-t-elle, que changerait l'existence de Dieu (dont elle doute sans le nier absolument) à ces lois de la fatalité, de la Providence si l'on veut, qu'Il a lui-même édictées ? Que changerait l'existence de Dieu à sa vie à elle, Marie ? N'a-t-elle pas toujours agi avec le plus parfait désintéressement, la plus pointilleuse vertu ? L'astrologue avait raison, hélas : une malédiction est sur elle, qu'elle ne réussira pas à écarter, qu'elle ne désirerait même pas écarter, si elle ne le pouvait qu'au prix d'une bassesse.

Lui, la regarde, le teint animé, les yeux fiévreux, ses admirables cheveux noirs retombant autour du beau visage de sibylle, et ne sait que répondre. Il s'est fait un Dieu à son image, Dieu de justice et de vérité, sans doute, mais Dieu tolérant, indulgent aux faiblesses humaines, qu'un peu de repentir et de bonne volonté désarme aisément. Un Dieu humaniste, éclairé, doux aux humbles, patient aux pécheurs. Ce n'est point le Dieu que révérerait Marie, si elle croyait en Dieu. Il aimerait à lui répondre (il aurait beaucoup à dire là-dessus) que le pardon est une vertu. Et il n'est pas sans penser que si Marie Jeanne Baptiste, duchesse de Savoie, avait la même intransigeance que Marie, il serait un mari bien infortuné. Mais comment aurait-il la cruauté de désapprouver cette amazone blessée qu'il admire, et qui a tout quitté pour ne pas déchoir ? Comment en aurait-il même la force, car ce qui l'attire en elle, c'est justement ce qu'il désapprouve ou croit désapprouver. Cette démesure, cette passion, cet abandon qu'elle fait de tout pour rien... N'avait-il pas déjà été très impressionné par les derniers mois de sa mère, et par la folie mystique, le repentir presque excessif qu'elle avait témoigné de sa liaison avec Philippe d'Aglie : elle multipliait les dévotions (elle qu'il avait connue si tyrannique, si absolue), assistant chaque jour à la messe dans sa petite chapelle privée, et étendue en travers du seuil, exigeait que les religieux passassent sur son corps, appuyant leurs pieds sur sa gorge. Il avait assisté ainsi, jusqu'à la fin, à ce repentir démesuré, qui sans doute avait pris naissance dans une peur de la mort chaque jour croissante, mais n'y avait-il rien d'autre dans cette pénitence dont on pouvait dire, comme d'une débauche, qu'elle fut effrénée ? L'approche de la mort ne rectifiait-elle pas la vision de la duchesse ? N'apercevait-elle pas des abîmes réels, mais que les occupations du règne lui avaient jusque-là cachés ? Charles-Emmanuel avait, non pas médité, mais rêvé à cette fin. Il y revenait parfois, et ce, depuis l'arrivée de Marie.

Ces abîmes l'attirent, il voudrait les sonder sans s'y perdre pourtant. Le visage torturé de sa mère aux derniers jours de sa vie, puis apaisé soudain, il y songe devant ce visage à nu de Marie, lorsqu'elle lui parle de Laurent, et il voudrait l'apaiser, et que cet apaisement soit l'amour.

« L'aimiez-vous ?

— Jusqu'à l'instant où j'ai connu qu'il était indigne », dit Marie avec raideur.

Mais il sait déjà qu'elle l'a aimé bien après ; par ce phénomène de sympathie que connaissent tous ceux qui aiment, il devine les soirs d'attente, la tentation d'un geste tendre, d'un mot conciliant, cent fois repoussée ; l'humiliation de cette âme orgueilleuse de souffrir encore, d'aimer encore. Et il songe : « Si c'était moi, elle m'aurait pardonné. » Et cette pensée la lui fait imaginer plus faible, la lui rend plus chère.

Cependant couvait autour d'eux un petit scandale. La *Gazette de Hollande* ironisait à leur sujet, les ambassadeurs correspondaient, le connétable écumait. Un petit fait l'indigna plus que tout. L'hiver était venu, et une neige abondante était tombée, donnant aux ducs le désir de se donner une course de traîneaux, plaisir habituel de la cour. Les traîneaux furent donc amenés sur la place du château, par quatre quadrilles de six, chaque quadrille étant conduit par un cavalier qui réglait l'allure des chevaux. Le premier quadrille comprenait la duchesse, en livrée couleur feu, servie par le comte de Verne ; le second, la princesse Louise, en livrée feuille morte avec un manteau noir, servie par don Gabriel de Savoie ; le troisième, la marquise de Dronera en bleu céleste, et le prince Philibert ; le quatrième enfin, le duc et la comtesse de Sales, en livrée orange. Ces vives couleurs faisaient merveille sur la neige. Chaque escadron rompait deux lances sur des centaures dressés sur les côtés de la place, perçait de flèches des dragons de carton-pâte, peints et ornés, tirait au pistolet des lions, attaquait à l'épée de fausses panthères. L'ensemble des évolutions des traîneaux, sur un espace restreint, était admirablement réglé pour imiter les évolutions d'une chasse. Ce divertissement, qui tenait du tournoi et du ballet, devait plaire à Marie à laquelle il était pourtant impossible d'assister officiellement au spectacle. Le duc proposa d'aller recommencer la partie sous ses fenêtres. Les participants acceptèrent d'enthousiasme. On recommença donc, et Marie prit un vif plaisir à cet hommage. On ne peut en dire autant du connétable, fort exactement informé de tout ce qui se passait à la cour de Savoie. Il fut outré de jalousie, de dépit, de colère. De jalousie, parce qu'il lui semblait que le duc avait officiellement reconnu son amour pour Marie ; de dépit, parce que Charles-Emmanuel s'était ainsi montré à Marie sous un jour avantageux, et que lui-même enviait (il était bon cavalier, et excellait, comme le duc, à tous les exercices corporels) ; de colère, parce qu'il avait prescrit, dans d'innombrables lettres allant de la feinte douceur à la plus extrême violence, qu'on laissât Marie « dans la plus stricte clôture et sans distraction ». Il espérait ainsi l'attirer à Rome pour s'en venger d'une façon qui, pensait-il avec l'optique de son temps, laverait son honneur.

S'il n'est pas certain que Laurent ait voulu empoisonner Marie, il est évident du moins qu'à partir du moment où elle l'a quitté, le ridiculisant, croit-il, aux yeux de toute l'Europe, il est résolu à une vengeance qui pourrait bien aller jusqu'au meurtre. Pendant toute sa vie, il portera cette humiliation d'avoir été ainsi abandonné par Marie et ce n'est qu'aux tout derniers jours de cette vie qu'il renoncera enfin à cette vengeance. C'est donc à juste titre que Marie fuira toujours l'Italie. Mais que ne s'arrête-t-elle ? Ici, en Savoie, l'aiguille du destin oscille un instant.

A l'en croire, pour s'établir définitivement en Savoie, Marie ne demande qu'une chose : sortir de la clôture, disposer d'une maison ou d'un appartement où elle puisse recevoir, mener une vie digne de son rang. Mais Charles-Emmanuel n'ose encore lui accorder cette faveur. Un incident comique n'a-t-il pas déjà agité la Visitation lorsque Marie a voulu y introduire Morena ? « Une Turque ! » se sont écriées les nonnes avec horreur. Marie a finalement obtenu gain de cause ; mais non sans mille tractations. A présent — et bien qu'elle reçoive librement au parloir du couvent, dans le petit jardin aux allées bordées de buis, tant le duc que l'ambassadeur de France, et bon nombre de dames — elle demande avec insistance à sortir de la Visitation. Elle voudrait s'établir chez le prince de Carignan, frère du comte de Soissons, et par là son parent. Celui-ci, bien embarrassé, élude autant qu'il le peut la question ; il craint de déplaire au connétable, à Louis XIV, à tout le monde. Et le duc de Nevers, qui revient en Savoie pour raisonner sa sœur, ajoute encore à ces craintes. Du point de vue de Nevers, l'entreprise a échoué. Ce roué, ami de De Vardes, du chevalier de Lorraine, de cette petite bande cynique et corrompue qui entoure Monsieur (au point qu'on l'a cru, lui, Philippe Mancini, coupable d'avoir initié Monsieur à son vice), n'a qu'une pensée : se débarrasser de cette encombrante Marie, qui a perdu toute valeur politique et ne peut que le brouiller avec ses puissants alliés (Mme de Montespan en France, le connétable en Italie). A Grenoble, Philippe ménageait encore Marie : on ne savait jamais, elle pouvait reconquérir Louis XIV. A présent il considère cet espoir comme perdu. Ne demeure que l'embarras. Hortense, elle aussi séparée de son mari, a du moins l'excuse de la folie de celui-ci. Et puis le duc de Mazarin est mal en cour, tandis que le connétable est un prince puissant. Après de feintes effusions, Philippe conseille donc à Marie de retourner en Italie. Elle le considère avec stupeur. Ne sait-il pas que Rome, c'est pour elle ou la mort, ou l'ensevelissement dans un couvent ou une forteresse dont elle ne sortira plus ? (Comme pour confirmer ses dires, ces jours-là on signale autour du couvent une bande d'hommes armés, à l'allure inquiétante, et venus d'Italie. Charles-Emmanuel, averti, les fait disperser aussitôt.) Philippe, gêné, détourne les yeux. Alors, qu'elle reste cloîtrée, sans scandale, sans agitation. Il vaudrait mieux d'ailleurs que ce ne fût pas en Savoie : on a trop jasé sur le duc et sur elle, déjà. Que n'est-elle restée à Avenay ! Un jour ou l'autre, elle serait rentrée en grâce. Si elle le voulait, il pourrait peut-être encore obtenir du roi... Mais à condition... Les conditions font se cabrer Marie. Elle est à merveille en Savoie, et ne la quittera pas. Elle a tort, opine gravement le duc de Nevers. Elle se compromet à plaisir, et pour rien. Lui qui connaît Marie, *sait* qu'elle est parfaitement vertueuse (se glisse-t-il de l'ironie dans sa voix ? Marie n'en répondrait pas). Mais comment le connétable, « qui l'aime encore au fond », en serait-il persuadé, si elle s'obstine à rester à Turin, exposée aux galanteries trop visibles du duc ? Mais lui s'offre volontiers en médiateur. Il est sûr, d'ailleurs, que Marie s'exagère beaucoup les choses. Cet empoisonnement, par exemple. Ne peut-on l'expliquer par la chaleur, des aliments sans fraîcheur, une médecine trop violente, que sais-je ? Et quant à croire que le connétable se vengerait sur elle... Mais non, là encore Marie est la victime de son imagination, de ses sentiments trop excessifs... Bien entendu, une retraite de quelques semaines, voire de quelques mois, apaiserait l'opinion romaine. Mais il veillerait lui-même à ce qu'elle ne dépasse pas les bornes de... Il se porte garant de...

Le dégoût qu'il lit sur le visage mobile de Marie l'arrête. Son ton bonasse, la bienveillance dont il a empreint ses traits, disparaissent. Le regard ironique de Marie le transperce. « C'est inutile, mon frère. »

Assurément, dit-elle d'une voix posée, elle comprend très bien les mobiles du duc de Nevers. Qu'elle soit compromettante, dangereuse même, elle l'admet. Qu'il la fuie donc. Elle se résignera, non sans peine, mais enfin elle se résignera à ne le revoir jamais. Elle est disposée à faire beaucoup pour son frère, et jusqu'à sacrifier le plaisir de le voir. Mais (ici son ton s'élève, ses yeux s'enflamment, elle ne peut contenir sa colère) elle n'ira pas jusqu'à lui sacrifier sa vie. Est-il au courant des lettres que le connétable envoie sans trêve au duc de Savoie ? Oublie-t-il les quatorze galères envoyées à sa poursuite lorsqu'elle voguait vers Marseille ? Les menaces à Louis XIV, la bande de rufians dispersée, les espions qu'on lui envoie, les brefs du pape, les pressions de toutes sortes ? Et croit-il réellement que le connétable se donne tout ce mal pour la rétablir dans ses droits au sein du palais Colonna ? Le duc de Nevers est bien naïf. On lui avait rapporté pourtant que son frère était grand politique ? Fausse rumeur, sans doute. Elle s'en félicite, car il n'est rien qu'elle méprise comme les « grands politiques » capables de sacrifier leurs proches pour le plus minuscule avantage. Et puisqu'il est si naïf encore, c'est elle qui se permettra de lui donner un conseil : qu'il la quitte en hâte, elle le lui demande. Qu'il feigne une brouille complète. Elle croit indispensable à sa réussite cette ruse innocente. Allons, vite, qu'il s'en aille. Ils sauront bien, tous les deux, que cela n'est pas vrai.

Ses beaux yeux sombres se sont mouillés de larmes. Elle se détourne. Mais le duc reste là, un peu gêné, un peu ému peut-être. Il n'a pas tout à fait oublié leur alliance d'autrefois, le temps où ils étaient de jeunes fous ligués contre l'oncle Mazarin, le temps où il accompagnait le roi jusqu'à Brouage et le voyait verser des larmes dans la chambre de Marie. « Prenons que je n'aie rien dit, Marie. » Il n'est pas son ennemi, il ne veut forcer en rien son inclination. Si vraiment elle croyait, elle pensait... Il comprend, admet qu'elle ne veuille pas retourner en Italie. Bien entendu, il ne pourrait professer ouvertement cette opinion. Mais enfin...

« Comme vous le dites, l'important est de se connaître, de se faire confiance... »

Elle sourit. Et pourquoi ne resterait-ellc pas en Savoie, après tout ? Elle pourrait peut-être y jouer un rôle... Si elle était bien sûre de l'appui inconditionnel de Charles-Emmanuel... Même Louis XIV pourrait s'adoucir à son égard si par elle il se trouvait assuré de manœuvrer à son gré la Savoie.

« Au fond rien n'est perdu, il y a encore là une belle partie à jouer. » Mais qu'elle rabatte un peu de son intransigeance ! Il lui sourit aussi, avec un peu de l'ancienne complicité revenue.

« Tant qu'à être soupçonnée, ma bonne, autant que ce soit pour quelque chose, n'est-ce pas ? »

Ce soir-là, quand il fut parti, Marie pleura. Jamais elle ne s'accoutumerait au langage du monde, à cette insouciance, à cette complaisance, se disait-elle avec rage. Comment osait-il la soupçonner, lui, son frère, alors qu'elle avait renoncé à un roi pour ne pas faillir... Et peut-être sa colère, son chagrin, étaient-ils rendus plus violents encore par la conscience qu'elle commençait à avoir d'être tentée. Ah ! se relâcher de cette dure exigence qu'elle avait eue envers elle-même ! Mais le pouvait-elle ? Elle qui n'avait pas pardonné à son mari, allait-elle gâcher la belle image qu'elle se faisait d'elle-même par une indigne faiblesse pour Charles-Emmanuel ? Oh ! elle ne céderait pas, elle se le jurait bien. Mais être tentée était déjà trop. Elle pleurait aussi de l'humiliation d'avoir un cœur.

Comme par un fait exprès, tout contribuait ces jours-là à l'amollir. Et avant tout la visite de Christine Paleotto, l'ancienne maîtresse du connétable, qui apportait à Marie devenue son amie des nouvelles de Rome et de ses enfants. Marie avait songé bien souvent à eux, depuis son arrivée à Turin. Le petit prince de Piémont lui rappelait tout particulièrement le plus jeune de ses fils, son favori, don Carlo, et le duc lui envoyait fréquemment l'enfant pour la réconforter. Christine put lui en parler longuement. C'était une blonde tendre et ployante, douce, faible parfois, ce qui avait fait d'elle une proie aisée pour le connétable, très féminine, et en tous points l'antithèse de Marie, qui l'aimait pour cela. Christine, douce et pieuse, était d'autant plus désireuse de rendre service à Marie qu'elle regrettait sincèrement sa faiblesse pour le connétable, et cela d'autant plus que celui-ci l'avait assez cavalièrement abandonnée après quelques mois de passion. Mais son désir de rendre service à son amie ne réussit qu'à replonger plus profondément Marie dans l'affolement. Marie avait été plus ébranlée qu'elle ne l'avait montré par la présence de rôdeurs italiens autour du couvent. La visite du duc de Nevers lui avait fait sentir combien peu elle pouvait compter sur sa propre famille pour la défendre. Les racontars de Christine achevèrent de la déprimer.

En effet, la violence du connétable semblait s'accroître. On chuchotait à Rome qu'il avait tenté d'assassiner Mgr Altoviti. Il s'était brouillé de la façon la plus brutale avec le prince de Sonnino, son frère. Enfin, dans la société romaine, chacun était assuré que Marie n'aurait pas plutôt remis le pied en Italie qu'elle serait assassinée. Le bruit en était si général que Milord Montagu, ambassadeur d'Angleterre, vint offrir à la fugitive, au nom du roi Charles II d'Angleterre, un asile dans son pays. Cette inquiétude générale confirma celle de Marie, qui passa de la plus folle témérité à une terreur, hélas, plus justifiée. Elle craignit tout à coup qu'à Turin même on ne l'empoisonnât, fit goûter ses aliments par Morena, retomba malade enfin.

On aura remarqué la fréquence chez Marie, par ailleurs si robuste physiquement, de ces crises nerveuses où elle s'alite, et qui mettent réellement sa vie en danger. Le sentiment de sa solitude profonde, de l'incompréhension, voire de l'hostilité, dont elle se croit entourée, explique davantage son abattement qu'une crainte pour sa vie qu'elle avait méprisée dans tant d'autres occasions. Cette solitude, cette hostilité la replongeaient dans sa souffrance d'enfant, on peut le dire sans avoir la moindre prétention à la psychanalyse ; et cette angoisse se produisait dans un organisme ébranlé par l'ancienne fièvre cérébrale dont elle se ressentirait toujours. Sa soudaine prostration inquiéta le duc. Pensant la combattre, il lui offrit d'aller visiter Hortense au château de Chambéry où cette dernière, moins compliquée que sa sœur, était parfaitement heureuse, chassant, dansant, aimant, et buvant plus que de raison du vin d'Asti dont obligeamment le duc la pourvoyait.

Entourée d'une petite cour, défrayée de tout par la générosité toujours prête de Charles-Emmanuel dont elle avait vraisemblablement été la maîtresse (à peine le duc sera-t-il mort que Marie Jeanne Baptiste de Savoie la priera de décamper), Hortense menait la vie la plus folle avec une superbe inconscience. Ce bel animal complètement amoral qu'était la duchesse de Mazarin jouissait tranquillement de la vie qu'elle s'était faite. Débarrassée de l'ennuyeux mari, ne faisant appel à Louis XIV que pour lui réclamer sa pension, couverte de cadeaux par Charles-Emmanuel, elle avait obtenu, au prix d'un peu de ruse et de prudence (car cette écervelée savait ménager ses intérêts), cent fois plus de libertés que Marie n'en avait. Avec des airs d'enfant gâtée, espiègle (n'avait-elle pas un jour, dans sa joie d'avoir reçu de belles armes de Savoie, couché avec lesdites armes dans son lit !) et des aventures connues de chacun, elle passait pour la plus charmante des femmes, qu'on eût été au désespoir de contrarier. Elle trouvait partout une indulgence que Marie jamais ne rencontra. Mais c'est qu'elle avait, avec des côtés d'enfantillage, un prudent égoïsme qui l'avertissait du danger. Ainsi, avec ses airs d'évaporée, n'avait-elle jamais porté ombrage à personne. Elle le fit bien voir encore à cette occasion. A peine eut-elle vent de l'arrivée de Marie qu'elle prit la décision prompte et immédiate d'aller faire un pèlerinage à Saint-François-de-Sales, selon un ancien vœu qui s'était opportunément rappelé à son esprit. Elle craignait de déplaire à Louis XIV en recevant Marie, elle craignait d'attirer l'attention sur elle-même, elle craignait le connétable, et loin de raisonner tout cela, elle s'éloignait d'instinct de la pestiférée. Ses chevaux furent sellés en grande hâte, et sans dire à personne où l'entraînait ce mystérieux pèlerinage, elle disparut. Marie arrivant à Chambéry n'y trouva personne.

Ce fut pour elle un coup très dur. Si son frère l'avait déçue, elle espérait du moins qu'Hortense se souviendrait de ses bienfaits de Rome, et, en partie responsable de sa brouille avec Laurent, se montrerait plus reconnaissante. Elle arrivait, accablée de fièvre, en proie au découragement, au doute, et Chambéry était vide, personne ne pouvait même lui dire où Hortense s'était rendue, ni quand elle reviendrait. Le gouverneur, M. d'Orlier, lui offrit très courtoisement de l'héberger. Mais une nouvelle, qu'on lui annonça sans ménagements, l'acheva : Louis XIV lui interdisait dorénavant l'entrée en France. Toutes les frontières lui étaient fermées. Sans un mot, elle remonta en carrosse, tout exténuée qu'elle fût, et repartit pour Turin. C'était dorénavant son seul refuge.

Marie revint donc à la Visitation, parut s'y remettre lentement. En apparence, elle se souciait fort peu de l'attitude de Philippe et d'Hortense, encore moins des menaces du connétable et de l'attitude du roi de France. Elle semblait ne se préoccuper que de son installation définitive en Savoie, de la plus agréable façon possible. En réalité, ce reniement général qu'elle rencontrait autour d'elle, toutes ces portes qui se fermaient, ces visages gênés qui se détournaient, l'ébranlaient profondément. En vain essayait-elle de l'oublier. Chaque jour lui apportait une blessure nouvelle. C'était une maladie d'un de ses enfants qu'on lui exagérait à plaisir. C'était une nouvelle lettre du connétable à Charles-Emmanuel, que le prince Colonna n'avait même pas signée, pour montrer son mépris (il dut s'en excuser). C'était des nouvelles d'Hortense, qui prenait fort gaiement les eaux à Aix ; elle y avait emmené un petit Maure offert par le duc, et faisait l'étonnement de chacun en se baignant demi-nue, portée par l'adolescent, qui partageait ses jeux nautiques. Marie passait son agacement sur le couvent, la clôture. Il s'agissait bien de clôture ! Son bouleversement était tout différent. Mais elle avait toujours trouvé du soulagement à agir.

Un beau matin, suivie de ses femmes, elle quitta tout bonnement la Visitation et s'en fut se présenter à l'hôtel de Carignan où l'on n'osa pas lui refuser un appartement. Elle en prit possession aussitôt, et deux jours après, y recevait les ambassadeurs, les dames, toute la cour enfin. Ce grand passage, cette foule, le cérémonial qui s'ensuivait, la distrayaient un peu de son angoisse. Le duc admirait et blâmait en même temps son audace.

« Que vaut la vie si elle n'est pas comme on la veut ? » répondait-elle. Et lui, que cette ardeur enflammait d'autant, hésitait encore à faire un aveu définitif. Sans timidité pourtant auprès des femmes auxquelles il plaisait d'emblée, il comprenait mal Marie. Tant de rigidité, tant de violence, tant d'ardeur, tant de glace, tout cela composait un fort bon madrigal, mais une femme difficile à comprendre, et plus difficile encore à séduire. Il rêva de l'avoir plus proche de lui, de l'étudier, de percer son secret, si elle en avait un. Les circonstances devaient le servir.

Le connétable avait envoyé à Turin le marquis de Borgomainero, prétendument pour négocier avec sa femme un compromis, en réalité pour l'espionner, lui nuire, et s'il se pouvait, l'amener en Italie par tromperie. Les rapports de Borgomainero lui apprirent l'installation de Marie chez le prince de Carignan. Il est vrai que ces rapports lui décrivaient aussi sa femme comme recevant beaucoup, certes, mais restée irréprochable (et l'on remarquera en passant que chaque fois que l'on confronte les témoignages de l'époque que l'on peut avoir sur Marie, et son mémoire, *La Vérité dans son jour*[1], on les trouvera de la plus exacte concordance). Mais le connétable avait perdu toute confiance en la vertu de Marie, et sans doute ne cherchait-il pas à la recouvrer, car il accueillait le moindre ragot avec la plus extrême complaisance, alors que les plus sincères témoignages sur cette vertu le laissaient sourd. De son côté, Marie s'était persuadée (non sans raisons fondées, elle) que son époux ne désirait que sa mort, pour laver sa « honte » et contracter une autre alliance avantageuse. Les deux époux étaient donc définitivement irréconciliables. Le connétable avait espéré que soumise à la clôture, privée de toutes distractions, Marie rentrerait bientôt en Italie où il disposerait d'elle comme il l'entendait (et il faut se sou-

1. Sur les circonstances dans lesquelles elle rédigea ce mémoire, voir note p. 263.

venir ici de la sinistre légende des Colonna, dont l'archevêque d'Amasie avait épouvanté Marie jeune mariée, et où tout n'était pas faux). L'installation chez le prince de Carignan allait à l'encontre des désirs du connétable. Voyant ses pressions sur le duc de Savoie rester absolument inopérantes, il se rabattit sur le prince de Carignan, qui déjà une fois lui avait docilement obéi, et qui n'était rien moins que ravi de la présence sous son toit de l'encombrante princesse. A peine Marie était-elle installée chez lui depuis quelques semaines, et goûtait-elle, à vivre selon son rang, un peu de soulagement, que le prince lui fit comprendre sans trop d'égards qu'elle devait déménager à nouveau, retourner à la Visitation, ou au diable s'il lui plaisait, mais qu'il se refusait à l'héberger plus longtemps.

Marie se désola. Ce petit malheur, dans l'état de tristesse où elle se trouvait, lui parut excessif. Elle refusait de rentrer à la Visitation, elle avait le sentiment qu'elle n'en pourrait plus jamais sortir. Dans l'accablement, l'angoisse qui la possédait tout entière, se retrouver seule avec elle-même lui paraissait le plus grand malheur du monde. Le duc vit ses larmes, son trouble ; pénétrant mal cette âme excessive, il leur attribua peut-être un autre sens qu'elles n'avaient. Toujours est-il qu'il persuada aisément la duchesse, qui du reste trouvait Marie charmante, de l'inviter à s'établir avec eux, aussi longtemps qu'il lui plairait, dans leur résidence d'été, à la Vénerie.

Une fois de plus Marie passait du désespoir au salut. Sans plus attendre, elle fit son bagage et partit pour la Vénerie, où elle se trouva comme par magie transportée dans un cadre de rêve. Sans que rien en fût parvenu aux oreilles de la duchesse, Marie était considérée par tous comme une occulte favorite (et dans ce sens, en effet, le connétable ne s'alarmait pas en vain). Son mépris total des commérages leur donnait aisément un aliment. Libre soudain, dans cette charmante résidence entourée de jardins, de bois, de collines, elle se remit aussitôt à pratiquer ses divertissements favoris, le cheval, la chasse, la danse, et son état physique s'améliora aussitôt. Chaque jour, pendant deux heures, comme une souveraine, elle recevait les ambassadeurs étrangers, les grands personnages de la cour ; elle les éblouissait par ses vues politiques parfois profondes, toujours claires et incisives. On imaginait mal, avec la lucidité qu'elle déployait dans ces questions, la fermeté de caractère qu'on lui devinait, l'intérêt qu'on lui voyait porter aux questions les plus arides, et avec cela le brillant de sa conversation, spirituelle et solide à la fois, car elle ne s'était jamais passée de la lecture des meilleurs auteurs, et ses dons pour tout ce qui se faisait à la cour, danse, musique, équitation, et sa beauté qu'il fallait joindre au reste, on n'imaginait pas comment cette personne si accomplie pouvait aussi mal guider sa vie. Quant à elle, l'angoisse peu à peu la quittait. Elle ne s'était jamais lassée, ne se lasserait jamais, d'être entourée. L'angoisse de la solitude, elle l'avait éprouvée dès le plus jeune âge, et devait toute sa vie être menacée, par un sort qui avait toute l'apparence d'une fatalité, de cette solitude justement. Elle sortait d'une de ces pénibles crises où elle revivait cette frustration, ce désespoir d'enfant que nul ne veut aimer, pour se retrouver entourée, choyée, admirée. C'était la réédition du miracle qu'avait été pour elle l'amour de Louis XIV. Certes elle n'y apportait plus la naïveté de ses dix-sept ans, la foi totale de l'adolescence. Elle craignait sourdement, derrière les riantes apparences du décor, de voir réapparaître le cortège de déceptions qui l'avaient déjà si profondément blessée. Tout au fond d'elle-même, elle ne croyait plus à l'amour absolu dont elle rêvait adolescente. Déjà, en châtiant le connétable (et son propre cœur) de n'avoir pas été conforme à ce rêve, elle s'abusait volontairement ; elle sacrifiait à cette fausse image d'elle-même, qu'elle vénérait comme une idole, une autre image, plus tendre, plus vulnérable, plus douloureuse aussi : celle d'une Marie aimante, souffrant dans son cœur et non dans son orgueil.

Cette fois, il lui eût fallu, pour s'abandonner à

Charles-Emmanuel, un aveuglement plus volontaire encore. Mais ne sont-elles pas nombreuses les âmes blessées qui poursuivent leur mirage à travers les plus divers visages, jusqu'à la plus cruelle déchéance ? Marie allait-elle déchoir de deux façons, trompant son cœur, trompant sa fierté qui ne demeurerait plus qu'une hypocrite façade ? Elle fut, à la Vénerie, plus proche que jamais du péril.

Qu'on imagine sa joie en se retrouvant à cheval, à côté d'un prince aimable et romanesque qui lui témoigne, sinon de la passion, du moins un vif et tendre attachement ! Il lui semble retrouver ses dix-huit ans, et son ravissement d'alors à sortir de sa chrysalide. Elle découvre avec enchantement le beau domaine de la Vénerie, où se détend encore l'étiquette déjà fort lâche de la cour de Savoie. On chasse. Marie se montre infatigable, radieuse. En apparence, elle a tout oublié. Mais cette résistance même à la fatigue, qui émerveille le duc et la duchesse, ne cache-t-elle pas aussi le souci d'exténuer ce corps, qui ose encore lui rappeler parfois ses souffrances ? Marie a toujours dédaigné les petits triomphes de la coquetterie : la société romaine, si médisante, en est témoin, qui n'a jamais douté de sa vertu, et se contente de la taxer de folie. Ce goût qu'elle prend maintenant pour le jeu romanesque, le marivaudage galant auquel le duc la convie, ne vient pas d'un banal désir de revanche. Il trahit plutôt ce goût si vif que Marie eut toujours pour le travestissement et qui révèle son trouble profond. Comme elle s'applique pourtant à l'insouciance, au plaisir ! Comme elle s'ingénie à vivre dans l'instant, sans projets, ni pensées, comme elle le faisait autrefois ! Et comme elle parvient, dans cet étrange état qui tient du bonheur et du désespoir, à trouver une sorte d'exaltation assez fascinante ! Cette fascination, Charles-Emmanuel la subit plus que personne. Le beau visage mat, tantôt si grave, si douloureux, tantôt animé d'une étrange fureur au plaisir, le captive par cette démesure qu'il est incapable de ressentir lui-même. Il s'y tromperait aisément, prendrait pour de la passion ce qui n'est chez Marie qu'un désir passionné de croire, encore une fois, une seule, qu'une échappatoire existe au grand vide de la solitude. Parviendra-t-elle à se leurrer elle-même, à anéantir ainsi des années qui sont sans doute des années d'artifice, mais aussi, des années de vertu ? Mensonge et vérité sont en elle dorénavant si étroitement mêlés, qu'elle ne saurait détruire l'un sans détruire l'autre. Le duc se perd dans cette complexité. La Marie tendre et féminine, la Marie fière et cornélienne, se succèdent avec une telle rapidité qu'il ne sait jamais à laquelle il s'adresse. Elle-même s'y perd un peu. Par instants, les paroles de Philippe, les paroles tentatrices, résonnent à ses oreilles. « Rien n'est perdu, il y a encore un beau rôle à jouer. » Et elle se berce d'idées de revanche, sur l'insolent époux qui doute d'elle, sur le roi qui ne l'a pas assez aimée. A d'autres instants, c'est la tentation de la tendresse qui prédomine, le désir de quitter un instant ce masque d'austérité qui l'épuise. « Tant qu'à être soupçonnée, ma bonne, autant que ce soit pour quelque chose. » Elle s'est indignée de ces mots de Philippe. Elle ne s'en est pas moins souvenue. Le vertige la prend. S'est-elle de bout en bout trompée ? S'il lui est à présent loisible de céder à Charles-Emmanuel, ne lui était-il pas permis aussi bien de céder au roi de France ? N'eût-elle pas alors tenu la première place à la cour de France, cette place que tient à présent l'insolente Montespan ? Peut-elle se blâmer d'un acte qui fut de pure vertu, et faillit lui coûter la vie ? Ayant tout sacrifié à cette vertu, peut-on lui reprocher d'avoir tout exigé en échange de celui auquel elle accorda ce cœur bien défendu ? Devait-elle tolérer son infidélité, l'admettre ? N'eût-ce pas été, bientôt, la partager ? Si aujourd'hui sa conduite dément sa fierté, n'est-ce pas tout l'édifice de sa vie qui s'effondre ?

Elle voudrait trouver la paix dans le sentiment qu'elle a bien agi ; qu'il n'est que de suivre jusqu'au bout cette route toute droite. Mais opprimée, torturée, la Marie tendre et aimante se venge en semant le doute dans cette fierté trop rigide. En résistant aux offres de Louis XIV, en quittant la cour de France, n'a-t-elle pas obéi au désir d'éblouir cette cour qui l'avait humiliée par un sacrifice dépassant toute mesure ; de même qu'elle aurait, en bannissant de son lit le connétable, voulu étonner par une si extrême résolution ceux qui auraient pu rire d'elle ? Mais non, se répond-elle aussitôt. Si elle se fût dégradée jusqu'à le recevoir de nouveau dans son lit, cédant à ses désirs secrets, ne se fût-elle pas dégradée aussi jusqu'à le tromper un jour à son tour ? Pourtant, à tout prendre, n'eût-il pas été préférable de céder à l'époux que de céder au duc qui la presse ? Mais le duc aussi est plus digne de son amour. Peut-être a-t-elle enfin rencontré l'homme qui saura l'aimer sans froisser ses susceptibilités, et par instants, l'orgueil vient à la rescousse et appuie la tendresse en lui fournissant cet argument : qu'il serait indigne de répondre par la prudence à un si bel amour imprudent.

Le duc ne manque pas de pénétration ; saurait-il jouer de cette corde que Marie serait perdue. Sous le prétexte de l'honneur, le cœur de Marie se rendrait aisément. Elle a trop souffert, elle se sent trop seule dans un monde hostile, pour que le plus grossier chantage de ce genre ne réussisse pas. Qu'il lui fasse croire un instant qu'elle se diminue en lui disputant ses faveurs pas à pas, et qu'une âme généreuse aurait moins de prudence, un élan lui livrerait Marie, dont la vie en serait peut-être changée. Mais, à nouveau, les rouages de la fatalité l'entraînent inéluctablement. A l'instant du désarroi où Marie pourrait être la proie du plus vulgaire séducteur, c'est parce qu'elle rencontre un soupirant digne d'elle qu'elle ne cédera pas. Tandis qu'elle se débat avec son personnage, avec ce masque qu'on ne pourrait lui arracher sans arracher aussi la chair, Charles-Emmanuel, chevaleresque, pénétrant, délicat, laisse passer l'instant où tout est possible (comme Louis XIV autrefois par simple aveuglement). Il craint de la blesser, craint de la surprendre, et sa fierté à lui, moins rigide, mais peut-être plus délicate que celle de Marie, lui fait souhaiter de ne la tenir que d'elle-même.

Un instant d'hésitation, l'un en face de l'autre, dans le cadre charmant de la Vénerie, dans cet écrin de bois et d'eaux jaillissantes, de statues, de jardins ordonnés, si favorable à l'amour, un seul instant, comme une figure de ballet, l'une de ces haltes promises par l'astrologue, un instant, et il est trop tard. Le destin est remis en marche.

Marie a goûté là un repos délicieux, mais son tourment ne lui permet pas le repos. Puisqu'elle est incapable de prendre un parti, puisqu'en elle tout n'est que doute, incertitude, balancement, puisque son état présent remet en cause, insupportablement, toute sa vie, et qu'elle n'a pas la force de supporter cette confrontation, elle va fuir, une fois de plus, fuir follement, absurdement, comme on fuit la mort — mais ce qu'elle fuira, c'est la vie.

Car on ne peut appeler autrement qu'une fuite l'absurde querelle qui tout à coup l'oppose à Charles-Emmanuel. Dans le ton de badinage galant qui est parfois le leur, ils sont convenus, afin de ne pas éveiller la jalousie de la duchesse, d'un subterfuge. Quand la conversation vient à tomber, comme cela se produit inévitablement, sur les affaires de Marie, le duc feindra de souhaiter, courtoisement toutefois, que Marie trouve un couvent à sa convenance pour s'y retirer, le libérant ainsi des pressions qui, de France comme d'Italie, pèsent sur lui. Or, l'un de ces soirs radieux de la Vénerie, Madame Royale étant présente, le duc conseille, suivant leurs conventions, à Marie de songer à regagner la Visitation. Inexplicablement, Marie se prend au jeu. On voit aisément, dit-elle d'un ton piqué, que le duc est lassé de sa présence. La bonne duchesse, tout à fait dupe, s'efforce d'apaiser Marie. Ni l'un ni l'autre ne sont lassés d'elle le moins du monde. Il est souhaitable, certes, que Marie trouve un accommodement avec son mari. Mais ils ne demandent qu'à la garder en Savoie : il s'agit d'une simple mesure de prudence. Le duc renchérit courtoisement, mais sans excès, supposant toujours que Marie joue le jeu, s'en réjouissant peut-être, comme d'une tendre complicité. Mais Marie est en proie à ses plus noirs démons. Tout à coup l'angoisse reflue en elle, le besoin de sortir coûte que coûte de l'impasse où elle se sent enfermée, fût-ce en brisant tout autour d'elle. Le jeu qui lui avait paru amusant, soudain l'offusque. Elle y voit une prudence qui la révolte. Elle perd la tête, ne sait plus ce qu'elle souhaite : que Charles-Emmanuel, ouvertement, la déclare, l'affiche, ou que comme les autres il la haïsse et la chasse. Elle a besoin d'un grand orage extérieur pour balayer ses doutes et son angoisse. Une furie de destruction la possède, où toute sa violence, trop souvent contenue, éclate soudain en propos inadmissibles. On veut la chasser, on est lassé d'elle, fort bien. Elle partira, elle ne demande que cela, elle commençait à se fatiguer de cette bergerie. On lui a assez fait sentir qu'elle était de trop.

C'est une colère d'enfant, qui cherche à blesser à tout prix. Et à la stupeur du duc qui n'y comprend plus rien, de Madame Royale qui était toute bienveillance, elle couronne son insolence par la plus inconvenante sortie, laissant derrière elle ses bienfaiteurs consternés.

Rentrée chez elle, elle s'effondre en sanglots. Elle est en pleine crise, en pleine chimère. Elle se refuse à voir dans les propos du duc la ruse convenue. Il lui envoie en vain son ministre Saint-Thomas qui s'efforce de raccommoder les choses. Elle refuse de s'excuser auprès de la duchesse. Elle est en plein délire noir, replongée dans le monde trop familier de son enfance, monde de colère et d'humiliation, et elle le retrouve, ce monde, avec une sorte de soulagement, parce qu'il lui épargne tout souci de décider, toute responsabilité. Un furieux désir d'échec la possède à nouveau, elle s'y plonge, se délecte de sa propre souffrance, refuse toute concession, si petite soit-elle, et pour couronner sa folie, retourne en grande pompe à la Visitation, sans adresser un mot au duc et à la duchesse qui ont encore la bonté de l'y raccompagner, avec les honneurs dus à son rang de princesse étrangère.

La tentation est vaincue, mais à quel prix ! L'espoir, lui aussi, est vaincu. Encore que le duc et la duchesse — décidément la générosité même — lui envoient à diverses reprises Saint-Thomas avec des lettres et des offres de réconciliation (elle finira par se faire à demi), Marie a perdu une illusion de plus, celle de finir ses jours tranquillement en Savoie.

Sa violence s'est un peu apaisée, mais que dire de la brusque confiance qu'elle accorde, dans une folie de désespoir, à Borgomainero, l'espion de son mari ? Elle ne pouvait cependant estimer cet homme, aventurier à la solde du connétable, et aventurier sans envergure, sans panache, esprit tortueux, sombre, d'une indéniable bassesse. Mais Marie était comme attirée, fascinée par l'idée de consommer sa propre perte. Elle avait ressenti durement, à la Vénerie, son incapacité d'adaptation à la vie. Incapable de céder au duc, de mener la vie insouciante et débridée d'Hortense, elle ne trouvait cependant dans sa rigide vertu ni consolation ni réconfort. Elle puisait dans cette contradiction, dans ce conflit qui la déchirait, une sorte de violente révolte. En se confiant à Borgomainero, au mépris de toute prudence humaine, elle défiait le sort, et y trouvait une sorte de soulagement. Elle en était venue à détester secrètement le duc et la duchesse, leur équilibre, leur mesure, leur entente profonde, leur bonté même. Qu'ils s'accommodaient aisément de cette vie qu'elle n'arrivait pas à subir ! Elle avait eu beau feindre la réconciliation, à tout instant des incidents éclataient. Elle se fâchait pour une histoire de carrosse envoyé trop tard, pour une visite de condoléances (faite à l'occasion de la mort du comte de Soissons, le mari d'Olympe ; on accuserait un jour celle-ci de l'avoir empoisonné) qu'elle jugeait trop froide. Inquiet de la savoir espionnée, Charles-Emmanuel lui faisait dire par Saint-Thomas qu'elle ne lui écrivît plus : ses lettres pourraient être interceptées, mal interprétées, et servir de prétexte à de nouvelles rigueurs. Rien de plus raisonnable, puisqu'elle pouvait exprimer tous ses vœux de vive voix à Saint-Thomas, et que le duc continuait à lui faire de fréquentes visites. A ce mot de prudence, pourtant, elle prit feu. Elle eut pour Charles-Emmanuel des mots très durs, parfaitement injustes, déplacés. Le duc s'irritait un peu, s'affligeait beaucoup, de la trouver aussi folle. En elle les sentiments les plus contradictoires bouillonnaient avec une dangereuse violence, et elle n'aspirait qu'à en sortir, fût-ce par une catastrophe. Borgomainero poussait à la roue, la jugeant inexpugnable en Savoie, et projetant une trahison plus aisée en voyage.

Mais rien n'est simple, et l'espion n'était pas sans trouble devant Marie. Tenir entre ses mains le sort de cette belle personne désespérée n'était pas pour lui déplaire. Il n'eût tenu qu'à elle de s'en faire un allié. Mais elle pensait bien à cela ! Elle ne songeait qu'à une chose, à présent : quitter la Savoie, peiner et affoler le duc et la duchesse, oublier dans une fuite éperdue et peut-être funeste les problèmes de sa vie. L'aimable et intelligente femme qui étonnait les ambassadeurs par la justesse de ses vues avait cédé la place à une enfant révoltée jusqu'à l'injustice. Borgomainero l'encourageait, envenimait ses griefs ; enfin il proposa de partir. Marie sauta sur cette proposition. La fuite lui avait toujours été un soulagement, la nouveauté, une distraction puissante, et ses craintes, peu justifiées en Savoie, disparaissaient paradoxalement dès qu'il s'agissait d'un réel danger. Quelle ne fut pas la stupeur du duc et de la duchesse en apprenant qu'elle était partie, un beau matin, avec Borgomainero, gardant le plus profond secret sur sa destination !

Nouveau départ, nouvelle fuite, nouveau voyage de cauchemar. Comme tous ceux que fait Marie, et au cours desquels on croirait qu'elle cherche, par son intrépidité, à perdre cette vie qu'elle dit vouloir protéger. Les frontières de France lui étant interdites, elle passera le Saint-Bernard, puis par Bâle, Mayence et Francfort (où la duchesse de Lorraine la met en garde contre Borgomainero), s'acheminera vers Cologne. « N'allez pas en Flandres ! » l'a suppliée la duchesse qui pressent un piège. A Cologne, divers ambassadeurs, qui s'intéressent au sort de cette princesse errante, lui donnent le même avertissement. Elle n'écoute aucun conseil, on pourrait croire qu'elle ne les entend pas. Du moins a-t-elle maintenant un motif, si faible soit-il, de faire confiance à Borgomainero. Si elle passait par les terres de l'électeur de Saxe, allié du connétable, Marie s'exposerait à être enlevée et amenée de vive force en Italie. L'espion s'était engagé à l'y attirer. Il n'en fait rien. Il la prévient du piège où il pourrait fort aisément l'entraîner. Qui trompe-t-il ? Il n'en sait rien lui-même, sans doute. Il attend de s'assurer du parti le plus avantageux à suivre avant de se déterminer. Il est du bois dont on fait les éminences grises. L'idée de manœuvrer à son gré cette femme au charme si puissant, ce bel instrument inconscient, doit lui sourire. La reconnaissance de Colonna rentré en possession de son épouse sera forcément limitée. Celle de Marie échappant à son mari furieux devrait la surpasser de beaucoup. Borgo s'est flatté un instant de conquérir un ascendant sur cette faible cervelle féminine. Il a pu fonder quelque espoir sur la subite confiance que lui a montrée Marie, car il ne connaît pas encore ses brusques volte-face. Qui sait s'il n'arriverait pas à la faire renouer avec le roi de France lui-même, et à faire ainsi sa propre fortune. Peut-être rêve-t-il aussi d'être son amant, car il croit peu à la vertu des femmes. Toujours est-il que quelques promesses, quelques sourires de Marie achèveraient de le décider. Mais elle ne se doute même pas des calculs du marquis-espion. Elle le croit tout dévoué à sa personne, parce qu'elle vit à nouveau en plein rêve et se soucie peu des réalités. Avancer, avancer toujours — vers quel but incertain ? — est sa hantise. Les accidents du voyage l'apaisent au lieu de l'éprouver. Et Borgomainero la dirige vers la Flandre où il la tiendra à sa merci. Enfin, ils sont à Bruxelles. Borgo tente de tirer quelque promesse de Marie, de sonder ses projets. Elle ne comprend même pas. Une fois de plus elle s'est jetée en pleine chimère, et sa nouvelle folie, c'est de voir l'Espagne. Borgo s'ingénie à lui expliquer qu'en Espagne le connétable est puissant, qu'il n'y a nulle raison de s'y rendre, qu'il leur faut, de compagnie, former « un plan raisonnable » : il voit alors Marie se cabrer. Elle n'admettra jamais que le « marquis », qu'elle considère comme un subalterne, lui dicte sa conduite. Elle cherche au contraire à ne pas avoir de conduite suivie, à ne pas réfléchir, à ne pas faire de plans. Pourquoi en ferait-elle ? Tous l'ont déçue, tous l'ont trahie, se plaît-elle à répéter. Elle ne désire plus rien. Elle lui parle de sa vie, avec abandon. A ses plaintes elle mêle de vieux souvenirs, des souvenirs d'enfance. Ses yeux sont fiévreux, ses lèvres sèches. N'est-il pas curieux que tout enfant déjà on ait voulu l'enfermer dans un couvent ? Que sa mère, que Mazarin aient commencé à lui faire subir cette persécution, sans que rien la justifie ? Elle lui parle de Louis XIV, elle se plaît sombrement à détruire la légende sur laquelle elle a pourtant vécu : il ne l'a jamais aimée, n'a jamais pensé à l'épouser, seulement à faire d'elle sa maîtresse. Elle parle avec tant de confiance que l'ambitieux espion du connétable en est un moment ému. Il ne s'aperçoit pas tout de suite que cet abandon dénote au fond autant de mépris que de confiance. Mais un instant après, il la voit rire avec Morena, s'élancer joyeusement en carrosse : il commence à s'inquiéter. Comment s'emparera-t-il de cet esprit mobile à l'extrême, malade peut-être ? Marie est en train de perdre une chance de plus, et si méprisable soit-il, un allié de plus. Elle quitte Bruxelles. Elle a l'intention de se rendre au camp du marquis d'Assentar[1]. Pourquoi ? Elle aime l'atmosphère des camps, des batailles, elle désire rencontrer de nouveaux visages, se distraire : elle n'a pas de meilleure raison à fournir à Borgomainero qui

1. Un régiment espagnol, venu convoyer de l'argent en Flandres, devait l'escorter.

s'assombrit, fait cent réflexions menaçantes, craint qu'à ménager la chèvre et le chou il ne finisse par perdre l'occasion de faire fortune... Et c'est à cet instant où elle devrait plus que jamais ménager l'espion que Marie, avec sa hauteur inconsidérée, l'offense à jamais. Entre Bruxelles et Malines, le carrosse rompt, mené trop follement par la folle connétable. C'est un accident dont elle a l'habitude, mais elle ne doit qu'à sa prestesse (elle saute hors du carrosse en pleine marche) de n'avoir pas les deux jambes rompues. Souple comme un chat, Morena l'a suivie. Heureusement, c'est du moins ce que pense Marie, le marquis de Morbec, « mestre de camp dudit régiment », est venu à sa rencontre. Il offre un cheval à la voyageuse. Mais, encombrée par sa robe qui ne se prête guère à la cavalcade, Marie préfère, comme le lui offre le marquis, monter en croupe derrière lui. Morena ira de même, avec un officier subalterne, et quant à Borgomainero, eh bien, il suivra comme il pourra. Elle semble toute réjouie par l'accident, et paraît avoir oublié complètement le malheureux marquis.

Un homme sincèrement dévoué serait déjà passablement froissé par ce traitement cavalier. Borgo est outré, et pas mécontent de l'être. Cela tranche la question. L'apparente ingratitude de Marie le fait pencher brusquement du côté du connétable. De ce mince incident de voyage, il va faire un véritable drame. De cette petite extravagance de Marie, que les circonstances expliquent et excusent, il fera une inconvenance, une légèreté significative, un déshonneur pour le connétable, qui ne demande qu'à le croire. Et en arrivant à Malines, Marie se trouve bel et bien arrêtée par le gouverneur de la ville. Elle s'étonne, elle s'indigne, Borgo fait l'innocent. Il n'y est pour rien, un ordre du connétable sera parvenu à son insu à Malines...

Dans son for intérieur, il est encore, quoique exaspéré, sous le charme. Il espère que la leçon aura servi, que Marie aura pris peur, qu'elle écoutera enfin ses objurgations. Mais avec un invincible aveuglement, Marie ne comprend rien, ou ne veut rien comprendre. Borgo proteste de son innocence ? Elle le croit aussitôt. Elle a un tel besoin, une telle volonté de voir le monde et elle-même en images d'Epinal, que ce besoin obscurcit totalement son intelligence dès qu'il s'agit de ses propres intérêts. Borgomainero lui conseille de demander à partir pour Anvers ? Elle suit son conseil sans concevoir l'ombre d'un doute. On l'embarque, elle arrive au port d'Anvers, saluée par trois salves de coups de canon, honneur dû aux grands d'Espagne, dont est le connétable. Ces trois salves la déridest, elle se laisse fort complaisamment emmener au château (qui est en réalité une forteresse) par Monterey, gouverneur d'Anvers. Ce n'est qu'au bout de deux jours, qu'elle a passés à se reposer, qu'apercevant un soldat en faction à sa porte, elle découvrira qu'elle est définitivement prisonnière ! Une dernière tentative de Borgomainero pour lui faire entendre raison (c'est-à-dire la décider à lui obéir en tout) échoue totalement. Revenue de sa folle confiance, le mépris de Marie n'est pas moins total. Elle lui tourne le dos. Ecœuré de tant de folies, Borgo repartira en Italie quémander le prix de la trahison. Le peu de scrupule qu'il pouvait avoir complètement étouffé par l'attitude de Marie, il achèvera de la noircir aux yeux du connétable.

Cependant, arrêtée dans sa course folle, prisonnière dans l'austère forteresse, Marie rêve toujours de l'Espagne. Elle a toujours aimé les lettres espagnoles, le cérémonial espagnol, ce qu'elle croit connaître du caractère espagnol... Pour ne pas voir la situation inquiétante où elle s'est mise, elle rêve tout haut sur ce thème. Cette chimère l'apaise, lui donne un calme trompeur, auquel se prend bientôt... le comte de Monterey. Sans doute, Marie est en plein délire, car comment pourrait-elle sincèrement désirer se rendre dans cette Espagne où le connétable est si puissant, et comment peut-elle soutenir qu'elle ne désire que la paix d'un couvent espagnol, elle qui n'a pas pu trouver le repos dans l'accueillante Savoie ? Mais elle réussit fort aisément à en persuader le comte, d'autant plus que l'idée de ruse lui est parfaitement étrangère. Son désespoir serait trop grand, simplement, s'il lui fallait prendre pied sur terre. Le délire noir s'est envolé, mais elle délire toujours, avec plus de douceur. Elle se berce de l'image factice d'une Espagne de rêve, où elle vivrait parmi les livres, la musique, une existence paisible, dans de beaux jardins, des patios arrosés de fraîches fontaines...

Si un tel lieu existait, qu'y deviendrait-elle, pauvre âme tourmentée ? Mais elle y croit parce que ce n'est qu'un rêve, et Monterey y croit avec elle. Cette grande dame qu'on lui a dépeinte comme une aventurière hardie et dévergondée, il la voit douce, évidemment sincère, n'ayant qu'un désir : ne pas être livrée à un mari brutal (dont la réputation, d'ailleurs, est loin d'être flatteuse). Monterey s'adoucit, s'interroge. Avait-il vraiment le droit, le devoir, de retenir Marie prisonnière ? Un épisode romanesque vient encore l'incliner en faveur de l'infortunée. On la lui enlève un beau jour, sans autre forme de procès, pour l'emmener à Bruxelles au couvent des Anglaises, où une chambre grillagée a été préparée pour elle. Marie, éperdue, se réfugie dans l'église du couvent, lieu d'asile, dont elle ne prétend pas sortir. Deux soldats, sur le seuil, attendent son sommeil pour l'enlever sans scandale. Autant qu'elle le peut, elle résiste à sa lassitude. Mais sentant enfin qu'elle va y céder, elle préfère se rendre de bonne grâce (si l'on peut dire) au couvent, d'où Monterey l'arrachera d'ailleurs avec autorité quelques jours plus tard.

On voit que Marie rencontre sur sa route autant d'alliés que d'ennemis. A chaque instant, il ne tient qu'à elle d'échapper au sort qui la menace — la clôture et peut-être la mort. Et pourtant, elle décourage l'un après l'autre, refuse toutes les ouvertures. *On dirait que dorénavant elle a besoin de cette menace pour vivre, comme d'un alibi.* Cependant Monterey lui est devenu favorable, presque ami. Par sa fidèle Morena, elle a pu recevoir une lettre de Charles-Emmanuel, qui, toujours chevaleresque, oublieux de leurs petits différends, la conseille et la console.

Davantage encore ; le roi d'Angleterre, dont Milord Montagu lui avait déjà porté les offres en Savoie, les lui renouvelle dans une lettre, qui lui parvient. Une fois en Angleterre, elle serait définitivement hors de portée de son redoutable époux ; elle pourrait y mener la vie libre qu'elle aime, celle qu'y mènera plus tard Hortense jusqu'à la fin de sa vie. Il paraît inconcevable que cette femme d'action ne saisisse pas cette occasion unique, ne mette pas tout en œuvre pour parvenir à cette fin, alors qu'elle pourrait parfaitement y réussir. Et pourtant, c'est ce qui se passe. Au lieu d'intriguer dans ce but, au lieu même de demeurer à Anvers, port important par lequel elle peut espérer parvenir un jour à s'échapper, Marie continue à insister auprès du comte afin de partir pour Madrid.

Pourquoi Madrid, alors qu'en Angleterre, elle serait sauve à jamais ? *A jamais*. Ce mot explique tout. La fuite devient pour Marie un véritable opium. Elle en a besoin, elle ne saurait plus s'en passer. La sécurité, sans qu'elle en ait conscience, l'épouvante presque autant que la mort. Son inadaptation à la vie y éclate, et le vide de tout lui apparaît soudain, vertigineux. L'inquiétude toujours latente en elle est devenue une véritable névrose. Et c'est avec la logique interne des névrosés qu'elle agit.

Marie s'embarque pour l'Espagne, à Anvers, en mai 1677.

Une traversée de neuf jours, sans histoires, et elle accoste en Espagne. On l'y accueille avec honneur. Mais que cachent ces cérémonies ? L'Almirante de Castille, parent de son mari, vient à sa rencontre avec sa famille, le duc et la duchesse d'Albuquerque l'accompagnent. Marie est agréablement distraite par la vue des habits à l'espagnole, des lourds carrosses fermés d'épais rideaux, traînés de mules très espacées, que relient des traits de soie. Toute l'aimable société descend à la maison de plaisance de l'Almirante. Il y offre l'hospitalité à Marie, jusqu'à ce qu'elle ait choisi une retraite à sa convenance. Elle accepte sans difficulté. Voilà encore un nouveau cadre, de nouveaux visages, ce qu'elle désirait, en somme. Il faut avouer qu'elle est particulièrement bien tombée, quant au cadre tout au moins. Car cette maison de campagne, d'un faste extrême, est dotée en outre d'admirables jardins qui la font appeler « la maison du jardin ».

Tout y est réuni pour charmer les yeux et l'esprit. Les plus belles fleurs, les fruits réputés de l'Espagne, d'admirables serres, et mieux encore, de superbes collections d'armes et de tableaux. Bibliothèque, instruments de musique, rien ne manque à la parfaite félicité que Marie paraît goûter pendant quelques semaines dans ce petit palais. A ces plaisirs s'ajoute bientôt celui de la galanterie. Car inévitablement, comme tous les hôtes de Marie, l'Almirante lui-même s'éprend de sa belle invitée.

C'est un très grand seigneur, un homme d'une cinquantaine d'années, plein d'esprit et de majesté, élégamment cynique, désabusé, mélancolique à l'occasion, et poète : il est l'auteur de très beaux vers. Dans son immense palais de Madrid, il impose à sa femme de vivre en cohabitation avec ses maîtresses, quinze ou seize à la fois par moments ! On ne s'étonnera pas qu'il songe tout de suite à ajouter Marie à sa collection. L'accueil gracieux qu'elle lui fait (car elle est toujours heureuse de plaire), l'enchantement qu'elle témoigne devant les aménagements savants de la « maison du jardin », donnent d'abord tous les espoirs à l'Almirante. Mais, bientôt, il découvre l'étrangeté de celle que Charles-Emmanuel, dans les lettres qu'il continue à lui adresser, appelle « la bizarre Colonna », et comme beaucoup de ceux qui l'ont aimée, ces bizarreries le retiennent plutôt qu'elle ne le rebutent. Ces bizarreries vont toujours s'accentuant, mais pour l'instant le changement les a apaisées, et elles ne sont qu'une parure de plus à la toujours belle connétable.

Au milieu de tous les plaisirs qu'elle aime, Marie se sait dans une oasis : le danger est toujours là. Et paradoxalement c'est cette certitude qui l'apaise et lui permet de goûter tous les agréments de sa vie nouvelle avec une plénitude désespérée.

Accoutumé aux femmes-esclaves, jalousement enfermées, d'Espagne (où la condition féminine est pire encore qu'en Italie), l'Almirante est charmé de trouver en Marie une femme cultivée, à la conversation brillante et que tous les sujets intéressent. Pour l'instant, elle est toute à la préparation d'une cérémonie : sa présentation à la reine Marie-Anne d'Autriche, régente d'Espagne pendant la minorité du petit roi Charles II, enfant de seize ans, faible et délicat. Marie portera, par une délicate flatterie à l'égard de la cour d'Espagne, le garde-infant, l'immense panier de cérémonie. Elle parle d'ailleurs l'espagnol à merveille. Tout semble s'aplanir devant elle. L'Almirante lui a fait la plus flatteuse réputation d'esprit. Ses aventures avaient fait courir sur son compte des bruits moins agréables. Mais à peine a-t-elle paru en public que ces bruits s'évanouissent en fumée. Nul ne sait mieux que Marie se plier au cérémonial, quand elle le veut.

Sa beauté, sa majesté, la réserve même qu'elle garde sur ses malheurs, plaisent extrêmement. Malgré les protestations des religieuses, très soucieuses en Espagne de leurs prérogatives, Marie est autorisée par la régente à prendre possession d'un petit appartement au couvent de Santo Domingo el Real. Elle y reçoit, pendant les premiers mois de son séjour, d'innombrables visites, que la curiosité amène, il faut le dire, autant que le cérémonial. Là encore elle produit la meilleure impression. On ne la trouve pas aussi extravagante que l'on s'y attendait. Le caractère de Marie, sa fierté parfois démesurée, ses folles générosités, son goût du faste, sa violence même, tout cela est au fond plus espagnol qu'italien, et pendant quelque temps, il semble en effet, tant elle s'adapte vite aux usages, que Marie ait trouvé cette patrie idéale qu'elle cherche depuis toujours.

Quelques mois, et tout à coup, la situation se renverse. Marie s'avise qu'elle est prise au piège, dans son couvent espagnol. Les visites ont diminué, comme la curiosité s'est apaisée. Les distractions sont rares au couvent, qui n'est pas la maison de l'Almirante, et le trop-plein de vie de Marie ne se satisfait pas à lire et à jouer de la guitare chaque jour. A nouveau, un sentiment de vide, d'absurdité, l'envahit, et l'angoisse renaît. Un soir, éprouvant plus que jamais ce besoin de bouger, de se distraire de la véritable « crise » qu'elle sent venir, Marie s'en va, seule avec Morena, dans un carrosse loué, à la promenade du fleuve. Le scandale est grand, que provoque cette innocente sortie. On lui fait comprendre qu'une grande dame espagnole, une fois close dans un couvent, y reste. Elle est à nouveau flanquée d'un espion, frère naturel du connétable, don Ferdinand Colonna. Pour comble, son vieil ennemi, le marquis de Balbasès, est à Madrid et intrigue pour lui nuire. On croirait que Marie va se désoler, défendre sa paix reconquise ? Point du tout. On lui dit qu'elle a des ennemis ? Eh bien, tant mieux.

« Eh bien, tant mieux. » Devant cette persécution (encore très limitée) il semble que la connétable retrouve ses forces. Elle allait s'ennuyer, justement. Et l'ennui, pour elle, c'est pire que la mort. Elle se remet à intriguer pour obtenir une habitation indépendante, un statut à elle, une pension peut-être, le droit de sortir et de recevoir, tout ce qu'elle eût obtenu sans peine en Angleterre, si elle avait voulu s'y rendre. Mais alors l'ennui eût repris, cet ennui qui lui eût peut-être été salutaire, car elle aurait dû lui faire face. Mais non. Elle intrigue, elle s'occupe à cette vaine agitation et le temps passe. On commence à parler d'elle avec un sourire. Une extravagante. Mais ce sourire reste indulgent. On la sent inoffensive au fond, plus prisonnière d'elle-même que des autres, et si sa conduite paraît parfois un peu folle, on la sait pourtant irréprochable. Elle est entourée encore d'amis fidèles. Don Pedro d'Aragon, qui l'a bien connue et peut-être aimée (un de plus) à Rome en 1672, fait tendre un jour, par galanterie, le petit appartement conventuel de Marie de ses plus belles tapisseries ; Charles-Emmanuel reste l'ami fidèle, parfois gentiment ironique (et très familier : « La chère Colonna, ou plutôt Colliona », écrit-il à son envoyé à Madrid, mais on le sent toujours épris de sa folle amie perdue). Il va jusqu'à lui adresser de petits cadeaux. Le jour de sa fête, comme il est de coutume en Espagne d'offrir un cadeau-surprise, le *zapato*[1] que la destinataire doit découvrir par hasard, il envoie une lettre interminable, pleine d'instructions détaillées, pour que ce *zapato* (consistant en rubans, parure sans valeur mais que Marie adorait) soit dissimulé sous le coussin de son lit. Marie prend un plaisir d'enfant à cette surprise.

Aussi la mort du duc de Savoie, qui survient peu après, inopinément, car il est encore jeune, la frappe-t-elle douloureusement. Elle veut échapper à sa tristesse, sortir, oublier : hélas, il n'en est pas question. La malheureuse se débat dans des rets qu'elle-même a tendus. Don Ferdinand Colonna, insensible à son charme, ne la tient que pour une dangereuse extravagante et interdit qu'on la laisse prendre le moindre plaisir. On l'espionne, on lui refuse la permission d'aller voir son second fils, don Marco, en Flandres où il se trouve. Elle s'affole. Elle prend conscience tout à coup du temps qui a passé (quatre ans bientôt) et qu'elle est peut-être là, prisonnière, jusqu'à la fin de ses jours. Qu'elle-même l'ait plus ou moins voulu, personne n'est là pour le lui rappeler, depuis la mort du duc de Savoie. Ses plaintes, pourtant, touchent un nouvel ami, qui lui sera toujours fidèle.

C'est le nonce du pape, nouvellement nommé à Madrid, Mgr Mellini, un tout jeune homme encore ; il a à peine trente et un ans, mais intelligent, posé, très réfléchi pour son âge, mû par une piété sincère et un sens très sûr de la justice et de la paix. Il trouve Marie passée, en moins d'un an, d'une allègre combativité à un complet affolement. Ses intrigues ont échoué, ses demandes restent sans réponse. Elle a pris conscience de la situation où elle s'est mise,

1. Ainsi nommé parce que d'abord consistant en une sucrerie en forme de soulier.

mais cette pauvre âme déchirée préfère se torturer plutôt que de s'avouer coupable de son propre malheur. Les visites du nonce l'apaisent un moment. Il lui promet d'intervenir en sa faveur, et en effet il écrit au pape, il intercède pour Marie, il se porte garant de ses mœurs. Mais ses efforts sont vains, car de son côté le connétable n'a toujours pas renoncé à sa vengeance. Non content de savoir Marie prisonnière en Espagne, il exige toujours qu'on la lui renvoie en Italie pour l'enfermer dans une forteresse.

Il y a gros à parier que Marie n'y resterait pas longtemps vivante et ferait bientôt place à une nouvelle épouse. La violence naturelle de Laurent Colonna paraît, en effet, s'accroître avec les années ; n'a-t-il pas déjà chassé de son palais son frère, le prince de Sonnino, pour ses sympathies envers la France ? Le *Mercure hollandais* ne rapporte-t-il pas sur lui les bruits les plus déplaisants ? Il circulerait dans Rome, masqué, à pied ou à cheval, dissimulant une épée dans une sorte de canne, et souvent escorté de six spadassins qui tuent sur un signe de lui. Le nonce n'est pas sans avoir entendu ces rumeurs, et il a bien l'intention de défendre Marie contre tout enlèvement brutal. Il ne peut faire davantage.

Mais la nervosité sans but de Marie augmente chaque jour.

Dans l'étroite clôture où elle est tenue, elle étouffe, elle s'affole, sa raison chancelle. Les forces liguées contre elle, Balbasès, le connétable, se confondent dans son esprit que la panique trouble avec ses ennemis d'autrefois, le cardinal, sa mère, la princesse Chigi, Borgomainero. Dans cette panique, elle se complaît presque, dans cet égarement, elle trouve presque un abri. L'amour, l'ambition, ces belles illusions se sont évanouies à mesure qu'elle a voulu les saisir. Son plus fidèle ami est mort, ses enfants grandissent loin d'elle. La foi, dont lui parle parfois le nonce, elle la repousse avec violence, comme une duperie, une prison de plus. Elle a à peine trente-sept ans, très belle encore, et elle voit sa vie s'étendre derrière elle comme une histoire achevée. Que peut-elle attendre encore de l'existence, la pauvre recluse ? Cette révolte, cette panique de tout l'être auxquelles elle se livre pourraient aller jusqu'à la folie, le nonce lui-même s'en rend compte, qui ne cesse d'écrire à Rome pour demander « un peu de liberté pour Mme Colonna ».

Deux fois elle tente de s'évader, sans plan bien établi, et presque, pourrait-on dire, sans espoir de réussite. Ces tentatives aggravent bien entendu sa situation. Don Ferdinand s'empresse d'écrire à Rome, et le connétable redouble d'efforts. Dans le même temps, le marquis de Balbasès, voulant achever de détruire Marie dans l'opinion (il n'a jamais cessé de la haïr depuis ce jour lointain où, le prenant pour son mari, elle a poussé un cri d'horreur), profite d'une fâcheuse circonstance : la parution des Mémoires d'Hortense, qui poursuit en Angleterre une existence sans souci.

Dans la même forme, aux mêmes éditions, pour rendre la chose plus vraisemblable, il fait publier un texte écrit par un pamphlétaire à gages : *Les Véritables Mémoires de Marie Mancini, connétable Colonna,* ouvrage plein de fausseté, et conçu pour faire apparaître Marie sous le jour le plus déplaisant. Et par un paradoxe constant dans l'histoire de Marie, ce mauvais tour de son ennemi la sauve peut-être de la folie.

Car elle devient bel et bien folle, enfermée, privée de voir ses amis, sans nouvelles de ses enfants, sans distractions, sans espoir. L'exaltation succède chez elle à l'abattement, les plus folles craintes le disputent aux projets les plus absurdes ; la révolte, l'angoisse, le doute, ébranlent sa raison. Une haine insensée l'anime par instants contre Laurent Colonna ; puis elle éclate en sanglots en songeant à ses enfants élevés peut-être dans le mépris de leur mère, puis un souvenir comique survient, elle éclate de rire, saisit la guitare, prie Morena de danser pour elle. Et tout cela finirait fort mal sans doute, par une autre fièvre cérébrale et la folie ou la mort, sans ce pamphlet miraculeux qui va canaliser son énergie et lui donner, tout provisoirement, mais c'est déjà cela, une occupation et un but. Car le nonce Mellini, un de ces prêtres dont le coup d'œil pénétrant vaut celui d'un psychologue, a percé cette âme absolue et désespérée et, faute d'avoir pu encore lui donner les consolations de la religion, sent du moins que la seule façon de détourner de l'abîme une énergie qui ne se contrôle plus, est de lui fournir un aliment.

Il lui apporte le pamphlet, dont elle s'indigne. Il lui suggère adroitement de rétablir la vérité par un texte prudent, mais sincère. Marie s'enthousiasme d'emblée pour cette idée, comme pour toute entreprise nouvelle. Pour l'instant, sa raison est sauvée. Ainsi naît ce mémoire, que nous possédons encore, sous le titre de *La Vérité dans son jour*[1].

Texte où Marie se révèle profondément, sans le vouloir toujours. Avec une vraie générosité, celle qui lui est naturelle dès qu'elle s'apaise (et qui n'est pas dictée uniquement par la prudence, car elle en a, on le sait, fort peu), elle passe sous silence les torts du connétable, l'enfant naturelle née au même moment que don Carlo, l'empoisonnement supposé ; elle n'y fait qu'effleurer les torts de Louis XIV, son abandon après tant de promesses ; mais elle y trace le portrait de cette Marie qu'elle a voulu être, de cet idéal qui a dicté sa conduite, idéal chevaleresque et touchant de ses jeunes années, et il est émouvant de voir combien cet être de violence et de passion a dû se contraindre et se guinder pour parvenir à créer d'elle une froide figure légendaire qui lui ressemble si peu. Tout le drame de Marie est dans ces pages, et toute l'expli-

1. Les faux Mémoires avaient paru en 1676, peu après les Mémoires d'Hortense rédigés par l'abbé de Saint-Réal sur sa demande. Les deux ouvrages avaient même aspect et même éditeur. *La Vérité dans son jour* parut en Espagne, dans sa première et réelle version. Une seconde version devait être publiée à Leyde par un nommé J. Brémont qui, voulant « embellir » le style de Marie, l'avait considérablement affadi. Mais la première version, d'une authenticité indiscutable, a été heureusement retrouvée au siècle dernier par un érudit conservateur de la Bibliothèque Nationale, M. Blanchet.

cation de ses constants échecs. Ce doute profond d'elle-même, cette peur de sa propre nature, ce généreux dégoût devant les errements et les bassesses de certains membres de sa famille, et pour finir cet effort surhumain pour se renier elle-même à chaque instant, pour écraser jusqu'à ses plus tendres élans, pour considérer comme une tentation les plus innocentes concessions, tout est dans ce texte qui, sans lui ressembler du tout, nous la révèle pourtant. Ce portrait, si artificiel soit-il, qu'elle a fait d'elle-même, la soulage. On le lit en Espagne, on l'apprécie, car ce donquichottisme un peu fou est au goût du jour. Marie reconquiert en même temps son courage et ses amis qui l'avaient un peu oubliée.

Et la voilà qui retrouve l'énergie perdue. Elle reprend goût, avec cette surprenante vitalité qu'on lui connaît, à la vie, et à la politique. La voilà qui, tout à coup persuadée que don Juan d'Autriche lui sera favorable, se démène en sa faveur, et non sans succès. Nous l'avons dit, dès qu'il ne s'agit plus d'elle, Marie retrouve mille ressources. Elle reçoit à nouveau force visites, en profite pour nouer mille intrigues. Elle met donc tout en œuvre pour hâter le retour de don Juan et réussit même à disposer en sa faveur le duc d'Osuna !

Elle a retrouvé tout son allant, son impétuosité un peu folle. Croyant à l'arrivée proche de don Juan, ne sort-elle pas sans aucune précaution du couvent, pour s'en aller visiter son amie la marquise de Mortara ? Celle-ci lui fait comprendre combien ce geste est prématuré, et Marie s'en retourne tout tranquillement au couvent où les nonnes à présent, exaspérées par ce va-et-vient, refusent de la recevoir. L'aimable nonce apaise l'orage non sans difficulté.

Enfin, don Juan arrive, et Marie obtient (momentanément) gain de cause. Elle a droit enfin à cette maison particulière qu'elle a tant sollicitée. Va-t-elle s'y installer paisiblement ? Non. Sa dernière crise l'a marquée. Si elle a repris un peu d'équilibre, ses décisions sont de plus en plus brusques, ses revirements plus incompréhensibles, les nerfs restent ébranlés. Et ce besoin de fuir ne la quitte plus, elle est comme talonnée par une invisible puissance. Voilà qu'elle prétend qu'elle se croit menacée par la présence à Madrid de don Ferdinand Colonna. Elle fuit sans avertir personne, se réfugie dans une maisonnette appartenant à Mme de Mortara à Ballecas ; à peine arrivée, l'endroit, inhabité depuis longtemps, humide, aux peintures écaillées, lui inspire une véritable horreur. D'ailleurs, il y a des rats ! Et la voilà repartie pour Madrid, où, oubliant ses craintes présumées, elle s'installe dans la propre maison de don Ferdinand, qui n'en revient pas. Elle y passera quelques mois dans la plus parfaite entente, en apparence du moins, avec cet esprit étroit et timoré, dont elle rit gentiment, sans penser à mal, sans comprendre que, pour don Ferdinand comme autrefois pour Borgomainero, cet oubli si aisé des injures est comme une suprême marque de mépris, dont il se souviendra un jour.

Ces quelques mois lui seront cependant un répit. Beaucoup de visites, elle en a une véritable fringale, beaucoup d'agitation futile, beaucoup de conversations, et le nonce la suit d'un regard un peu mélancolique, mais reste silencieux. Il s'est attaché à cette âme si riche, si vivante, et s'attriste de ce tourbillon de vanités où elle se plonge et s'oublie volontairement. Ainsi se passent quelques mois encore, et avec l'année 1678, Marie apprend soudain qu'elle va revoir son mari, le connétable.

Le connétable en effet est nommé vice-roi d'Aragon. Don Juan d'Autriche qui perd peu à peu de l'influence acquise, et dont l'état de santé s'aggrave, ne peut empêcher cette nomination. Il lui faut ménager diverses factions, le connétable est un prince tout-puissant... Il fera conseiller officieusement à Marie de retourner au couvent, afin que son mari l'y trouve. Marie n'est pas contente. Les nonnes non plus. Du moins, elle compte sur don Juan pour négocier un compromis entre elle et son mari. Mais surtout, elle craint tant de revoir celui qu'elle a aimé, qu'un instant elle envisage de ne pas le recevoir. Le désir de retrouver ses enfants l'emporte. Et au début de 1678 enfin, avec un grand bouleversement, Marie reverra, dans le parloir de San Domingo, Laurent Colonna et ses trois fils, Philippe, Marc et Carlo, le préféré de sa mère. Elle vient d'avoir trente-neuf ans. Elle n'avait pas revu ses enfants depuis huit ans, ni son mari, qui feignait la joie. Marie était sincèrement bouleversée. Qui sait si elle ne regretta pas alors la vie paisible qu'elle a perdue par son intransigeance ?

Quoi qu'il en soit, la joie (violente comme tout ce qu'elle éprouvait) que ressentit Marie à revoir ses enfants, et à les revoir en bonne santé, charmants et affectueux, lui fit oublier momentanément les appréhensions, pourtant justifiées, qu'elle eût pu ressentir à la vue du connétable. Elle négligea aussi pendant quelque temps ses préoccupations politiques. Et pourtant, le moment était mal venu. En effet, Laurent Colonna ne restait pas inactif à Madrid. Loin de rejoindre sa principauté d'Aragon, il intriguait contre don Juan... et contre Marie. Il l'encouragea ouvertement, avec une fausse affectation de tendresse qui ne trompait personne, à demander au pape son admission dans un couvent de Saragosse. Cependant il priait en sous-main le pape de refuser, dans l'espoir que ce refus pousserait Marie à quelque folie qui la lui livrerait. Ses intentions à ce moment n'étaient pas douteuses. Il était alors, comme à Rome, entouré d'une bande de spadassins dont un certain Francisco Resta, condamné à mort sur le territoire italien pour sacrilège et assassinat. Il était clair alors qu'il ne cherchait qu'un prétexte pour ordonner à ses *bravi* de se saisir de Marie. Il attendait son moment en se faisant des alliés parmi les grandes familles. Les amis de Marie étaient petit à petit disgraciés. En septembre 1679, enfin, don Juan d'Autriche mourut. La situation de Marie était à nouveau critique. L'occasion qu'attendait le connétable se présenta.

Le jeune roi Charles II, désormais tout-puissant (terme qui convient mal à ce débile monarque), épousait, au moment même de la mort de don Juan, Marie-Louise d'Orléans, fille aînée de Monsieur, cette princesse si charmante qu'on ne l'appelait à la cour de France autrement que « Colombine d'amour ». Marie avait manifesté le désir d'assister à l'entrée de la reine à Madrid. Le connétable y avait fort aimablement consenti. Lui-même devait s'absenter, appelé à Saragosse, mais elle avait toute liberté de se rendre chez les Balbasès pour ne rien perdre du spectacle. Marie crut la chose de trop peu de conséquence pour demander au connétable de coucher par écrit une autorisation qu'il lui donnait de vive voix, et comme avec négligence. Le 13 janvier 1680, elle se rendit donc fort naturellement chez les Balbasès. Elle crut bien sentir un peu de surprise dans la façon dont ils l'accueillirent (ils n'étaient nullement avertis de sa visite), mais elle était toute à la puérile surexcitation de la fête, et savait d'ailleurs que le marquis la détestait depuis toujours. C'est donc avec une parfaite tranquillité qu'elle assista au défilé.

Le spectacle était d'ailleurs de nature à distraire la personne la plus difficile. Tout Madrid était en fête. Pour fêter la jeune reine, les rues s'étaient étrangement transformées. La rue des Pelletiers était bordée de peaux de lions, tigres, ours, panthères, imitant par leur rembourrage de vrais animaux. La rue des Orfèvres était jalonnée de grands anges en argent pur, de boucliers d'or où s'enlaçaient les initiales du roi et de la reine. La cour du palais était bordée d'une haie de jeunes gens et de jeunes filles représentant les fleuves d'Espagne, couronnés de roseaux et de lis d'étangs. Tout le palais avait été tendu des plus riches tapisseries. Le cortège n'était pas indigne de tant de faste. Devant la jeune reine marchaient les chevaliers des trois ordres militaires, Calatrava, Alcantara et Saint-Jacques. Derrière, les huit filles de la reine mère, couvertes de diamants et de broderies ; et la jeune reine montait un cheval d'Andalousie, vêtue d'un habit si couvert de broderies qu'on n'en voyait pas l'étoffe. Elle parut charmante autant qu'on l'avait dit, en petit « vertugadin », la gorge un peu découverte, et portant, sur son chapeau garni de plumes, la perle appelée Pérégrina, grosse comme une petite poire.

Marie, après s'être promis beaucoup de joie de ce magnifique divertissement, en ressentit au contraire une profonde mélancolie. Les souvenirs qu'elle avait crus morts ressuscitaient, et cette entrée lui rappelait soudain celle de la reine Marie-Thérèse, à laquelle elle avait assisté, comme à celle-ci, d'un balcon, aux côtés de Mme Scarron. Elle s'était brusquement trouvée reportée en arrière ; comme elle avait souffert alors ! Elle avait cru qu'il ne lui serait jamais possible de souffrir davantage. Mais aujourd'hui, elle se rendait compte que cette souffrance était encore une richesse, comparée au morne découragement qui l'envahissait. A l'époque du mariage du roi de France, la vie s'ouvrait encore devant elle, pleine de possibilités variées. Aujourd'hui, elle allait avoir quarante ans, son mariage était un échec, et que pouvait-elle espérer de plus qu'une demi-captivité, plus ou moins dorée selon qu'elle serait ou non en faveur ? Sa vie tout entière était-elle un échec ? L'inévitable question se reposait à nouveau à son esprit inquiet. Brusquement elle se leva, voulut quitter le balcon des Balbasès ; ils protestèrent d'un air qui éveilla les soupçons. En descendant chercher sa mante, elle surprit un bavardage de laquais : il était question d'elle, d'un enlèvement, d'un couvent à Saragosse. En un éclair, Marie crut comprendre. Le connétable, en l'autorisant à assister à l'entrée de la reine chez les Balbasès, mais sans prévenir ceux-ci, et sans lui en donner l'autorisation écrite, avait l'intention de prétendre qu'encore une fois elle s'était échappée du couvent sans son autorisation, et de l'emprisonner définitivement sous ce prétexte. Cela n'était pas faux, mais l'enlèvement n'était pas prévu dans l'immédiat, comme la malheureuse Marie le crut soudain. Toujours prompte dans ses décisions, elle bondit en carrosse et s'en fut au galop chez Mme de Villars, à l'ambassade de France, s'y réfugier. Mme de Villars la reçut avec bonté ; l'ambassadeur, homme circonspect, était plus ennuyé, et fort peu soucieux de se compromettre dans cette affaire. Marie était la proie d'une folle terreur. On la raisonna jusqu'à minuit avant de la décider à retourner chez les Balbasès, où elle passa une nuit fort agitée. La malheureuse craignait de s'endormir et que l'on profitât de son sommeil pour l'enlever sans scandale. En promettant de la veiller, Morena la calma enfin. Mais pendant plusieurs jours elle fut agitée d'un tremblement nerveux qui montre bien l'état d'angoisse où elle était.

Quelle ne fut pas sa surprise, lors du retour du connétable, de le trouver fort doux et bénin ! Il blâma bien en quelques mots son « imprudence », oubliant apparemment qu'il en était la première cause, mais le seul désir qu'il exprima était que Marie voulût bien, pour favoriser un mariage projeté pour leur aîné, don Philippe, venir loger dans sa nouvelle maison de Madrid. Bien entendu, elle disposerait d'un étage séparé, bien à elle, et de ses femmes habituelles. Marie accepta. Elle pouvait difficilement agir autrement. Une fois installée à la nouvelle casa Colonna, elle connut même quelques mois plus paisibles. Ceci s'explique aisément : elle avait cru comprendre ce qu'on attendait d'elle. En effet, le mariage projeté pour don Philippe se confirmait. La future n'était autre que Laurence de la Cerda, fille du Premier ministre, le duc de Medina-Coeli, un vieil ennemi de Marie. Et ce que le connétable demandait à Marie, c'était la cession d'une part importante de sa fortune personnelle qui seule permettrait cette brillante union. Lui-même disposait de peu d'argent liquide, ses biens consistaient principalement en vastes terres obérées. Marie consentit avec assez d'aisance. Cette exigence la rassurait. Elle ne pouvait croire à la monstrueuse fourberie du connétable, qui ne la dépouillait ainsi que pour l'emprisonner ensuite. Marie était généreuse et désintéressée ; elle aimait ses fils d'autant plus qu'ils étaient pour elle le seul avenir possible. Elle crut de surcroît acheter, par cet important sacrifice, l'appui des Medina-Coeli, et sa liberté au moins partielle.

C'était mal connaître l'ingratitude humaine. Quelques semaines après cet abandon, le roi défendait à Marie de quitter la casa Colonna sans autorisation de son mari, et lui ordonnait « d'obéir au connétable en tout ». Cet ordre replongea Marie dans les transes.

« A tout moment, écrit Mme de Villars, elle est dans les horreurs qu'on ne l'entraîne avec violence et que l'on ne la mette dans une litière pour la mener où il plaira à son mari. Elle n'a contre elle que le roi, le premier ministre Medina-Coeli, et toute la famille Balbasès ! »

Pour elle, elle avait la jeune reine Marie-Louise, à laquelle Monsieur avait recommandé son ancienne amie d'enfance. Mais la jeune reine, confiante elle aussi, s'était contentée d'une promesse de Medina-Coeli avant de partir faire un séjour à l'Escurial. Pendant son absence, les « horreurs » de la pauvre Marie devaient se justifier, et combien.

Huit jours seulement après le départ de la reine, tandis que Marie repose tranquillement dans son lit, on frappe violemment à sa porte, que l'on menace d'enfoncer. On l'enfonce effectivement, comme elle refuse d'ouvrir. Une bande armée pénètre dans sa chambre, conduite par don Garcia de Medrano, conseiller au Conseil royal. Marie est en manteau de nuit, c'est-à-dire en peignoir léger. Un alcade veut la saisir brutalement. Elle se défend à l'aide d'un petit couteau qui se trouve sur sa table de nuit. Toute la bande se jette sur elle, et c'est à demi nue, les bras liés d'une corde, que la malheureuse est littéralement jetée dans un carrosse qui l'attend et où se trouve son ennemi don Ferdinand, jouissant de sa vengeance. D'une traite, sans même permettre à Marie de se rajuster, le carrosse emmène la connétable à l'Alcazar de Ségovie, redoutable forteresse dont beaucoup de prisonniers ne ressortent jamais. Elle y est jetée dans une pièce nue, fermée de barreaux. Enfin, le connétable peut respirer. Ce qu'il désirait depuis si longtemps s'est accompli. Marie est définitivement prisonnière.

A la cour, nous rapporte Mme d'Aulnoy, c'est une vive indignation. La jeune reine marque vivement son mécontentement à Medina-Coeli, mais ne peut intervenir efficacement pour l'instant. Nul ne peut voir Marie, gardée à vue par ordre du tout-puissant ministre. Le marquis de Villars écrit à Louis XIV pour savoir s'il faut intervenir : pas de réponse. Seule Morena tient compagnie à la prisonnière et réussit d'ailleurs, avec sa ruse habituelle, à faire passer une lettre au cardinal Cybo. Mais Marie reste emprisonnée. Sans linge, sans feu dans le froid qui augmente chaque jour, car on va vers l'hiver, à peine nourrie, à peine servie par Morena et une autre femme, Marie connaît enfin le fond de l'infortune. Cette fois il n'est plus question de sortir. Elle va, elle vient, dans la pièce aux murs nus, comme un animal en cage. Sa vieille angoisse atteint un point culminant. Sortir, sortir à tout prix ! Toutes les histoires de prisonniers morts de froid ou de faim qu'elle a pu entendre lui reviennent à la mémoire. Par-dessus tout il y a une pensée qu'elle veut éviter : c'est que c'est par sa propre faute qu'elle se trouve dans cette fâcheuse situation. Son imprévoyance, sa fierté, qu'elle a toujours tenues pour vertus cardinales, va-t-elle maintenant les regretter ? Va-t-elle avoir cette bassesse ? Ou plutôt, car son pauvre cerveau fatigué ne résiste pas à tant de chocs, va-t-elle à nouveau sombrer dans l'égarement ?

Le nonce, Mgr Merli, auquel on a enfin permis de visiter la prisonnière, est épouvanté par l'état où il la trouve. Tantôt elle appelle à son aide les plus improbables sauveteurs, Louis XIV, Charles de Lorraine, et même le pauvre Charles-Emmanuel qui repose depuis plusieurs années dans la tombe, tantôt elle échafaude des plans fabuleux, de chimériques évasions. On la croirait à demi folle, et pourtant le nonce a conscience qu'elle ne l'est pas, ou du moins ne l'est pas encore. C'est l'orgueil révolté, une fois de plus, qui la précipite dans le monde du mensonge, mais d'un mensonge fabuleux, bien près de la folie. A côtoyer les abîmes, on finit par céder au vertige, par y tomber. A d'autres instants, accablée, Marie appelle la mort ; ce serait encore un triomphe, de mourir ainsi sans rien renier, en maudissant ses persécuteurs. Le nonce est bien peiné par ces sentiments si peu chrétiens, mais il n'en est pas moins pitoyable à cette extrême détresse. Il ne reste pas silencieux et toute la cour s'indigne d'un pareil traitement infligé à celle que l'on a toujours connue vertueuse, inoffensive, et qui a donné les preuves d'un désintéressement peu commun à l'époque.

Marie est depuis trois mois prisonnière, au plus rigoureux de l'hiver, elle si frileuse, et souffre la torture du froid dans cette chambre qui est un vrai cachot, pendant qu'on célèbre les fiançailles de son fils avec Laurence de la Cerda, dans un grand concours de faste entre les Colonna et les Medina-Coeli. L'absence de la mère du futur est fort remarquée. Le scandale devient si flagrant que la reine Marie-Louise, outrée, envoie son confesseur au connétable pour lui marquer son indignation. Le connétable laisse entendre qu'un arrangement est peut-être possible... mais les pourparlers traînent, et Marie est livrée aux plus indignes traitements, dans la lointaine forteresse. Désespérant de la sauver sans une ruse bienveillante, comme il lui avait auparavant apporté le pamphlet de Balbasès, le nonce lui apporte maintenant des espoirs qui la soutiennent un peu : le pape s'intéresserait à son cas, des personnalités de la cour se démènent. Ce pauvre aliment nourrit Marie quelques jours. Puis elle retombe dans sa fureur, réclame un poison, ou une lime pour s'évader... Enfin, au moment où sa résistance atteint à la limite (après cinq mois d'une réclusion atroce), le nonce apporte les propositions, ou plutôt les exigences du connétable. Marie pourra quitter la forteresse, revenir à Madrid, mais à cette étrange condition : qu'elle se rendra, pour n'en plus sortir, au couvent de la Conception, et qu'elle y prendra l'habit ! Le connétable s'offre, pour que sa proposition paraisse moins scandaleuse, à faire profession lui-même. Marie consent à tout, en apparence résignée. C'est qu'elle sent bien elle-même que quelques mois de plus à l'Alcazar et c'en est fait d'elle. Le 15 février 1681, elle revient à Madrid, et est conduite au couvent de la Conception, où elle prend aussitôt l'habit de novice.

Tout le monde est révolté de la violence qui lui est faite, car l'on sait bien que la profession faite par le connétable lui-même n'est qu'une ruse cousue de fil blanc (en effet, il se bornera à porter la grand-croix des Chevaliers de Malte, fort opportunément dispensé par le pape de « vœux et caravanes », c'est-à-dire de chasteté, de pauvreté, et de pèlerinage, ce qui réduit à rien cette parodique « entrée en religion »). Mais l'exaltation de Marie est tombée. Elle refuse de recevoir le connétable, qui lui a demandé audience sans pudeur. Elle ne recevra que ses trois fils qui la trouveront morne, accablée, sans ressort. Cette Marie sur laquelle l'âge ne semblait pas marquer, aussi belle à quarante ans qu'à dix-neuf, en cinq mois de claustration a vieilli de dix ans. Et les ravages ne sont pas tant physiques que moraux.

Dans cette solitude, dans cette demi-folie, Marie s'est trouvée en face d'elle-même. Cette chimérique s'est par force trouvée confrontée à la dure réalité. Elle y a fait bien malgré elle des découvertes. Elle a eu peur, elle a eu froid, et elle a sondé le peu de consolation, dans ces circonstances tragiques, que lui apportaient cette fierté, cette orgueilleuse vertu à laquelle elle avait tout sacrifié. Elle a frôlé de près la mort et la folie. Elle est, dans son nouveau couvent de la Conception, comme une revenante. Vis-à-vis des autres, elle conserve encore sa façade de grande dame, son inflexible hauteur. A l'intérieur d'elle-même, quelque chose s'est brisé. Le mariage de Philippe se célèbre sans apparemment l'émouvoir. Son fils et la jeune épousée lui font une visite avant de repartir pour l'Italie ; ils la trouvent tendre, versant même quelques pleurs, mais comme absente, comme séparée d'eux par un voile. C'est qu'insensiblement, ses yeux se dessillent. Mais il faudra des années pour les ouvrir tout à fait.

Pour l'instant, elle reste comme convalescente, une convalescente qui n'a pas repris goût à la vie. Son fils est reparti pour Rome ; et le connétable aussi, sans qu'elle l'ait revu. Par un revirement bien commun, il semble soudain qu'elle n'ait plus un ennemi à la cour. On s'ingénie à alléger son sort, on lui rend visite. Mais elle continue à mener une vie morne, sans espérance. La vie à la Conception, il faut bien le dire, n'est pas drôle. Mme d'Aulnoy, venant visiter son amie, la trouve « dans une chambre haute comme un jeu de paume, où elle pense geler de froid... manquant d'argent, fort mal nourrie et encore plus mal logée ». Mais la véhémente Marie ne se plaint qu'à peine. Par son allure, plus que par son aspect physique, par sa résignation surtout, elle est désormais une vieille femme. De temps en temps, un bref sursaut de révolte marque un reste de vitalité, un combat intérieur. Ainsi ne porte-t-elle jamais l'habit religieux, mais une sorte de robe flottante qu'elle jette au-dessus de ses jupes de brocart d'or et d'argent que l'on voit passer au-dessous. Elle ne porte pas de voile non plus, mais la coiffure espagnole avec force rubans de couleur, qui font rire d'elle, mais discrètement, car on continue à l'aimer.

Trois ans se passent ainsi. La reine se montre bonne pour la pauvre recluse, elle va la voir, l'emmène parfois en carrosse, à la promenade ; l'abbesse ferme les yeux. En Italie, le connétable souffrant, irritable, perd de l'influence. Son frère, le prince de Sonnino, meurt, ce qui afflige Marie. Elle aimait ce prince si français par ses alliances et ses goûts. En 1683, comme le connétable est chargé de diriger une fois de plus la fameuse cavalcade de Saint-Pierre, les barons romains refusent de s'y rendre, tant Laurent Colonna s'est rendu odieux à tous. Marie ne trouve même pas la force de s'en réjouir. Au même moment, d'ailleurs, Balbasès, toujours à la cour, quoique en défaveur, fait un dernier effort pour lui nuire. Marie a été autorisée par le roi à assister à une fête donnée par l'Almirante de Castille. Quand elle veut regagner la Conception, l'abbesse, qui a la tête montée par Balbasès, lui en refuse l'entrée. Une fois de plus, en voulant lui nuire, Balbasès a rendu service à Marie. Le pape, lassé de ces allées et venues, lui accorde enfin une demeure indépendante. Et tandis qu'elle s'installe dans une agréable demeure, sise au fond d'un jardin appartenant aux Medina-Coeli, tout Madrid se gausse de Balbasès déconfit.

La vie s'adoucit notablement pour Marie. Elle reçoit les ambassadeurs, retrouve le plaisir de la conversation, de la politique, un peu de goût à la vie. Mais elle ne recouvre pas son enthousiasme, sa vitalité d'antan. Grande nouveauté : Olympe est à Madrid ! Chassée de Paris par l'Affaire des poisons, elle a vécu six ans en Hollande, et vient d'arriver en Espagne pour marier son fils, le fameux prince Eugène de Savoie. Mais elle y mène une vie fort différente de celle de Marie ; sa petite maison à elle est un vrai tripot, rendez-vous de joueurs et de débauchés, et les deux sœurs se voient peu. Olympe d'ailleurs est fort mal en cour. Avec les années elle est devenue une figure inquiétante, et Charles II d'Espagne la croit capable de lui avoir jeté un sort pour qu'il n'ait pas d'enfants.

Certains émettent l'hypothèse que Marie, à cette époque, aurait été un agent de la France. Les circonstances, sans doute, se prêtent à l'action politique : la cour d'Espagne est divisée en deux factions, espagnole et autrichienne. La guerre franco-espagnole s'annonce déjà, et l'ambassadeur actuel, Rébenac, est au mieux avec Marie. Il est souvent question dans les lettres diplomatiques de Rébenac d'une « amie inconnue » de la France, une sorte d'agent secret qui pourrait être Marie ; toujours est-il qu'elle est, apparemment, rentrée en grâce à la cour de France, puisqu'elle reçoit de temps en temps un témoignage de faveur, bref message, petit présent. Elle n'en reste pas moins mélancolique. Il est loin, le temps où elle aurait bâti tout un roman sur un signe de Louis XIV.

Cependant l'atmosphère se tend à la cour d'Espagne. La jeune reine voudrait détacher le roi et la reine mère de la ligue antifrançaise dirigée par le comte de Mansfeld, ambassadeur de l'Empereur, et par le conseil d'Espagne où dominait l'esprit autrichien. Les factions intriguent, et Marie n'est pas sans y être mêlée mais elle ne se livre à aucune initiative fâcheuse. On dirait qu'elle s'efface volontairement, qu'elle reste comme un peu absente même de ce qu'elle fait effectivement. Un travail intérieur s'accomplit en elle, et sans nul doute, dans sa petite maison au fond d'un jardin, sa vie est plus recueillie que dans les divers monastères où elle a promené sa révolte.

La jeune reine est, dit-on, empoisonnée — elle meurt. Quelques semaines avant sa mort, elle avait écrit à Monsieur, son père, pour le prier de lui envoyer du contrepoison, ce qui a pu servir de point de départ aux rumeurs. Le contrepoison arriva après la mort de la malheureuse « Colombine d'amour ». Les soupçons se portèrent sur Olympe. Etait-ce à tort ? Il est impossible de voir clair dans les innombrables affaires de poison de l'époque. Mais n'est-il pas caractéristique que l'on ait tout de suite pensé à elle ? Elle aurait, le jour de la mort de Marie-Louise d'Orléans, fait porter à la jeune souveraine un « lait à la glace » qui lui aurait été fatal. Mais la jeune reine avait aussi mangé des huîtres qui pouvaient être la cause d'une intoxication alimentaire. Faibles preuves. Olympe n'en fut pas moins priée de quitter l'Espagne et alla s'établir en Portugal. Elle sortit ainsi de la vie de Marie qui ne devait pas la revoir.

Elle continuait cependant à recevoir des nouvelles d'Hortense. Depuis qu'elle avait été expulsée de Chambéry, après la mort de Charles-Emmanuel, Hortense vivait en Angleterre, avec une pension du roi. Elle menait au pavillon St. James la même vie qu'elle avait menée à Chambéry, vie de plaisirs qui dégénérait petit à petit en basse orgie, à mesure qu'elle prenait de l'âge. Il s'y mêlait même du ridicule et de l'odieux. Toujours belle, de cet indestructible éclat des filles Mancini, elle inspira une absurde passion à son neveu, un fils, tout jeune encore, d'Olympe. Cela alla jusqu'au duel et le neveu tua bel et bien d'un coup d'épée l'amant en titre de sa tante, un certain Bannier. Avec ce mépris des convenances et ce goût de l'ostentation qui était un trait bien Mancini, Hortense fit tendre à cette occasion toute sa maison de noir. Elle continuait cependant, malgré le scandale de sa vie, à être entourée d'une petite cour, où figurait Saint-Evremond, fort épris d'elle, lui aussi, et qui lui adressait ces vers révélateurs :

Moins d'eaux-fortes, de vin blanc,
Vous iriez jusqu'à cent ans.

Marie voyait en Espagne Olympe suspectée et méprisée de tous. Elle savait la vie d'Hortense en Angleterre. Elle-même, à peu près libre, se voyait au contraire respectée de tous, écoutée des esprits sérieux comme des mondains, menant une existence honorable et décente à l'encontre de ses sœurs. C'était le premier fruit qu'elle recueillait d'une conduite qui avait pu sembler dénuée de bon sens, mais jamais de dignité. Elle en était par instants apaisée. Le monde n'était pas si injuste qu'elle l'avait craint. Le roi d'Espagne se remariait avec Marie-Anne, princesse de Neubourg, mais Marie conservait son influence. Les nouvelles qui lui parvenaient de Rome lui indiquaient qu'elle n'avait plus rien à craindre du connétable. Il semblait qu'elle pût s'en aller désormais sans heurts vers une vieillesse apaisée, un peu solitaire sans doute, un peu froide, mais digne de la fierté qu'elle avait toujours témoignée.

Depuis 1684 en effet, la santé du connétable avait donné des inquiétudes. Il souffrait de palpitations cardiaques, d'une mélancolie qui allait s'aggravant. En 1686, il fit une dernière proposition à Marie de revenir à Rome, et il semble que ses promesses à cette occasion aient été, pour la première fois, sincères. Marie refusa, se souvenant sans doute de ce qu'elle avait souffert, et aussi, par un certain attachement à cette vie espagnole à laquelle elle s'était si parfaitement adaptée. En 1688, l'hypocondrie du connétable fut encore accentuée par la mort de son meilleur ami, le marquis del Monte. Dès cet instant, cet homme brutal et débauché marqua le début d'un repentir aussi soudain et violent que l'avaient été ses débordements. Il multiplia ses aumônes, s'efforça à la patience, à l'humilité. Rencontrant une malheureuse femme que persécutaient de jeunes fous, il lui céda son carrosse et continua sa route à pied « comme un simple mortel », nous rapporte avec émerveillement l'un de ses familiers. Enfin il s'alita. « Ma vie a été un scandale et une pierre d'achoppement », gémissait-il dans son repentir. Repentir que certains jugeaient excessif, car dans son souci de libérer son âme, Laurent remettait en lumière plus d'un scandale passé, qui ne compromettait pas que lui. Enfin, appelant ses fils, il leur fit part de ses dernières dispositions et leur recommanda à plusieurs reprises d'aimer et de respecter leur mère, envers laquelle il reconnaissait enfin ses torts. Dans son testament, il leur faisait encore la même recommandation. Ne témoignait-il pas ainsi bien évidemment de l'innocence de cette femme qu'il avait tant calomniée ? Il lui légua en témoignage de ses regrets son anneau de fiançailles, un « gros anneau brisé orné d'un diamant. »

La nouvelle de sa mort atteignit Marie, au milieu de cette vie bien réglée qu'elle s'était faite enfin, comme un coup de foudre. Elle n'avait jamais supposé un instant que le connétable pût disparaître avant elle. Son existence lui servait encore de prétexte pour rester en Espagne (où cependant, avec la reine Marie-Anne, l'influence autrichienne avait désormais le pas). La menace, toujours présente quoique de moins en moins pesante, que représentait l'existence du connétable, la dernière barrière entre Marie et sa liberté, disparaissait enfin.

A le voir ainsi disparaître, il semble que Marie, qui

n'a pas cinquante ans, qui est en parfaite santé, et à laquelle ces paisibles années ont rendu son éclat altéré un moment par sa réclusion à l'Alcazar, doive se sentir soulagée. Et pourtant non. A peine mise au courant, Marie éclate en sanglots. Elle s'enferme dans sa petite maison, et pendant un mois, refusera de voir personne. Son affliction fait la surprise de tout Madrid, qui l'a vue persécutée par ce mari disparu. Rien d'étonnant pourtant dans ce chagrin pour qui connaît Marie. C'est la dernière crise, et la plus violente.

*
* *

Libre. Libre enfin. Cette étendue désertique devant elle, où rien ne la menacera plus, ou il faudra bien vivre. Et vivre sans les divertissements de la jeunesse, de l'amour, sans les souffrances de l'âge mûr. Toutes ces années devant elle, où elle n'aura plus rien à fuir, qu'elle-même.

Le futur l'épouvante. Elle se tourne vers le passé. Laurent tel qu'elle l'a connu. Leurs sept belles années d'amour. Maintenant qu'il a disparu, elle oublie ses fautes, elle oublie jusqu'à l'atroce réclusion de Ségovie, et seuls les plus beaux souvenirs lui reviennent, la place Navone, les attentions délicates du jeune mari, la naissance de leurs fils, le lit fabuleux dont toute l'Italie parla... Et c'est ce Laurent jeune et tendre qu'elle pleure. Avec la peur, la névrose aussi a disparu, et son aveuglement volontaire. Elle voit plus clair dans ce passé, cet amour gâché, où elle a bien sa part de responsabilité. Et c'est cet amour qui aurait pu être, qu'elle pleure. L'absurdité de sa conduite la frappe. Elle la déplore, s'inflige de violents et sincères reproches. Et elle ne voit pas que dans ce surprenant désespoir, c'est encore un abri qu'elle cherche.

Pauvre Marie, traquée par cette liberté qu'elle a prétendu rechercher ! Va-t-elle consentir enfin à être elle-même ? Quand elle rouvre les yeux après ce trou noir du désespoir, cet ensevelissement d'un mois, le monde lui apparaît changé. Lentement, comme une convalescente qui ménage ses forces, comme une aveugle qui aurait recouvré la vue mais craindrait encore la lumière trop vive, Marie va tenter de se réhabituer à la vie.

Que vont être ses dernières années ? Elles seront paisibles, un peu tristes, marquées de ces déplacements familiers à Marie, mais qui se font moins fébriles, plus lents. Marie reverra Rome, deux ans après la mort de son mari. Ses fils sont mariés, sauf don Carlo qui se destine à l'Eglise et que le pape tient déjà en particulière estime. Bientôt Marie a des petits-enfants. Elle choie ses brus, offre ses bijoux, se montre à son habitude généreuse, aimante — mais une sorte de brume entoure ses gestes, ses paroles. Un travail se fait en elle, une lente et sourde croissance.

Quelques incidents rappellent son extravagance passée. Partant pour Marseille en felouque, Marie n'est-elle pas attaquée par un corsaire ? Heureusement les garde-côtes l'en délivrent, et toujours romanesque, Marie demandera, et obtiendra, la grâce du corsaire, dont l'intrépidité lui a plu. Autre anecdote bien caractéristique, en Avignon, elle est victime d'un escroc qui se prétend un héritier lésé de Laurent. Avant qu'on lui ait découvert la fraude, dans son souci d'équité, Marie a déjà largement ouvert sa bourse à l'escroc.

Des deuils l'attristent. Hortense est morte, ayant fait scandale jusqu'à ses derniers jours. Peu de jours avant sa mort, elle avait pu apprendre que sa fille, entrée au couvent des Anglaises à Paris, s'était enfuie en escaladant la muraille. Et jusqu'au dernier jour, Hortense avait eu à son côté le Maure qui avait tant fait scandale en Savoie, en la portant à demi nue au bain.

Marie avait déploré les égarements de sa sœur, et surtout la basse qualité de ceux-ci. Elle ne l'en pleura pas moins. Peu de temps après, retournant à Madrid pour un bref séjour, elle y put voir aussi la défaveur de la reine Marie-Anne restée veuve, et que l'on exilait sans égards à Tolède. Marie l'y escorta, lui tint quelques mois compagnie, réussit avec toute sa finesse diplomatique, que les passions n'altéraient plus, à influencer le marquis de Louville et le nouveau roi Philippe V en faveur de l'infortunée. Et elle repartit. Elle passa quelques mois en Avignon. Elle voulut revoir Paris. Triste et lent pèlerinage de cette vieille femme ridée, dont la toilette conservait quelques traces d'extravagance, à travers le passé où elle avait été belle, aimée, presque reine. Le duc d'Harcourt vint la voir pendant ce séjour mélancolique. Le roi était à Versailles ; on offrait à Marie d'y venir, et de l'argent pour y faire bonne figure. Elle refusa avec douceur et dignité et regagna peu après l'Italie. Elle n'avait pas voulu gâcher le souvenir toujours jeune et radieux par une confrontation avec un présent moins beau. Elle ne devait plus jamais revenir en France.

Elle assista encore à quelques belles fêtes. Connut encore des joies : don Carlo nommé cardinal ; des souffrances : la mort de Philippe, duc de Nevers, et surtout celle de l'autre Philippe, l'aîné de ses fils, qui avait toujours été de faible santé.

Mais même ce dernier chagrin, si vif, d'une mère qui se voit précéder dans la mort par son enfant, ne dissipe pas cette brume qui l'entoure. Où est la violente Marie, toujours prête à l'action, à la révolte, à la fuite ? Cette vieille femme qui conserve encore des restes de beauté, et force le respect par sa dignité préservée, si elle paraît toujours ne pouvoir se fixer en Italie, errant de Rome à Milan, de Gênes à Venise, au gré des saisons, son allure est moins pressée, comme distraite, et n'est pas due entièrement à l'âge, car elle a gardé sa belle santé.

Le vrai est que Marie se trouve confrontée, par un étrange privilège, et comme nous au seuil de ce livre, avec une vie donnée, une vie finie. Car ses deuils successifs ont achevé de rompre les amarres. Longtemps avant sa mort, Marie n'a plus rien qui la rattache à la vie : ses petits-enfants grandissent ; don

Carlo, son favori, gravit régulièrement les échelons de sa paisible carrière ecclésiastique ; elle-même, Marie, a fait don de la plus grande partie de ses biens à ses enfants, n'en conservant que ce qui lui est nécessaire pour vivre très largement, mais sans faste. Et elle se trouve dans cet état bizarre de qui *n'a plus à faire de projets.* Imagine-t-on le malaise qui peut naître, pour cette femme tourmentée, de ne plus avoir rien à craindre, rien à désirer ? Le monde se passe fort bien d'elle. Certes, elle a gardé son rang social, et quand elle apparaît, toujours un peu étrange avec sa coiffure démodée, la brusquerie de langage à laquelle elle ne renoncera jamais, ses yeux noirs encore beaux dans le visage ravagé, chacun lui rend hommage. On l'accueille à merveille dans les villes qu'elle traverse, ses enfants la réclament souvent et sont désolés de la voir repartir, mais nulle part elle n'est plus indispensable.

Et dans les carrosses qui la mènent, d'un train ralenti, d'une ville à l'autre avec la toujours chère Morena (qui n'est plus la souple moricaude caressante et gaie de naguère, mais une vieille femme mince et cassée, de ce genre de vieilles femmes qui redeviennent presque semblables à de tristes fillettes laides), dans ces carrosses qui ne fuient plus personne, qui ne la mènent plus nulle part, puisqu'elle n'attend plus rien des lieux où elle se rend, Marie commence à entrevoir le visage de Dieu.

Une vie donnée... Elle la scrute, lentement, pensivement, dans le roulement sans fin de la voiture. Elle ne presse plus le cocher, ni les chevaux. Plus d'allégresse, plus de terreur. Elle scrute sa vie, avec cette patience qu'enfin elle a acquise. Où est la faille ? Où est l'erreur ? Parfois, au balancement régulier du véhicule, sa tête penche sur sa poitrine. Elle somnole un moment, se réveille, reprend le fil de ses souvenirs. *Aurais-je dû ? Aurais-je pu ?* Une timide invocation lui monte aux lèvres, qui n'est pas encore une prière, mais un simple appel à la lumière. Enfin elle reconnaît que cette lumière, elle ne la possède pas. Dans le demi-sommeil, dans ce bercement monotone, dans cette toute neuve timidité de l'âme : Aurais-je pu ? Et quand ? Je voudrais comprendre...

Une villégiature près de Gênes, à Sestri Levante ; des audiences amicales du duc de Toscane. Et elle reprend la route avec Morena. Deux vieilles dames qui ressassent leur jeunesse, croirait-on. Radotant un peu peut-être ?

« Tu te souviens, Morena, lorsque le roi de France...

— Oui, madame. Vous portiez cette toilette à incrustations d'or...

— Tu te souviens, Madrid, le froid qu'il faisait, l'Alcazar...

— Vous étiez comme folle, ces monstres avaient...

— Ah ! Tais-toi, Morena ! »

Deux vieilles dames, ressassant leur vie finie, en reprenant chaque instant comme un point de broderie, repassant toujours par le même chemin, s'arrêtant aux mêmes carrefours... Quoi de plus banal, quoi de plus pathétique ? Car ce chemin cent fois refait recèle toujours un mystère. Aurais-je dû ? Et si je l'avais mieux aimé...

Le cocher, vieux aussi, s'endort sur son siège. Les routes défilent, d'automne ou de printemps, sans surprise. C'est le passé qui recèle encore des surprises, et rien que le passé. C'est dans le passé qu'erre Marie, avec parfois, sous l'évocation plus précise, un brusque pincement au cœur qui la rajeunit de vingt ans.

« Te souviens-tu du jour où nous sommes parties... ?

— Madame, nous partions tout le temps. »

Fidèle Morena, tu as donc une voix, une pensée ? La main encore belle de Marie se pose sur l'humble main servante, ridée, maigre, et frêle comme celle d'un enfant.

« Crois-tu que j'aurais dû... ?

— Madame ? »

La surprise et l'angoisse de ces yeux patients. Jamais, dans la longue existence commune, Marie n'a demandé : « Crois-tu ? » Le désarroi de Morena.

Jamais elle-même ne s'est posé cette question-là. Aveugle dévouement de chienne, est-ce aussi une tentation ? Ai-je été autre chose que la Morena de mes passions ?

« Morena, nous partons pour Pise.

— Mon Dieu, madame ! Et la chaufferette ! Et le linge qui n'est pas prêt ! Et... »

Plus de désarroi, ni d'angoisse. Morena est toute à la chaufferette, et au linge, aux bagages et aux comptes. Morena est à l'abri. Ses vieilles jambes trottent, ses vieilles mains patientes s'empressent, Morena qui n'eut d'autre vie que celle de Marie, qui n'eut pas de vie, et dont le nom, Morena, la Brune, n'est pas même un nom... Ai-je vécu plus qu'elle ?

L'aigre vent de mars sur la route. De mars 1706. Mais qu'importe ? Qu'importe l'année, le mois, le jour de ce voyage ? C'est toujours le même voyage qu'elle fait. Que j'aurai vagabondé, Morena. Et pour arriver où ?

Plus de but, plus de projets. Ou si infimes. Ecrire à Christine, l'amie de toujours. Marc-Antoine, second fils de Marie, a épousé la fille de Christine, Diane Paleotto. Elles sont grand-mères des deux mêmes petites-filles.

« En arrivant à Pise, nous enverrons un manchon à Mme Diane. Je sais un marchand... »

Un manchon. La chaufferette. Est-ce là l'aliment qui va soutenir la vie de l'ardente Marie ? Mais ce goût d'aridité, de vide, qu'elle trouve à ces soucis minuscules, ne l'a-t-elle pas trouvé aux plus folles amours, ne l'a-t-elle pas trouvé aux plus dures souffrances ? Vide du bonheur, vide de la folie même. Ce goût d'absence...

« Je referai mon testament à Pise. J'y ajouterai un codicille, du moins. Et j'ai fait mon épitaphe déjà, toute simple. Qu'en penses-tu, Morena ? Ci-gît Marie Mancini-Colonna, Cendre et Poussière... »

Pas de réponse. Morena dort. Point de testament à faire, ni d'épitaphe, pour celle qui ne possède rien et qui n'a point vécu. Dans le cœur de Marie, ce soudain orage qui gronde, qui soudain fait battre son cœur rajeuni, circuler son sang fatigué : Et moi ? Qu'ai-je possédé ? Qu'ai-je vécu ?

Les pensées se pressent, le corps tassé se redresse. Un instant Marie est jeune à nouveau. Qu'ai-je possédé, oui, moi qui ai tenu entre mes mains tant de choses ? Pourquoi en ai-je vu toujours le creux, le vide, alors que d'autres s'en repaissaient ? Tout croissait dans d'autres mains, tout y prenait son poids et sa couleur, et dans les miennes ces joies et ces douleurs vivantes devenaient de futiles hochets poussiéreux. *Ce goût d'absence, d'absence de Dieu...*

Mais qu'y puis-je, moi, si Dieu était absent ? Si de cela encore j'étais frustrée ? Quand est-ce qu'une grâce a irrigué ce cœur ? Une consolation, apaisé ce cerveau en feu ? Il aurait fallu une sainte pour supporter ce vide...

Mais quand ce cœur a-t-il cherché la grâce ? Quand cet esprit raidi, demandé la consolation ? Et s'il fallait une sainte, qui sait si tu n'étais pas de l'étoffe dont on fait les saints ?

Les joues en feu, la tête douloureuse, un moment elle porte, comme égarée, les mains à son front. Un brusque cahot. Morena bondit, en sursaut réveillée.

« Mon Dieu, Pise ! Moi qui...

— Que tu es sotte, Morena ! Nous ne sommes pas à moitié chemin. »

Le cœur s'apaise, et le front se penche de nouveau. A quoi bon se fâcher, aujourd'hui que tout est fini, que plus rien ne peut être changé... Rien ? Si pourtant j'arrivais à comprendre... Et devant ce mur auquel elle s'est cent fois heurtée, est-ce rien que cet humble appel égaré : *Eclairez-moi ?*

« Mon chapelet, Morena. »

Oh ! Je sais bien que c'est par lassitude. Mais...

Un monde est dans ce *mais*.

Marie acheva son testament à Pise. Elle prenait conseil du père Ascanio, saint moine du prieuré du Saint-Sépulcre. Le brave homme était à toute heure arraché à ses dévotions par les exigences de la connétable. Il semblait qu'une inquiétude fébrile fût brusquement revenue l'habiter. Il lui fallait éclaircir certains points touchant la foi, ou ajouter encore un codicille au testament pourtant bien simple qu'elle laissait.

Il semblait que la présence du moine l'apaisât. Il n'en était pas de même pour le malheureux homme à chaque instant interrompu. Le 11 mai 1706, désirant se recueillir un peu dans sa cellule, le père Ascanio avait demandé que n'y pénétrât point l'impétueuse connétable.

Mais elle, qui semblait avoir soudain recouvré la fougue de sa jeunesse, força la porte du prieuré, et pénétra tout de même dans l'humble cellule. Elle prétexta un point de l'Evangile sur lequel il lui avait fallu, tout à coup, un éclaircissement. Le moine lui donna satisfaction, avec patience. Elle semblait cependant troublée, inquiète. Elle prit enfin congé, puis comme elle allait quitter la pièce, revint vers le père Ascanio avec, semble-t-il, une autre question aux lèvres... Mais elle vacilla tout à coup, et avant qu'on eût pu lui porter secours, elle s'effondra sur l'humble grabat du moine. Une brève et violente attaque d'apoplexie l'avait terrassée en quelques secondes. Elle mourut en peu d'instants. Elle atteignait, cette année-là, ses soixante-sept ans[1]. Elle fut enterrée à Pise.

A l'épitaphe qu'elle s'était choisie, son fils Carlo ajouta quelques mots, que voici :

1. Du moins si l'on tient pour avéré qu'elle était née l'année de son baptême, puisque l'on ne possède que son acte de baptême de 1639.

Par ailleurs, l'épitaphe que son fils lui consacre lui attribue soixante-douze ans — contradiction que l'on n'a pu expliquer. Diverses controverses sur la date de la mort de Marie ont finalement établi comme probable l'année 1706 comme celle de sa mort, son testament, qu'elle achevait de rédiger avec le père Ascanio, étant daté dans sa forme définitive du 30 mars 1706.

CAROLUS S. R. E. CARDINALIS COLUMNA
OPTIMAE PARENTIS MODERATIONI
ET SUPREMIS MANDATIS OBSECUNDANS
SUPERPOSITAM EPIGRAPHEM
SIMPLICEM ET BREVEM
HUMILEQUE (HOC) SEPULCRUM
PERENNE LUCTUS ET DESIDERII SUI MONUMENTUM
OPPONENDUM CURAVIT
OBIIT ANNO SALUTIS MDCCVI
AETATIS SUAE SEPTUAGESIMO SECUNDO[1].

L'épitaphe était bien celle qu'elle avait choisie :

MARIA MANCINI COLUMNA
PULVIS ET CINIS (CENDRE ET POUSSIÈRE).

Cendre et poussière. Qui sait, Marie ?

1. « S. R. E. le cardinal Carlo Colonna, se conformant à l'extrême humilité de sa mère bien aimée et obéissant à ses suprêmes volontés, a pris soin de faire inscrire sur ce tombeau, monument éternel de sa douleur et de ses regrets, l'épitaphe qu'elle a voulue et désignée elle-même. »

DU MÊME AUTEUR :

Aux Editions Julliard
LE REMPART DES BÉGUINES, roman.
LA CHAMBRE ROUGE, roman.
CORDÉLIA, nouvelles.
LES MENSONGES, roman (Prix des Librairies, 1957).
L'EMPIRE CÉLESTE, roman (Prix Femina, 1958).
LES PERSONNAGES, roman.
LETTRE À MOI-MÊME.
J'AURAIS VOULU JOUER DE L'ACCORDÉON, essai.

Aux Editions Bernard Grasset
LES SIGNES ET LES PRODIGES, roman.
TROIS ÂGES DE LA NUIT, histoires de sorcellerie.
LA MAISON DE PAPIER, roman.
LE JEU DU SOUTERRAIN, roman.
ALLEGRA, roman.
DICKIE-ROI, roman.
UN CHAGRIN D'AMOUR ET D'AILLEURS, roman.

Aux Editions Gallimard
LE CLIN D'ŒIL DE L'ANGE, nouvelles.
LE RIRE DE LAURA, roman.

Aux Editions Flammarion
JEANNE GUYON, biographie.
LA TRISTESSE DU CERF-VOLANT, roman.
ADRIANA SPOSA, roman.
DIVINE, roman.
LES LARMES, roman

Aux Editions Flammarion/Plon
LA MAISON DONT LE CHIEN EST FOU, roman.

Aux Editions Plon
SEPT DÉMONS DANS LA VILLE, roman.

Composition réalisée par JOUVE
Imprimé en France sur Presse Offset par

BRODARD & TAUPIN
GROUPE CPI

La Flèche (Sarthe).
N° d'imprimeur : 15657 – Dépôt légal Édit. 27377-12/2002
LIBRAIRIE GÉNÉRALE FRANÇAISE - 43, quai de Grenelle - 75015 Paris.
ISBN : 2 - 253 - 15389 - 3 31/5389/7